A cara do verão

Jennifer Weiner

A cara do verão

tradução
Alexandre Boide

HARLEQUIN
Rio de Janeiro, 2025

Copyright © 2021 by Jennifer Weiner. Todos os direitos reservados.
Copyright da tradução © 2024 by Alexandre Boide por Editora HR LTDA. Todos os direitos reservados.

Título original: That Summer

Todos os direitos desta publicação são reservados à Casa dos Livros Editora LTDA. Nenhuma parte desta obra pode ser apropriada e estocada em sistema de banco de dados ou processo similar, em qualquer forma ou meio, seja eletrônico, de fotocópia, gravação etc., sem a permissão dos detentores do copyright.

COPIDESQUE	Gabriela Araújo
REVISÃO	Suelen Lopes e Julia Páteo
ILUSTRAÇÃO DE CAPA	Bron Payne/Always Brainstorming 2020
DESIGN DE CAPA	Siobhan Hooper – LBBG
ADAPTAÇÃO DE CAPA	Beatriz Cardeal
DIAGRAMAÇÃO	Abreu's System

Dados Internacionais de Catalogação na Publicação (CIP)
(Câmara Brasileira do Livro, SP, Brasil)

Weiner, Jennifer
    A cara do verão / Jennifer Weiner ; tradução
Alexandre Boide. -- Rio de Janeiro : Harlequin, 2025.

    Título original: That summer.
    ISBN 978-65-5970-453-8

    1. Romance norte-americano I. Título.

24-238405   CDD-813.5

Índice para catálogo sistemático:
1. Romances : Literatura norte-americana 813.5

Eliete Marques da Silva - Bibliotecária - CRB-8/9380

Harlequin é uma marca licenciada à Editora HR Ltda. Todos os direitos reservados à Editora HR LTDA.

Rua da Quitanda, 86, sala 601A – Centro
Rio de Janeiro/RJ – CEP 20091-005
Tel.: (21) 3175-1030
www.harpercollins.com.br

Em memória de Carolyn Reidy

Você não precisa ser excepcional.
Não precisa se arrastar de joelhos, em arrependimento,
por centenas de quilômetros deserto adentro.
Só precisa deixar o animal delicado que é seu corpo amar aquilo
[que verdadeiramente ama.
Conte-me do desespero que sente, e eu lhe contarei do meu.
Enquanto isso, o mundo segue girando.
Enquanto isso, o sol e as gotículas límpidas da chuva
se movem pelas paisagens,
pelas padrarias e pelos bosques densos,
pelas montanhas e pelos rios.
Enquanto isso, os gansos selvagens, lá no alto do céu azul e limpo,
estão voltando para casa.
Onde quer que você esteja, por maior que seja a solidão,
o mundo se oferece para sua imaginação,
clama por você como os gansos selvagens, estridentes e animados...
de novo e de novo, anunciando seu lugar
nas coisas familiares.
     — "Gansos selvagens", Mary Oliver

Eu sou só uma garota neste mundo.
Isso é tudo o que vocês vão me permitir ser.
     — "Just a Girl", Gwen Stefani

Prólogo

Naquele verão ela está com 15 anos, é uma menina atenciosa e apaixonada por livros, com olhos cor de avelã, cílios compridos e um corpo esguio de pernas longas com as quais ainda não se identifica. Mora numa casa geminada no sul de Boston com os pais e duas irmãs, estuda numa escola particular em Cambridge, graças a uma bolsa de estudos, e costuma tirar notas medianas em quase tudo, a não ser em inglês e artes, matérias em que é uma aluna nota 10. Ela sonha em se apaixonar.

Numa tarde de maio, sua mãe, que é secretária do Departamento de Letras na Universidade de Boston, chega do trabalho com novidades. Uma das professoras do departamento tem dois filhos pequenos e uma casa em Cabo Cod. A mulher em questão, a dra. Levy, está à procura de alguém para cuidar dos pequenos nas férias de verão, e acha que Diana seria perfeita para isso.

O pai dela é contra.

— Ela é nova demais para passar as férias inteiras longe de casa — argumenta ele. — Provavelmente vai conhecer um bando de riquinhos e passar a andar de nariz em pé.

Juntas, Diana e a mãe tentam convencê-lo a mudar de ideia. A mãe menciona o dinheiro guardado para a faculdade de Diana, que tem sonhos para o futuro e que teria a oportunidade de passar alguns dias ao lado de uma escritora de verdade, e que os 1.500 dólares que a dra. Levy ofereceu são mais que suficientes para bancar as despesas da menina no ano letivo seguinte. Diana, por sua vez, lê todos os livros ambientados em Cabo Cod possíveis, e descreve para o pai as praias limpíssimas de areia dourada, as dunas com arbustos de cranberry e as casinhas escondidas nos recônditos. Ela evoca o sabor das ostras salgadas e das lagostas mergulhadas na manteiga, dos mariscos fritos saboreados com dedos molhados de água do mar, dos sorvetes de casquinha devorados depois de passar o dia debaixo de sol. No Natal, dá ao pai um livro de fotografias, prendendo a respiração enquanto ele passa os olhos pelas imagens de Provincetown e das drag queens na Commercial Street, com seus quase dois metros de altura em saltos altíssimos e mais bonitas que a maioria das mulheres, mas o pai só balança a cabeça, dá uma risadinha e solta: "Aí está uma coisa que não vemos todo dia".

Ela não conta a nenhum dos dois que está ansiosa sobretudo pelo que as irmãs lhe contaram das férias delas na praia: ficar sozinha pela primeira vez na vida, livre para curtir o sol, as fogueiras à beira-mar e os garotos.

— E você vai ficar numa mansão — diz Julia, franzindo o nariz sardento ao se lembrar do chalé em Hyannis onde ficou três anos antes, dividindo o quarto e o banheiro com as crianças *e* os pais, numa casa térrea com cheiro de mofo.

— Truro — murmura Kara, suspirando. — Você é tão sortuda.

Diana ganha de presente de Natal um biquíni amarelinho das irmãs. Não é de bolinhas nem pequenininho, mas é o suficiente para fazer o pai bufar e a mãe abrir um sorrisinho discreto.

No banheiro, Diana experimenta o traje de banho enquanto se equilibra na borda da banheira, para ver o máximo possível do corpo no espelho da pia, virando-se de um lado para o outro enquanto encolhe a barriga e lamenta as estrias que atravessam as coxas. Tem 15 anos e nunca beijou, mas sabe que um verão em Cabo Cod ("no Cabo", como as pessoas costumam dizer) vai mudar isso.

Quando os pais enfim lhe comunicam que pode ir, ela fica tão feliz que se joga nos braços deles e diz:

— Obrigada, obrigada, obrigada!

A avó lhe dá cem dólares ("Você vai precisar de umas coisinhas novas"), e a mãe a leva para fazer compras. Juntas, elas vasculham as araras de liquidação na Nordstrom e na Filene's. Diana separa o biquíni que ganhou de Natal, além do maiô azul para quando for de fato entrar na água, um macacão jeans e um vestidinho de malha branca com alcinhas para amarrar nos ombros. Leva exemplares surrados de *Uma dobra no tempo*, *Uma árvore cresce no Brooklyn*, uma coletânea de contos de Stephen King e *As brumas de Avalon*, considerando que ela já leu aqueles livros e podem servir de conforto, e ainda se perguntando se vai ser diferente lê-los num lugar novo.

As crianças são Sam e Sarah, gêmeos de 4 anos. O sr. Weinberg, pai deles, trabalha em algum ramo do direito. Vai passar os dias de semana em Boston e ir para o Cabo nas sextas à tarde, para então voltar à cidade nas segundas de manhã. A dra. Veronica Levy ("pode me chamar de Ronnie") é uma romancista de verdade, que se especializou nos poetas do romantismo inglês no doutorado e dá aula sobre esse tema na Universidade de Boston. Já escreveu três livros e, dez anos atrás, um deles, que conta a história de uma mulher que se separa depois de um casamento infeliz, foi até adaptado para o cinema. Não que tenha feito muito sucesso, mas às vezes passa na TV a cabo.

— Ainda não consigo acreditar no quanto aquele livro vendeu — comenta a dra. Levy enquanto passam pelo trevo de Eastham na rodovia US 6, a caminho de Provincetown. A estrada de duas pistas se afunila em uma só faixa escura serpenteando rumo aos confins da terra. — Muitas mulheres gostam de finais felizes. Eu dei muita sorte.

Diana fica sem fôlego quando pegam uma estrada de cascalho e conchas e ela vê a casa de três andares, com uma fachada de vidro e cedro claro.

— É uma casa com a arquitetura invertida — explica a dra. Levy, indicando para a garota entrar na frente e conhecer tudo. — As crianças vão me ajudar a tirar as coisas do carro.

Diana entra e respira o ar com um leve toque de umidade da casa que passou o inverno fechada. No pavimento térreo há dois quartos, cada um com o próprio banheiro, e um lavabo entre os dois. O dormitório mais amplo, com pinturas a dedo emolduradas e pôsteres do abecedário na parede, é dos gêmeos, e o que fica do outro lado do corredor, com uma cama *queen-size* e um edredom listrado em verde e azul, é de Diana.

O banheiro dela (só dela!) tem piso de mármore e um boxe de azulejos brancos, e o chão e o toalheiro são aquecidos. Está limpíssimo, e parece nunca ser usado. Enquanto ela põe na pia os poucos produtos pessoais que trouxe, sente as bochechas doerem de tanto sorrir.

No segundo andar, há mais dois quartos, entre eles a suíte principal, que possui uma cama e uma banheira com uma vista deslumbrante da praia. O último andar é um ambiente enorme todo integrado, com a cozinha e a sala de jantar de um lado e uma sala de estar espaçosa do outro. As janelas vão do chão ao teto, enchendo a casa de luz, de frente para a areia e o mar, o que faz Diana sentir como se estivesse no convés de um navio. Há portas de correr com acesso a deques externos por toda parte: na cozinha, com uma churrasqueira e mesa de piquenique; nos banheiros do segundo andar; e um deque em meia-lua que dá para a sala de estar. Ela levou uma câmera, a Pentax da família, e está ansiosa para pedir à dra. Levy para tirar uma foto dela. Também quer mostrar às irmãs e à mãe onde está hospedada e que está indo tudo muito bem.

— O que achou? — pergunta a dra. Levy da cozinha.

— É a casa mais linda que já vi na vida — responde ela.

A dra. Levy sorri, parecendo satisfeita e um pouco sem jeito.

— Quando eu tinha sua idade, meus pais compraram um chalezinho numa duna, alguns quilômetros ao norte daqui. Ficava alugado na maior parte do verão, mas todo ano vínhamos passar duas semanas aqui, nós seis. Algumas das minhas lembranças mais felizes são de Truro. Sempre sonhei em comprar uma casa aqui e trazer meus filhos para passar as férias.

Ela começa a cantarolar enquanto guarda as compras do supermercado, sorrindo e parecendo mais jovem e mais feliz do que quando saíram de Boston pela manhã.

Diana logo entra no ritmo dos dias de verão. Precisa trabalhar das oito da manhã às três da tarde, de segunda a sexta. E programa o despertador para as sete e meia, assim tem tempo de tomar um banho antes de ajudar os gêmeos com as rotinas matinais, certificando-se de que vão escovar os dentes, arrumar a cama e tomar o café da manhã, que sempre inclui frutas frescas. Três manhãs por semana, a dra. Levy os leva de carro ao Gull Pond, um lago de água doce no final de uma estradinha esburacada e de terra batida em Wellfleet, a cidade ao lado. O lago, escavado na terra por uma geleira, tem uma água fresca e cristalina, um fundo de areia branca e é cercado por árvores de folhagens abundantes. Dá para ver alguns atracadouros pela extensão. As pessoas passam remando em canoas ou circulando de um lado ao outro em barcos a vela. Já as crianças usam pranchas na parte rasa, enfiando o rosto na água quando o instrutor pede, soprando bolhas. Os adolescentes tomam sol nos atracadouros.

A dra. Levy encontra um lugar perto dos pinheiros e ajuda Diana a preparar os gêmeos para a aula de natação. Sam é magrinho e tem a língua presa. Detesta sentir o protetor solar na pele, por isso reclama e tenta fugir na hora de passar. A irmã é mais estoica e paciente enquanto Diana aplica uma camada grossa de creme branco em seu nariz e bochechas.

— Você é tão criancinha — diz Sarah para o irmão, com as mãozinhas na cintura.

A mãe tira os chinelos e deixa a saída de praia pendurada num galho. De maiô preto, entra no lago até a água bater na cintura e então mergulha, afundando a cabeça, e volta a ficar de pé com a água escorrendo pelos ombros e as costas. Depois do primeiro mergulho, ela se lança na água e sai nadando num estilo livre bem lento, atravessando toda a extensão do lago e voltando.

— E se você se cansar quando chegar na metade? Ou tiver câimbra? — questiona Diana.

A dra. Levy a princípio parece pensativa, e depois um pouco culpada.

— Eu devia usar uma boia — responde ela, um pouco para si mesma. Em seguida, se anima e continua: — Mas eu sou uma boa nadadora. Na verdade, a única coisa que me dá medo são as tartarugas mordedoras. Uma vez, quando eu estava bem no meio, alguma coisa roçou minha perna. Devia ser só um peixe, ou uma alga, mas eu gritei como se estivesse num filme de terror.

A dra. Levy tem estrias como as de Diana, e mais algumas no busto. Há linhas de expressão em torno dos olhos e olheiras bem escuras. Ela prende o cabelo na maior parte dos dias, e nem parece perceber que está frisado, ou então não se importa com isso. Tem um sorriso simpático e um riso fácil, e o sr. Weinberg ainda olha para ela como quem a acha linda. É uma boa mãe também, tranquila e paciente, que nunca grita (mas Diana acha que deve ser mais fácil ser tranquila e paciente quando se tem alguém para ajudar com as coisas na maior parte do dia).

No Gull Pond, enquanto as crianças fazem aula de natação e a dra. Levy dá as braçadas pelo lago, Diana fica sentada na margem junto às outras babás, *au pairs* e ajudantes. Alicia, que tem cabelo castanho em um corte curto em camadas desfiadas, olhos bem grandes da mesma cor, uma silhueta curvilínea e pele marrom com subtom dourado, está com os Dexter. No ano anterior, a sra. Dexter, os três filhos e Alicia ficaram em Nantucket.

— Argh, não quero nem lembrar de Nantucket — comenta Alicia, usando os dedos para afastar o cabelo do rosto. — Todo mundo é branco e magro. Tipo, acho que eles não deixam uma pessoa gorda nem descer da balsa. Fazem dar meia-volta. Eu me senti horrorosa!

As outras garotas se apressam em dizer que ela não é gorda. Maeve, uma irlandesa alta, branca e sardenta, com cabelo ruivo e pernas compridas, está cuidando do bebê dos Donegan. No verão anterior, Maeve trabalhou no restaurante Moby Dick da rodovia US 6. Morava num alojamento com trinta outras irlandesas contratadas pelos restaurantes e hotéis das regiões mais afastadas do centro de Cabo Cod. Maeve ainda conhece todo mundo do Moby Dick e conta às demais sobre as festas e as fogueiras na praia, deixando evidente que estão todas convidadas a comparecer.

Marie-Françoise é a *au pair* dos Driscoll, e Kelly trabalha para os Lathrop, que estão numa mansão na mesma duna da dra. Levy. Kelly ajuda com a limpeza e cuida dos netos do casal quando estão lá.

Na maior parte dos dias, Diana, a dra. Levy e os gêmeos passam o fim da manhã e o início da tarde na beira da água, seja no lago ou na praia Corn Hill, que tem uma faixa de areia extensa e ondas fracas. A dra. Levy finca um guarda-sol na areia, faz um teste puxando-o de um lado para o outro para ter certeza de que não vai sair voando, e Diana besunta os gêmeos com mais protetor solar e protege os próprios ombros e as costas com uma camada mais modesta do Coppertone que leva na bolsa. Usando um chapéu vermelho e branco imenso, a dra. Levy se senta numa cadeira dobrável de lona com um chá gelado extragrande e um livro ou uma revista *People* (Diana acha graça ao perceber que, às vezes, tem uma revista *People* dobrada dentro do livro). Às sextas, o sr. Weinberg vai encontrar a família, levando sanduíches do Jams, a loja de conveniência no centro da cidade, ou ostras e batatas fritas do PJ's, em Wellfleet.

— Ah, eu não deveria comer isso — diz a dra. Levy, pegando as batatas fritas dele quando as crianças saem da água.

— Eu quero comer que nem passarinho! — pede Sam.

— Eu quero comer que nem animal de zoológico! — sugere Sarah.

Aos risos, Diana dá a eles pedaços de melancia gelada, tiras de queijo ou fatias de pepperoni, soltando a comida dentro das boquinhas ávidas. Às vezes, depois do almoço, a van da sorveteria Lewis Brothers passa. O motorista, um jovem de barba e sorriso fácil, sai da van verde-oliva e toca uma única vez uma corneta de plástico, e as crianças saem correndo da água, eufóricas, para pedir dinheiro aos pais. A dra. Levy nunca nega.

— Não contem para o papai — pede ela, pegando a carteira na sacola de praia e entregando a Diana uma nota de vinte dólares. — Se tiverem de hortelã com cookies, você pega para mim uma bola minúscula no copinho?

Às duas da tarde, as crianças estão cansadas. Diana e a dra. Levy recolhem os cobertores e as toalhas do chão, as pás e os baldes de brinquedo cheios de conchinhas. Diana leva as crianças até o chuveirão da casa e usa a ducha móvel para enxaguar os trajes de banho e os corpinhos, pedindo para erguerem os braços e depois tocarem os dedos dos pés, para ela poder limpar cada grão de areia.

Depois do banho vem o cochilo. Diana veste os gêmeos e os coloca para dormir. No geral, os dois caem no sono de imediato, exaustos depois de gastar bastante energia brincando no sol. Então ela fica livre.

— Divirta-se! — exclama a dra. Levy do sofá ou detrás do balcão da cozinha. — Nos vemos no jantar.

Às vezes, das prateleiras abarrotadas da sala, Diana pega um livro que, quando aberto, exala um cheiro de mar, papel e umidade.

Às vezes fica sentada no deque voltado para a baía e escreve no diário, descrevendo o lago, a baía ou a praia, a cor do céu ao anoitecer ou o sotaque de Maeve. Às vezes pinta; trouxe um kit de aquarela para viagem e um bloco de papel de pintura, testando retratar o pôr do sol ou a paisagem à beira-mar.

Contudo, na maioria dos dias, veste o biquíni, reaplica o protetor solar nos ombros e desce o lance de seis degraus até a praia. Nas primeiras duas semanas, caminha até a praia Corn Hill e lá estende uma toalha e fica sentada ao sol, ouvindo os barulhos animados das crianças e pais, a música de meia dúzia de rádios portáteis, as instruções às vezes pacientes e às vezes irritadas de um pai tentando ensinar os filhos a velejarem num barquinho ou empinarem uma pipa. Às vezes uma das amigas babás aparece, e elas fofocam sobre as famílias para quem trabalham. Diana fica sabendo que Marie-Françoise quase foi demitida quando a sra. Driscoll encontrou um garoto em seu quarto e que, num sábado à noite em Provincetown, Kelly viu o sr. Lathrop pela janela do Squealing Pig com uma mulher no colo, e não era a sra. Lathrop.

— O que você vai fazer? — pergunta Diana, com os olhos arregalados.

— Ele me deu quarenta dólares para esquecer o que vi — responde Kelly. Então dá de ombros e complementa: — E, bem, parece que eu tenho uma memória péssima mesmo.

Certa tarde, Diana vai de bicicleta até Provincetown, a uns quinze quilômetros pela estrada que contorna a costa. Passa pelos Flower Cottages, chalés bonitos pintados de branco com venezianas verdes, cada um com o nome de uma flor diferente, pelas duas pousadas e pelos condomínios de chalés espalhados pela divisa entre Truro e Provincetown. Quando chega à cidade, prende a bicicleta com o cadeado na frente da biblioteca e passeia pela Commercial Street. Tenta não ficar encarando as drag queens e entra numa loja que vende vibradores, lubrificantes, coleiras de couro, camisinhas com sabor e, entre outras coisas, consolos de vidro, anéis penianos e plugues anais trancados nos mostradores. Ela se aproxima, tão perto que a respiração embaça o vidro, e tenta entender como cada coisa funciona, o que vai aonde, e para quê. Ela nunca foi tocada por um garoto e, em casa, com as irmãs dormindo a um metro de distância, não se sente à vontade para se tocar.

Só que agora tem um quarto só para si, com fechadura, e uma ducha no banheiro que pode tirar do suporte e colocar entre as pernas, ajustando o fluxo e a pressão até ficar toda ofegante e trêmula, as pernas bambas e o rosto vermelho contra os azulejos, e a água quente chegando ao fim. "Estou tendo um verão maravilhoso", ela escreve nos postais que manda para casa. "Me divertindo muito mesmo!"

Em outra tarde, ela decide dar uma espiada na mansão Lathrop da beira do mar, então desce a escada e começa a caminhar na direção oposta, no sentido da praia Great Hollow. Usa o biquíni que ganhou de Natal, com uma correntinha fininha de ouro em volta do tornozelo direito e o cabelo solto. O sol aquece sua pele enquanto ela atravessa as águas rasas, e um cardume passa em alta velocidade, o movimento como sombra em seus pés.

Kelly e Maeve tinham lhe falado da Great Hollow. É o lugar que os jovens irlandeses e ingleses que trabalham nos restaurantes frequentam quando estão de folga, junto aos demais adolescentes de férias. Tem uma rede de vôlei montada na areia e aparelhos de som portáteis ligados em estações diferentes, competindo na categoria volume, além da costumeira cerveja e da ocasional maconha.

— Aqui!

Diana está andando pela praia quando vê Maeve acenando com a mão. Ela usa um maiô verde bem cavado, com o cabelo ruivo preso em tranças que roçam o rosto. Maeve apresenta os garotos com quem está: Fitz, Tubbs, Stamper e Poe.

— Vocês se chamam assim de verdade? — pergunta Diana, provocando risos nos meninos.

— Nós somos do Instituto Emlen — responde um deles. Poe, talvez?

— Ignora eles — recomenda Maeve com o sotaque irlandês proeminente. — São uns babacas.

Ela entrega uma cerveja para Diana, que começa a beber enquanto um dos garotos desdobra uma toalha de praia e a estende na areia. Ele usa um calção de banho azul e um boné do Red Sox por cima do cabelo escuro cacheado. A camiseta azul do rapaz tem o nome EMLEN estampado no peito. Seus dentes são alinhados e branquíssimos. Ele tem um tufo de pelos no peito que desce até o cós da bermuda. Diana levanta os olhos e vê que o garoto a está observando. Fica toda vermelha, mas ele sorri.

— Quer se sentar?

Ela torce para o movimento parecer gracioso enquanto se acomoda ali, sentindo o olhar dele, e se arrepende de não ter passado um batom, ou pelo menos um pouco de rímel. Desde que chegou ao Cabo, só passou protetor solar no rosto e nada mais. Está com a pele bronzeada e o cabelo mais reluzente que nunca. Em vez de se intimidar com a atenção dele, Diana ajeita bem a postura e começa a brincar com um dos laços do biquíni.

— Me conta tudo de você — pede ele.

Ela dá risada, apesar de não saber ao certo se foi uma brincadeira.

— Qual deles é você mesmo?

— Sou Poe. Você é de onde?

Ela conta que é de Boston, e que está trabalhando como ajudante de uma mãe de gêmeos. Ele diz que acabou de se formar no tal Instituto Emlen, e que a turma dele alugou dois chalés do Flower Cottages na beira da Beach Road, para passarem um último verão juntos antes de irem para a faculdade.

Diana sabe, pelo que ouviu das amigas e leu nos livros, que seu papel seria ouvir, agradar, fazer perguntas e mantê-lo falando. Porém, esse garoto, Poe, quer saber a seu respeito. Ela gosta de morar na cidade grande? ("É bem barulhento", é o que ela responde, e conta que não consegue se acostumar com o silêncio dali à noite, nem com o contraste do brilho intenso das estrelas com o escuro do céu). Em que ano da escola ela está? ("Primeiro do ensino médio", é a resposta, na esperança de que ele pense que ela acabou de terminar o ano letivo, e não que vai começá-lo em setembro, quando as aulas voltarem). Qual é sua matéria favorita? ("Inglês, óbvio.") O que você vai fazer quando terminar o colégio?

— Vou para a faculdade — responde ela. — Quem sabe a Smith College ou Mount Holyoke.

Seria preciso uma bolsa de estudos para qualquer uma delas, mas a dra. Levy, que estudou no Smith, disse que é mais do que possível, e que a ajudaria a fazer as redações necessárias quando chegasse a hora.

— E depois disso? — questiona Poe.

— Acho que quero ser professora.

É uma resposta que soa mais realista e menos arrogante do que dizer que quer ser artista ou escritora.

— Gosto de crianças — complementa ela.

Não é bem verdade, mas parece ser o tipo de coisa que um garoto gostaria de ouvir.

— Acho que as crianças são nosso futuro — responde ele na maior seriedade e abre um sorriso quando ela cai na risada.

Os dois foram enterrando os pés na areia enquanto conversavam. Ele pega um punhado de areia fina e deixa cair, devagar, em cima do tornozelo dela. Diana fica olhando para os grãos que lhe fazem cócegas. Poe não a está tocando, mas mesmo assim parece a coisa mais íntima que um garoto já fez com ela. Por um instante, Diana parece se esquecer de como se respira.

Quando o último grão de areia cai, ele se vira e estreita os olhos na direção do sol.

— Acho que preciso ir.

— É, eu também.

— Bom, foi um prazer te conhecer.

— O prazer foi meu.

Ela está morrendo por dentro, com as entranhas se revirando como uma lesma depois de um banho de sal, só de pensar que aquele pode ser o fim. Só que então ele diz, no tom mais casual de todos:

— De repente a gente pode se ver amanhã?

Ela confirma com a cabeça.

— Uhum, amanhã.

Diana ainda sente o tornozelo formigar. No caminho de volta, está se sentindo radiante, linda, alta e forte enquanto a brisa sopra seu cabelo e o sol aquece os ombros. Naquela noite, vai dormir pensando no rosto dele.

Durante a semana seguinte, ela e Poe se encontram todas as tardes em Great Hollow. "Olá, maruja!", é o que ele grita quando a vê andando em sua direção, e ela sente o coração acelerar no peito, agitado como um passarinho. Um dia, ele pergunta se ela está com sede e entrega uma garrafa com o nome EMLEN na lateral quando ela faz que sim com a cabeça. Diana põe os lábios na abertura bem onde ele estava com a boca, o que é quase um beijo indireto, e sente os olhos dele a observando enquanto bebe.

Na maior parte do tempo, a conversa entre os dois se resume a gracinhas, provocações e brincadeirinhas inofensivas. Ele pergunta se ela já teve namorado (não) ou se já está aprendendo a dirigir (ainda não). Quando ela pergunta, depois de um dia e meio criando coragem, se ele está saindo com alguém, Poe responde que namorou apenas uma garota no primeiro semestre antes de se formar, mas que concordaram em terminar tudo depois da formatura, porque nenhum dos dois queria chegar à faculdade comprometido.

— Você sente falta dela? — pergunta Diana.

Ele está empilhando areia em cima dela de novo, punhado a punhado, até os pés de Diana parecerem meros calombos na extremidade das pernas.

— Sinto, sim — confirma ele, olhando bem nos olhos dela outra vez. — Mas não posso dizer que me arrependo de estar solteiro.

Diana sabe que não é bonita como Marie-Françoise, com aquelas maçãs do rosto salientes e olhos azul-acinzentados, nem como Tess Finnegan, da Boston Latin, que tem uma silhueta perfeita de ampulheta e cabelo escuro encaracolado até a cintura. Mas, quando Poe a olha, ela se sente radiante, como frutas silvestres sob o sol, com a pele fina bem esticada protegendo o interior doce e suculento.

Às vezes, ela se dá conta de que não sabe muita coisa sobre Poe. Sabe que ele é bonito e gosta de pregar peças, e que os demais garotos do Emlen o veem como líder. Sabe, ou pelo menos imagina, que ele é de família rica, por causa dos sapatos *dockside* de couro, camisas da Brooks Brothers e calções de banho da Lacoste. Quando ela chega mais perto, também sente o cheiro de perfume caro.

Diana não sabe o que ele faz à noite, quando ela volta para casa para ler ou ver *Masterpiece Theater* e tomar bolas sorvete em uma caneca.

Talvez esteja em festas, ou nos bares de Provincetown; talvez esteja conhecendo outras garotas, mais velhas que ela. Diana se pergunta se ele pensa nela, se a vê como uma irmãzinha ou uma namorada em potencial, e o que vai acontecer quando as férias acabarem.

Ele preenche os pensamentos dela durante todos os minutos em que não estão juntos. Diana pensa nele quando está trancada no quarto, ou direcionando o chuveirinho para o meio das pernas no banho, ou usando os dedos para se tocar, no início bem de leve, depois com mais urgência, até ficar toda trêmula e arfante. Comparados a Poe, os garotos de Boston parecem crianças, meros esboços das pessoas que um dia vão se tornar. Poe é um retrato finalizado, completo e vívido, com cada detalhe no lugar. Na cama à noite, a garota pensa nos ombros dele esticando o tecido da camisa, nos pelos finos dos antebraços e nos espaços côncavos atrás dos joelhos. Pensa em como seria se ele a puxasse para junto de si até deixá-la apoiar a cabeça em seu peito; em como seria beijá-lo, com os lábios firmes, quentes e seguros, as mãos possessivas e firmes. *Eu te amo*, ela o imagina murmurando, com um frio na barriga e os dedos do pé se contorcendo, e pega no sono com um sorriso no rosto.

<center>~~~~~~~~</center>

Cedo demais, chega a última semana de agosto. Em quatro dias, Poe vai para casa, vai juntar as coisas e partir para a semana de recepção aos calouros na faculdade Dartmouth. Na sexta-feira, ela e Poe estão sentados nas toalhas de praia quando ele ajeita a postura e cochicha:

— Olha lá! São os nudistas!

Ela esquadrinha a areia com os olhos para onde ele aponta e vê um homem e uma mulher de mais idade, com roupões brancos idênticos, de mãos dadas e caminhando devagar para a curva na ponta da praia.

— Nossa — murmura ela.

Poe tinha contado sobre eles, o casal de velhinhos que iam até um ponto isolado da praia para se deitarem pelados na areia, mas ela nunca os havia visto.

— Eles são uma graça — opina Diana. — Parecem aquelas fronhas para casais.

Poe olha para ela, admirado.

— Essa foi boa — comenta ele, fazendo-a ficar vermelha de alegria.

Ela está torcendo para que ele jogue areia em seus pés de novo, mas nesse momento um dos outros garotos vem correndo pela areia com uma bola de vôlei na mão.

— Os pombinhos vão querer jogar?

Pombinhos. Diana sente o rosto esquentar e abaixa a cabeça para esconder o sorriso.

— Está a fim? — pergunta Poe.

— Uhum — responde ela, deixando ele ajudá-la a ficar de pé.

Na aula de educação física, fizeram uma temporada de vôlei no ano anterior. Durante nove semanas, Diana mal tocou na bola, mas naquela tarde sua habilidade se mostra incomparável. Jogam três partidas, e ela sai vencedora de todas. Duas vezes, ela levanta a bola para Poe cortar, mandando-a por cima da rede como um foguete na direção da areia. Na primeira vez, eles se cumprimentam batendo as mãos, mas na segunda ele a abraça com força, erguendo-a do chão, segurando-a pele contra pele, peito contra peito. Ela acha que vai ser beijada, e que vai ser perfeito... um primeiro beijo perfeito em um último dia do fim de verão, mas em vez disso ele a coloca no chão de novo, com todo o cuidado.

Quando o jogo termina, ele toca sua mão e diz:

— Ei, um pessoal vai se encontrar amanhã à noite. A última fogueira do ano, antes de todo mundo ir para a faculdade. Você pode ir?

Ela confirma com a cabeça. Esteve esperando por isso, esperando por ele, desde que ganhou da irmã o biquíni amarelo; desde o primeiro dia do verão, talvez até desde o dia em que nasceu.

~~~~~~~

O que vestir, o que vestir? Diana fica ansiosa e distraída o dia todo, desesperada para as horas passarem logo. Depois da praia, passa um tempo a mais no chuveiro externo, raspando as pernas, axilas e as virilhas, depois passando óleo na pele nua. Sozinha no quarto, enxuga o cabelo com a toalha, passa mousse das raízes às pontas e deixa os fios secarem ao vento, tocando nos cachos toda hora, torcendo para que estejam bonitos, para que ela esteja bonita.

No jantar, em que é servida a famosa salada de lagosta da dra. Levy, Diana comenta num tom casual:

— Um pessoal que conheci vai fazer uma fogueira na praia hoje. Tudo bem se eu for?

A dra. Levy e o marido se entreolham, um de cada lado da mesa.

— O que seus pais diriam? — pergunta por fim o sr. Weinberg. — Você acha que eles deixariam você ir?

Diana sabe que a resposta é que seus pais provavelmente não gostariam. Assim como as irmãs, ela só poderia namorar quando fizesse 16 anos, e sabe o que os dois diriam de uma festa com garotos mais velhos e bebidas. Ela faz uma expressão pensativa e responde:

— Acho que eles me diriam para tomar cuidado, não beber e não chegar depois da meia-noite.

— Parece razoável. — A dra. Levy olha bem para ela. — Mas você precisa me prometer. Eu vejo sua mãe todo dia no trabalho, e ela me mataria se acontecesse alguma coisa com você enquanto está comigo.

Diana concorda com a cabeça, em um gesto ávido. Na imaginação, vê Poe, o contorno das costas dele, a forma como o rosto dele se ilumina quando a vê chegando. Lembra da sensação dos braços dele a segurando, do corpo colado ao seu, pele na pele.

No banheiro, ela faz bochecho com enxaguante bucal, escova os dentes, passa o fio dental, enxagua de novo, e só então se olha no espelho. Está com os olhos radiantes, as bochechas coradas. As tiras finas do vestido branco realçam o bronzeado e o contorno dos ombros.

Até que está bom, pensa. Depois de abrir a porta e sair para a noite, desce dois degraus por vez, e quando chega à praia sai em disparada com passos ligeiros pela areia na direção do brilho da fogueira, do cheiro da fumaça, do som da música e das vozes altas.

Poe a está esperando perto da fogueira, com um short cáqui e uma camiseta Ballston Beach. De repente, ela fica toda sem jeito, como se as pernas fossem compridas demais e não soubesse o que fazer com as mãos, mas ele envolve seus ombros com o braço e a puxa para si, o que a faz relaxar. Ele tem cheiro de uísque e amaciante de roupa, e ela vê uma pequena sobra de creme de barbear no lóbulo da orelha, que ele esqueceu de limpar.

— Vamos lá — chama Poe.

Ela o segue até o local indicado, senta-se ao lado dele e o deixa chegar mais perto, apoiando a cabeça no ombro do rapaz. Poe segura um de seus cachos entre os dedos, puxando até ficar liso e então soltando para enrolar de novo antes de prendê-lo atrás de sua orelha, passando o polegar na bochecha de Diana. Os olhos dela se fecham instintivamente. Diana acha que vai desmaiar, ou ficar de pernas bambas de tanta emoção.

— Sabe o que eu pensei na primeira vez que te vi na praia?

Ela nega com a cabeça.

— Pensei que você era a cara do verão. Tipo, se eu fosse fazer uma pintura para chamar de *Verão*, seria uma imagem sua. — Ele dá uma risadinha constrangida. — Isso deve parecer a maior bobagem.

— Não! — Ela abre os olhos e o observa. — É a coisa mais incrível que já me disseram. É perfeito.

Você é perfeito.

Com um sorriso, ele pega um copo plástico vermelho de algum lugar e põe nas mãos dela.

— Vamos brindar!

A lua está cheia e luminosa, e as estrelas são como pontinhos brilhantes no céu. Ela consegue ouvir o vento, o som das ondas, o vaivém da água escura, a infinitude de tudo. Quando leva o copo à boca, pensa: *Eu nunca vou ser tão feliz quanto agora. Vai ser a melhor noite da minha vida.*

Parte Um

As duas Dianas

1

Daisy

2019

Daisy Shoemaker não conseguia dormir.

Ela sabia que não era a única pessoa no mundo acordada no meio da madrugada, lógico. Já tinha lido postagens no Facebook, matérias em revistas e livros inteiros sobre mulheres de sua idade consumidas pela ansiedade; corroídas pelo remorso; atormentadas pelos hormônios; preocupadas com o casamento, o corpo, pais idosos, adolescentes rebeldes; e lá se ia mais uma noite em claro. Na cama, numa noite de domingo em março, com os roncos do marido ressoando em alto e bom som mesmo com os protetores auriculares, Daisy imaginava sua comunidade, "as irmãs insones", cada qual torturada pela própria imaginação, com o rosto iluminado pelo retângulo brilhante nas mãos.

"Imagine cada preocupação como se fosse um presente. Ponha todas em ordem, da mais amena à mais intensa. Imagine que está pegando uma por uma e a embrulhando com carinho. Imagine que está colocando o presente sob uma árvore de Natal e se afastando dele."

Daisy havia lido sobre a técnica em algum site ou revista. E tinha tentado colocá-la em prática, assim como tantas outras. Imaginara as preocupações como folhas descendo por um riacho; como nuvens, passando pelo céu; como carros, passando em alta velocidade pela estrada. Tentara o relaxamento muscular progressivo; nos fones com cancelamento de ruído, ouvia podcasts relaxantes e playlists no Spotify com barulhos para acalmar a mente e induzir o sono: tigelas tibetanas, cantos gregorianos, sons de baleias cruzando as vastas profundezas marítimas. Tomara melatonina e chá de valeriana, e se acostumara a deixar o celular carregando no banheiro em vez de ao lado da cama, mas não no silencioso, para o caso de sua filha, que estudava num internato, telefonar no meio da noite.

Pensar em Beatrice a fez suspirar, e depois lançar um olhar culpado ao lado para ver se não acordou Hal. Mas ele ainda estava dormindo, de barriga para cima e com as pernas abertas e estendidas, como se fosse uma estrela-do-mar. Eles tinham uma cama *king-size*, e mesmo assim na maioria das manhãs Daisy acordava toda encolhida na beirada do colchão. Hal compreendia a dificuldade causada pela situação, mas não se mostrava nem um pouco disposto a solucioná-la.

"O que você quer que eu faça?", questionava ele, soando irritante de tão racional e um tanto condescendente. "Não estou empurrando você para fora de cama de propósito. Estou dormindo."

Ele também lhe deu permissão para acordá-lo quando isso acontecesse.

"Pode me dar um cutucão", dizia ele. "Uma sacudida no ombro."

Mas talvez tivesse sugerido aquilo só porque sabia que ela jamais agiria assim.

Com um suspiro, Daisy se virou para a janela. Ainda estava escuro lá fora, com o céu sem mostrar nenhum sinal de que clarearia, um sinal de que eram provavelmente duas ou três da madrugada, o auge da noite. Ela teria um dia importante pela frente e precisava tentar dormir. *Inspire, dois, três, quatro*, instruiu a si mesma. *Prenda a respiração, dois, três, quatro. Expire.* Soltou o ar devagar, tentando, sem sucesso, não pensar no tom de voz do reitor ao informá-la das mais recentes transgressões de Beatrice, que envolvia reunir membros da Liberação Feminista do Emlen (ou LibFE) e pichar com tinta spray a palavra ESTUPRADOR na porta do dormitório de um aluno.

— Infelizmente não é a primeira infração de Beatrice a nosso código de honra — falara o reitor num tom monótono. — Precisamos que pelo menos um dos responsáveis venha até aqui para discutir a situação.

— Tudo bem — respondera Daisy, insegura. — Mas... você poderia ligar para meu marido? Vocês têm o número dele também, certo?

Ela queria que Hal lidasse com aquilo. Hal era o egresso do Emlen na casa, cujo pai também era formado lá, um ex-aluno participativo que fazia doações em dinheiro todos os anos, além de pagar a anuidade de Bea. Ele saberia o que fazer... E, se o diretor ligasse, Hal receberia a notícia de um representante da escola, não dela.

— Com certeza — respondera o reitor.

Daisy tinha encerrado a ligação, com as pernas bambas de alívio, pensando: *Hal vai dar um jeito nisso. Vai falar com a escola. Vai pensar em uma solução e, quando ele chegar em casa, vai estar tudo resolvido.*

Só que não fora o que acontecera. Duas horas depois o marido entrara pisando forte na casa, usando o mesmo terno azul e a gravata vermelha e dourada com que tinha saído de manhã, com uma expressão furiosa no rosto.

— É provável que ela seja expulsa. Precisamos ir até lá na segunda de manhã. E por que essa cara de satisfação, aliás? — esbravejou ele antes mesmo que Daisy pudesse abrir a boca.

Ela virou a cabeça para o outro lado, sentindo o rosto ficar vermelho. Ele passou por ela, a caminho da escada.

— Estou decepcionadíssimo com ela. E você também deveria estar.

— Mas...

Ele já estava na metade da escada e, ao ouvir a voz da esposa, deteve o passo, com a mão no corrimão e uma postura impaciente.

— O garoto fez mesmo isso que ela disse?

Hal se virou para ela.

— Como é?

Daisy se preparou para o confronto. Ainda não tinha conversado com Beatrice... A filha vinha ignorando as mensagens, e as ligações caíam direto na caixa postal.

— Você não acha que precisamos ouvir o lado dela também? Para entender o que aconteceu de verdade?

Hal balançou a cabeça.

— Seja o que for, não é papel dela ser a juíza e o júri por lá. Beatrice vandalizou a escola, acusou alguém publicamente de uma coisa que ele pode não ter feito. E... — concluiu ele, como se estivesse argumentando diante de um tribunal — ... ela já tinha aprontado antes disso.

Daisy baixou a cabeça. Era verdade. Mesmo antes do incidente, Beatrice havia sido advertida por matar aula. A garota tinha uma loja online na qual vendia miniaturas de pets em feltro por cem dólares cada. Já tinha deixado evidente para todos, tanto para os pais como para a direção da escola, que preferia o artesanato aos estudos.

— Talvez Beatrice não sirva para estudar numa escola assim — sugeriu Daisy, arriscando.

Aquele era um argumento que já havia usado várias vezes quando estavam decidindo onde a filha estudaria, o que na verdade nunca esteve em questão, porque desde o berço o marido planejava mandar Bea para Emlen, o instituto em que ele, o pai e os dois irmãos de Daisy tinham estudado.

"Você vai dar continuidade à tradição da família", declarara ele para Beatrice, que só tinha revirado os olhos.

Hal acreditava que a experiência de estudar num internato tornaria a filha mais forte e independente. Daisy achava que Beatrice era nova demais para ficar longe de casa. Além disso, em breve a faculdade começaria, então por que a pressa?

"Ela nem quer ir", insistira Daisy, tentando fazer o marido entender a fragilidade de uma menina de 14 anos.

Ela se lembrava de quando tinha aquela idade. Sentia-se um caramujo sem concha ou uma tartaruga sem o casco: esquisita e vulnerável; exposta e desajeitada. Pelo menos fora assim com ela, mas desconfiava de que a filha fosse mais durona. Mesmo assim, insistira no assunto: que garotas daquela idade eram especialmente sensíveis a qualquer ofensa ou desfeita, que até uma coisinha de nada poderia magoar Beatrice ao extremo, e que as cicatrizes ficariam com a menina para sempre, assim como havia acontecido com Daisy. Mas Hal não lhe dera ouvidos.

"Não cabe a ela decidir isso. Quem sabe o que é melhor para ela somos nós", afirmara ele num tom pedante.

A discussão se arrastou por um tempo, mas, como sempre, prevaleceu a vontade de Hal; que fez Bea escrever uma redação que era uma combinação de bajulação e promessa descarada de suborno. Daisy desconfiava de que Hal houvesse elevado a doação anual à escola para uma cifra que garantiria a admissão até de uma pedra. Beatrice entrara no carro de bom grado e se mostrara falante e até animada na viagem até New Hampshire. Contudo, uma vez lá, as conversas ao telefone se resumiam a monossílabos ("Como vão os estudos?" "Bem." "Gostou da sua colega de quarto?" "Aham."). No boletim do primeiro semestre, havia somente notas medianas e mais de uma dezena de faltas não justificadas.

Hal continuou subindo a escada, resmungando que tinha sido a última doação que faria ao Emlen. Daisy ficou esperando ouvir o som da porta do quarto se fechando antes de ligar para a filha, que enfim se dignou a atender.

— O que aconteceu? — questionou Daisy.

Ela não sabia se Beatrice estaria sentindo raiva, tristeza ou vergonha. Considerando a intensidade das emoções de uma menina de 14 anos, qualquer uma das três coisas, sozinhas ou combinadas, não seria surpresa. Só que Beatrice parecia calma e até (seria mesmo possível?) feliz.

— Provavelmente vão me expulsar. Você e meu pai vão precisar vir aqui. — Ela baixou o tom de voz. — O reitor quer falar com vocês.

— Você acha que existe alguma chance de deixarem você ficar?

— Provavelmente não! — Beatrice não parecia apenas satisfeita, Daisy percebeu. Estava empolgada. — Mas tudo bem. Agora eu tenho como falar para meu pai que tentei, mas não deu certo.

Uma lembrança da filha aos 2 anos e meio surgiu à mente de Daisy, com Beatrice de macacão jeans da OshKosh e uma camiseta listrada em rosa e branco por baixo, teimando em tentar subir na escada do jardim e caindo em cima do traseiro protegido pela fralda todas as vezes. "Não, mamãe, eu quero ir SOZINHA." Eles a chamavam de Trixie na época, e Daisy ainda conseguia vê-la no primeiro dia de jardim de infância, toda orgulhosa com uma mochila nas costas que era quase de seu tamanho. Também se recordava do cheiro de talco e leite na pele de Bea quando lhe dava um beijo de boa-noite; do peso dela quando bebê, como um pão quentinho, quando enfim adormecia em seu colo. E também de ficar com lágrimas nos olhos ao assistir a alguns desenhos da Disney quando Beatrice tinha 4 ou 5 anos, e da filha a olhando com curiosidade, perguntando o motivo do choro.

"É porque é triste", explicou Daisy, apontando para a tela.

Beatrice colocou a mão gordinha de criança no antebraço dela.

"Mamãe, não são pessoas de verdade", respondeu a menina, toda gentil.

Tímida, Beatrice perguntou:

— Meu pai está muito bravo?

— Ele só está preocupado com você, querida — explicou Daisy. — Porque quer sua felicidade.

Houve uma pausa. Então Beatrice, soando cética e bem mais velha do que sua idade real, respondeu:

— Nós duas sabemos que isso não é verdade.

Imagine cada preocupação como um presente.

Daisy começou com a maior delas: a filha. Hal já tinha decretado que, se fosse expulsa, Beatrice iria para a escola Melville, uma instituição privada de ensino na Main Line, que já havia informado a Hal que a aceitariam sem qualquer problema pelo restante do ano letivo (e também, como Daisy percebeu, não viam qualquer problema em cobrar o valor cheio da anuidade). Beatrice provavelmente reclamaria de não ir para Lower Merion High junto com os amigos com quem estudava antes de ir para o ensino médio, mas sobreviveria.

Contudo, era óbvio que ter Beatrice em casa por mais três anos e meio significava conviver com uma filha que se comportava como se a odiasse. Daisy só percebeu a que ponto as coisas tinham chegado quando Beatrice foi para Emlen e ela notou uma deliciosa calmaria, noites e mais noites sem brigas, sem portas batendo tão forte que faziam as paredes estremecerem ou gritos de "Eu odeio vocês!". Ela e Hal desfrutavam de jantares tranquilos e de momentos de paz, juntos no sofá. Várias das noites eram concluídas com prazer na cama *king-size* do casal, inclusive. Hal comentava com frequência que as coisas estavam ótimas, bem mais agradáveis, sem Beatrice por lá, mas para Daisy o silêncio parecia ecoar com muito mais força que a gritaria habitual. A casa parecia um museu, e ela, uma invasora, andando nas pontas dos pés e tentando não fazer disparar os alarmes.

Daisy estava preocupada com a filha. Estava preocupada com a mãe, que havia sofrido dois pequenos "eventos cerebrais" no ano anterior e passado seis semanas numa clínica de reabilitação. Apesar de Arnold Mishkin, o companheiro da mãe, ter prometido cuidar dela, Daisy ainda temia abrir a porta um dia e encontrar Judy Rosen na frente da garagem, cercada de malas e das bonecas de porcelana Lladrò que tinha começado a colecionar pouco tempo antes. O irmão Danny ajudaria, lógico. Ele morava a uns cem quilômetros dali, em Lamberville, numa casa de três quartos e espaço de sobra só para ele e o marido, mas Judy insistiria em ficar com Daisy. Por ser a caçula e a única mulher, de acordo com a visão de mundo de Judy, Daisy era a responsável por seus cuidados.

Daisy se imaginou embrulhando a mãe e as bonecas dela. Depois deixou-as de lado e passou para as demais preocupações que aguardavam com impaciência sua vez, lutando por atenção.

Havia Lester, o mestiço de beagle e basset hound cuja doença no coração só piorava. O pobre cachorro, aos 12 anos, começara a sofrer de insuficiência cardíaca congestiva, tomava três remédios diferentes e parecia estar perdendo o apetite. Hal inclusive já tinha começado a comentar que talvez estivesse na hora de Lester ir brincar no grande parque de cachorros lá no céu.

O que, por fim, a levava a Hal. Ele ainda a amava? Em algum momento havia amado? Estava tendo um caso? Dois anos antes, aparecera uma assistente no escritório de quem ele não parava de falar e, na festa de Natal do ano anterior àquele, Daisy pensara ter visto uma das assistentes jurídicas os olhando por cima da poncheira. O olhar da jovem bonita alternara entre Hal e Daisy, e dera para imaginar o que estivera pensando: *Não dá para entender. O que foi que ele viu nela?* Aos 50 anos, Hal continuava bonitão, um galã até, de ombros largos e sem barriga, com contornos do rosto comprido e o grisalho no cabelo o deixando ainda mais atraente, enquanto Daisy, doze anos mais nova, parecia baixinha, atarracada e, provavelmente, desesperada. Se Hal quisesse diversões e emoções extraconjugais, teria oportunidades de sobra. Daisy tentava não pensar muito nisso, ou se de fato se importaria se Hal a estivesse traindo, ou se só ficaria aliviada por haver outra pessoa se encarregando do que ele antes chamava de "minhas necessidades masculinas". Ela queria poder perguntar a Hannah se achava que Hal era fiel, e o que faria se não fosse o caso, só que nove meses antes sua melhor amiga tinha morrido.

Daisy se virou na cama e se deitou do lado direito do corpo. Suspirando mais uma vez, forçou-se a fechar os olhos. Tinha conhecido o marido aos 20 anos, quando ele tinha quase 33. "Perigo, perigo, perigo", as amigas disseram em coro, todas alertando que devia haver alguma coisa errada se um cara da idade de Hal ainda estava solteiro e interessado numa mulher quase treze anos mais nova. Hal sabia que era isso que as pessoas pensavam. Afinal, logo no primeiro encontro, falou:

"Acho melhor contar por que cheguei a essa idade sem mulher e filhos."

"Pelo menos você não tem uma ex-mulher", comentou Daisy.

Hal não sorriu, só pigarreou.

"Eu tive um problema sério com bebida, por anos."

"Ah", murmurou Daisy.

Logo começou a pensar em programas de reabilitação, um Poder Superior, reuniões, apadrinhamento e coisas como "Doença não é motivo para vergonha". Ela pensou: *Pelo menos ele está me contando agora, antes que eu me interesse de verdade.* E depois: *Ah, mas eu gostei dele!* Ela admirou sua confiança e (por mais que fosse superficial, era verdade) gostou da aparência. Hal era bonito, com uma pele bronzeada, que mantinha o tom até no inverno, e sobrancelhas marcantes, como se fossem pinceladas grossas por cima dos olhos. Ele se conduzia com uma postura bem próxima da arrogância... Pelo que Daisy presumiu, era uma mistura da confiança trazida pela idade, riqueza de berço e pelo sucesso que vinha obtendo como advogado. Hal apareceu na porta usando um paletó de tweed e gravata, segurando um buquê de flores para a mãe dela, lírios e rosas da cor damasco. Abriu a porta do carro para ela e esperou que Daisy se ajeitasse antes de dar a volta e se acomodar diante do volante. Dirigiu com cautela, fez perguntas para Daisy e pareceu interessado em ouvi-la.

Daisy gostou do fato de ele ser mais velho; de saber quem era, alguém com uma formação educacional sólida, uma casa, uma carreira. Um homem que provavelmente não diria do nada, como o namorado de sua colega de quarto havia feito pouco tempo antes, que começaria uma especialização artística em poesia em vez de uma especialização administrativa em finanças, ou que decidiria, como um dos pretendentes anteriores de Daisy, que queria começar a dormir com homens também.

Tudo isso passou por sua cabeça enquanto estava sentada diante de Hal no restaurante que ela escolhera. Hal devia ter percebido. Daisy sempre foi muito transparente.

"Não se preocupe", disse ele com um sorriso. "Meus amigos não precisaram fazer uma intervenção. Não precisei me internar numa clínica, e não frequento reuniões do AA. Não chegou a esse ponto. Eu gostava de beber, mas não da pessoa que virava quando bebia. Então parei."

"Simples assim?", perguntou Daisy.

"Simples assim. Nos últimos três anos, tomei uma taça de champanhe no Ano-Novo e só." Ele fez uma careta, levantando as sobrancelhas expressivas. "Não vou dizer que os primeiros dias, ou semanas, foram fáceis. Mas nunca fui do tipo que bebia todo dia. Acho que tive sorte. Mas sim. Eu só parei."

"E você não se incomoda se...", murmurou Daisy, acenando com o queixo para o saquê que ele havia pedido para ela.

Hal negou com a cabeça. Sua voz soou um pouco rouca quando ele disse:

"Eu gosto de ver uma mulher desfrutar do que gosta."

Ela o beijou naquela noite, deu uns amassos no encontro seguinte e dormiu com ele no terceiro. E foi bom. Mais do que bom. O melhor sexo de sua vida. Não que tivesse transado muito. Havia ido para a cama com quatro caras, dois deles só uma vez, e Hal foi o primeiro com quem teve um orgasmo. De início, quando ele foi descendo em meio a uma trilha de beijos e afastou suas coxas com um gesto gentil, ela ficou tímida e envergonhada, ponderando se deveria ter se depilado com cera, com lâmina, ou se lavado antes, mas ele apenas colou o rosto em sua pele, apertando sua cintura e a puxou para mais perto, como se não quisesse largá-la nunca mais. Hal retirou sua calcinha e, antes que ela pudesse se preocupar com a aparência ou o cheiro lá embaixo, ele fez uma coisa, uma combinação de movimentos com os dedos e a língua. Daisy arqueou as costas no colchão como se tivesse levado um choque.

"Ah", murmurou ela, gemendo. "*Ah.*"

Hal deu risada, um ruído grave e gutural, e as preocupações de Daisy se foram, assim como seus pensamentos. Quando ele se levantou, com o rosto ainda molhado, e foi até ela, Daisy o beijou e sentiu seu gosto na boca dele. Hal se posicionou em cima dela e, ainda a beijando, penetrou-a com uma única estocada, depois se afastou devagar antes de penetrá-la de novo, e Daisy pensou: *Então é disso que tanto falam.*

Quando acabou, ela ficou ao lado dele, recuperando o fôlego antes de ir para a cozinha, determinada a agradá-lo, a deliciá-lo da maneira como Hal havia feito com ela. Misturou um ovo com farinha de semolina, abriu a massa na máquina de macarrão enquanto fervia uma panela de água com sal. Daisy preparou uma massa perfeita al dente, temperou com sal e pimenta, completou com um bom parmesão e um ovo poché colocado por cima com cuidado. Hal enrolou os primeiros fios no garfo e os levou à boca, e pelo olhar em seu rosto ela notou que a sensação que devia estar sentindo era parecida a que teve quando ele fizera aquilo com a língua.

"Está incrível", elogiou Hal. "Você é incrível."

Daisy abriu um sorriso tímido, perguntando-se quanto tempo levaria para eles fazerem amor de novo.

Seis meses depois, estavam casados. As colegas de faculdade ficaram em choque (algumas perplexas, outras animadas) com a ideia de que Daisy abandonaria os estudos e se casaria tão nova. A mãe dela ficou satisfeitíssima, sem nem disfarçar.

"Seu pai teria ficado muito feliz", comentara Judy, fungando em meio ao choro, quando baixou o véu sobre o rosto de Daisy. "Teria pagado por tudo também, para você ter tudo do bom e do melhor."

Mas Jack Rosen, o pai de Daisy, que passou a vida alternando entre a prosperidade e o limiar da falência, havia morrido de infarto quando a filha tinha 14 anos, no ponto mais baixo de uma das más fases. Não restara qualquer dinheiro guardado. Ele também não tivera seguro de vida, e os irmãos dela, doze e treze anos mais velhos que Daisy, estavam formando as próprias famílias na época.

Daisy tinha deixado de lado os planos de seguir os passos dos irmãos de estudar no Emlen, que havia se tornado uma escola mista apenas três anos antes. Em vez disso, mudou-se com a mãe para um apartamento de dois quartos numa vizinhança não muito boa em West Orange, formou-se numa escola pública e precisou recorrer a um auxílio estudantil para se matricular em Rutgers. Depois que Hal a pediu em casamento, ela explicou isso para ele, pois sabia que a tradição ditava que a família da noiva pagasse pela festa, mas em seu caso era impossível. Hal lhe lançou um olhar carinhoso e sacou um cartão de crédito.

"É para você, para tudo o que precisar", declarou ele. "Eu sou sua família agora."

O casamento foi em um hotel de Center City, uma festança que durou até as duas da manhã, com vários amigos de Hal do escritório de advocacia, da faculdade e da escola preparatória. A lua de mel foi uma viagem de três semanas para o Havaí, e depois disso Daisy se mudou para a casa de Hal, uma residência em estilo colonial de quatro dormitórios na Main Lane, onde ele cresceu, que recebeu de herança do pai, depois de ele se mudar para um condomínio de aposentados após a morte da esposa. Vernon Shoemaker levou quase toda a mobília, deixando apenas duas estantes de livros enormes de carvalho maciço na sala de estar e uma cama box *king-size* no quarto. Além de duas cadeiras dobráveis e uma TV enorme, não havia mais nada por lá. Hal falou para Daisy ficar com o cartão de crédito e comprar o que quisesse.

A intenção dela era pedir transferência para a faculdade Temple ou Drexler e concluir a graduação, mas passou o primeiro ano de casada fazendo compras e decorando a casa, acomodando-se naquela vida. No aniversário de um ano de casamento, Hal a levou para Paris e, quando voltaram, ela estava grávida. Em vez de um diploma universitário, ganhou uma filha.

Daisy abriu os olhos, se virou de barriga para cima e ficou olhando para o teto. *Eu tenho tudo o que quero*, lembrou a si mesma. Um casamento estável... ou talvez um que continuasse assim desde que ela não fizesse muitos questionamentos. Uma filha inteligente e talentosa que, ainda que não fosse feliz, pelo menos tinha saúde. Estabilidade financeira. Uma bela casa. Um empreendimento pequeno, mas bem-sucedido, dando aulas de culinária. Um marido que não gritava com ela e jamais lhe batia; um homem que ao que parecia ainda sentia desejo por ela. Então por que às vezes se sentia tão sozinha, ou aprisionada, ou incompetente?

Era verdade que Hal andava mal-humorado, calado e emburrado já fazia uns seis meses. Estresse no trabalho, brigas com Beatrice e, logo depois que levaram filha para Emlen, a morte de um de seus amigos.

Daisy se lembrava bem da manhã em que recebeu a notícia sobre Brad. Às sete horas de uma terça-feira, ela desceu do quarto, ainda bocejando depois de mais uma noite maldormida. Hal estava na cozinha, com roupa de corrida, um smoothie de espinafre no liquidificador e o celular na mão. Graças à postura do marido e à bebida matinal ainda intocada, Daisy soube de imediato que havia algo de errado.

"O que foi?", perguntou ela, colocando a mão nas costas dele, tocando o tecido de alta tecnologia da camiseta de corrida.

Com uma voz distante, ele respondeu:

"Bubs morreu."

"Ah, não!"

Brad Burlingham, conhecido como Bubs, era um dos colegas de Emlen de Hal, um homem gordo e rosado com um repertório infinito de piadas obscenas. Daisy nunca gostou dele, talvez porque só o visse em festas, quase sempre bêbado, mas ele fora um dos colegas de quarto de Hal no último ano da escola.

"O que aconteceu?"

Um infarto, foi o primeiro pensamento dela. Da última vez que tinha visto Bubs, ele não parecera muito bem. Contudo, Hal, ainda parecendo distante, com o rosto pesado e em choque, contou que foi suicídio. Deixou o celular na mesa e anunciou:

"Preciso ligar para o pessoal."

Daisy se ofereceu para acompanhá-lo ao funeral de Brad, mas Hal recusou, dizendo:

"Você mal o conhecia."

E o pouco que conhecia já não era de meu agrado, Daisy pensou. Ela nunca entendeu por que Hal incluíra Brad nos fins de semana com os amigos, uma vez que ele não parecia acrescentar nada de interessante ao grupo, mas se limitara a sorrir, desejar boa viagem e incluir uma pasta de dente e uma lâmina de barbear nova na bolsa de produtos higiênicos do marido.

Daisy se sentou e pôs as pernas para fora da cama, tateando com os pés no chão até encontrar os chinelos. Caminhou em silêncio pela escuridão, uma habilidade adquirida a custo de muita prática. Na espreguiçadeira estofada encostada à parede, um móvel que só existia para comportar roupas e o cesto de lavar, ela pegou o roupão, vestiu-o e foi até a escrivaninha, perto da cozinha. Em seguida tirou o laptop do carregador e levou à sala de estar para checar os e-mails. A Saks estava fazendo uma liquidação; a biblioteca local precisava de voluntários para recolher doações em domicílio; e ela fora convidada para uma festa de aniversário de 50 anos no condado de Marin. "Brad e eu esperamos que você se junte a nós em um fim de semana delicioso regado a vinho, comida e muitas lembranças!", dizia o texto, e logo abaixo havia uma foto de um vinhedo verdejante sob a luz dourada do entardecer. Daisy continuou lendo e descobriu que a festa seria numa propriedade chamada Vintage Wine Estates, que havia um passeio de bicicleta programado, ou um dia de spa para quem não quisesse, que as opções do cardápio do jantar de sábado à noite eram salmão na tábua e filé-mignon. Daisy se sentiu culpada por olhar, porque era óbvio que o convite não era para ela. Seu verdadeiro nome era Diana, o qual usava no endereço de e-mail que tinha desde a época da escola: dianas@earthlink.com. Aquela outra mulher, a outra Diana, era diana.s@earthlink.com. Nos últimos seis meses, Daisy vinha recebendo e-mails que na verdade não eram para ela, e sim para a outra Diana.

Os e-mails da outra Diana eram coisas inofensivas: um convite para um torneio de tênis, ou um jantar, ou drinques em um bar. Só que era o suficiente para Daisy sentir como era a vida da mulher e perceber que, entre as duas, a outra Diana parecia se divertir muito mais.

Enquanto Lester descia a escada com as pernas atarracadas e subia no sofá a duras penas para ficar ao seu lado, Daisy encaminhou o convite com algumas breves palavras: "Desculpe, mas eu sou a Diana errada". Estava prestes a abrir o Facebook para escrever: "Que gracinha!", os comentários de sempre que se sentia na obrigação de fazer nas novas fotos dos sobrinhos quando recebeu mais um e-mail. Era da outra Diana, com a palavra "DESCULPA!!!" no título.

Daisy abriu a mensagem.

"Peço desculpa em nome das minhas amigas por estarem mandando meus e-mails para você."

Ela ficou olhando para aquelas palavras e, sem pensar duas vezes, escreveu uma resposta: "Não tem problema. Estou gostando de conhecer sua vida (que é bem mais animada que a minha)". Assim que enviou o e-mail, Daisy se arrependeu. Teria parecido muito fútil? Ou muito intrometida? A resposta poderia ter parecido algum tipo de alfinetada? Ela deveria ter incluído um emoji, ou pelo menos escrito um "hahaha"?

Estava quase em pânico quando outro e-mail chegou. "Hahaha", a outra Diana escreveu. "Sou consultora corporativa em Nova York. Puro glamour." Ela acrescentou um emoji revirando os olhinhos depois disso.

Daisy logo digitou: "Qualquer coisa é mais glamourosa que minha rotina. Tenho uma adolescente que me odeia, um marido que nunca está em casa e um cachorro velhinho com problemas digestivos". E enviou antes de analisar demais suas palavras.

— Desculpa, Lester — murmurou ela.

Lester lhe lançou um olhar melancólico, soltou um peido barulhento e se ajeitou em sua perna, então voltou a dormir.

Outra mensagem chegou de imediato. Daquela vez Diana tinha mandado três emojis, todos rindo a ponto de chorar. "Não tenho filhos, mas tenho sobrinhas adolescentes. Realmente acredito que as adolescentes são a vingança de Deus por tudo que as mulheres fizeram com as próprias mães."

"Sei que ela não me odeia de verdade. Está só tentando ser independente. É esse o papel dela", respondeu Daisy.

Por recomendação de três pessoas diferentes, tinha lido um livro bastante convincente sobre o processo de distanciamento das garotas adolescentes em relação às mães, e fez um esforço para acreditar nas palavras enquanto digitava.

"Tem razão, mas mesmo assim deve ser difícil", argumentou Diana.

"Ela provavelmente vai ser expulsa da escola. Meu marido e eu vamos logo cedo para New Hampshire para conversar com o reitor", digitou Daisy.

Ela tinha sido criada na cultura judaica, por isso nunca havia se confessado, mas imaginou que o ritual devia ser mais ou menos assim, sentada no escuro e relatando os pecados a alguém que não conhecia.

"Nossa. É por isso que você está acordada às duas da manhã?", perguntou Diana no e-mail.

"Eu tenho insônia. Assim como toda mulher de meia-idade", contou Daisy.

"Eu digo o mesmo. É péssimo. E sinto muito sobre sua filha", respondeu Diana.

Daisy agradeceu a demonstração de compreensão, que não veio acompanhada de mais questionamentos sobre por que Beatrice estava prestes a ser expulsa.

"Você sente como se fosse *você* indo para a sala do diretor?", questionou Diana.

"Reitor, não diretor", corrigiu Daisy por escrito, revirando os olhos, apesar de estar grata pela pergunta. Apesar de toda a reclamação e da raiva dirigida à filha, Hal não parecia ter se dado conta de que a expulsão de Beatrice fazia Diana se sentir como se a culpa fosse dela como mãe. "E, sim, estou me sentindo julgada."

Por um momento, não houve qualquer sinal vindo do outro lado. Então outro e-mail chegou: "Você deve estar precisando de um mimo. Se tiver uma noite livre e quiser vir me encontrar em Nova York, vai tomar o melhor Bloody Mary da vida. Por minha conta".

E, mais uma vez, Daisy mal hesitou antes de digitar a palavra: "Sim".

~~~~~~

Seis horas depois, Diana viu Hal cerrar os dentes ao parar o carro no estacionamento do campus de Emlen. Ele desligou o motor, desceu do carro e bateu a porta com mais força do que o necessário. Daisy olhou para o colo por um momento, respirando fundo antes de abrir a própria porta e sair para o frio do início de primavera. Era uma tarde cinzenta, com muito vento e montinhos de neve ainda visíveis sob as árvores desfolhadas.

Eles atravessaram o gramado e subiram um leve decline até o Shawcross Hall, um prédio de tijolos construído na virada do século ou, como os monitores das visitas guiadas gostavam de dizer, "do século xviii". Todos os degraus de pedra que levavam à porta de entrada tinham pequenas depressões no centro, um desgaste provocado por séculos de solas de sapatos de alunos. Os vidros das janelas eram grossos e opacos, e a sala em que os mandaram esperar pelo reitor, o dr. Baptiste, era um cômodo escuro de teto baixo. Daisy e Hal se acomodaram em cadeiras antigas com pernas finas. Ele estava com o novíssimo terno cinza de risca de giz, e ela, com um vestido de jérsei preto, e já estava suando nas axilas e na lombar. Um radiador que estalava num canto enchia a sala com um ar quente, úmido e com cheiro de madeira molhada. Daisy suspirou e começou a abanar o rosto com um dos folhetos de admissão dispostos na mesa de centro, mas então viu a cara fechada de Hal e colocou de volta o objeto com todo o cuidado.

A porta do reitor se abriu.

— Senhor Shoemaker, senhora Shoemaker.

Hal e Daisy se levantaram e entraram numa sala espaçosa que devia ter sido reformada ou então era uma adição recente ao prédio. Em vez do labirinto de salas menores e escuras, ali havia um espaço amplo e arejado, com pé-direito alto. A janela de sacada dava para o pátio principal, e uma claraboia deixava entrar a luz granulada.

O dr. Baptiste, um homem elegante já avançado na meia-idade, com uma pele negra clara e reluzente e cabelo escuro grisalho nas têmporas, estava sentado atrás da mesa, que parecia uma fortaleza. Ele fora um dos primeiros alunos negros a entrarem no Emlen na década de 1970, quando, de acordo com o que Beatrice contou aos pais, usava um belíssimo corte afro. Era formado em Harvard, tinha doutorado em educação e trabalhava no Emlen desde meados da década de 1990. Naquele meio-tempo, Emlen se tornou uma instituição mista e deixou de ser uma das escolas preparatórias de pior reputação na Nova Inglaterra (para onde iam alunos expulsos de Exeter ou que levaram bomba em Choate) e mais uma vez virou uma das melhores instituições do país, não no nível de Andover ou Exeter em si, mas se encaminhando para chegar lá. O dr. Baptiste havia restaurado boa parte do brilho perdido da instituição e reconstituído o fundo de doações, que àquela altura estava na casa dos cem milhões de dólares. Ele havia liderado três campanhas de arrecadação; planejado a construção da nova ala do departamento de artes, com um teatro de primeiríssima linha e um complexo aquático; e a reforma da catedral do campus. Daisy acreditava que tais feitos eram o bastante para superar eventuais reservas que os ex-alunos mais antiquados (leia-se: racistas) do instituto pudessem ter quanto à permanência dele no cargo.

Beatrice já estava à espera, sentada em uma das poltronas de espaldar alto, vestida com uma saia xadrez preta e verde, um suéter verde e uma camisa branca de gola alta com colarinho engomado de babados. Apesar do frio, estava com as pernas descobertas, com a pele parecendo ressecada e arrepiada. A mandíbula retesada da filha demonstrava a mesma atitude teimosa de Hal, mas ela sorriu, bem de leve, quando Daisy a abraçou.

— Oi, mãe.

— Que saudade que estávamos de você — murmurou Daisy.

Beatrice estava com o cheiro de um condicionador desconhecido e da primavera fria de New Hampshire. Esforçando-se para ficar séria, Daisy se sentou, mas era difícil conter o sorriso. Era sua filha! Apesar dos poucos meses que passou fora, a menina estava diferente; o formato do rosto estava mudando, com as formas arredondadas de criança dando lugar à adulta que ela se tornava.

— Beatrice — cumprimentou Hal, curto e grosso.

— Oi, pai — respondeu Beatrice, com uma voz rouca e baixa.

— Podemos começar? — perguntou o reitor.

Vestia um blazer azul, uma gravata nas cores da escola com um prendedor de ouro e calçava sapatos sociais de couro marrom-escuro, apesar da neve. Um relógio de ouro brilhava no pulso, junto com as abotoaduras, uma aliança e um anel de formatura enorme do Emlen, tudo do mesmo material.

— Alguém quer alguma coisa? Um café? Um chá? — ofereceu ele.

— Não, obrigado — disse Hal.

— Não é preciso — falou Daisy, apesar de querer um copo d'água.

Ela ajeitou a postura, sentando-se bem reta e se perguntando o que havia naquela sala, ou no reitor, ou no próprio Emlen, que a fazia se sentir tão pequena, como Alice no País das Maravilhas, como se as cadeiras fossem fazer seus pés pairarem acima do piso e os adultos presentes fossem todos uns bons trinta centímetros mais altos. Talvez tivessem sido as visitas que fizera àquele lugar quando menina, nos fins de semana da família ou para a formatura dos irmãos. Talvez, quando se conhecia um lugar aos 6 anos, a pessoa se sentisse com a mesma idade toda vez que voltava lá.

O reitor se acomodou atrás da mesa, apoiando os cotovelos no protetor de mesa de couro.

— Eu agradeço por terem vindo tão prontamente.

— Nós levamos esse tipo de questão muito a sério — respondeu Hal.

— Fico contente em saber. É mesmo uma questão séria — afirmou o reitor. Então, virou-se para Beatrice. — Você compreende sua violação de diversos Valores Fundamentais do Emlen?

Daisy conseguiu até ouvir as letras maiúsculas quando ele falou sobre os tais Valores Fundamentais.

— Eu sei. — Beatrice ergueu o queixo. — E sei que Colin cometeu várias outras violações também.

— Nós não estamos falando sobre o sr. Mackenzie — argumentou o reitor.

— E por que não? — questionou Beatrice. — Tipo, alguém vai falar sobre o que ele fez? Em algum momento?

— Lógico que sim — garantiu o reitor, sem se alterar. — Mas esse é um assunto para o sr. Mackenzie, o orientador e a família dele. No momento, estamos falando de você.

— "Os estudantes de Emlen devem ter uma conduta honrada e íntegra" — citou Beatrice. — Era isso o que eu estava tentando fazer.

O reitor suspirou.

— Mas você entende que existe um procedimento a ser respeitado? Que sua expressão de honra e integridade não pode macular a índole de outro aluno?

Beatrice deu de ombros.

— E que não podemos punir os alunos com base apenas em uma denúncia? Que precisamos agir com calma, apurar os fatos e fazer as devidas investigações? Que não podemos recorrer ao vandalismo e ao comportamento de justiceiro? — acrescentou o reitor.

Beatrice cruzou os braços, cerrou os dentes, estreitou os olhos e franziu as sobrancelhas escuras e expressivas como as de Hal.

— Tricia seguiu todos os procedimentos. Notificou a assessoria dos residentes, a supervisora do alojamento, a orientadora acadêmica e procurou o centro de acolhimento. Mas não aconteceu nada. Porque nunca vai acontecer nada. Porque Colin é mais importante para você, e para Emlen, do que Tricia.

O reitor tirou os óculos e massageou as marcas deixadas em ambos os lados do nariz.

— Você entende que as deliberações do Conselho de Honra são confidenciais?

Beatrice deu de ombros outra vez.

— Beatrice, responda à pergunta do reitor — esbravejou Hal, com manchas vermelhas aparecendo nas bochechas.

— Eu entendo — confirmou Beatrice com um tom monótono e robótico.

Daisy estava com a boca seca, o coração disparado.

— Entende que o mesmo procedimento valeria para você, caso fosse a acusada?

— De estuprar alguém? — ironizou Beatrice. — Ah, com certeza. Isso acontece toda hora.

O reitor recomeçou a falar, mas Beatrice o interrompeu com a voz fina, mas firme:

— Olha só, eu dei meu recado. Sei que fiz uma coisa que é contra as regras, e que viola o Código e sei lá mais o quê, só não acho que tenha feito nada de errado, e nem de longe uma coisa tão horrível quanto Colin fez. Então pode me expulsar ou suspender ou o que for, mas não adianta tentar me convencer de que está fazendo o que é *justo*. — Ela praticamente cuspiu a última palavra antes de se recostar na cadeira, com o pescoço todo vermelho.

— Beatrice, por favor, aguarde lá fora — pediu o reitor.

Beatrice se abaixou, pegou a mochila do chão, jogou por cima do ombro e saiu pisando forte. O dr. Baptiste suspirou.

— Senhor reitor, se me permite...

Lá vem Hal, o advogado, pensou Daisy, enquanto o marido, com a voz comedida e uma tranquilidade absoluta, explicava que Beatrice havia entendido o que fez de errado e que, caso isso não estivesse evidente ainda, ele a ajudaria a entender, com a mãe dela, que não é o papel dela determinar a culpa ou a inocência dos colegas.

O diretor escutou. Ou pelo menos passou tal impressão. Quando Hal terminou de falar, o sr. Baptiste pigarreou.

— Emlen é uma instituição de excelência — começou ele, abrindo a gaveta de cima da escrivaninha para pegar um cachimbo e uma tabaqueira de couro. Quando o abriu, o cheiro forte do fumo tomou conta da sala. Daisy observou enquanto o reitor pegava as folhas nas pontas dos dedos e as enfiava no fornilho do cachimbo. Então o homem justificou: — Um péssimo hábito, mas não consigo abandonar.

O tom era de quem pedia desculpas, mas Daisy desconfiava de que estivesse gostando de fazer toda aquela cena. Ela imaginava quantos alunos com o futuro em jogo não haviam se sentado ali, assistindo àquele ritual.

— Emlen é uma instituição de excelência — repetiu ele. — Mas isso os senhores já sabem, lógico.

Hal confirmou com a cabeça de imediato. Daisy conseguia sentir a tensão dele ao lado, como uma corda de violão toda esticada.

— Eu posso... com licença. Se me permite.

Daisy sentiu as bochechas ficarem quentes quando ambos se viraram para encará-la. A expressão do reitor era neutra. Hal não parecia nada contente.

— Provavelmente não é da minha conta, e se é uma questão confidencial o senhor não precisa me responder, mas... enfim, o que aconteceu? Entre a colega de quarto de Beatrice e o menino?

O reitor despejou mais tabaco no cachimbo e usou um socador de madeira para prensá-lo. Em seguida levou o cabo à boca, puxou o ar e, uma vez satisfeito, recolocou o objeto na mesa e recomeçou a encher o fornilho.

— Do que a senhora ficou sabendo? — questionou ele.

Daisy abriu a boca para falar, mas parou quando sentiu a mão de Hal em seu antebraço, apertando-a como quem dizia: "Deixe que eu cuido disso".

— Beatrice nos disse que a colega de quarto contou que um jovem a agarrou à força, apesar das objeções. Nós a instruímos a orientar a colega a tomar as medidas citadas: notificar a assessoria dos residentes, a supervisora do alojamento e a orientadora acadêmica da aluna. Nós jamais diríamos para ela fazer justiça com as próprias mãos. — Hal abriu um sorriso de cumplicidade masculina e complementou: — Essas adolescentes às vezes se exaltam demais. Com certeza o senhor entende.

— Certo, mas o que *aconteceu*? — insistiu Daisy, com uma voz tão alta que fez os dois se virarem para ela como se de repente tivesse criado asas. Ela esfregou as mãos nas pernas. — O menino... ele fez mesmo o que Beatrice disse para nós?

— Eu lamento, mas é uma questão confidencial. — A voz do reitor soou inexpressiva. — O que posso garantir é que levamos acusações dessa natureza muito a sério. Como *in loco parentis*, levamos nossas responsabilidades e a saúde e o bem-estar dos alunos muito a sério. Não existe nada mais importante para nós do que isso.

— Lógico — respondeu Daisy, sentindo que o reitor havia usado um monte de palavras para lhe dizer absolutamente nada.

O homem pegou um isqueiro dourado que parecia pesado, riscou e levou a chama ao fornilho, girando-o em movimentos circulares enquanto puxava e soltava a fumaça de leve, encobrindo o rosto com fumaça e preenchendo a sala com o cheiro quente de tabaco queimado.

— Estou aqui há quase vinte e cinco anos e, depois de todo esse tempo, tenho orgulho de poder dizer se Emlen, com tudo o que tem a oferecer, é ou não o melhor lugar para determinados alunos. Acho que todos concordamos que a questão principal não é estar na melhor escola, e sim encontrar o melhor lugar, o ambiente ideal, para cada estudante. E, neste caso — continuou ele, com um tom quase gentil —, infelizmente já ficou mais do que nítido...

Ah, não, pensou Daisy, enquanto Hal retesava a mandíbula.

— ... que Emlen não é a melhor escolha para Beatrice.

— Por favor — murmurou Daisy, apesar de não saber ao certo pelo que implorava.

Achava que o reitor devia ter razão. Emlen tinha sido o lugar ideal para Danny e David, e sem dúvida alguma para Hal, que fez amigos para a vida toda; que falava da época de Emlen como os anos mais felizes de sua vida. Mas, na opinião de Daisy, nunca foi o ambiente certo para a filha.

Hal ficou de pé, desabotoando o paletó e ajeitando a gravata, comprimindo tanto os lábios que quase desapareceram. Daisy se levantou também, colocando a mão no braço dele, sentindo a tensão nos músculos. Ela o apertou de leve, um gesto com que esperava comunicar que seria inútil recorrer a gritos e ameaças; que era melhor sair dali com a dignidade preservada e com a filha, embora não fosse a opção que o marido preferisse. Era esse o papel dela na dinâmica do casal: Daisy era a barreira protetora que impedia Hal de sair da linha; era o contrapeso civilizado aos impulsos mais violentos dele.

— Obrigada por nos receber — disse ela ao reitor, conduzindo o marido à antessala, para pegarem a filha.

Daisy pôs o braço ao redor dos ombros de Beatrice, puxando-a para si, e, mesmo que apenas por um momento, a filha permitiu o contato.

— Vamos para casa.

2
Beatrice

—Pessoal, vamos dar as boas-vindas à nova aluna da turma: Beatrice Shoemaker.

Beatrice ficou de pé, alisou o cardigã azul-claro e abriu o sorriso que vinha ensaiando: animado, mas não bobalhão; amigável, mas não desesperado.

— Bom dia, Beatrice — disseram os estudantes em uníssono.

Bea acenou com a mão, voltou a se sentar e olhou ao redor. O primeiro período do dia, no Bloco A ("Parece coisa de prisão", ouvira o pai comentar), tinha noventa minutos de literatura americana. Depois vinha história mundial, e então o almoço. Havia outros catorze alunos na turma, o que comprovava o que Melville anunciava sobre o "comprometimento com turmas pequenas e acolhedoras nas quais os alunos podem brilhar". Beatrice reconheceu só uma garota, Doff Cartwright, com quem tinha estudado nos últimos anos de ensino fundamental. Os demais eram todos desconhecidos, e a escola em si era um passo para trás em relação ao Instituto Emlen, que contava com um campus com prédios de tijolos vermelhos e granito cinzento cobertos de trepadeiras; além de ter entre os ex-alunos três senadores, um vice-presidente, escritores, jornalistas, pesquisadores e físicos nucleares. O lema, *serve hoc mundo*, significava "nós servimos ao mundo", e o reitor e o corpo docente viviam falando para os alunos sobre a obrigação de retribuir à sociedade, de usar o intelecto, a capacidade e os talentos para fazer do mundo um lugar melhor.

Beatrice detestara aquilo. Detestava aqueles alunos bem-comportados, que, com brilho nos olhos, falavam sem parar de suas habilidades acadêmicas e das faculdades em que queriam estudar. Detestava o frio da Nova Inglaterra, o refeitório sem graça, a forma que as outras pessoas, inclusive Celia, sua colega de quarto, achavam o artesanato dela perda de tempo. Detestava ter passado de uma das melhores alunas da sala a uma estudante mediana. Nem isso, aliás. Abaixo da média. Uma das meninas de seu alojamento havia ganhado um concurso internacional de piano aos 12 anos, e um garoto do andar de cima era filho do líder da bancada minoritária no Senado. Detestava a ambição exacerbada, a disputa constante em relação a reconhecimentos e prêmios, a ansiedade e as noites sem dormir que precediam cada prova ou entrega de trabalho, o cheiro horroroso no banheiro feminino antes dos exames finais, quando as meninas que vomitavam de ansiedade se juntavam às que vomitavam depois de comer. Todo mundo ficava se gabando do pouco que dormiu e da quantidade de café que consumiu.

Para Beatrice, tudo aquilo era uma coisa cansativa e sem sentido. Sobretudo porque ela não queria ser presidente, nem conduzir uma orquestra, nem descobrir a cura do câncer quando fosse adulta. Queria fazer artesanato. Tricô e feltragem com agulha, em especial, mas também bordado e crochê, e nenhuma dessas habilidades era apreciada ou incentivada em Emlen.

No momento estava na nova escola, fundada trinta anos depois de Emlen e quase sem trepadeiras nas paredes. Melville era bem conhecida na região, mas não era uma instituição de renome nacional, como Emlen. Beatrice também percebeu, pela maneira como o pai apertava o volante no trajeto até deixá-la na escola, que ele estava decepcionado.

Bem, fazer o quê, pensou Beatrice, tentando ignorar o pequeno mal-estar por ter decepcionado o pai. À esquerda, dois garotos a encaravam. Quando ela se virou, um murmurou algo no ouvido do outro, e os dois deram risadinhas abafadas. Beatrice estava bem orgulhosa de seu look naquele dia: um vestido no estilo Prairie, cheio de babados, indo até o tornozelo, com uma anágua por baixo da saia, e um cardigã largo com botões perolados que tinha comprado por seis dólares no bazar de arrecadação de fundos para o combate à Aids em Queen Village. Ela tinha cortado o cabelo num chanelzinho até a altura do queixo e o tingido de um tom lavanda-prateado no fim de semana. Nos pés, meias até os joelhos e os tênis de cano alto Chuck Taylor favoritos. Ela se vestia para agradar a si mesma e se sentir confortável. Se garotos como aqueles achavam que seu corpo era um objeto que existia para agradá-los, ela fazia questão de afirmar o contrário.

À direita, Doff, a antiga colega de turma, estava com o celular semiescondido no colo. Beatrice viu a pesquisa que ela fazia: FARMÁCIA PERTO DE MIM, seguido por PÍLULA DO DIA SEGUINTE BARATA, depois A PÍLULA DO DIA SEGUINTE DA AMAZON FUNCIONA? e A PÍLULA DO DIA SEGUINTE DA AMAZON É FALSIFICADA?

Ah, nossa. Beatrice era virgem. Nunca tinha transado, muito menos sentido medo de engravidar. Certa noite, no ano anterior (a garota ainda estremecia só de lembrar) a mãe entrara em seu quarto. Beatrice tinha acabado de arrumar as coisas. Os livros preferidos (*Frankenstein*, *Sandman*, *O alfabeto macabro de Edward Gorey* e compilações de poemas de Emily Dickinson e Christina Rossetti) estavam bem alinhados na estante. A vela aromatizada de lavanda estava acesa, ela havia preparado um chá e começava a mexer no material de costura quando escutou a mãe batendo à porta.

"Você tem um minutinho para conversar?"

Antes que Beatrice pudesse responder, a mãe entrou e se sentou na cama, vestindo a jardineira felpuda cinza que insistia em usar dentro de casa (Beatrice jurava que certamente morreria de vergonha se a mãe saísse na rua daquele jeito). Por duas vezes, ela tentou tirar a peça da secadora e jogar no lixo, mas, em ambas as ocasiões, a mãe a flagrara. ("Ah, desculpa. Pensei que fosse pano de chão", fora a justificativa toda inocente de Bea).

"Quero ter uma conversa com você sobre sexo antes de ir para o internato", anunciou a mãe.

Que pesadelo.

"Beleza."

"Muito bem, eu sei que você teve aulas de biologia, né?", começou a mãe, com um tom estranho de tão animado, como se estivesse tentando imitar uma personagem que vira nos programas da tarde na televisão. "E educação sexual no sexto ano? Então sabe o nome de cada parte e o que vai onde."

Ai, meu Deus, Beatrice pensou. A mãe estava suja de farinha na barriga e de farelos no peito. Estivera fazendo brioches, e cheirava a fermento e açúcar. Era como se um pedaço de pão tivesse invadido o quarto para falar de sexo.

"E, sabe como é, agora você entrou na puberdade..."

Beatrice rezou para que um tornado, um tsunami, ou um meteoro adentrasse a atmosfera terrestre e atravessasse o telhado da casa para calar a mãe. Rezou para que uma superlua elevasse as marés e levasse a casa embora. Um furacão cairia bem. Só que não havia qualquer evento meteorológico a caminho para salvá-la... E, ela se deu conta de que a mãe estava no mínimo tão constrangida quanto Bea. O que significava que talvez desse para se divertir um pouco com a situação.

A mãe fez questão de olhá-la bem nos olhos, enquanto dizia:

"Eu queria conversar com você sobre a parte emocional da coisa. Quando as meninas transam, é com o coração também. Você querendo ou não. Acho que as mulheres são assim mesmo e não tem jeito."

A mãe tinha uma expressão distante no rosto, como se estivesse pensando em alguém com quem transou. *Eca.*

"E o que faz você achar que eu quero transar com garotos? Ou com qualquer pessoa que seja?", questionou Beatrice, só para provocar.

Primeiro, a mãe pareceu chocada, depois tratou de disfarçar, o que só fez parecer que ela estava se esforçando *demais* para esconder o choque. E era bem o que Beatrice sabia que aconteceria. A mãe adorava dizer que era progressista e mente aberta, que ficava feliz porque o irmão vivia num mundo em que podia se casar com o homem que amava. *Mas claro*, pensou Beatrice, toda presunçosa, *que o papo seria outro se a situação fosse com a filha dela.*

A mãe limpou a garganta e esfregou a mão no tecido felpudo das pernas.

"Enfim, seja com quem for que fizer sexo, se acontecer, essa pessoa pode te magoar. Não vou dizer para esperar até o casamento, mas ao menos até ficar mais velha, para que tenha força suficiente para lidar com um coração partido."

"Eu sou forte", respondeu Beatrice. "Não precisa se preocupar comigo."

Sai daqui, ela estava pensando. *Sai do meu quarto e não volta nunca mais.*

"Mas eu me preocupo", respondeu a mãe, juntando as mãos. "Não tem jeito. É meu papel."

A mulher alinhou os ombros como se estivesse se preparando para arar um campo ou construir um celeiro.

"Alguma pergunta?"

"Não."

"Alguma coisa que queira saber?" Mais uma vez, a mãe tentou abrir um sorriso. "Pode me perguntar o que quiser."

Quando essa conversa vai acabar? Era a única coisa que Beatrice queria saber.

"Está tudo certo. Sério mesmo. Não tenho nada para perguntar."

"Ah, e eu queria conversar com você sobre masturbação!"

Ai, não. Beatrice não conseguiu conter o gemido de desolação, que a mãe ou não ouviu, ou resolveu ignorar.

"Você já deve saber, mas a masturbação é uma coisa absolutamente natural e normal, e não é motivo para vergonha. E, caso você faça, não significa que não é mais virgem ou algo do tipo. É importantíssimo que você saiba, hã, o que te dá prazer antes de ter um contato íntimo com alguém. Sexo é prazer..."

Por favor, para de falar, rogou Beatrice.

"... e você merece sentir prazer", continuou a mãe, enfática. "Assim como toda mulher. Você precisa se divertir tanto quanto ele. Ou, hã, a outra pessoa."

"Ou pessoas", complementou Beatrice, na maior cara de pau.

"Ou pessoas! Que seja! Só não quero que você esteja numa relação em que o sexo seja uma coisa que você faz para os outros. Pode ser algo maravilhoso, que você pode experimentar sozinha, antes de envolver mais alguém. 'Seu corpo é um país das maravilhas!'", declarou a mãe, inclusive tentando dar uma piscadinha. "E, se você não souber como chegar ao orgasmo sozinha, não vai conseguir com os parceiros também."

Pode ser que eu já tenha morrido, pensou Beatrice, com um ar de assombro. *Talvez eu já tenha morrido e isto aqui seja o inferno: minha mãe recitando músicas do John Mayer e falando de orgasmo.*

"Eu comprei uns livros para você…", continuou a mãe, entregando para ela dois manuais de educação sexual. "E, se tiver alguma pergunta, estou aqui para responder."

"Não tenho pergunta nenhuma", respondeu Beatrice, firme. "Obrigada por essa interação tão instrutiva."

A mãe abriu os braços, e Beatrice não conseguiu fugir a tempo do abraço. Depois disso, *finalmente* a mãe saiu, deixando apenas uma marca na colcha para mostrar que havia de fato passado por lá. Beatrice guardou os livros no fundo da última gaveta da cômoda, embaixo das blusas de lã que nunca usava, fechou e prometeu a si mesma que jamais voltaria a olhar para aquilo… nem mesmo naquela direção.

— Vamos pegar os MacBooks e abrir uma nova página no Google Docs, por favor — orientou o dr. Argan. — Beatrice, nós costumamos começar as quintas-feiras com escrita livre. Meia hora escrevendo sobre um tema de sua escolha.

Os demais já estavam começando a digitar, mas ela devia estar com uma tremenda cara de interrogação, porque o professor lhe lançou um olhar gentil e falou:

— Diga quem você é. Fale de seus hobbies. Pode ser até o que você fez nas férias de verão! Alguma coisa que me ajude a conhecê-la.

Que maravilha. Beatrice ficou olhando para o cursor, que pulsava como uma coisa maligna e se recusava a formar palavras sozinho. Ela abotoou e desabotoou o primeiro botão perolado do cardigã e ajeitou o cabelo atrás das orelhas. Pensou em contar a história da aula de artes do sexto ano, em que a professora, a srta. Perkins, mostrou aos alunos como usar arame e papel machê para fazer uma escultura e, assim que contorceu o arame no formato do cachorro Lester, Beatrice sentiu alguma coisa mágica faiscar na mente, a sensação de que era para aquilo que havia nascido; não para matemática, inglês, ser advogada ou dar aulas de culinária. A sra. Perkins era uma mulher baixinha com cabelo encaracolado, lábios finos e orelhas pontudas, uma delas com sete piercings, inclusive um atravessando o trágus. No fim daquele ano, para o divertimento da mãe e a desolação do pai, Beatrice tinha parado de usar calça jeans e tênis e começado a buscar uma estética própria, que incluía vestidos vintage das marcas Laura Ashley e Gunne Sax, anéis delicados de ouro, colares de pérolas, bolsas bordadas e buquês de rosas-chá e mosquitinhos.

Sim, Beatrice poderia escrever sobre arte e moda. Só que aí lembrou que tinha outra história a contar.

"No ano passado uma mulher foi assassinada na casa do lado da nossa", ela digitou.

Pronto. Já tinha um começo explosivo. Agora alguns detalhes.

"Todo ano vou para Cabo Cod com meus pais. Meu avô paterno tem uma casa na região afastada do centro, bem em frente à praia. O irmão de meu pai se hospeda lá por três semanas com a mulher e os filhos, então meus pais e eu ficamos lá pelas três semanas seguintes e o restante das férias passamos todos juntos."

Quando Beatrice era mais nova, aquela fora sua parte favorita do verão. O tio Jeremy era uma versão mais velha, mais grisalha e mais desbocada do pai dela. Tinha uma barriguinha de chope (talvez porque, ao contrário do pai, bebesse cerveja) e uma mulher magra, ansiosa e meio dentuça. Todo ano, quando eles chegavam, a mãe de Beatrice servia para tia Janie um gim-tônica grande e a levava até o deque para ficarem conversando, enquanto o tio Jeremy tentava desentocar o pai de Bea do escritório. "Vamos lá, Hal. Aproveita um pouco a vida!", era o que ele falava. Sempre que o pai dela tentava justificar que estava sem tempo para pescar, ou ir à praia ou almoçar fora porque tinha muito trabalho, o tio Jeremy dizia "Você está parecendo uma velha!" com uma voz engraçada e trêmula… e dava certo. O pai de Bea trocava a camisa social por camisetas tiradas do fundo da gaveta com estampa de bandas antigas tipo R.E.M., e às vezes até deixava de fazer a corrida diária de oito quilômetros e ia à praia, ou saía para andar de bicicleta com Beatrice e os primos dela, Oliver e Tallulah (os dois eram legais, e tinham a infelicidade de ter os dentes para a frente como a mãe).

Uma vez a cada verão, no final da semana de férias do pai de Bea, eles alugavam um barco de pesca o dia todo, e até a tia Janie ia para o mar, depois de se entupir de Dramin e gengibre cristalizado. Eles se revezavam na pescaria, fisgando robalos e anchovas, e a mãe de Bea preparava uma cesta de piquenique para todos comerem quando o barco estivesse ancorado, balançando com o movimento suave das ondas. Também faziam fogueiras na praia, e o avô dela aparecia para o churrasco, além de todos os amigos e outras famílias veranistas, pessoas que o pai e o tio conheciam desde crianças. A festa ia até tarde da noite, e os pais punham os filhos para dormir no quarto de Beatrice, que tinha dois beliches. Ela se lembrava até de quando era bem novinha, acordando e encontrando o quarto cheio de crianças dormindo, nas camas ou em cobertores estendidos no chão, e ouvindo risos e música e o som de algum pai pulando na piscina.

"Cabo Cod é meu lugar favorito no mundo", ela digitou, pensando num de seus poemas prediletos de Emily Dickinson, sobre nunca ter visto uma restinga nem o mar, "mas sei como é a restinga, e onde a onda deve estar". Era um poema sobre fé, e não férias na praia, mas o verso "onde a onda deve estar" sempre lhe remetia ao Cabo. Durante anos, os pais a mandaram para acampamentos, oficinas de artes e, por fim, para uma escola de velejadores em Provincetown que o pai havia frequentado. Beatrice pensou que fosse odiar, mas no fim descobriu que adorava velejar. Quando passou no teste de pilotagem, ela implorou ao pai que comprasse um barco Sunfish usado ("Posso até ficar um ano sem presente de aniversário, Natal e Chanucá", apelou). Ele cedeu. Beatrice ganhou a embarcação no ano seguinte. Naquele verão, passou longos dias na água sozinha, cruzando a baía de um lado a outro.

"No verão passado, a família aceitou deixar a casa alugada por uma semana", Beatrice continuou digitando.

Quando o tio Jeremy ligou, o pai dela o colocou no viva-voz, e Beatrice escutou o tio, todo tenso e ansioso, ao falar:

"Eles pagam o quanto nós quisermos. Precisam de um lugar para pôr os convidados, e estão tentando alugar todas as casas da rua."

"Não estou interessado", respondeu o pai na ocasião. "Nós nunca aceitamos ninguém de fora da família por lá, e não vamos começar agora."

"Você levava todos os seus amigos do Emlen para lá", argumentou o tio Jeremy.

"É diferente", rebateu o pai dela. "Eu ficava lá com eles."

A voz do tio Jeremy ficou quase esganiçada quando retrucou: "São vinte mil dólares, Hal. Talvez não faça diferença para você, mas para mim faz."

Foi naquele momento que o pai a viu. Ele franziu a testa, atravessou o escritório e fechou a porta, mas Beatrice depois entendeu que o tio Jeremy tinha conseguido convencê-lo. Em vez de irem para o Cabo na última semana de junho, viajaram para as Bahamas, e lá os pais a forçaram a fazer um passeio de bicicleta ao redor de toda a ilha. Eles comeram bolinhos de carne de molusco, e a mãe apontava para as areias rosadas pelo menos quatro vezes por dia para dizer "Não é lindo?" com um suspiro melancólico, como se já estivesse com saudade das praias, apesar de ainda estar diante delas.

No último dia de férias, eles estavam fazendo as malas e arrumando tudo para ir ao aeroporto quando o celular de Beatrice começou a vibrar sem parar, com mensagens como: "AI, MEU DEUS", "VOCÊ VIU?" e "SUA CASA ESTÁ NA CNN!". Ela ligou no canal de notícias e atravessou correndo a sala de estar da suíte até o quarto dos pais, e a mãe estava quase grudada na TV, boquiaberta, e o pai falava ao telefone para o tio Jeremy que "sabia que não era uma boa ideia!".

"A mulher que morreu era uma influenciadora do Instagram chamada Drue Cavanaugh. Ela foi para o Cabo se casar", escreveu Beatrice. "Foi assassinada no dia em que seria a cerimônia."

Beatrice não a conhecia, só os avós dela, os Lathrop, um casal de idosos que morava numa casa enorme na mesma duna da casa dos Shoemaker. Quando Lester ainda tinha saúde para isso, os Lathrop ligavam para reclamar se o cachorro entrasse no quintal deles para perseguir um esquilo; e quando Beatrice e a mãe viam o sr. Lathrop no correio, ou a sra. Lathrop no mercadinho, eram cumprimentadas com um mero aceno de cabeça. Quando Beatrice perguntara por que eles eram tão antipáticos, a mãe dera de ombros e respondera que eram "WASPs", tipo uma elite branca que se julgava pura. Na época ainda criança, Beatrice pensou que os Lathrop fossem mesmo vespas, o significado de "wasp" em inglês, e que escondiam as asas e os ferrões sob os vestidos Lilly Pullitzer e as camisas Brook Brothers. Drue Cavanaugh era neta deles.

Beatrice ficou olhando para o cursor, imaginando os questionamentos que a sra. Hardy, uma das poucas professoras de quem gostava no Emlen, teria feito: *Por que está contando essa história? Como você se sente a respeito? O que isso significa para você?*

"Pensei no crime durante o ano passado inteiro", ela digitou. "Eu provavelmente já tinha feito o mesmo caminho que a mulher assassinada fez. Nadado nas mesmas praias e comido nos mesmos restaurantes."

Não foi difícil encontrar a vítima na internet. Parecera perfeita, toda linda e rica, com cabelo loiro de um tom de mel, a pele branca bronzeada e o tipo de silhueta de cintura fina e busto volumoso que costumavam indicar uma intervenção estética. Era formada em Harvard, tinha um homem que a amava, muito dinheiro, cerca de um milhão de seguidores nas redes sociais e seu nome tinha virado uma marca de alcance global. Só que nada disso era real. A morte dela expôs a verdade de sua vida, que ela vivia como se fosse duas pessoas: a de carne e osso e a personagem criada nas redes sociais.

Durante o restante do verão, Beatrice pensou bastante em Drue Cavanaugh. Talvez Drue tivesse aprendido a nadar no Gull Pond ou pegado a fila para comprar croissants na padaria da US 6 em Wellfleet; talvez tivesse passeado pela baía em dias de maré baixa, com um balde de metal batendo no quadril, revirando a areia com os pés em busca de conchinhas. Talvez tivesse comido ostras frescas no restaurante Moby Dick ou ido pescar robalos com o pai. Aquilo fez Beatrice se sentir de um jeito que não sabia descrever; como se só então tivesse tomado consciência do mundo e das pessoas ao redor. Passou a pensar no próprio futuro: o que queria, onde viveria, que tipo de vida teria quando tomasse as próprias decisões. No momento, podia tocar a lojinha na Etsy, furar as orelhas, pintar o cabelo e usar vestidos longos da Laura Ashley em vez de leggings da Lululemon, mas, quando, de modo tímido, tocou no assunto de se candidatar a uma vaga numa das grandes faculdades de arte da cidade, no carro a caminho de casa, o pai declarou, curto e grosso:

— Você vai para o Emlen, e então vai fazer um bacharelado em artes liberais. Só depois disso pode fazer o que quiser. — Em seguida, arrematou com uma das falas preferidas: — Quem paga a orquestra pode escolher a música.

Naquele momento, a mãe de Bea fechou os olhos como se a cabeça estivesse doendo.

"O amanhã não é garantido", escreveu Beatrice. Não se lembrava se tinha lido isso em algum lugar ou visto num pôster de supermercado, junto com outros que diziam coisas como VIVER SORRIR AMAR e AMOR E VINHO FICAM MELHORES COM O TEMPO. Ela suspirou e apagou aquilo, ouvindo na mente a sra. Hardy dizendo "que clichê!". Depois de pensar por um momento em como expressar o que estava tentando dizer, e na diferença entre ser algo e apenas parecer, o sinal tocou e ela enfim digitou:

"Cabo Cod é um dos lugares mais lindos do mundo. Sempre foi meu lugar favorito, onde criei algumas das melhores lembranças. O que aprendi no verão passado é que não se trata de um lugar seguro. Talvez não existam lugares de fato seguros para garotas e mulheres. Drue Cavanaugh e eu provavelmente observamos as mesmas estrelas do mesmo local na praia, pensando no futuro. Só que agora ela não terá um. E eu estou pensando demais no meu."

3

Daisy

Em 2018, o icônico letreiro da estação da rua 13, que com seu ruidoso clique-claque já havia exibido números de trens, portões, plataformas e destinos tantas vezes, foi substituído por uma tela digital sem graça. Os defensores escreveram abaixo-assinados; colunistas de jornais e a Sociedade Histórica se queixaram; todos os passageiros com que Daisy falou preferiam a versão antiga, mas nem todo o clamor foi suficiente para convencer a diretoria da Amtrak a mudar de ideia. Daisy sentia falta do letreiro, embora a estação mantivesse a grandiosidade de sempre, com os tetos altíssimos, mármores dourados e a enorme estátua da Vitória Alada, com os braços envolvendo o corpo de um homem, em homenagem aos mortos da Filadélfia em tempos de guerra.

No domingo de manhã, Daisy chegou à estação uma hora adiantada, e só precisou de duas tentativas para retirar na máquina a passagem que tinha comprado para Nova York. Numa cafeteria perto da área de espera, comprou um café e, depois de considerar por um momento, um croissant quentinho de chocolate.

No passado, ela e Beatrice iam a Nova York todo ano, no aniversário da garota. Antes da viagem, faziam as unhas e compravam um vestido novo para Bea. Então pegavam o trem, viam um espetáculo na Broadway, dormiam num hotel e iam até o Plaza para o brunch. Daisy ainda tinha os folhetos das peças que viram no armário: *Waitress*, *Avenida Q*, *Wicked* e *Legalmente Loira*. Na última vez que sugeriu a viagem de aniversário, Beatrice respondeu com: "Vou fazer alguma coisa com minhas amigas". Sem grosseria, desprezo nem sarcasmo. Inclusive, falou com tanta delicadeza que Daisy chegou a desconfiar de que a filha estivesse tentando não a magoar... o que, lógico, a deixou mais chateada do que qualquer resposta sarcástica teria conseguido.

Com um suspiro, pensou em Hannah e se perguntou o que a amiga teria dito. *Não leve para o lado pessoal*, imaginou, tentando visualizar a pele clara e sardenta da amiga, o cabelo avermelhado e os olhos que pareciam duas gotas de chocolate, o sorriso sagaz.

~~~~~~

Daisy conheceu Hannah quando estava com oito meses de gravidez e acabou sozinha em uma aula de parto que seguia o método Bradley, indicado para partos naturais sem medicação. Era para Hal estar com ela, mas havia sido chamado para ir a Ohio para um caso que foi a julgamento de modo inesperado; e Daisy teve que ficar sentada desacompanhada, toda tensa e sem graça numa sala de reuniões do Hospital Pensilvânia, ciente de que era no mínimo seis ou sete anos mais nova que as outras mulheres presentes. Sentindo as outras a observando, ela estava mexendo na aliança de noivado o tempo todo para que não pensassem que era mãe solo quando Hannah entrou apressada e desabou na cadeira ao lado bem no momento em que a palestra começou.

— O parto é um processo natural — declarou a instrutora, uma mulher de meia-idade com um longo colar de contas cor de âmbar por cima do vestido preto de mangas compridas, leggings pretas e tamancos da mesma cor. — É uma tarefa que seu corpo foi projetado para executar, e não existe motivo para intervenções como anestesias ou medicamentos para acelerar o processo. Pois bem, o dr. Bradley desenvolveu esse método na década de 1950, quando a maioria das mulheres passavam o trabalho de parto na chamada anestesia monitorada.

— Isso é que era vida — murmurou Hannah.

Elas ainda não haviam se apresentado, mas todos os presentes usavam crachás. Daisy arriscou uma olhada para o lado, com a maior discrição possível. Hannah era uma mulher miudinha, uma daquelas grávidas que pareciam ter só enfiado uma bola de basquete embaixo da blusa enquanto continuavam magras em todas as outras partes do corpo, ao contrário de Daisy, que tinha ficado maior por inteira.

— O dr. Bradley foi criado na zona rural, e lá via muitos animais parindo. Com base no que viu, ele passou a acreditar que as mulheres poderiam dar à luz sem medicamento nem sofrimento.

— Mu! — sussurrou Hannah.

Daisy mordeu o lábio. Hannah levantou a mão.

— Sim — retrucou a instrutora.

— Só uma curiosidade. Como o dr. Bradley sabia que os animais não estavam com dor?

Abrindo um sorriso amarelo, a instrutora respondeu:

— Acredito que ele soubesse identificar quando uma égua ou uma vaca estava sofrendo.

— Mas como? Elas não gritam, não gemem, não falam palavrão nem nada do tipo. Podiam estar numa agonia tremenda, sabe, mas sofrendo em silêncio. Talvez — continuou Hannah —, se elas pudessem pedir uma anestesia, tivessem optado por isso.

— Acho que nesse ponto vamos ter que confiar na palavra do dr. Bradley — explicou a instrutora. — E não vamos nos esquecer de que 85 por cento das mulheres que fazem este curso têm partos naturais, pelo canal vaginal.

Daisy não gostava da palavra "vaginal", mas achava que, se tudo ocorresse conforme o plano, era algo que ouviria com frequência. Hannah a cutucou no ombro.

— Quer ser minha dupla?

Daisy olhou ao redor. A instrutora estava pegando uma pilha de travesseiros num armário, que os outros casais espalhavam pelo chão.

— Qual das duas vai ser a mãe?

— Nós podemos revezar. Ou então ir comer um hambúrguer — complementou Hannah, com um sussurro. Quando notou que Daisy estava hesitante, apontou para a pilha de papéis que elas receberam e murmurou: — Proteína! Aqui diz que precisamos comer bastante proteína!

Elas escapuliram porta afora e foram até o Butcher & Singer, na rua Walnut.

— Como foi que você se interessou pelo método Bradley? — perguntou Daisy enquanto elas caminhavam.

— Minha irmã teve gêmeos na banheira de casa — contou Hannah, erguendo os ombros magros. — Eu sou competitiva, mas acho que vou deixar Rose ganhar essa.

Hannah contou que era professora de educação infantil e o marido, enfermeiro no Hospital Pensilvânia. Os dois moravam em Bella Vista, um bairro próximo do mercado italiano, e também estavam esperando uma menina.

— E você? Vai mesmo usar o tal método? — perguntou Hannah.

— Estou me informando melhor. Meu marido é fã dessa ideia de parto natural — contou Daisy, terminando o copo d'água. — Ele também deveria estar aqui hoje, mas acabou ficando preso no trabalho.

— E não é ele que vai dar à luz — salientou Hannah. — Essa escolha não deveria ser sua?

Daisy começou a mexer na aliança de novo. Ela morava na casa de Hal, era sustentada pelo dinheiro dele. Não se sentia no controle de muita coisa naqueles tempos.

— Acho que sim. — Ela tentou sorrir. — Sendo sincera, se ainda existisse a anestesia monitorada...

— Rá! — A risada de Hannah era surpreendente de tão alta para uma mulher daquele tamanho, tanto que Daisy viu cabeças nas mesas ao redor se virarem. — Pois é, né! Quer dizer, eu entendo que é melhor para o bebê se as mães não tomarem medicação. Faz sentido. Mas nós também somos gente, né?

— Nós também somos gente — concordou Daisy.

— E sua história, qual é?

Antes que Daisy pudesse responder, a comida chegou. O rosto de Hannah se iluminou, e ela aproximou o hambúrguer da boca com um apetite palpável, com a mandíbula parecendo se desencaixar enquanto dava uma mordida gigantesca.

— Ah, nossa, está muito bom — comentou ela depois de engolir. — Eu vivo com fome. Você também tem fome o tempo todo? Anda com desejos de quê?

— Eu tinha fome o tempo todo mesmo antes de engravidar — admitiu Daisy. — E ando comendo bastante queijo-quente.

— Queijo-quente! — exclamou Hannah! — Ah, eu não como um desses faz tanto tempo. Vou acrescentar à minha lista. — Ela sacou um BlackBerry e começou a digitar. Então a observou de cima a baixo. — Certo, continuando. Onde você mora?

— Gladwyne. E tenho 22 anos — acrescentou Daisy, apesar de Hannah não ter perguntado.

— Uau, eu me lembro de quando tinha meus 20 e poucos anos. Mais ou menos. — Hannah deu mais uma mordida no hambúrguer. — Faz quanto tempo que você está casada?

— Quase dois anos — respondeu Daisy.

Estava mais para um ano e meio, mas queria deixar nítido que tinha se casado com Hal porque quis, não porque fora obrigada pelas circunstâncias.

— *Mazel tov* — disse Hannah, lambendo os dedos.

— Quantos anos você tem? — perguntou Daisy.

— Quantos você me daria?

Daisy fez uma avaliação sincera e descontou dois anos.

— Trinta?

— Rá! 35 anos. Caquética! — Hannah limpou a boca com o guardanapo e olhou ao redor à procura do garçom. — Será que eles têm sorvete aqui?

Elas acabaram indo ao Scoop DeVille e lá dividiram um banana split. Quando Hannah perguntou:

— Quer se encontrar de novo amanhã e dar uma caminhada?

Daisy não pensou duas vezes antes de aceitar:

— Quero.

Daisy sabia que ela e Hannah seriam amigas. Só torcia para que Hal e Eric, o marido de Hannah, se dessem bem; que pudessem ser aqueles casais que faziam as coisas juntos, mas nunca formaram aquele grupinho desejado. Hal disse que gostava dos Magee, mas Daisy percebia que ele se irritava com o jeito escandaloso de Hannah, com a voz estridente, o costume de nunca usar maquiagem nem salto alto e de perguntar o que desse na telha a qualquer um. A casa da amiga era confortável, na opinião de Daisy, e "uma zona" na opinião de Hal (até Daisy era obrigada a admitir que havia uma quantidade exagerada de pelo de cachorro nas coisas dos Magee). Quanto a Eric, Daisy achava que Hal considerava que alguém que decidiu ser enfermeiro provavelmente não conseguira se formar em medicina, e que, portanto, não devia ser inteligente nem bem-sucedido e que com certeza jamais seria alguém na vida, como ele.

— Se você gosta deles, é o que importa — disse o marido depois de um jantar desconfortável na casa dos Shoemaker, em que Eric se esforçou para fingir interesse em pesca de robalo, enquanto Hal não fez a menor questão de demonstrar vontade de ouvir Eric falar de sua paixão, o futebol. — Eles são seus amigos, não meus.

No fim, o grupo de amigos que se formou não incluía Hal, e sim Daisy, o irmão dela, Danny, e o marido dele, Jesse. Danny era orientador educacional num colégio de ensino médio em Trenton, e Jesse trabalhava numa galeria de arte e era professor de dança. A cada um ou dois meses, eles se encontravam para jantar juntos, às vezes na Filadélfia, às vezes em Lambertville ou New Hope, ou na casa de Daisy, quando ela cozinhava. Durante anos, Daisy tentou convencer os Magee a saírem da agitação da cidade e irem morar numa área residencial como a deles. "Esquece, eu não vou para o lado sombrio da força", dizia Hannah. Mesmo assim, toda vez que via um anúncio de uma casa que achava apropriada, mandava para Hannah, que respondia: "Vade retro, Satanás".

E então sua amiga adoeceu.

— Tenho uma má notícia, menina — falou Hannah ao telefone certa tarde, com a voz tão diferente da efervescência habitual que foi quase irreconhecível para Daisy. — Apareceu um caroço no exame.

Ela deu um nome para o tumor, como era seu jeitinho, mas mesmo depois que Carl, o Caroço, foi removido, mesmo depois da radioterapia e de três meses de quimioterapia, apareceram mais três, o Filho de Carl, o Retorno de Carl e Carl 2: Os Tempos da Brilhantina Voltaram. Então foram encontrados mais três nódulos no fígado e manchas nos pulmões, e Hannah parou com as piadas.

— Acho que não vou sair dessa — declarou a amiga. Tinha perdido o cabelo e quase catorze quilos àquela altura. Estava sentada na cama, trajando uma camisola de flanela que quase engolia o corpo mirrado e meias de lã. — Seja uma batalha ou a guerra, com certeza meu lado está perdendo.

— Não está, não. Não fale assim! — Daisy segurou a mão dela.

— Zoe precisa de você. Eric também. — Ela engoliu em seco. — Eu preciso de você.

— Ah, menina.

Hannah apertou sua mão, mas com um olhar distante. *Ela não está mais de todo presente*, pensou Daisy. Parte dela já tinha ido. Pensou que a amiga estivesse dormindo, mas Hannah umedeceu os lábios e abriu os olhos de novo.

— Você precisa me prometer uma coisa — pediu ela.

— Lógico — respondeu Daisy. — O que quiser.

Com um esforço visível, Hannah se preparou para o que tinha a dizer. Lambeu os lábios ressecados outra vez e falou:

— Eu já dei permissão para Eric se casar de novo. — Ela olhou bem nos olhos de Daisy, e as mãos frias pareceram garras quando a puxaram para mais perto. — Mas você precisa me prometer... e esse é o último desejo de uma moribunda, então você precisa jurar. Prometa que não vai deixar aquela piranha da Debbie Conover chegar nem perto dele.

Daisy caiu na risada. Em seguida, começou a chorar. Fungando, ela apertou a mão da amiga.

— Eu prometo — garantiu Daisy. — Prometo.

Três dias depois, Hannah morreu. Após alguns meses, Eric pôs a casa à venda e se mudou com Zoe para Winsconsin, para morar mais perto dos pais dele. A saudade da amiga era uma dor quase física para Daisy, uma ferida que não cicatrizava. Ela tinha várias conhecidas, outras mães que poderia chamar para um café ou uma aula de barre fit, mas Hannah fora sua única amiga de verdade.

<hr />

Para se preparar para conhecer Diana, Daisy fez uma pesquisa no Google, mas não encontrou muita coisa. Diana.S@earthlink.com era Diana Starling, fundadora e diretora de uma empresa chamada DS Consultores. No site, só havia um texto numa linguagem incompreensível para quem não estava habituado ao mundo dos negócios. "Ajudamos nossos clientes a se atualizar e evoluir neste mundo moderno em constante avanço, abraçando a transformação e a inovação disruptiva como uma forma contínua de trabalho." Ela sabia o que as palavras significavam separadas, mas, quando combinadas, eram como um idioma que não dominava.

Havia uma foto da outra Diana no site, a imagem era de uma mulher branca de meia-idade com cabelo escuro, fotografada dos ombros para cima em uma postura confiante. A página intitulada NOSSOS PRINCÍPIOS citava sua formação: graduação na Universidade de Boston, MBA em Wharton e nenhuma informação sobre quando os diplomas foram obtidos. Pelo que ela sabia do mundo corporativo, Daisy concluiu que isso fazia sentido. As jovens eram vistas como ingênuas, tolas e inconstantes... criaturas volúveis que poderiam engravidar a qualquer momento e nunca mais voltar. As mais velhas eram quase invisíveis. "Starling mora em Nova York", era a breve biografia. Não havia informações sobre de onde a outra Diana vinha, ou quais eram seus hobbies, ou se era casada ou tinha filhos.

Daisy deu continuidade à pesquisa nas redes sociais. O perfil da DS Consultores no Twitter se limitava a retuitar matérias do *Wall Street Journal* e do *Business Today* com a legenda: "Entre em contato para saber o que podemos fazer por sua empresa!". E as postagens ao que parecia eram apagadas a cada seis semanas, o que tornava inútil a busca. Diana Starling estava no Instagram, mas a conta era privada, e a foto dela era só uma versão diferente da imagem que estava no site corporativo. No Facebook, a mesma coisa. As únicas informações que Daisy tinha em mãos vinham dos e-mails mandados por engano, que sugeriam uma vida badalada, destinos glamourosos; eventos, jantares e noitadas com as amigas, embora a outra Diana tivesse feito questão de afirmar que não era esse o caso. "Eu juro, são só obrigações profissionais disfarçadas de baladas."

— Trem regional um-oito-meia para Trenton, Metro Park, Newark e Penn Station, Nova York. Embarque imediato! — anunciou o bilheteiro.

Daisy limpou as migalhas de croissant da blusa e entrou na fila. Ao embarcar no trem, encontrou dois assentos vazios no vagão silencioso.

Um ótimo sinal. Ela se sentou com a bolsa no colo e se perguntou se não pareceria desmazelada perto da outra Diana. Tinha feito uma escova no cabelo, da melhor maneira que conseguira, e vestido uma bata de jérsei por cima de leggings e botas pretas, além de um colar de contas de vidro grandes que a vendedora da J.Crew falou que era o acessório ideal para ressaltar uma roupa. Como vestia tamanho 48, as opções eram limitadas, mas, mesmo que não fossem, a moda nunca fora seu forte, e ela já não estava mais na idade de virar uma fashionista.

— Passagens em mãos, por favor! — pediu o bilheteiro.

Daisy entregou a passagem, que o homem escaneou com um dispositivo eletrônico que apitava e parecia uma arma phaser de *Star Trek*. Ela sentiu uma pontada de saudade ao se lembrar de quando os bilheteiros usavam um furador e deixavam o chão do vagão cheio de pequenos círculos de papel. Daisy tinha vários livros com passagens antigas da Amtrak no meio, relíquias das viagens que fazia para Filadélfia com o marido e a filha, e as usava como marcadores. Ficou se sentindo ainda pior por perceber que tinha virado uma das mulheres chatas que reclamavam que antigamente tudo era melhor.

Estou ficando velha, pensou, e se recostou com um suspiro. Estava com um livro, o lançamento mais recente de Alice Hoffman, e sempre havia o celular, com jogos e aplicativos das redes sociais, e todo um mundo de conhecimento reunido na internet. Ela podia organizar as fotos, o que vinha planejando fazer havia um bom tempo; podia mandar um e-mail para o comitê de decoração da escola, ao qual havia se filiado pouco tempo antes, para ver se alguém tinha uma ideia para transformar o auditório da Melville num lugar glamouroso (o tema era "Uma noite na Ópera". A única sugestão de Hal, nem um pouco útil, tinha sido contratar uma mulher gorda para cantar).

Só que ela não estava a fim de ler nem de abrir o Facebook e ver todas aquelas famílias felizes, com pais e mães posando para fotos nas viagens do recesso de primavera. Quando contara a Hal o que faria, ele se limitou a um aceno distraído de cabeça, mal parecendo ouvir. Estivera de mau humor desde que voltaram de Emlen, e Daisy não sabia se era porque a filha única tinha sido expulsa da escola preparatória em que ele estudara ou se ainda era um reflexo da morte do amigo.

Daisy se ajeitou no assento quando o trem fez uma curva. Na noite anterior, tinha mais uma vez convidado Beatrice para acompanhá-la. Encontrou a filha sentada num canto com um vestido longo e sem graça, tricotando à luz de uma vela acesa na cômoda, como uma mocinha tuberculosa do século XVIII.

— Tem certeza de que não quer vir comigo? — perguntou Daisy.

— Não, obrigada — respondeu Beatrice, negando com a cabeça e murmurando baixinho "um laço, dois pontos".

Daisy percebeu que a filha tinha ficado irritada com a interrupção. A chaleira elétrica que ela e o marido compraram para a menina levar para o internato estava fumegando em cima da cômoda, ao lado de uma lata de biscoitos e uma caixa de chá PG Tips. Havia um ratinho pirata na escrivaninha de Beatrice. Tinha uma espadinha prateada, botinhas elegantes nos pés e uma máscara encobrindo os olhinhos.

— Nossa, é tão realista! — comentou Daisy, maravilhada, apanhando-o para olhar mais de perto. — Essa pelagem é de verdade?

— Ora, lógico que é. É um rato de verdade.

Daisy, que imaginara estar segurando uma coisa feita de lã, deu um berro e acabou derrubando o ratinho. Na verdade, talvez ela meio que o tivesse jogado no chão (mas sem querer!) e então precisou arrancar aquilo da boca de Lester, que estava tentando comê-lo.

— Ei, deu trabalho fazer, sabia? — reclamou Beatrice, indignada.

— Desculpa — disse Daisy com a voz fraca. — Você pegou... você comprou...

— De uma pet shop.

— E estava... — Ela não sabia como perguntar se o ratinho estava vivo ou morto quando Beatrice o levou para casa.

E não tinha certeza de que queria saber a resposta.

— Não precisa se preocupar. Eu estou seguindo todas as medidas de higiene.

Ela olhou para a escrivaninha da filha. Antes havia uma coleção de edições antigas de livros da Nancy Drew, uma coleção que Daisy montou a duras penas, um ou dois livros por vez. Também havia um par de abajures com cúpulas cor-de-rosa de bolinhas e uma caixa de joias antiga sua, que rodopiava ao som da valsa "Danúbio Azul" quando a tampa era aberta. Tudo isso foi substituído por sacos de enchimento e bolas de algodão, carretéis de fio de aço fino, tesouras, alicates e bisturis. Tudo bem arrumadinho em uma fileira, além de uma caixa com luvas cirúrgicas e uma fileira de olhinhos minúsculos de contas.

— Então está fazendo taxidermia?

— Aham.

— Parou a feltragem com agulha?

— Não, eu ainda faço. Inclusive tenho duas encomendas para esta semana. Um labradoodle e um dogue alemão.

— Enfim, eu deixei para você e seu pai aquele frango indiano de que gostam. Vocês só precisam...

— Pôr numa panela e esquentar em fogo baixo por vinte minutos.

— Certo. Um bom dia de escola para você, então.

— Tchau — respondeu Beatrice, sem erguer os olhos do tricô.

Quando o trem pegou velocidade, Daisy se virou para a janela. Viu o próprio reflexo (cabelo castanho, bochechas arredondadas, rosto em formato de coração, linhas de expressão leves, mas perceptíveis ao redor dos olhos) e observou os quintais de Nova Jersey passarem em alta velocidade. Estava pensando no pai, que lhe vinha à mente nos últimos dias.

Jack Rosen fora um homem de negócios... ou, como dissera no passado, um empreendedor, sempre em busca da próxima grande empreitada. Durante os dez primeiros anos do casamento com a mãe dela, o dinheiro fora escasso. O pai tinha investido em oportunidades que não vingaram: uma franquia de joalherias que estava indo bem até que abriram uma Kay Jewelers numa galeria comercial nas redondezas; um depósito de armazenamento de casacos de pele que virava alvo de manifestações de ativistas pelos direitos dos animais quase toda semana; um restaurante de fondue que rendeu dois bons anos para Jack e a esposa, até que as pessoas pararam de comer fondue.

Aí, na década de 1970, o pai tirou a sorte grande com franquias da academia Jazzercise e, quando os anos 1980 chegaram, já tinha tido uma postura visionária e investido um bom capital em locadoras de vídeo. Os doze anos seguintes foram muito bons. Eles se mudaram de um apartamento duplex para uma mansão em estilo vitoriano em

Montclair, Nova Jersey. O pai mandou os filhos, os irmãos de Daisy, para o Instituto Emlen, o famoso internato que só aceitara uma quantidade limitadíssima de judeus até os anos 1960.

Jack Rosen adorava os filhos homens, um amor marcado por uma espécie de fascínio quando eles cresceram para se tornar o tipo de jovem que ele nunca conseguiu ser: riquinhos que rodavam o mundo com amigos ainda mais endinheirados rumo a Nantucket, St. Barths e Banff. Os filhos esquiavam e velejavam; jogavam tênis e depois de um tempo aprenderam sobre vinhos. David foi do time de beisebol de Emlen, e Danny, que era baixinho e troncudo, como o pai, era timoneiro na equipe de remo de oito homens da escola. Daisy percebia que os esportes e aquele jeito de falar, as conversas dos irmãos cheias de apelidos e referências a pessoas que Jack nunca tinha ouvido falar e lugares que nunca frequentou, deixavam o pai — magro e asmático — orgulhoso, e também um pouco atordoado.

Ela era bem nova quando os irmãos estudaram em Emlen, mas ainda se lembrava bem do pai usando um moletom da escola em casa no inverno e uma camiseta correspondente no verão. Nas formaturas, ele vestira o blazer de tweed, sem se importar se estivesse calor, pusera uma gravata com as cores do Emlen e fotografara tudo: os alojamentos com as paredes externas cobertas de trepadeiras, os salões de refeições, os bancos no pátio com as placas em metal, os barcos a remo e até outras famílias, cujos pais vestiam camisa social com as mangas dobradas na altura do cotovelo, bermuda de xadrez colorido e sapatos *dockside* nas tardes de calor. O suor escorria pela careca e o rosto do pai, e a mãe, Judy, andando atrás dele de salto alto, murmurava "Já chega, Jack" enquanto ele fazia mais um clique discreto com a câmera. Daisy sempre gostou de visitar o Emlen; a escola montava uma tenda em que as famílias podiam deixar as crianças, então sempre havia com quem brincar e coisas gostosas para comer. Só quando ficou mais velha entendeu como aquilo devia ser complicado para os pais, que deviam se sentir ao mesmo tempo orgulhosos e deslocados num lugar como aquele.

Daisy adorava o pai. Era a filha temporã, nascida quando a mãe já estava com 38 anos e exausta, e ela desconfiava de que já estivesse também disposta a se aposentar da função de mãe, mas o pai a amava sem reservas. "Eu e minha pequena sombra", dizia ele. Ela o acompanhava nos lugares sempre que podia: em visitas de negócio, ou à mãe dele, que morava num apartamento em Riverdale, no Bronx. O pai era quem preparava a maioria das refeições da casa e todas as sobremesas, e foi com ele que Daisy aprendeu a fazer *homentaschen, rugelachs* e *sufganiya*. "Princesa Diana", era como ele a chamava, e falava que "Tudo no mundo ainda é pouco para minha garotinha".

Todos os sábados que passavam juntos terminavam em visitas a uma livraria; às vezes a Waldenbooks de um shopping ali perto, às vezes a Strand, em Nova York. O pai a deixava comprar uma pilha de livros que chegava à altura do joelho da menina. Daisy tinha o próprio quarto e banheiro, e um armário cheio de calças jeans Girbaud e suéteres Bennetton. Nas férias de verão, ia para o acampamento Ramah, nas montanhas Catskills, e em seu bat mitzvah ganhou uma festa com o tema "cassino", com roleta, mesas de blackjack, carrinho de pipoca, cabine de festa e uma equipe de "animadores" para atrair os pré-adolescentes mais tímidos para a pista de dança. De lembrancinha, foram entregues pares de meias customizados (rosa para as meninas, azul para os meninos) com os dizeres DANCEI ATÉ NÃO PODER MAIS NO BAT MITZVAH DA DIANA bordados na sola. Daisy usou um vestido cor-de-rosa com saia de tule e paetês prateados costurados no corpete e fez permanente no cabelo. Nunca tinha se sentido tão bonita nem tão adulta.

Um ano e meio depois, as coisas azedaram. Primeiro, o pai vendeu as locadoras de vídeo, por estar convicto de que a onda de ver filmes em casa estava passando, e investiu tudo numa rede local de rotisserias chamada *Sabor Roti*. Só que aí as pessoas pararam de querer frango assado. Ou talvez preferissem o do mercado de Boston. Ou talvez a *Sabor Roti* não fosse tão lucrativa quanto os investidores esperavam. Fosse qual fosse o motivo, três dos quatro restaurantes estavam fechados dentro de um ano, e a família Rosen, contendo gastos. Em vez das férias glamourosas na praia ou nas montanhas, havia fins de semana prolongados em Jersey Shore, com Judy emburrada a maior parte do tempo, chorando quando achava que os filhos não estavam ouvindo e resmungando: "Como assim, não tem mais nada? Como que não fez uma reserva? Como deixou uma coisa dessa acontecer?". O pai se desfez do Porsche financiado, e a mãe, em vez de andar de Cadillac, passou a dirigir um Toyota. A casa de Montclair foi posta à venda. "É grande demais para nós três", foi a justificativa do pai, ao que Judy assentiu com o rosto duro, enxugando os olhos vermelhos. Na última noite por lá, era a mãe de Daisy que estava com a câmera Pentax na mão, fotografando a janela saliente na sala, a despensa espaçosa, o chão de azulejos customizados na cozinha e a piscina de chão do quintal dos fundos, perambulando pela casa como um fantasma, com o casaco de pele por cima da camisola.

Daisy gostava de pensar que, se já fosse um pouco mais velha, e se os pais tivessem sido mais francos e abertos, teria tido um comportamento melhor. Só que tinha 14 anos e nenhuma noção de nada, então a última conversa com o pai girou em torno da insistência dela no fato de que, se não conseguisse as botas Dr. Martens de couro patenteado vermelho-cereja que havia visto num videoclipe da banda Smashing Pumpkins, ela cairia durinha no chão de desgosto. "Lógico, princesa", foi o que o pai respondera, parecendo um pouco distraído. Depois, Daisy se lembraria das rugas nos olhos dele e das costas encurvadas, mas na época estava com o pensamento fixo nas botas vermelhas. "Eu chego na hora do jantar, trago os sapatos para você", foram as últimas palavras que o pai lhe disse ao passar pela cozinha quando saiu de casa na segunda-feira de manhã. Daisy sacrificaria quase tudo (anos de vida, a capacidade de usar a mão direita) para voltar no tempo e dizer a ele que o amava em vez do que falou, que foi: "Não são sapatos, papai, são botas, e se você não comprar as que eu quero vai ter que devolver".

Elas ouviram a porta se fechando e o som do carro dele sendo ligado. Um instante depois, veio o barulho do impacto. Judy saiu correndo porta afora. Daisy foi para a janela e viu a traseira do carro dele amassada contra outro carro, estacionado do outro lado da rua e o pai caído no volante. A mãe gritou "Chame uma ambulância!", e Daisy foi às pressas para a cozinha e pegou o telefone sem fio. Só que era tarde demais. Jack Rosen morreu antes que o socorro chegasse.

Na casa em Montclair, a mãe de Daisy tinha um quintal de mil metros quadrados no qual plantava legumes e flores. Da primavera até o início do outono, era onde passava a maior parte do tempo livre, cuidando da terra, plantando, regando, tirando as ervas daninhas, polinizando as berinjelas com um pincelzinho ou polvilhando as rosas e as zínias com farinha de osso para afastar as formigas. Daisy ajudava a processar o que ela colhia, fazendo picles com os pepinos e molho marinara com os tomates.

Depois da morte de Jack Rosen, a casa foi vendida... às pressas e, pelo que Daisy entendeu, por menos do que Judy esperava. Ela e a mãe saíram da casa em Montclair para o apartamento de dois quartos em West Orange. Lá não havia jardim, nem quintal, nem espaço ao ar livre, só uma varandinha de concreto com um gradil de metal até a cintura, que a mãe de Daisy encheu até onde dava de vasos e cestos suspensos. Ela cultivava o que podia, mas não era a mesma coisa. Nada mais foi o mesmo. Não havia dinheiro para mandá-la para o acampamento de férias e, quando Daisy começou o ensino médio no colégio novo, não se aproximou muito de ninguém. Esforçava-se ao máximo para tirar boas notas, sabendo que precisaria de algum auxílio estudantil para entrar na universidade, e, quando entrou em Rutgers, trabalhava em dois empregos durante o ano todo, além de estudar muito para manter o coeficiente acadêmico que a bolsa que conseguiu exigia. Então, nas férias de verão depois do terceiro ano de faculdade, conheceu Hal, e em seguida veio Beatrice. E naquele meio-tempo conheceu Hannah, a única amiga que fez e manteve, até que ela morreu.

Talvez eu tenha perdido o hábito de fazer amizades, pensou Daisy, enquanto o ritmo do trem ia provocando nela uma sonolência cada vez maior. Talvez aquela desconhecida, a outra Diana, representasse uma chance de tentar de novo.

4

Daisy

Nas viagens habituais a Nova York, os Shoemaker se hospedavam num hotel na região sul do Central Park. Um dos antigos colegas de sala de Hal em Emlen era diretor nacional da rede hoteleira proprietária do estabelecimento. No geral conseguiam um quarto melhor que o previsto na reserva, e sempre havia uma cesta de frutas, uma garrafa de vinho e um bilhete de boas-vindas à espera. "É mais uma das vantagens de ser um egresso do Emlen", dizia Hal, como se Daisy não soubesse que as portas do mundo estavam escancaradas para os homens que vinham de lá... Nada que fosse ilegal, mas algo que não era exatamente justo. Por ser egresso de Emlen, o orientador acadêmico de Hal escreveu uma carta de recomendação para a faculdade Dartmouth, onde as aprovações de alunos eram feitas por outro ex-aluno de Emlen, e foi assim que Hal entrou lá. Um outro egresso o recomendou a um também ex-aluno que era reitor da Faculdade de Direito da Universidade Yale, na qual Hal entrou também depois de terminar a graduação. Enquanto ainda era estudante, foi convidado por outro egresso do Emlen para um emprego de verão no escritório de advocacia Lewis, Dommel & Fenick, na Filadélfia, e Hal foi trabalhar lá depois que se formou.

Daisy tinha as próprias opiniões sobre Emlen, mas compartilhava pouquíssimas delas com Hal. Não sabia nem ao certo como começar. Ela entendia todos os privilégios de que Hal desfrutava, e o motivo por que ele queria que a filha tivesse o mesmo. Daisy enxergava também a própria conivência em tudo aquilo, pois se beneficiava por tabela, e admitia que, em vez de argumentar, recusar ou tentar corrigir as injustiças ou compartilhar o que tinha, na maioria das vezes ela se deixava levar, desfrutando de todos os benefícios que não havia se empenhado para conseguir. Seu único ato de rebeldia fora quando perguntara para Hal, com discrição, quanto havia doado para o Emlen e depois mandado um cheque de igual valor de sua conta conjunta para a Associação Nacional para o Progresso de Pessoas Não Brancas, um gesto do qual o marido pareceu achar graça em vez de ficar irritado. "Sério mesmo, Daisy?", foi a reação dele e, quando ela disse que era o mínimo que poderiam fazer, Hal respondeu apenas que não era preciso agir pelas costas dele, lançou-lhe um olhar condescendente (que fez Daisy ficar com vontade de enfiar a cara dele no forno) e deu-lhe um beijo na testa.

Naquela viagem, porém, Daisy queria ser independente. Ou, melhor, queria desfrutar de uma ilusão de independência. Quando Diana propôs que se encontrassem no King Cole Bar, no hotel St. Regis, Daisy reservou um quarto lá, dizendo a si mesma que, depois do turbilhão do último ano (a morte de Hannah, a expulsão de Beatrice, o falecimento do ex-colega de turma de Hal e o subsequente desânimo do marido), ela merecia um mimo.

Quando o trem chegou, Daisy emergiu do subterrâneo da Penn Station o mais rápido que podia, subindo pela escada rolante, passando pela fila para os táxis e saindo para o ar frio da primavera. Foi caminhando pela rua Broadway, como sempre espantada com as diferenças entre Nova York e a Filadélfia ou, na verdade, entre todas as cidades grandes do mundo. As pessoas com pressa, balançando os braços com vigor ao lado do corpo; desviando dos outros pedestres e serpenteando por entre eles, avançando com pressa a cada sinal aberto. Para quê? Era uma dúvida recorrente de Daisy. O que era tão urgente? Alguma vez ela havia sentido tamanha afobação para fazer qualquer coisa na vida? Não desde que dera à luz, concluiu ela, abrindo um sorrisinho e se lembrando que quisera ir para o hospital ao sentir a dor da primeira contração, mas Hal a fizera esperar até que ele terminasse de almoçar, e fizera questão de conferir se a porta de casa estava bem trancada antes de sair.

— Boa tarde, sra. Shoemaker — cumprimentou a mulher atrás do balcão da recepção do St. Regis.

Era linda, com um rosto oval, olhos escuros com pálpebras marcantes, pele bronzeada e cabelo preto preso na altura da nuca, revelando o pescoço elegante.

Daisy não deu muita atenção à explicação sobre o mordomo disponível para o que ela precisasse, e sobre o serviço de quarto vinte e quatro horas, tentando identificar o sotaque da recepcionista e ponderando se em algum momento a moça não se sentiu tentada a chamá-la de "senhorita" em vez de "senhora".

— Aproveite a estadia, sra. Shoemaker.

Daisy pegou o cartão de acesso e subiu de elevador para o oitavo andar, onde ficava seu quarto, elegante e impecável, com um carpete cinza-claro, cortinas cor de marfim e uma luxuosa cama *king-size*. Ela tirou os sapatos, deitou-se de barriga para cima, esparramou os braços e as pernas o máximo que podia, programou o alarme do celular para dali a uma hora e caiu num sono profundo e satisfatório.

———

Às seis da noite, o King Cole Bar estava tranquilo e acolhedor, um ambiente de conversas discretas, música suave e luz de velas. O famoso mural de Maxfield Parrish parecia brilhar atrás de dois bartenders que serviam uma fileira de clientes no balcão. Num dos cantos, um pianista tocava uma versão de "Some Enchanted Evening". Os casais conversavam baixinho nas mesas para dois; numa mesa para quatro, homens de negócios escandalosos gargalhavam do que parecia ser uma piada obscena. Enquanto olhava ao redor, Daisy se sentiu relaxar, e quando viu uma mulher de cabelo escuro usando a lanterna de celular para ler o cardápio, pensou: *É ela. Só pode ser.*

Como se tivesse ouvido seus pensamentos, a mulher deixou o celular de lado e ficou de pé. Usava uma pulseira de ouro no braço que refletiu a luz das velas quando acenou.

— Daisy? — perguntou a mulher. Abrindo um sorriso simpático, ela estendeu a mão. — Diana Starling.

A voz dela era baixa e agradável, e Daisy ficou com a impressão de ter detectado um leve sotaque de Boston.

— Daisy Shoemaker.

O aperto de mão da mulher era caloroso e firme, e o sorriso parecia sincero, como se a chegada de Daisy tivesse sido o ápice de seu dia. Não era nem um pouco parecida com a miudinha e sardenta Hannah Magee. Era mais alta, tinha a pele mais escura e feições mais severas, mas devia ter a idade de Hannah, e havia algo nela que por certo lembrava Daisy da melhor amiga.

— É um prazer conhecer você — disse Daisy.

— Eu digo o mesmo. — Diana se sentou, revirando os olhos. — Passei as últimas seis horas com um cara que só me chamava de querida, e não sei se era porque esqueceu meu nome ou porque nunca nem soube. Fiquei o dia todo ansiosa para te encontrar!

Daisy sorriu e se sentou, parabenizando a si mesma pela capacidade de dedução. Diana Starling era alta, como ela imaginara, com uma postura sóbria e confiante. Vestia um terno preto muitíssimo bem cortado, além de uma camisa de seda cor de creme com um laço todo elaborado no pescoço. O tipo de roupa que Daisy nunca usou, já que seu busto tornava camisas de abotoar inviáveis, e o laço parecia bem complicado. Diamantes de um bom tamanho brilhavam nas orelhas da mulher. Não havia anéis nos dedos, mas ela usava um perfume marcante, com notas de almíscar e tabaco. O cabelo escuro e ondulado estava solto. Diana tinha a testa larga, com duas linhas de expressão discretas entre as sobrancelhas e mais algumas nos cantos dos olhos, maçãs do rosto destacadas e queixo quadrado. Daisy viu também os cílios postiços que imaginara, e o blush, o pó bronzeador e o batom que deixou uma mancha vermelho-escura no copo d'água. Estava aquém do tipo de maquiagem que uma mãe de Bryn Mawr usaria para tomar drinques com as amigas, mas combinava com a outra Diana.

Daisy estimou que ela tivesse uns 50 anos, mas era uma cinquentona bem conservada, elegante, em boa forma e bem hidratada. Parecia saudável e atraente, não alguém desesperada para parecer mais jovem. Daisy imaginou aulas particulares de Pilates e natação; escovas frequentes no cabelo; limpezas de pele; depilações com cera quente e uma consultora de moda para escolher os terninhos e as camisas de seda. Quando a outra Diana viajava, devia ser de primeira classe e, quando se hospedava em hotéis, provavelmente eram cinco estrelas. Isso tornava Daisy uma pessoa comum e irrelevante, com uma vida sem grandes realizações: ela se casou com um homem, teve uma única filha e tocava um negócio minúsculo. O que havia de difícil nisso?

Um garçom se aproximou e se curvou, todo solícito.

— Senhoras, sejam bem-vindas ao King Cole.

Ele entregou cardápios para as duas, encheu o copo d'água de Diana, deu um para Daisy e serviu uma pequena travessa de castanhas de caju temperadas quentinhas e outra de torresmo.

— Hum — murmurou Diana, mordendo uma castanha. — Que delícia.

— As castanhas sempre ficam melhores quando você esquenta — opinou Daisy. — É o que sempre digo para minhas clientes. Bastam cinco minutos no forninho elétrico para causar uma impressão cem vezes melhor.

Ela percebeu que estava se gabando um pouco. Só que era bom ter alguém que pudesse encará-la como a especialista, uma pessoa com conhecimento para partilhar. No geral, ela só tinha a experiência de algo assim observando de longe, quando as pessoas encontravam Hal e o paravam para pedir conselhos sobre assuntos jurídicos, ou perguntavam se ele tinha alguma dica para entrar na Dartmouth.

— Quero ouvir tudo, mas primeiro... — Diana abriu o cardápio. — Vou pedir um Bloody Mary. Dizem que foi inventado aqui, inclusive.

— Para mim está perfeito — disse Daisy.

Ela tinha considerado pedir a taça de vinho branco de sempre, mas um Bloody Mary parecia ideal para a ocasião.

— E tudo bem pedir umas coisinhas para comer? — Diana fez uma careta meio estranha e autodepreciativa de novo, e Daisy ficou contente por saber que ela também não dispensava comida. — Eu almocei com clientes hoje, um daqueles que trazem travessas de pastrame e sanduíches de carne curada para os homens, e que tem uma salada naquele potinho de plástico, e é sempre a pior salada do mundo. E é aquilo que eu sou obrigada a comer, porque sou mulher.

— Não dava para comer o sanduíche? — perguntou Daisy.

— Na única vez em que me arrisquei a comer um sanduíche num almoço de negócios, acabei com a camisa toda suja de mostarda. E um lencinho tira-manchas não faz milagre.

Aquilo fez Daisy se sentir um pouco melhor, apesar de desconfiar de que fosse mentira, ou que era uma coisa que houvesse acontecido uma vez só, muitos anos antes, e que Diana mencionou só para deixá-la à vontade. Daisy ficou grata pelo esforço, mas não conseguia imaginar aquela mulher elegante, calma e confiante com mostarda na camisa, cocô de cachorro no sapato ou entrando numa reunião de pais na escola com a parte de trás da saia presa nas coxas, como acontecera com a própria Daisy três semanas antes.

Elas concordaram em dividir uma tábua de queijos e uma porção de calamari. Quando as bebidas chegaram, Diana ergueu a taça de suco de tomate temperado e vodca salpicada com rábano-picante em um brinde.

— Às Dianas — disse ela.

— A novas amigas.

Daisy bateu o copo no de Diana e misturou o drinque com o talo de salsão antes de dar um gole, se deliciando com o sabor das especiarias e a queimação lenta da bebida.

— É uma coincidência e tanto e, para ser sincera, ninguém me chama de Diana há anos. Meu marido me deu outro nome.

Diana inclinou a cabeça. *E você deixou?* Foi isso o que Daisy imaginou que ela estivesse pensando, mas o que a outra disse foi:

— Daisy é um nome lindo.

Ela achava que era um nome mais para fofinho do que lindo, e não sabia como a nova amiga encarava o fato de uma mulher adulta ter sido renomeada pelo marido.

— Então, com o que está trabalhando agora? — perguntou ela para Diana. — Sei que você é consultora, mas…

— Pois é, pois é — disse Diana, balançando a cabeça, bem-humorada. — Uma palavra que não significa nada. No meu caso, as empresas, a maioria do ramo farmacêutico nos últimos tempos, me chamam para passar alguns meses observando o funcionamento de tudo, para identificar o peso morto e os pontos fracos da organização. E então fazer os cortes. — Ela deu de ombros, alisando uma mecha de cabelo. — Eu sou o anjo da morte, por assim dizer. Empunho o machado do carrasco e vou embora com o sangue ainda esparramado no chão.

Dava até para imaginar: aquela mulher confiante e competente chamando funcionários subalternos para a sala, pedindo para se sentarem e fecharem a porta, e comunicando que estavam sendo dispensados.

— Deve ser difícil — comentou Daisy. — As pessoas já... sabe como é, reagiram mal?

Diana curvou os lábios num sorriso quase imperceptível.

— Algumas choram. Outras xingam. Já me jogaram uma lata de lixo uma vez.

— Você deve ser boa para lidar com as pessoas num momento como esse.

Diana deu de ombros outra vez.

— Na verdade, só preciso ter bons reflexos.

Ela fingiu que estava se esquivando de algo atirado em sua direção, o que fez Daisy cair na risada.

O garçom chegou e serviu as travessas com um floreio, dispondo-as com capricho, distribuindo também facas de queijo e pratinhos. Diana passou o queijo de cabra quentinho numa fatia de baguete, com a pulseira de ouro reluzindo à luz das velas, e deu uma mordida com uma satisfação evidente. Daisy sentiu de novo o perfume dela, e viu que os olhos da outra mulher eram cor de avelã e pareciam brilhar, como os de um gato, refletindo a luminosidade das chamas. Ou talvez fosse só o efeito do Bloody Mary, que de alguma forma já estava pela metade.

— Que gostoso — disse Diana depois da primeira mordida no pão e no queijo.

Daisy pegou um anel de lula frita e ficou observando Diana comendo. Ela se perguntou se, caso sua vida fosse outra, não poderia ter sido uma executiva também, vestindo terninho preto e fazendo os garçons se desdobrarem para deixá-la contente, e não o tipo de mulher que se casou antes do 21 anos, largou a faculdade e passou a vida cozinhando e cuidando dos outros. Com um suspiro, pensou: *Provavelmente não.*

— Quero saber mais do que você faz — declarou Diana. — Como foi que virou chef de cozinha?

— Ah, eu não sou chef. Não tenho formação profissional. Só sei fazer comida caseira mesmo, tipo uma cozinheira.

Uma cozinheira bem pretensiosa, como ela ouviu Hal dizer uma vez. E quando falou para ele como se sentia a respeito, diminuída e desprezada, ele pareceu perplexo: "Tem razão. Eu deveria ter dito 'ambiciosa', não 'pretensiosa'", foi a resposta dele. Daisy aceitou as desculpas, mas sentiu que aquele incidente havia aberto seus olhos para a forma como Hal enxergava as coisas. Viu quais eram as reais opiniões do marido, e não eram das melhores.

— Sempre adorei cozinhar, e minha mãe, não. — Daisy sentiu uma pontada de tristeza ao lembrar dos jardins da mãe. — Ela gostava de cultivar alimentos, mas não de preparar. E eu tinha dois irmãos, um doze e o outro treze anos mais velho que eu. Acho que, depois de alimentar dois adolescentes, minha mãe aceitaria de bom grado nunca mais precisar entrar numa cozinha. E então meu pai morreu quando eu tinha 14 anos.

— Uau. Sinto muito — murmurou Diana.

— Pois é. Minha mãe ficou sem chão. Não tinha mais nenhum gosto em cozinhar.

Nem em fazer qualquer outra coisa, por um tempo, pensou Daisy.

Um dos antigos sócios do pai dela, um dos compradores da parte dele nas locadoras, ajudou a mãe de Daisy a conseguir um emprego como contadora numa concessionária. E Judy, que já tinha usado pulseiras de diamantes e vestidos de grife, teve que trabalhar das nove às cinco todos os dias, sob o brilho implacável das lâmpadas fluorescentes de um escritório, e encarar os antigos vizinhos quando iam levar os BMWs e Jaguars para a manutenção.

Daisy se forçou a parecer mais animada.

— Eu já fazia sobremesas com meu pai e minha avó. Então não foi muito diferente virar a responsável pelas refeições também.

Sua mãe lhe dava o dinheiro para o mercado no início da semana, e Daisy fazia as compras depois de sair da escola, no Key Food que ficava no caminho de casa. À noite, Judy desabava no sofá, exausta depois do dia de trabalho, enquanto Daisy cuidava de tudo, indo da geladeira para a bancada e para o fogão, tentando preparar alguma coisa (qualquer coisa) que conseguisse atrair a mãe para a mesa. Frango à francesa, costeletas de cordeiro ou nhoque de espinafre, que ela enrolava à mão e cozinhava na água fervente com sal. Quando os irmãos as visitavam, nas festas de fim de ano, ela passava vários dias na cozinha, preparando latkes fofinhos e carne com molho agridoce; peru assado com recheio de castanhas; bolos com camadas de glacê. Passava horas no fogão, preparando prato atrás de prato, na esperança de que toda aquela comida de alguma forma compensasse a ausência do pai; torcendo para que as refeições não deixassem o gosto do luto na boca deles.

— Depois que meu pai morreu, acho que cozinhar me salvou. Era a única coisa que me deixava feliz. Todo o resto parecia fora de controle. Só que, se eu seguisse uma receita à risca, se usasse as quantidades corretas de cada ingrediente e fizesse tudo certinho...

Ela tentou explicar tudo: os movimentos repetitivos de descascar e picar que eram como meditação; a sensação reconfortante de saber que farinha e fermento, óleo e sal, quando combinados nas proporções certas, sempre rendiam um pão; que a elaboração da lista de compras fazia a mente voltar ao foco; e o quanto gostava do cheiro de alecrim fresco, de frango assando ou de biscoitos no forno, a textura aveludada de uma massa no momento exato que alcançava a elasticidade certa e podia ser colocada numa forma untada com óleo e coberta com um pano limpo, e depois deixada para crescer no lugar mais quente da cozinha, os mesmos passos que a mãe da mãe de sua mãe teria seguido para fazer aquele tipo de pão. Que gostava de ver os *popovers* crescendo no calor do forno, acima da borda das formas. Adorava o som de uma sopa farta ou de um guisado ensopado com grãos fervendo em fogo baixo, o visual de uma mesa bem-posta, com cartões assinalando o lugar de cada convidado, além de velas e porcelanas finas. Tudo isso a agradava.

— Você gosta de cozinhar? — perguntou Daisy ao terminar.

Diana negou com a cabeça, com uma expressão pesarosa.

— São muitas viagens e muitos jantares de negócios. Eu sei fazer macarrão gratinado com atum e esquentar pratos congelados. E só.

Mas e seu marido? E sua filha? Eles sabem cozinhar? Ou nem se preocupam com isso, por já terem uma profissional em casa?

Lisonjeada, Daisy respondeu:

— Hal sabe fazer o básico. Beatrice não tem o menor interesse em aprender.

Ela sentiu o sorriso desaparecer ao pensar na indiferença de Beatrice e Hal em relação a sua vocação. O marido comia praticamente tudo com o mesmo nível de entusiasmo. "Está muito gostoso, querida", dizia, fosse um salmão em *papillote*, um bife Wellington com cogumelos *duxelles* e massa folheada feita em casa ou um lanche na baguete que ela comprava no Wawa. No caso de Beatrice, sua comida preferida nos últimos tempos era sanduíche de pepino no pão de forma sem casca. E mesmo o sanduíche preparado com mais amor e capricho no fim das contas era só pão, pepino e manteiga. Para piorar, ela desconfiava de que Beatrice considerava que cozinhar, limpar, cuidar da casa, tudo o que era rotulado como *trabalho doméstico*, não eram obrigações das mulheres. Mas um jugo a que Daisy se submeteu por escolha própria, e cujos limites nunca ultrapassou; tudo isso era parte de um mundo que a geração de Beatrice havia superado.

Diana pareceu notar o desconforto de Daisy e, com habilidade, mudou o rumo da conversa.

— Como foi que você começou a dar aulas?

— Ah — murmurou Daisy.

Ela já esperava a pergunta. Era algo que todas as clientes perguntavam ("Ei, como você teve a ideia de fazer isso?"), então àquela altura Daisy já tinha uma história bem redondinha para contar.

— No segundo ano de faculdade, eu morava com outras três colegas num apartamento que era uma lata de sardinha. Uma noite, preparei um frango ao marsala para o jantar. Frango, arroz e uma salada verde com vinagrete. Coisas básicas.

— Para mim não parece nada básico! — comentou Diana, e Daisy sentiu o rosto ficar vermelho de satisfação. — Como é que se faz?

— Bom, o preparo começa pelos peitos de frango. Você precisa bater a carne até ficar bem fininha.

Ela lembrou que não havia um martelo no apartamento, então Daisy e as colegas enrolaram uma lata de sopa em papel-alumínio e foram se revezando, martelando a carne ao som da batida do ABBA. "Finja que o frango é seu ex!", sugerira Louisa.

— Depois você passa o frango na farinha, salteia na manteiga e deglaceia a panela, o que significa só pôr um pouco de caldo de galinha ou vinho, e raspar as partes marrons que ficaram grudadas. Então é só acrescentar cogumelos, um pouco de creme de leite e os temperos que quiser. Sério, é bem simples.

Diana balançou a cabeça, e Daisy garantiu que era fácil, que qualquer um conseguiria fazer. Contudo, ainda lembrava bem das amigas com uma expressão de espanto em volta da panela quando Daisy levou um palito de fósforo ao caldo com bebida alcoólica e fez as chamas subirem no fogão. Elas observavam o molho ficando pronto como se fosse um milagre. E também se recordava da sensação de ter aquele apoio e aquela aprovação, sendo que na maior parte do tempo se sentia jogada para escanteio, sendo ela a menos bonita entre as amigas, a que passava despercebida pelos rapazes. "Isso é melhor do que qualquer coisa que já comi num restaurante", foi o comentário de Louisa. E Marisol disse: "Daisy, você é genial!".

— E o vinagrete? Como se faz?

— É só juntar óleo, vinagre, pimenta-do-reino e misturar com um fouet. Ele emulsifica.

Diana ergueu as mãos.

— Se você diz!

Pela expressão em seu rosto, Daisy notou que "emulsificar" fazia tanto sentido para Diana quanto a palavra "consultora" para ela.

— Emulsificar é quando dois líquidos se combinam e viram uma coisa diferente.

Na mente, ela estava de volta na pequena cozinha do apartamento, um mero corredor, se lembrando do dia em que, cantando junto "Waterloo", usaram o jogo pedra, papel e tesoura para determinar quem teria que pegar a identidade falsa e ir até a loja de bebidas. Naquele ano, cozinhar deixou de ser uma atividade solitária para se tornar um ritual comunitário, barulhento e um tanto desastrado na cozinha apertada, só que muito mais divertido. Elas bebiam vinho enquanto cozinhavam. Marisol as ensinou a fazer as receitas de pernil e *arroz con pollo* da avó, Louisa fez a batata rosti da mãe, Gretchen basicamente só assistia e lavava a louça, pois os pais trabalhavam fora e a maioria das coisas que comiam vinha pronta em latas e caixas.

Para Daisy, era uma sensação muito boa ter gente que valorizava o que ela fazia, depois de passar anos vendo a mãe mal tocar na comida, com indiferença e ingratidão, enfiando na boca o que a filha preparava como se fosse uma gororoba, e não uma refeição gourmet.

— Algumas semanas depois, Gretchen entrou em pânico, porque o namorado ia levá-la para conhecer os pais e queria que ela fizesse, usando as palavras dele, "aquela coisa de frango" para toda a família.

Daisy ainda se lembrava do pavor estampado no rosto da amiga quando aparecera correndo na biblioteca para procurá-la. "Ele me deu cem dólares para comprar os ingredientes" foi o que ela murmurou enquanto os demais alunos tentavam fazê-las se calar com olhares hostis. "E jura que me contou que os pais dele estavam vindo para cá, só que eu não me lembro de nada disso, e não posso dizer que é mentira. Por favor, Diana, você precisa me ajudar. Eu faço qualquer coisa!"

— Levei Gretchen até o mercado, e nós compramos tudo de que íamos precisar. Depois fomos para casa, e eu a ensinei como fazer o prato.

— Ela não pediu para você fazer? — questionou Diana. — Sabe como é, dar uma de Cyrano de Bergerac.

— Ah, era isso que ela queria.

Daisy lembrava que Gretchen implorara por aquilo, mas ela não cedera.

— Eu disse para ela: "Se você der um peixe para uma pessoa, ela faz uma refeição; se ensiná-la a pescar, ela nunca mais passa fome". E então a obriguei a fazer tudo, do início ao fim.

Daisy ainda via tudo na mente: Destiny's Child tocando no aparelho de som, Gretchen com bobes no cabelo, recolhendo livros, revistas e roupas sujas do chão; Marisol indo atrás dela com o aspirador.

— Gretchen me pagou para dar uma aula para a mãe dela de presente de Dia das Mães, e a mulher me indicou para algumas amigas, então foi assim por um tempo. No boca a boca. E depois um amigo do meu irmão me contratou para ajudar o pai dele.

A voz de Danny ao telefone ainda ressoava em sua mente, perguntando se ele já havia falado com ela de Hal Shoemaker, o remador de proa da equipe de oito homens do Emlen. "Passei seu telefone para ele, espero que não tenha problema", foi o aviso. Hal ligou menos de dez minutos depois. Daisy se lembrava do que ele falou, com uma voz tensa e embargada: "Minha mãe morreu seis meses atrás, e acho que meu pai vai morrer de fome ou começar a sofrer de escorbuto".

— E eu me casei com ele. Com o cara que me contratou, não com o pai — contou ela.

— Então foi, tipo, logo depois de sair da faculdade? — Diana parecia surpresa.

— Na verdade, foi no meio do meu último ano — explicou Daisy, sentindo a tradicional pontada de vergonha que a acometia sempre que revelava que seu único diploma era o do ensino médio.

— Uau. Você devia ser uma criança na época.

Daisy engoliu em seco, mais uma vez detectando ecos da falecida amiga. Hannah a provocara a chamando de "menina" às vezes, ou "mãe adolescente".

— Tinha quase 21 anos. É meio que a média das noivas em muitos lugares do país, mas aqui é considerado cedo mesmo.

Diana a olhou com uma expressão que Daisy não conseguiu decifrar.

— Você devia ter muita certeza de que havia encontrado o homem ideal.

Diana virou o resto já aguado do drinque ao responder:

— Acho que tinha, sim, mas às vezes acho que minha única certeza era que eu queria me casar, e Hal foi só o primeiro a pedir minha mão.

As palavras saíram da boca de Daisy sem pensar e, assim que as ouviu, sentiu o rosto esquentar de vergonha. Não era o tipo de coisa que já tinha expressado em voz alta. Nem para Hannah.

— Nossa, isso soou péssimo. Claro, eu não teria me casado com qualquer um.

— Lógico que não — respondeu Diana.

Mesmo assim, Daisy se perguntou se era verdade mesmo, se não teria aceitado na mesma hora outro cara com a mesma formação e potencial de Hal. Ela não gostava nem de pensar nisso.

— Eu amo meu marido.

Diana assentiu, olhando para o outro lado da mesa com atenção e expectativa. Daisy sentiu que as botas estavam apertando seus dedos. Com discrição, se ajeitou na cadeira, afrouxando em parte a pressão no pé esquerdo, antes de continuar:

— É só que... Depois que meu pai morreu, as coisas ficaram bem tensas. Achei que, se não me casasse, teria que voltar a morar com minha mãe.

Daisy se segurou para não estremecer e, apesar de não querer, se lembrou do apartamento escuro que parecia cheirar o tempo todo a repolho, apesar de nunca ter cozinhado o vegetal por lá; da expressão vazia da mãe sentada no sofá; de se sentir como um carrinho de dar corda, correndo de um lado para o outro para tentar distrair a mãe, tirá-la daquele sofrimento e fazê-la voltar ao mundo dos vivos. Da sensação de ir dormir todas as noites com o peso do fracasso comprimindo as entranhas.

— Então Hal foi sua rota de fuga — concluiu a outra mulher. Daisy devia ter parecido perplexa, porque Diana tratou de acrescentar às pressas: — Não digo isso no mau sentido. É que, considerando como estava sua mãe, seria normal querer fugir da situação.

— Hal é um homem maravilhoso — declarou Daisy.

Ela se apaixonou perdidamente por Hal; foi um amor arrebatador. Daisy se lembrava bem dos sentimentos. Eram sinceros e verdadeiros. Porém havia mais coisas também. Ela queria um refúgio, e Hal, que já era sócio de um escritório de advocacia, havia herdado uma casa e tinha dinheiro no banco, oferecia bem isso. Com certeza a mãe dela também ficou contente em saber que o futuro da filha estava garantido, que Daisy passaria a ser responsabilidade de outra pessoa. E Hal queria um lar confortável; um esteio para a nova vida de homem correto e responsável. Uma casa, contas a pagar, uma esposa e um bebê; era isso que o manteria na linha e serviria como barreira para afastá-lo da antiga vida. Como aquela vida tinha sido exatamente, Daisy não sabia ao certo.

Nunca perguntou muito a respeito. Nunca teve vontade, e dizia a si mesma para não insistir no assunto nem ficar sondando nada. Pensar na vida pregressa de Hal era como entrar num quarto escuro e sentir que havia topado com um monstro. Não era preciso tatear muito para discernir as formas e proporções e saber que era uma coisa horrível.

Diana a observava com atenção, com uma expressão interessada, e não crítica, enquanto Daisy continuava a falar devagar:

— Às vezes eu acho que, se fosse uma pessoa melhor, teria ficado com minha mãe e dado todo o apoio a ela sem reclamar. Só que sempre soube que queria me casar, ter filhos, minha própria casa. Só acabei fazendo isso mais cedo que o esperado.

Quando ela dera a notícia, as colegas de apartamento fizeram algo parecido com uma intervenção, tipo a que se fazia para convencer pessoas com histórico de abuso de substâncias a se tratar, sentando-a no sofá e fazendo uma pergunta atrás da outra: "Tem certeza? Não está indo rápido demais? Tem certeza de que sabe bem quem ele é? Não estou falando de *amar*, e sim de *conhecer*". Quem questionou isso foi Marisol, e sua resposta foi: "Sim, lógico que sei bem quem ele é". Mas na verdade estava pensando: *Mas até onde dá para conhecer alguém? E como ter certeza de alguma coisa?* Só o que Daisy sabia na época era que Hal era, de longe, o homem mais bonito que já tinha demonstrado interesse nela; e além disso era bem-sucedido. Ela sabia que não conseguiria nada melhor, e não via motivo para perder tempo.

— E seus irmãos? — questionou Diana. — Eles já eram adultos, certo? Não poderiam ter ajudado também?

Daisy ficou desconfortável sob o olhar de Diana e começou a se remexer na cadeira, mas se obrigou a parar quieta.

— David estava casado e morando no Kentucky, e Danny estava em Nova York, fazendo uma pós, e quase nunca ia para casa. Eu fui a que restou. E… enfim, eu era a filha mulher. Sabia que as coisas de casa acabariam sobrando para mim. — Com o dedo indicador, ela limpou uma gota de condensação do copo. — No fim, nem teria sido por muito tempo. Seis meses depois do meu casamento, minha mãe conheceu Arnold Mishkin, que morava na cobertura do prédio dela.

Era um médico aposentado, então estava bem de vida. Foi um romance épico. — Daisy tentou sorrir e evitar pensar na mágoa de ver a mãe sorridente de novo, sabendo que tinha sido outro homem, um desconhecido, que conseguiu fazer o que ela não conseguira. — Meu irmão se referia aos dois como "pombinhos".

Ela se ajeitou na cadeira, que parecia convidá-la a relaxar a postura, e perguntou de repente:

— Qual foi a melhor cidade que você já visitou?

Elas conversaram sobre Paris, onde Diana passou um verão inteiro aos 20 e poucos anos, sobre croissants de chocolate, macarons e as melhores confeitarias. Diana mencionou as passagens por Los Angeles ("trânsito horrível"), Phoenix ("ótima para fazer compras") e Cleveland ("melhor do que se imagina"). Ela gesticulava com graciosidade ao falar, baixando e subindo o tom de voz de um jeito que Daisy achou tranquilo e agradável... porém, mais uma vez, poderia ser só o efeito da vodca.

Diana contou das viagens a Roma e Tóquio. Daisy só escutou, melancólica, se lembrando dos próprios planos grandiosos. Quando Beatrice não precisava mais de mamadeiras, copinhos com tampa e um suprimento ininterrupto de nuggets de frango, Daisy quisera viajar, e Hal concordara. O problema era que a ideia de férias ideal dele não era a Europa, e sim um resort com campo de golfe acessível com um voo direto saindo do Aeroporto Internacional da Filadélfia; já Daisy queria comer macarrão artesanal em Singapura, pizza margherita em Roma e *pain au chocolat* fresquinho em Paris; ir a um sushi bar em Tóquio e a uma trattoria na Toscana; comer paella em Madri, salada de papaia verde na Tailândia, raspadinha no Havaí e torradas francesas em Hong Kong; além de querer incutir em Beatrice o amor pela culinária, pelos sabores, pelas coisas boas do mundo. E acabara casada com um homem que disse uma vez que o inferno devia ser um menu degustação de nove pratos.

— Você é próxima de seus irmãos? — perguntou Diana.

— Bem, David ainda mora no Kentucky. Nós só nos vemos uma ou duas vezes por ano. Mas Danny está por perto. Ele e o marido moram a mais ou menos uma hora de distância da Filadélfia, e são ótimos.

Daisy observou o rosto de Diana à procura de algum sinal de surpresa ou incômodo à menção de que Danny tinha um marido, mas só a viu inclinar a cabeça para ouvir melhor. *Óbvio que ela não é homofóbica*, pensou Daisy. *É uma pessoa instruída e sofisticada. Mora em Nova York, viaja pelo mundo.* Aliás, um irmão gay provavelmente seria considerado um ponto positivo para Daisy, e não algo que contasse contra ela.

— Jesse é professor de dança e trabalha numa galeria de arte, e Danny é orientador educacional numa escola de ensino médio em Trenton — comentou enquanto tateava o chão com os pés em busca da bota, que tirara e havia ido parar em algum lugar debaixo da mesa. — Eles moram em Lambertville, o centro dessa cidade é muito bonito, tem todo tipo de lojas e galerias.

Daisy não conseguiu conter um suspiro.

— Você prefere a vida de cidade grande? — indagou Diana.

— Se dependesse só de mim, acho que eu adoraria morar numa cidade grande, mas Hal sempre foi muito apegado à ideia de que uma criança precisa morar num lugar em que possa andar de bicicleta e brincar no quintal. E eu engravidei um ano depois de me casar.

Daisy soltou outro suspiro, e Diana lançou para ela um olhar solidário.

— Foi muito difícil? — perguntou.

— Ah, tudo o que se espera aconteceu. Minha filha teve cólicas. Chorava a noite toda. Eu vivia com uma sensação de fracasso, porque queria amamentar por um ano, mas Beatrice não colaborava. Com seis semanas de idade, já não queria mais saber de mim. — Daisy tentou sorrir, fazer parecer que era uma brincadeira, e não algo que ainda a magoava bastante. — Minha mãe foi passar uma semana comigo logo depois que Beatrice nasceu, mas não me ajudou muito. E então... — Daisy focou o olhar no copo vazio. — Bem, depois que minha mãe foi embora, eu me dei conta.

Diana a olhava com expectativa e as sobrancelhas levantadas.

— Que eu não ia mais poder ir a lugar nenhum — explicou ela. — Que nos anos que eu talvez devesse ter aproveitado para morar sozinha, conhecer a Europa viajando de trem ou morar com três amigas em

Nova York, eu estava casada e com uma filha, e meu marido não tinha muito interesse em viajar.

— Você não podia viajar sozinha? Ou com amigas?

— Podia. Fiz isso algumas vezes.

Ela e Beatrice tinham feito algumas viagens para Poconos com Hannah e Zoe; e havia os passeios para Nova York, quando dormiam na cidade. Só que nunca iam muito longe nem ficavam muito tempo.

— Não é que Hal não me deixa ir, é que ele precisa de mim.

Se não tivesse com um Bloody Mary quase inteiro no estômago, ela não teria dito aquilo; e, mesmo se tivesse dito, pararia por ali mesmo, mas a combinação das especiarias com a vodca, e o fato de estar num lugar apenas com adultos e na companhia de uma nova amiga que a escutava com interesse, a fez continuar falando.

— Precisa de você para quê? — questionou Diana. Se havia alguma crítica no tom de voz, Daisy não conseguiu detectar. — Para cuidar de sua filha?

— Bem, para isso com certeza, no começo.

Daisy se lembrava bem de Hal sem camisa com a bebê no colo, porque as enfermeiras no hospital disseram que contato pele com pele fazia bem; de Hal andando de um lado ao outro no corredor do andar de cima, falando sem parar "Dorme, dorme, dorme, dorme" num ritmo melodioso, e do corpinho rosado de Beatrice colado ao dele por dez minutos, e então ele a entregando para Daisy. Hal precisara da mulher para cuidar da filha, da casa e, depois, dos estudos e da rotina de Beatrice; para lembrá-lo do aniversário do pai dele e do dia da morte da mãe; para marcar as consultas médicas e odontológicas; para comprar comida e presentes; para levar e buscar os ternos na lavanderia.

— Para tudo. Absolutamente tudo. Para a vida. Ele precisava de mim para tocar nossa vida.

Daisy tentou sorrir e afastar as lembranças daqueles anos difíceis, da exaustão das noites sem dormir e dos dias lotados, do que sentia quando Hal apenas lhe entregava a bebê no meio de um acesso de berros, para ir tomar banho e fazer a barba.

— Você tem sorte de nunca ter precisado lidar com nada disso.

— Ah, lógico — respondeu Diana, revirando os olhos. — O mundo trata muito bem as mulheres que não se casam nem têm filhos. Ninguém nunca acha que tem alguma coisa errada comigo, e ninguém nunca me pergunta se congelei meus óvulos, nem quando vou conhecer meu príncipe encantado. — Diana ergueu o copo. — Um brinde à grama do vizinho, que é sempre mais verde.

Daisy olhou para baixo e encontrou um novo drinque diante dela.

— À grama do vizinho — repetiu ela, querendo que a conversa não continuasse tão concentrada nela e nas próprias decepções. — Você demitiu alguém hoje?

Diana levou a mão ao cabelo cujo corte e tratamento pareciam caríssimos e prendeu uma mecha atrás da orelha.

— Deveria ter demitido. Tem um gerente que merece ser demitido, mas acho que o máximo que posso esperar é que ele seja transferido para um lugar onde faça menos estrago. — Ela acenou com a cabeça. — Homens brancos, sobretudo os que fazem parte da família que é proprietária da empresa, são promovidos até quando fazem merda, ou ao menos ficam onde estão. E no fim sempre se dão bem.

— Que horror, né? Meu marido estudou numa escola preparatória chamada Emlen, em New Hampshire. E vou dizer uma coisa para você, aqueles caras... — Ela conteve um soluço com o dorso da mão. — Eles contratam uns aos outros, ou as empresas uns dos outros, dão estágios e empregos para os filhos uns dos outros. Por exemplo, um dos colegas de meu marido ficou mal das pernas por um tempo, se envolveu nuns negócios que não deram certo e passou por um divórcio traumático. Então, primeiro ele foi passar uns meses na casa de veraneio de um ex-colega no Maine, para sair da fossa. Depois se mudou para Nova York, para um apartamento num prédio que é de outro ex-colega, e decidiu que na verdade queria ser artista. Para isso voltou a estudar, foi fazer uma especialização em pintura, passando a maior parte do ano no apartamento de um e na casa de veraneio do outro, e *então*... — Daisy fez uma pausa para dar mais um gole — ... quando se formou e fez uma exposição das obras que pintou enquanto estudava, metade dos ex-colegas de turma apareceu, e eles compraram todos os quadros.

Diana ficou olhando para ela, os olhos arregalados.

— Não acredito.

— Juro para você! Nós inclusive temos uma aquarela dele pendurada na sala de estar. — Ela baixou o tom de voz e complementou, com outro soluço: — Uma coisa horrorosa.

Até aquele momento, ela nunca tinha se dado conta do quanto achava aquilo irritante. Se Daisy acabasse com a própria carreira e o casamento, não seria salva por uma rede de amigas com casas de praia e apartamentos em Nova York para usar até estar pronta para se lançar numa nova carreira.

— Sei lá, talvez as coisas estejam mudando. Talvez quando minha filha for adulta tudo seja diferente.

— E ela está dando um trabalhão para você, né? — murmurou Diana.

Lógico que Daisy já tinha contado da expulsão da filha. E continuou falando, cada vez mais depressa e agitada, como se alguém tivesse retirado uma tampa que continha uma torrente de frustrações.

— Eu fiquei toda feliz quando descobri que ia ter uma menina, sabe. Pensei que iríamos a casas de chás, ao balé, fazer as unhas juntas e um monte de compras. E isso até aconteceu por um tempo, mas Beatrice... — Daisy pensou na filha, sentada, tranquila, na cadeira de balanço, com as agulhas de tricô no colo. — Enfim, ela nunca escondeu quem é, e faz questão de ser exatamente assim.

De alguma forma, mais um drinque tinha aparecido na mesa. Ela não se lembrava de ter pedido, mas levantou o copo e deu um gole, grata. Diana estava à espera, olhando para ela, mas Daisy não podia contar que ela e Hal haviam concordado em ter dois filhos. E que tentaram por anos. Daisy perdeu duas gestações: uma delas um ano depois do nascimento de Beatrice, dias depois de descobrir que estava grávida; e a outra quando tinha 25 anos e chegou a passar da marca de doze semanas, o que só tornou tudo mais doloroso e complicado, deixando-a arrasada por meses. Depois disso, Hal fez uma vasectomia. Daisy foi contra. Disse que podiam continuar tentando, e que a mãe a tivera aos 38 anos. "Quando você tiver 38, eu vou ter mais de 50", foi a resposta de Hal, com um tom de voz distante. "Não vai ser mais idade de ficar trocando fraldas e acordando no meio da noite."

— Às vezes eu sinto que sou um fracasso — confessou Daisy.

— Você não é um fracasso — respondeu Diana com uma voz afetuosa e uma expressão sincera, estendendo o braço por cima da mesa e segurando a mão de Daisy.

Talvez fosse a bebida, o ambiente, a música; talvez fosse por estar cercada de homens de terno e gravata e mulheres com sapatos caros, ou o cheiro de perfume e das flores do bar, mas Daisy sentiu um nó na garganta. Fazia quanto tempo que uma pessoa não lhe dedicava atenção de verdade, e por tanto tempo? Havia quanto tempo que não sentia que alguém a via, que reconhecia o esforço que fazia? Pelo menos desde a morte de Hannah, nove meses antes.

— Obrigada — respondeu ela.

Então pensou em algo que Hannah tinha lhe falado uma vez, muito tempo antes: que, para mulheres casadas e mais velhas como elas, fazer uma nova amiga era o mais próximo que poderiam chegar de se apaixonar.

5

Diana

Vá embora, ordenou Diana a si mesma, com um tom que reverberou como um sino dentro da cabeça. *Suma daqui. Pague a conta, levante-se da mesa, saia deste bar ridículo cheio de gente rica ridícula, no qual cobraram vinte dólares numa bebida na maior cara de pau. Chega de fazer perguntas. Pare de conversar com ela.*

Era uma ideia absurda, pensar que estava se afeiçoando à Daisy, como se fosse uma adolescente carente e ingênua que se apaixonava pela primeira vez, mas era verdade: ela gostou daquela mulher. Era bem fácil de gostar de Daisy Shoemaker, com a expressão franca, o cabelo bem-arrumado, o colar no estilo preciso-ficar-chique-para-sair-na--cidade-grande; ela não era a mulher rica e frágil que Diana esperava, a típica esposa-troféu da Main Line. Era gentil, sincera e, céus, como era jovem! Mal tinha uma ruga no rosto redondo de bochechas grandes, e a boca parecia estar sempre sorrindo. Era simpática, divertida e ficou uma graça quando a bebida subiu para a cabeça, soluçando e tentando descrever as aquarelas horrorosas que ela e Hal tinham comprado do ex-colega de turma dele. Diana gostou muito dela, o que quase impossibilitava pensar em fazer alguma coisa que a magoasse.

— Mas então, e você? — perguntou Daisy. Pela forma como estava se remexendo na cadeira, ou precisava ir ao banheiro, ou tinha perdido um sapato. — De onde você é?

Diana contou a verdade: foi criada em Boston, e passou um tempo em Cabo Cod. Daisy se animou ao ouvir a menção ao Cabo.

— Nós também — falou ela, toda contente. — Nós vamos para lá também!

Diana contou que nunca foi casada, mas estava em um relacionamento de longa data. Não podia dizer que era solteira. Pareceria uma traição a Michael, uma coisa que não suportaria. Contou que tinha duas irmãs, três sobrinhas e dois sobrinhos. Teve que se esforçar para não esquecer que aquela mulher não era uma amiga em potencial; com a maior sutileza, tentou manter o fluxo de bebida ininterrupto e a conversa focada em arrancar informações de Daisy, sua vida e sua família. De seu irmão e o marido.

Descobriu que Hal tinha parado de beber pouco tempo antes de conhecer Daisy, que pagou pela festa de casamento, levou a esposa para a Pensilvânia e lhe deu um cartão de crédito e carta branca para decorar a casa.

— Ele já tinha a casa antes de me conhecer, e estava decorada num estilo colonial sem móveis... — Daisy fez uma pausa, e Diana não conseguiu conter o sorriso. — Ai, era uma típica casa de homem! Só tinha mobília em três cômodos. Estantes de livros na sala de estar e a maior TV do mundo, uma cama no quarto, sem cabeceira, sem poltronas, sem cômoda, só um colchão *king-size* e o box, e dois banquinhos na cozinha, que tenho certeza de que vieram junto com a casa.

— Uau — comentou Diana, balançando a cabeça.

Ainda tinha um milhão de perguntas e de coisas que precisava saber, mas Daisy pegou o celular e franziu a testa ao ver que horas eram.

— Ah, nossa, a peça que vou ver começa daqui a pouco! Preciso ir.

— Eu te acompanho.

Daisy estava pegando o cartão de crédito na bolsa, mas Diana já estava com o dela em mãos.

— Ah, não. É por minha conta.

Quando elas saíram, Daisy confirmou o endereço do teatro em que veria *Rei Lear*. Diana se preparou para encarar a luz do sol, a multidão e a cacofonia de buzinas de táxis, mas, em vez disso, Nova York proporcionou um dos raros crepúsculos perfeitos. O ar estava frio e com um aroma de outono no ar; o céu tinha um azul forte e lustroso, e todos pareciam ter diminuído o passo para desfrutar melhor da beleza do anoitecer.

— Ah, uau. — Daisy soltou um suspiro sonhador antes de olhar de canto de olho para Diana e sorrir. — Você deve estar me achando uma caipira deslumbrada.

— Não, não — respondeu Diana, porque conseguia entender o motivo da admiração de Daisy. — A hora mágica. É assim que os fotógrafos chamam a luz do finalzinho do dia.

Fora do ambiente à luz de velas, Diana viu melhor como Daisy era jovem. Sem rugas, sem manchas de idade na pele, cabelo ainda brilhante, pele lisinha. Caminhava com passos vigorosos, e olhava para tudo (o céu, os prédios, as pessoas) com uma admiração indisfarçável, até mesmo com um encantamento.

Diana, por sua vez, ficava cada vez mais desesperada, esquadrinhando a rua em busca de uma rota de fuga, um daqueles prédios teria de servir. Havia um arranha-céu no fim do quarteirão, com uma antena prateada no alto que parecia perfurar o céu.

— Eu fico por aqui — avisou ela, acelerando o passo. — Eu moro no Village, mas, quando vou ficar só um tempinho na cidade e estou trabalhando em Midtown, alugo o apartamento pelo Airbnb e fico nas acomodações oferecidas pela empresa — complementou, mentindo com a maior facilidade.

— Obrigada pela conversa — disse Daisy.

— O prazer foi todo meu — respondeu Diana.

Estava prestes a estender a mão para cumprimentar Daisy, mas, antes que pudesse fazer isso, a mulher se aproximou para lhe dar um abraço. Diana sentiu o cheiro de seu xampu, e o calor e a força de seu corpo nos braços. Ficou tensa quando Daisy a puxou para mais perto, mas, sem nenhum esforço, logo relaxou e a abraçou de volta.

Diana esperou no saguão por dez minutos, até não haver nenhuma chance de Daisy ainda estar por perto. Ela sorriu para o porteiro, que retribuiu com um aceno de cabeça, e voltou para a rua, agradecendo em silêncio por existir um termo como "consultora", tão genérico que era ideal para embromar uma dona de casa endinheirada.

O ar da noite estava frio e, com as calçadas não muito cheias, dava para sentir o tremor sob os pés cada vez que o metrô passava. Diana tinha uma passagem reservada para as dez num voo do JFK para

Boston, e um assento garantido no último voo noturno da Cape Air de lá até Provincetown, mas ainda tinha tempo de sobra para chegar ao aeroporto. Uma caminhada ajudaria a organizar os pensamentos e se livrar do desconforto provocado pelo tempo que passou com Daisy Shoemaker, ou pelo menos era o que esperava. *Pense no que você descobriu, e não em como se sentiu*, pensou consigo mesma. Como não deu certo, resolveu parar de pensar.

No banheiro do aeroporto, Diana se trancou no reservado para pessoas com deficiência e abriu o zíper da bolsa. Tinha observado as drag queens por anos, vendo como elas se transformavam pintando o rosto, colocando enchimentos nos quadris, seios postiços de silicone que pareciam, inclusive na textura, quase reais, até ficarem mais bonitas e mais autênticas que a maioria das mulheres. As mais velhas falavam do cenário *ballroom* de Nova York nos anos 1980, quando nem tudo girava em torno de parecer misses, com perucas enormes, cílios quilométricos e saltos plataforma de quinze centímetros. Na época, havia categorias como Luxuosa Mulher Executiva ou Magia Desfem, em que o objetivo não era beleza e glamour, e sim a autenticidade, parecer realista, como uma verdadeira executiva ou um homem hétero; entrando no personagem a ponto de poder sair caminhando pela Quinta Avenida na hora do almoço sem atrair nenhum olhar de curiosidade, para passar batido no mundo real.

No banheiro, Diana retirou com cuidado a montagem de drag. Arrancou os cílios postiços, limpou a maquiagem; se desvencilhou do terninho alugado na Rent the Runway e o dobrou, com a camisa, guardando tudo com muito capricho. Vestiu a calça jeans e uma blusa simples de jérsei, trocando os sapatos de camurça e salto fino por um par de tênis. Tirou os brincos de zircônia emprestados por uma amiga do trabalho e enfiou no bolso. Penteou o cabelo para tirar o spray fixador, aplicado quando fizera escova num salão naquela manhã. Quando lavou as mãos, evitou se olhar no espelho. Por uma série de motivos, achava que não reconheceria a mulher que veria.

Quando o avião pousou, pouco depois das onze, Diana pôs a bolsa de viagem de couro no ombro e desceu os três degraus da escada do avião. O aeroporto era do tamanho de uma agência de correios de uma cidadezinha, e estava quase vazio àquela hora. Do lado de fora, havia dois táxis estacionados no meio-fio, com os motoristas de pé ao lado dos veículos, esquadrinhando o terminal com os olhos em busca de passageiros. Um homem robusto com uma barba espessa e cabelo ruivo com fios grisalhos estava à espera também, encostado numa picape.

— Você não precisava vir — disse Diana.

— Não precisava — concordou ele, pegando a bolsa dela. — Mas eu quis.

Ele segurou a porta enquanto ela se acomodava no banco do passageiro e aguardou até que afivelasse o cinto de segurança antes de sair com o carro.

— E então, como foi? — perguntou ele, pegando a estrada de duas pistas que ia da US 6 até a Área de Preservação Costeira.

Diana pensou em como responder.

— Tudo bem — contou, por fim. — Acho que foi tudo bem.

Ele não insistiu, mas dava para sentir a censura ocupando o espaço entre os dois. Ignorando isso, ela pegou o celular e digitou a mensagem que mandaria de manhã. "Gostei muito de falar com você. Espero que possamos nos encontrar de novo em breve. Vou para meu próximo trabalho. Depois conto para onde o vento me levou!"

Havia um silêncio no carro quando ele embicou na entrada de carros para o chalé, parando a picape perto do deque e desligando o motor. Diana abriu a janela e respirou fundo, imaginando que o cheiro do sal e a umidade do mar a revitalizariam, removendo da pele a poluição da cidade.

— Eu gostei dela — disse Diana, calando-se logo em seguida.

Não tinha pretendido dizer nada, e muito menos aquilo.

— A outra Diana?

— Daisy. — Diana sentiu os lábios dormentes. — Ela se apresenta como Daisy. Fofa, né?

Sua voz falhou quando ela disse "fofa". Era para parecer sarcasmo, mas em vez disso deu a impressão de que estava prestes a chorar. Porque Daisy era uma fofa mesmo. Meiga, jovem e inocente, e Diana passaria como um furacão por aquela vida. Ela magoaria muito Daisy, querendo ou não. A largada já tinha sido dada; a sorte fora lançada, e Diana não poderia mais impedir aquilo nem se quisesse.

Parte
Dois

Nossa Senhora do Porto Seguro

6

Diana

Depois daquele verão, Diana voltou para um mundo que parecia opaco e sujo, cinzento e úmido, para sempre corrompido. Por três semanas, mal conseguia respirar, comer ou dormir e, quando a menstruação desceu, caiu de joelhos no chão de ladrilhos do banheiro, trêmula de alívio. Os hematomas foram sumindo, e não havia nenhum sintoma de infecção, a não ser que tivesse pegado uma daquelas mais furtivas e traiçoeiras.

— Querida, está tudo bem? — indagou a mãe na primeira noite, à mesa de jantar.

Tinha feito o molho de domingo, que passava o dia todo apurando, com pedaços de paleta suína e linguiças compradas no mercadão do Faneuil Hall. Era o jantar favorito de Diana. Pelo menos até então. Naquela noite, mal tocou na comida, e se limitou a balançar a cabeça, ciente de que o nó na garganta não permitiria que falasse.

Depois do jantar, a irmã Kara a encurralou no corredor.

— Beleza, o que aconteceu? — perguntou ela com um tom de voz baixo.

— Como assim? Nada.

— Você está com uma cara… — A irmã fez uma careta de desolação e passou a mão no rosto, como se estivessem escorrendo lágrimas dos olhos. — Enfim, o que aconteceu?

— Nada.

Dava para ver a preocupação no rosto de Kara.

— Um cara mais velho? Um universitário? Alguém casado? — Ela arregalou os olhos. — Não foi o marido da dra. Levy, né?

— Não. Ele foi legal comigo. Os dois foram.

— Então qual é o problema? Foi um garoto, né?

Diana confirmou com a cabeça. Sabia que não conseguiria contar a verdade. Não para a irmã. Nem para ninguém. Que todos pensassem que algum garoto tinha partido seu coração em Cabo Cod. Pelo menos em parte, era verdade.

Kara se sentou na cama de Diana.

— Que merda. Eu sei como é. A pior sensação do mundo. Mas as aulas já vão recomeçar, e o que não falta por aí são garotos. — Ela abriu um sorriso. — A melhor maneira de esquecer um é ficando com outro!

Diana tentou sorrir, mas só pensava: *Eu nunca vou transar.*

O ano letivo passou como um borrão. Às vezes Diana ficava sentada na carteira no início da aula e, quando se dava conta, percebia que haviam se passado quarenta e cinco minutos, o sinal tinha tocado e ela não se lembrava de nada do que fora dito e nem da matéria dada. Às vezes, o tempo se arrastava como lama fria, tornando os dias e as horas cansativos e intermináveis. As noites eram inquietas, com um sono interrompido por pesadelos. Pulava duas, três, quatro refeições por vez, e então ia até a geladeira e devorava o que encontrasse pela frente, uma vez chegou a tomar de colheradas um pote inteiro de molho de salada feito de gorgonzola. Perdeu os músculos. As roupas pararam de servir. Começou a tirar notas baixas. Todos ficaram preocupados.

"Qual é o problema?", perguntava a mãe; perguntavam as amigas; perguntavam as irmãs. O antigo treinador de futebol também, quando a viu um dia no corredor, e a professora favorita do ano anterior a chamou para uma conversa no refeitório. Ela sabia que a mãe havia ligado para a dra. Levy para saber se tinha acontecido alguma coisa, e ficou torcendo para ter conseguido fazer uma boa encenação nos dois últimos dias daquele verão para que a resposta fosse negativa.

— Mas ela está preocupada com você — avisou a mãe. — Eu também. Está todo mundo preocupado.

Como se fosse novidade. Como se ela não tivesse notado o coro incessante de "Conte o que aconteceu. Não podemos ajudar se não soubermos qual é o problema".

Diana respondia que não havia problema algum, que só estava cansada.

Por fim, a mãe resolveu levá-la ao pediatra, o homem que, depois das injeções, sempre lhe dava adesivos de personagens da Disney e pirulitos de cereja. Diana adorava mordê-los, sentir o doce se despedaçar na língua e grudar nos dentes.

O dr. Emmerich leu sua ficha e por fim falou:

— Sua mãe acha que você está deprimida.

— Não estou deprimida — respondeu Diana. — Está tudo bem.

Ele lhe lançou um olhar inquisitivo.

— Tem a ver com um garoto?

Ela negou com a cabeça, fazendo o cabelo balançar ao redor da lua pálida que era seu rosto.

— Uma garota?

Outro gesto de negativa.

— Bebida? Drogas? Muita pressão nos estudos? Tudo o que você me contar aqui é confidencial. Não vou contar para seus pais. Prometo. Só que eles estão preocupados, e eu também. — O médico suspirou e pôs a mão de leve no braço dela. — Eu não gosto de ver a centelha de vida se apagar nos olhos de uma menina.

De alguma forma, mesmo depois de tantos questionamentos, de tanta gente perguntando, implorando e garantindo que ela podia contar qual era o problema, foi aquilo que a fez chorar. A mão no braço, o tom de voz gentil, a ideia de que sua centelha de vida havia se apagado. A noção de que já tivera o brilho nos olhos, mas que fora roubado dela.

— Está tudo bem — repetiu Diana, com a voz robótica.

O dr. Emmerich suspirou e se afastou no banco de rodinhas, voltando para trás da mesa.

— Vou passar para seus pais o contato de duas psicólogas, ambas excelentes. Mesmo estando tudo bem, pode ser bom ter alguém com quem conversar. — Ele se aproximou de novo e a olhou bem nos olhos. — As pessoas se importam com você e querem ajudar. Mas você precisa deixar.

Ela não conseguia. Nem poderia, porque não havia como ajudá-la, como consertá-la. Diana estava destruída, graças a seu jeito estúpido, ingênuo e crédulo de ser. E por causa disso, enquanto vivesse, ouviria aqueles garotos rindo dela. E se lembraria do que aconteceu, do que fizeram. Seria a primeira coisa em que pensaria quando acordasse de manhã e a última de que se lembraria à noite.

O primeiro e o segundo anos do ensino médio passaram em meio à mesma podridão cinzenta de infelicidade. As horas pareciam infindáveis; os meses se passaram sem que Diana lançasse um simples olhar para o carvalho diante da janela do quarto, que antes lhe anunciava as mudanças das estações. Ela mal reparava nas folhas mudando de cor, ou caindo, ou voltando, frescas, renovadas e verdinhas de novo. Tarde da noite, comia até ficar anestesiada, se entupindo de biscoitos, frango frio, sorvete e pão. Às vezes comia tanto que até vomitava. Na maioria das vezes, cambaleava até a cama e ficava lá deitada, semiadormecida, com o estômago doendo tanto quanto o coração.

"Faculdade", determinaram os pais. Então ela foi para a Universidade de Massachusetts, e lá durou por três semestres. O problema eram os garotos. Quando estava andando pelo campus, de repente ela via alguém cujo cabelo e altura a faziam lembrar de Poe, ou estava no centro acadêmico almoçando e ouvia uma risada que soava como a de um dos garotos da praia. As colegas de alojamento a arrastavam para festas, mas o gosto de cerveja lhe provocava ânsia de vômito. As irmãs foram buscá-la para uma viagem de carro à Flórida, mas o cheiro de protetor solar a deixava zonza. Depois de três semestres tirando notas de ruins a péssimas, os pais a deixaram voltar para casa.

"Um desperdício de dinheiro", ela ouviu o pai dizer para a mãe, desanimado. "Se ela não quer ir, não dá para obrigar." Ele havia envelhecido desde aquele verão no Cabo. Estava com as feições emaciadas; as bochechas côncavas; olheiras pesadas; a pele flácida no rosto, como se tivesse perdido peso em excesso.

Diana tentou alguns empregos temporários: trabalhou à noite em bancos e escritórios de advocacia, inserindo dados em sistemas informatizados, mas os problemas que começaram depois do retorno daquelas férias continuavam a atormentá-la. Ela se sentava diante de uma pilha de faturas e, quando percebia, uma hora havia se passado sem que digitasse um único número. Depois de alguns meses, não conseguia mais trabalho nesse tipo de função, e a mãe arrumou para ela um emprego no turno da madrugada no departamento de manutenção da Universidade de Boston, limpando escritórios e salas de aula entre as dez da noite e as seis da manhã. Uma van a pegava no estacionamento distante onde tinha permissão para deixar o carro; quando chegava ao lugar que limparia naquela noite, recebia um balde com esfregão e produtos de limpeza; uma outra van a pegava de volta de manhã.

As colegas de trabalho tagarelavam sem parar, falando de filhos, namorados ou maridos. Trocavam partes do jantar que levavam: meio sanduíche de almôndegas por um Tupperware de frango com *mole poblano*, um molho denso e escuro feito de cacau; *ziti* ao forno por hambúrguer de carne temperada. Diana não se misturava e, depois de um tempo, as colegas passaram a deixá-la em paz. Ela não se importava de fazer o trabalho sujo: arrancar chiclete da parte debaixo das carteiras, esfregar privadas, limpar o chão dos banheiros masculinos. Pelo menos podia ficar sozinha, com os fones do Walkman nos ouvidos. Ela molhava e limpava os espelhos sem nunca olhar para o próprio reflexo e, enquanto trabalhava, pensava em formas de se matar fazendo parecer um acidente. O mundo era um lugar doloroso; todo homem que via era um potencial agressor. Daria para aproveitar uma noite de neve, bater com o carro em uma árvore e torcer para a polícia pensar que havia perdido o controle da direção? Cair "por acidente" no trilho do metrô?

Ela pensou num poema de Dorothy Parker:

Navalhas ferem você;
Rios são inconstantes;
Ácidos marcam você;
E drogas são nauseantes,
Uma arma é terrível;
Cordas podem ceder;
Gás tem um cheiro horrível;
Talvez seja melhor viver.

Talvez seja melhor viver, ela pensou consigo mesma, e continuou se arrastando pelas noites e dormindo durante o dia até que, numa manhã de abril, quando os pais estavam no trabalho, ouviu uma batida à porta. Diana tentou ignorar, mas as batidas não paravam, altas e incessantes, como uma chuva forte de primavera. Ela vestiu uma calça de moletom, desceu a escada e abriu a porta, disposta a despejar um caminhão de xingamentos sobre o entregador ou o religioso que resolvera incomodá-la. Só que não era um mórmon nem o cara da transportadora. Era a dra. Levy, vestindo um sobretudo cinturado e botas de couro, com um olhar preocupado que logo se transformou numa expressão de choque.

— Diana?

Diana olhou para si mesma. Não tinha mais 15 anos, e sabia que tinha mudado desde aquele verão. O rosto parecia uma lua cheia e pálida, e o cabelo, comprido e maltratado, como o de uma bruxa. A dra. Levy também estava diferente. Com o cabelo liso, batom, brincos dourados e uma bolsa cara no ombro.

Ela mostrou uma caixa branca de papelão amarrada com um barbante.

— Posso entrar? Eu trouxe *cannoli*.

Sem dizer nada, Diana manteve a porta aberta e conduziu a antiga empregadora até a cozinha, um cômodo pequeno e alegre, com paredes amarelas e uma toalha florida em cima da mesa, a preciosa panela Le Creuset da mãe esmaltada em azul na boca de trás do fogão.

— Quer beber alguma coisa? — ofereceu Diana. A voz soou rouca e seca; a língua estava espessa e travada. — Um café? Um chá?

— Para mim nada, obrigada.

Diana pegou um saquinho de chá, um pote de mel, pratinhos, garfos e guardanapos para comer os doces, mantendo-se de costas para a visitante. Em seguida ligou o rádio para preencher o silêncio com música clássica.

— Como você está? — perguntou a dra. Levy quando Diana acendeu o fogo sob a chaleira, desejando ter tido tempo para tomar um banho, ou pelo menos pentear o cabelo.

— Bem — respondeu Diana.

A dra. Levy não perguntou mais nada, então Diana ficou quieta até que o chá ficasse pronto e não houvesse mais alternativa a não ser ir para a mesa.

Diana se sentou e tentou jogar conversa fora:

— E Sarah e Sam, como estão?

A expressão da dra. Levy se animou.

— Estão bem. No quarto ano, acredita? Estão crescendo tão rápido! Sam está fazendo aula de saxofone. Ainda não sabe tocar as notas, mas faz uma barulheira meio assim... — A dra. Levy fez um som esganiçado, e Diana ficou surpresa ao rir. — E Sarah virou escoteira. Está levando bem a sério, tentando pegar o máximo de emblemas que consegue. — A mulher olhou bem para Diana. — Mas eu estou aqui porque queria falar com você.

Diana baixou os olhos e alinhou o saleiro e o pimenteiro no centro da mesa.

— Sua mãe disse que você não está conseguindo se encontrar.

— Está tudo bem — respondeu Diana, por reflexo.

— Ela acha que aconteceu alguma coisa lá no Cabo — continuou a dra. Levy, como se Diana não tivesse dito nada. — Quando você estava na nossa casa.

— Não aconteceu nada — disse Diana, sacudindo a cabeça.

— Mas você está bem mesmo?

O tom de voz da dra. Levy era bem suave, como o do dr. Emmerich tinha sido anos antes.

— Estou!

A voz de Diana soou alta demais para um cômodo tão pequeno. E que direito a dra. Levy tinha de aparecer em sua casa com as botas de couro e a bolsa chique, perguntando de coisas que não eram da conta dela? Diana baixou o tom de voz.

— É sério. Está tudo bem. Só não decidi ainda o que fazer.

— Eu queria propor algo a você. — A dra. Levy juntou as mãos e as colocou na mesa. — Não sei o que aconteceu naquele último fim de semana em que você ficou na nossa casa, ou se aconteceu mesmo alguma coisa, mas fiquei com a impressão de que sim. E sob minha responsabilidade. — Ela pronunciou cada palavra de maneira nítida e firme. — Aconteceu algo de ruim enquanto eu deveria estar cuidando de você, e eu me sinto péssima por isso. Não tenho como desfazer o que já aconteceu, mas gostaria de tentar ajudar.

Diana sentiu a garganta se fechar e os olhos arderem.

— Eu contei para você que meus pais me levavam para Truro na minha infância, né? Que eles tinham um chalezinho? — perguntou a dra. Levy. Diana fez que sim, e a outra mulher complementou: — O chalé ainda está lá. Minha mãe morreu, meu pai não tem condições de ficar lá sozinho e minha irmã mora na Califórnia, então eu estou alugando o imóvel por temporada. Mas para este ano ainda está vago. — Ela voltou a juntar as mãos na mesa. — Eu não sei, talvez o Cabo seja o último lugar em que você vai querer estar. Mas, se quiser se afastar da cidade, ficar sozinha, espairecer a cabeça e decidir o que vai fazer, como você disse, eu ficaria muito feliz se você topasse ir para lá.

Diana ficou sem reação. Mesmo infeliz como estava, ela entendeu que estavam lhe oferecendo algo significativo. Sentiu o coração ficar um pouco mais leve e percebeu que alguma parte dela tinha saudade de Cabo Cod e de como se sentiu lá antes que as coisas azedassem: a luz do meio da manhã, o verde da grama do brejo e a água escura, o sol sobre a baía como um redemoinho de chamas e ouro derretido.

A dra. Levy ainda estava falando:

— Não é como nossa casa, é um chalé menorzinho e aconchegante, bem no alto da duna. Eu ia para lá quando era solteira, e depois com Lee, logo depois que me casei. — Um sorriso surgiu no rosto dela. — Só tem um cômodo e um mezanino para dormir, mas a cozinha é completa, e tem um deque, um chuveiro externo e...

— Aceito — interrompeu Diana, sentindo uma faísca um tanto vaga de algo a que não estava acostumada, mas que reconheceu como esperança. Talvez fosse um caminho; um lugar para se esconder, se curar. Ela deu um gole no chá, queimando a língua, engoliu e falou: — Por favor. Eu adoraria. Mas não pode ser depois da temporada? Eu posso pagar o aluguel...

A dra. Levy sacudiu a cabeça.

— Não, não, nem se preocupe com isso. Sendo sincera, você estaria me fazendo um favor ficando lá. Pode me ajudar a manter os camundongos longe. — Ela voltou a juntar as mãos. — Tem um aquecedor a lenha e um sistema de calefação a óleo, ou pelo menos o tanque está lá. Teoricamente, é uma casa para as quatro estações, mas nunca fui depois de novembro, então não sei se funciona direito, mas se esfriar muito...

— Eu posso comprar um aquecedor elétrico. — Era estranho fazer planos, sentir um sorriso no rosto, aquela pontada de esperança depois de tanto tempo de desolação. — Eu... obrigada. Parece ótimo.

— Vou enviar as chaves pelo correio e mandar as informações de como chegar lá. É uma estradinha sem nome e sem placa, meio difícil de achar.

A dra. Levy ficou de pé. Diana se levantou também.

— Obrigada. Eu... — Ela não tinha palavras para definir o que queria dizer, então se limitou a repetir: — Obrigada.

A dra. Levy assentiu com a cabeça.

— Cuide-se, Diana.

Ela deteve o passo na porta e deu uma longa olhada em Diana, então abriu um sorriso. Logo em seguida, foi embora.

Diana voltou para a cozinha. Na maior parte dos dias, ela dormia até o sol se pôr, perdendo a hora do jantar da família. Descia do quarto às nove e pouco, comia de pé ao lado da cozinha, pegava o carro e ia trabalhar. Naquela tarde, pôs os *cannoli* trazidos pela dra. Levy na geladeira e ficou lá, pensando nas possibilidades enquanto pegava ovos e manteiga. Havia um pão na bancada e uma ameixa madura na fruteira. Ela passou manteiga na panela, o pão na torradeira, quebrou os ovos e deu uma mordida na ameixa. Dez minutos depois, sentou-se para uma das raras refeições que fez desde aquele verão. Pôs um pouco de sal nos ovos, sacudiu o pimenteiro três vezes e cortou com o garfo o primeiro ovo, vendo a gema dourada escorrer pelo prato e pensando: *Sério que vou mesmo fazer isso? Vou voltar e morar lá, onde tudo aconteceu?*

Parte sua achava absurdo sequer considerar a hipótese, a pior ideia que já teve na vida, mas outra parte se lembrava do frescor do ar e das cores do pôr do sol. *Aqueles garotos eram só veranistas*, pensou, *e a praia era só uma praia, não teve qualquer influência no que aconteceu.*

Além disso, havia várias praias em Truro. Ela não precisaria pôr os pés naquela. Cinco meses depois, colocou as roupas em sacos de lixo e nas caixas que conseguiu na loja de bebidas, entrou no Honda antigo que foi de Julia, depois de Kara e no momento era seu, e pegou a estrada para o Cabo.

7

Diana

O chalé ficava no fim da estrada Knowles Heights, no norte de Truro, no alto de uma duna com vista para a baía. Um paredão de pinheiros, macieiras e arbustos de ameixa-silvestre o escondia dos vizinhos, e as janelas amplas davam para o mar. Não era nada grandioso. Não havia cômodos espaçosos e arejados ou paredes envidraçadas nem piscina, ofurô ou eletrodomésticos de inox na cozinha. Tinha um cômodo só, uma construção simples como um desenho de criança, com telhado triangular, paredes brancas, venezianas pretas e um pequeno deque nos fundos. Do lado de dentro, paredes de madeira envernizada, tapetes de retalhos em cores vivas no piso de madeira e um sofá com uma capa de lona branca. Uma escadinha depois da cozinha levava ao dormitório no mezanino, logo abaixo dos beirais, com espaço para um futon ou uma cama box e uma pilha de livros ao lado. O teto era como um triângulo acima da cama, e um par de janelinhas deixava a luz entrar.

Diana deixou a caixa de livros numa mesinha de centro feita de um timão de barco com tampo de vidro.

— Saudações, marujos — murmurou ela.

Apenas dez passos bastavam para ir da porta da frente à janela dos fundos, mas, quando chegou, constatou que a vista era quase a mesma da casa da dra. Levy, com o mar infindável diante dela, próximo como se estivesse no convés de um navio. As gaivotas davam rasantes pelas ondas e, ao longe, um veleiro de dois mastros avançava com as velas brancas infladas pelo vento.

Diana percorreu o chalé de ponta a ponta algumas vezes. Teve a mesma sensação de quando tirava uma mochila pesada ou um sutiã apertado... o mesmo alívio, a mesma facilidade para respirar livremente de novo e se mover sem restrições. Ela girou os ombros, ainda rígidos por causa do tempo que passou na estrada, e se imaginou deixando para trás aqueles anos de entorpecimento e tristeza e se transformando em outra pessoa. Talvez não a mulher que sonhou em ser, a escritora, a artista, a professora universitária, mas pelo menos alguém diferente da que era em casa.

Diana continuou desbravando o espaço. Havia um aparelho de som com CD player num pequeno nicho na cozinha, e cortinas brancas e simples nas janelas à altura dos olhos. O aquecedor a lenha de ferro fundido mencionado pela dra. Levy ficava num canto, e no banheiro havia uma banheira grande e antiga com pés em forma de garras que mal cabia no pequeno cômodo e parecia tão deslocada ali quanto uma viúva rica numa cervejada. Diana ficou olhando para o objeto, achando graça, depois voltou para o cômodo principal, e lá uma prateleira estreita ocupava três paredes da casa na altura dos olhos. Ela viu alguns livros de bolso, um punhado de vidro do mar e madeira trazida pelas marés. Uma estrela-do-mar ressecada estava junto a um pote de vidro cheio de conchas. Numa pequena tela, alguém tinha pintado uma paisagem marinha de qualidade razoável.

Do lado de fora, no deque, havia uma churrasqueira e uma mesa de piquenique. Fazendo a curva, atrás de um biombo de arbustos, havia um chuveirão e o desenho de uma sereia pintado na parede de madeira que o cercava.

Diana abriu a janela para espantar o odor bolorento de casa fechada, o mesmo que se lembrou de sentir na casa da dra. Levy. Ela pôs as roupas na cômoda, ouvindo os rangidos da madeira quando abria e fechava as gavetas inchadas pela umidade. As latas de atum e os sacos de grãos secos foram para as prateleiras vazias da cozinha, e os ovos, o leite e o creme para o café, para a pequena geladeira. Satisfeita, ela constatou também a presença da cafeteira e de facas. Naquela noite, dormiu sem dificuldade e só acordou às oito da manhã. Foi o sono ininterrupto mais longo em muitos anos. Ficou na cama com as janelas abertas, ouvindo o barulho do vento, das ondas, das crianças na areia.

Era o terceiro fim de semana de setembro, então a água ainda estava com uma temperatura boa para o banho, com as famílias espremendo as últimas gotas do verão com idas à praia, piqueniques e sorvetes de casquinha. Ela imaginou que conseguia inclusive ouvir a buzina da van da sorveteria Lewis Brothers. *Talvez eu fique mesmo*, pensou.

Só que para isso precisaria de um trabalho.

Na segunda-feira de manhã, se levantou cedo, foi caminhar na praia, tomou banho no chuveirão e penteou o cabelo antes de prendê-lo num rabo de cavalo. Vestiu uma calça cargo e uma camiseta larga, calçou as sandálias Birkenstocks e foi para Provincetown de carro. Estacionou no lado oeste da cidade, na região em que as casas e o comércio davam lugar à Área de Preservação Costeira, e percorreu a pé a Commercial Street, passando por restaurantes e casas noturnas, galerias de arte e espaços para apresentações e performances, sex shops, docerias, pousadas, bicicletarias e livrarias.

No fim da rua, deu meia-volta e percorreu de novo os pouco mais de três quilômetros de extensão, parando em todos os lugares em que via uma placa de CONTRATA-SE na vitrine. Em alguns casos, tinham sido colocadas por causa da demanda extra de mão de obra na alta temporada e deixadas por lá sem querer.

— Volte aqui em junho — orientou a mulher da Angel Foods.

O homem da Cabot's Candy apontou para os corredores cheios e falou:

— Por mais movimento que pareça ter agora, você vai ver como vai ficar vazio na próxima segunda-feira.

A padaria portuguesa estava de fato contratando, mas precisava de alguém com experiência na cozinha. A sex shop, com as coleiras de couro e as cintas com consolos expostas na vitrine, também estava, mas Diana sabia que não conseguiria trabalhar lá.

Na Alden Gallery, a mulher de mais idade com óculos de gatinho e cabelo cor-de-rosa a olhou de cima a baixo e perguntou:

— Você sabe alguma coisa de arte?

— Hã... Eu sei reconhecer quando vejo.

A mulher abriu um sorriso até que simpático.

— Isso vale para pornografia, querida — respondeu ela.

Por fim, Diana foi até o Abbey, um restaurante de alta gastronomia com um pequeno e agradável pátio, decorado com uma fonte, dois bancos de madeira, arbustos floridos, plantas e uma escultura que parecia *O pensador*, de Rodin (uma das poucas coisas de que se lembrava das aulas de história da arte). Ela mesma nunca tinha comido lá, mas lembrou que a dra. Levy o mencionou como um dos lugares a que ia com o marido pelo menos uma vez a cada verão. Ela se sentou num banco por um instante para descansar os pés e dar uma olhada no cardápio. *Hot rolls* de atum (dezoito dólares por uma entradinha). Bacalhau com crosta de amêndoa e molho *beurre blanc* cítrico de tangerina (vinte e oito dólares) e lagosta na manteiga (o preço variava de acordo com a estação). A lista de drinques e martínis especiais tinha duas páginas e, quando ela subiu os degraus curvados e entrou no salão, deparou-se com uma vista espetacular da baía.

— Posso ajudar? — perguntou o jovem de pé atrás do pequeno balcão da recepção.

Tinha olhos azul-claros, braços e pernas compridos e um corpo esguio. Vestia uma calça chino branca e uma camisa de linho da mesma cor dos olhos. Um lenço vermelho amarrado casualmente no pescoço destacava ainda mais a palidez da pele branca. Diante dele, Diana se sentiu grande, sem graça e sem jeito.

— Eu vim por causa da placa avisando que vocês estão contratando.

— Vou chamar Reese.

O rapaz virou as costas e atravessou o salão com passos leves. Um instante depois, estava de volta com uma das primeiras pessoas não brancas que Diana via em Cabo Cod. Era um homem negro, careca, com barba branca e cheia, óculos com armação dourada e um sorriso simpático.

— Oi, querida. Sou Reese Jenkins, a pessoa que comanda este hospício. — Ele estendeu a mão calorosa e tão grande que fez a dela desaparecer quando a cumprimentou. — E, sim, como dá para ver que você está se perguntando, eu sou o Papai Noel da festa da Liga Atlética da Polícia todo ano. Em Provincetown, o Papai Noel é um homem preto.

Ele sorriu para ela, e o menino bonito e magro revirou os olhos de uma forma que sugeria que já tinha ouvido aquilo muito mais do que gostaria.

— Enfim! — exclamou Reese. — O que traz você aqui?

Quando ele inclinou a cabeça, fazendo os óculos dourados brilharem, ela ficou tentada a dizer o que queria de Natal, mas, quando abriu a boca, se deu conta de que já tinha ganhado um presente. Poderia escolher um nome diferente, qualquer um que quisesse, e era assim que ele a chamaria. A garota que havia sido atacada e largada na praia feito lixo, cuja vida toda saiu dos trilhos... Não precisava mais ser ela. Ou, no mínimo, não era mais obrigada a usar o nome dela.

Então Diana sorriu e estendeu a mão.

— Meu nome é Dee Scalzi.

Se conseguisse o emprego, teria que dar o nome real e o número da carteira de identidade ao entregar a documentação, mas podia dizer que Dee era um apelido.

Reese apertou sua mão.

— Está com fome? — perguntou ele.

Ela estava. Não tinha tomado café da manhã nem parado para comer na caminhada pela Commercial Street. Estava faminta, e com os pés doloridos também, mas só tinha dez dólares no bolso. A única coisa que poderia comer ali no restaurante era ostra, que custava dois dólares cada.

— Você me arruma um copo d'água?

— Não seja boba.

Reese se virou para o menino bonito (mais de perto, Diana reparou no padrão de pequenas baleias azuis no cinto vermelho e branco que ele usava no cós da calça).

— Ryan, nós vamos para a mesa doze.

Diana seguiu Reese pelo restaurante. Ele parecia um marinheiro num passo de remada, o que só aumentava a impressão de que os dois estavam no mar, navegando pelas ondas. Ela sentiu que havia relaxado um pouco ao chegar a uma mesa para dois com toalha branca perto da janela, e lá ele puxou a cadeira e esperou até que ela se acomodasse antes de ir se sentar.

— O chef está dando os últimos toques nos especiais da noite e, como gerente, eu tenho o dever de experimentar os pratos. — Ela viu um brilho dourado na boca dele quando sorriu. — É um trabalho que tem suas vantagens, para quem gosta. Você já veio ao Abbey antes?

— Não.

Ela viu os garçons e garçonetes, com as camisas brancas impecáveis, calças pretas e gravatas-borboletas da mesma cor, andando apressados pelo salão. Uma mulher acendia uma vela larga e achatada dentro de uma taça em cada uma das mesas, enquanto outra arrumava vasos com copos-de-leite nas mesas para quatro. No balcãozinho de recepção, Ryan organizava os cardápios e as cartas de vinhos; no bar, o bartender decantava as garrafas de ginja e as colocava em recipientes plásticos. Enquanto Diana olhava ao redor, uma garçonete se aproximou com uma galheta de azeite, travessas com pão e um cesto forrado com guardanapos de linho com focaccias douradas cortadas em quadrados. Diana ficou com água na boca.

— Então, o que traz você ao Cabo? — questionou Reese, pegando um quadrado para si.

Diana olhou para as mãos com as unhas roídas e lascadas por causa dos produtos químicos que usava para fazer o serviço de limpeza. Estavam feias e deslocadas ali, encostando naquela toalha de mesa.

— Passei um verão aqui alguns anos atrás, e tive a oportunidade de voltar agora. Eu me lembrei do quanto tinha gostado, e estava precisando de uma mudança de ares.

— Hum. Alguma experiência servindo mesas?

— Não, mas não tenho medo de trabalho. — Diana percebeu que queria aquele emprego, queria trabalhar naquele lugar encantador, na companhia daquele homem. — Antes eu trabalhava na Universidade de Boston.

— Fazendo o quê?

Ela pensou em mentir, mas concluiu que ele provavelmente faria uma verificação de referências.

— Eu era do departamento de manutenção.

Limpava vômito dos corredores e respingos de urina dos ladrilhos do chão do banheiro; um lugar bem diferente daquele salão silencioso, cheiroso e à luz de velas, com janelões voltados para o mar. Reese a observava com atenção, de uma forma que a fazia sentir que sabia que havia alguma coisa que ela não estava mencionando.

— Este lugar antes era uma igreja, sabe. De Nossa Senhora da Boa Viagem. — Reese se recostou na cadeira com ares de quem estava se preparando para contar uma história de que gostava muito. — Temos muitas famílias portuguesas no Cabo. Eles vieram dos Açores nos anos 1880 e se instalaram aqui para viver da pesca. Segundo contam, um pescador estava no mar quando os remos quebraram. Ou o mastro do barco, depende de quem conta a história. Enfim, alguma coisa quebrou. Ele rezou para Nossa Senhora, o mar se acalmou, então, ele voltou e atracou com segurança.

Diana olhou ao redor. Além de um pequeno vitral próximo do telhado e das vigas do teto, não havia muito ali que se assemelhasse a um local de culto. Reese apontou para uma argola de ferro presa a uma viga lá no alto.

— Está vendo aquilo? Era ali que o sino da igreja ficava pendurado. E é difícil ver daqui, mas a janela tem um retrato de Nossa Senhora segurando um barco na mão esquerda. — Ele pôs um pedaço de focaccia no prato dela e despejou um pouco de azeite ao lado. — Fique à vontade, por favor.

Era uma massa levíssima, quase como se Diana estivesse segurando apenas o ar. A casquinha de cima tinha mais consistência; o miolo era macio como um travesseiro. Sob o olhar de aprovação de Reese, ela partiu um pedaço, passou no azeite acrescentou uma pitada de sal marinho, tentando não parecer esfomeada nem gemer em voz alta.

— Está bom? — perguntou ele.

Ela engoliu.

— Uma delícia.

Diana limpou as mãos no guardanapo.

— Sou obrigado a dizer para você que chegou na época errada se está pensando em ganhar bem, Dee. — Ele apontou com a cabeça para o salão, em que havia cerca de quinze mesas para dois e outras dez para quatro. Uma única mesa comprida com capacidade para dezesseis pessoas ficava encostada à parede dos fundos. — Na alta temporada, fazemos um happy hour das três às cinco. E marcamos reservas em dois horários para o jantar: um às seis, outro às oito e meia. Servimos todas as mesas duas vezes todas as noites e temos uma lista de espera, para o caso de alguém não aparecer.

As portas da cozinha se abriram, e uma garçonete foi até a mesa levando dois pratos grandes e fumegantes. Ela pôs um diante de Reese e falou:

— Aqui está o filé de linguado ao forno, pescado esta manhã na baía de Cabo Cod. Foi selado na frigideira com um molho de alho negro, tomates-cereja e pimentas shishito assados, todos cultivados na fazenda Longnook, e servido em uma cama de arroz ao coco e limão e *bok choy* salteado.

O segundo prato, ela pôs na frente de Diana.

— Aqui temos um confit de coxa de pato da fazenda Maple Hill e um peito de pato assado com uma redução de vinagre balsâmico e figo, servido sobre batatas-doces coradas com alho-poró cultivado na região. Por favor, desfrutem — disse ela, fazendo uma leve mesura.

— Obrigado, Carly.

Carly acenou com a cabeça, se virou e saiu. Reese pegou o garfo e a faca.

— Temos uma equipe de dezesseis pessoas para servir às mesas na alta temporada. Esse número cai para oito nos meses frios. Muitos dos nossos profissionais têm trabalhos regulares em outros lugares no inverno. Carly fica aqui o ano todo, mas Marcia e Lizzie, que você já vai conhecer, passam o inverno em Key West.

Diana assentiu com a cabeça. O cheiro incrível da comida, do alho com os tomates, a suavidade do peixe, a carne suculenta do pato, tudo isso a deixou até zonza. Enquanto olhava para a comida, o estômago roncou. Ela fez uma careta constrangida, mas Reese apenas sorriu.

— Se existe um sinal de aprovação maior que esse, eu não conheço. — Reese dividiu o peixe e o arroz em duas porções com habilidade enquanto Carly punha dois pratos menores na mesa. Ele pôs metade do peixe e do arroz no prato menor e estendeu a mão para o de Diana. — Posso?

Ela entregou o prato e o viu repetir o procedimento com o peito de pato.

— Vá em frente — incentivou ele, colocando o prato diante dela.
— Pode dizer o que acha.

Diana cortou um pedaço do linguado com o garfo e levou à boca. Ela fechou os olhos ao sentir o sabor adocicado do peixe; os tomates ácidos e suculentos; o azeite, a manteiga, o alho e o tomilho.

— Está bom? — perguntou Reese, com os olhos castanho-escuros atentos atrás dos óculos e uma covinha profunda na bochecha esquerda.

Ela mastigou e engoliu.

— Muito bom.

Ele ainda a observava, e ficou nítido que esperava mais comentários.

— Eu quase nem gosto de peixe. Mas esse... está tão suave! Os tomates...

— São de uma fazenda aqui de Truro. Eles viram uma geleia quando são reduzidos. São os meus favoritos — contou ele, baixando o tom de voz como se estivesse contando um segredo, ou não quisesse ferir os sentimentos dos figos ou do *bok choy*. — Nós compramos os ingredientes de fornecedores locais sempre que dá. O leite, os ovos, a manteiga, o mel... tudo o que podemos conseguir aqui, usamos. — Ele pegou mais algumas garfadas, deu um gole na água e limpou a boca com guardanapo. — Sabe o que dizem das pessoas do Cabo?

Ela percebeu que não era uma pergunta a ser respondida, então negou com a cabeça, comeu um pouco do pato e esperou.

— Existem os nativos. Pessoas que nasceram aqui. Gerações inteiras. São os únicos que podem se intitular locais. — Ele deu mais uma garfada no peixe. — E existem os veranistas. Esses não é preciso nem explicar. E por último, mas não menos importantes, são os trazidos pela maré. Os desajustados e esquisitos. Alguns são jovens que fugiram de casa. Ou foram expulsos de casa — continuou ele, e ela teve a nítida impressão de que os olhos dele se moveram para Ryan na recepção. Então apontou para si mesmo ao dizer: — Outros são adultos que largaram tudo. O povo que vem parar aqui e decide não ir embora.

Ele sorriu, mostrando os dentes de ouro outra vez.

— Você é de Nova York? — perguntou ela, porque identificou o sotaque.

Reese confirmou com a cabeça.

— Eu tinha um cargo importante num banco grande lá em Nova York. Vim para cá passar férias de quinze dias no verão. Trouxe uma maleta cheia de trabalho. Só que acordava todo dia ouvindo o vento e o mar. O dia todo, ficava só passeando e vendo tudo. O sol se pondo no brejo. O vento agitando a relva. E, quando acabaram as duas semanas, não conseguia nem pensar em ir embora.

Havia um tom de arrependimento na voz e uma tristeza no rosto. Diana se perguntou se ele tinha tido uma esposa, ou outra pessoa, que o acompanhara na viagem; e se esse alguém voltou a Nova York enquanto ele ficou para trás.

— Então aqui estou eu. E acho que tenho muita sorte. É um lugar especial.

Diana não sabia se ele estava falando do restaurante, Provincetown, a parte norte do Cabo ou Cabo Cod em geral, mas concordou com a cabeça do mesmo jeito.

— Com licença.

Ryan tinha aparecido ao lado da mesa. Diana ficou observando quando ele se curvou para murmurar para Reese alguma coisa sobre uma cobrança do fornecedor de azeite de oliva. Diana pegou a faca e cortou um pedaço do peito de pato, sentiu a untuosidade que derretia na boca, a doçura da polpa e das sementes dos figos, e a acidez marcante do vinagre. Ela suspirou e fechou os olhos. Quando os abriu, Reese a encarava com uma expressão de aprovação.

— E então? — Como viu que ela ficou em silêncio, ele complementou: — O emprego é seu, se quiser.

— Eu quero — respondeu Diana, e se pegou sorrindo.

— Que bom. Chegue aqui amanhã às três. Compre uma calça preta e uma camisa branca. — Com uma piscadinha, arrematou: — A gravata-borboleta é por minha conta.

8

Diana

Não demorou muito para Diana criar uma rotina. Toda manhã, desde que o tempo permitisse, vestia a roupa de banho e descia o lance de seis degraus até a praia. Deixava uma toalha pendurada no gradil e fazia uma caminhada de meia hora no sentido sul. Então entrava na água e voltava nadando. No deque de casa, tomava um banho, tentando desfrutar da sensação da água quente no couro cabeludo e escorrendo pelos ombros, vendo o vapor subir pelo ar frio da manhã, com parte sua sempre atenta à aproximação de carros ou passos. Os chalés vizinhos estavam todos vazios. Ela passava dias sem ver outro carro na estrada. Como a dra. Levy tinha previsto, o Cabo tinha pouquíssimo movimento na baixa temporada.

Às vezes ela lia, outras vezes saía para fazer alguma coisa na rua; arrumava o chalé, lavava roupas, ou reabastecia a geladeira e a despensa. E sem falta, às três e meia, vestia uma das três camisas brancas, uma calça preta, a gravata-borboleta e fazia de carro o trajeto de quinze minutos até Provincetown.

Às quatro e meia, Reese reunia a equipe para apresentar os especiais do dia. "Indiquem o cabernet, nós encomendamos mais do que precisávamos", ele dizia enquanto todos se sentavam à mesa no refeitório da sala dos fundos. Ou: "O chef quer saber o que combina com o ravioli de abóbora. Se fizer sucesso, vamos manter no cardápio". O chef era um cara alto e caladão chamado Carl. Todas as noites preparava cada um dos especiais para o jantar, e em porções grandes, para todos os funcionários do salão poderem experimentar e descrevê-los para os clientes com conhecimento de causa. Ele também fazia uma refeição para os empregados, alguma coisa simples, como hambúrgueres e batata-doce frita, pão com linguiça com cebola e pimentão, schnitzel de frango ou batata rosti. Às cinco e meia, Diana ia ao banheiro escovar os dentes e retocar a maquiagem. O turno começava às seis e ia até uma da manhã ou então até o último cliente, o que viesse primeiro.

Reese deu a ela quatro turnos: o do jantar das terças às quintas, e um turno quebrado aos domingos, quando ela trabalhava no brunch das dez às duas e tinha um tempinho de folga até começar o serviço do jantar. Sextas e sábados eram as noites mais lucrativas da semana, mas, como era a novata da casa, não trabalhava nesses dias. E não se importava, na verdade. Ela se dava melhor com um ritmo mais tranquilo, assim como a clientela dos dias de semana. A maioria dos clientes na baixa temporada eram locais que comemoravam alguma ocasião especial: um aniversário, bodas de alguma coisa ou uma formatura na faculdade. Eram quase sempre simpáticos; tinham paciência com os erros dela, e as gorjetas, apesar de não serem astronômicas, cobriam suas despesas e até possibilitaram que ela fizesse uma pequena poupança.

Diana conheceu as pessoas que formavam o que Reese chamava de "a família feliz do Abbey". Havia os garçons e as garçonetes; os cumins, os chefes, os ajudantes de cozinha e os lavadores de pratos. Nas primeiras semanas, Reese a colocou para trabalhar ao lado de Carly, uma mãe solo que morava com a filha num apartamento perto da estrada Shank Painter e frequentava todas as manhãs as reuniões do AA na igreja metodista. Diana se perguntava se aquilo não devia ser difícil para Carly, servir bebidas nas mesas, vendo os clientes ficarem alegrinhos e às vezes até passar da conta, mas era tímida demais para perguntar. Carly era seca, séria e sucinta ao falar de qualquer assunto, menos de Melody, a filha. "Ela é muito talentosa", dizia Carly, com o rosto estreito e severo se alegrando enquanto sacava a carteira para mostrar fotos da menina sentada diante de um piano de cauda, com um vestido de veludo e um laço no cabelo maior até que a própria cabeça. De meses em meses, Carly levava a filha a Providence ou Boston para competir em algum concurso de beleza. O plano dela, pelo que Diana soube, era se mudar para Vermont quando Melody tivesse idade suficiente para concorrer a Miss Estados Unidos.

— Eu sou do Texas. Ela não teria moleza por lá. Mas sabe quantas concorrentes Vermont teve no concurso estadual ano passado? Sete garotas. Para o estado inteiro! — explicou ela, aos risos, balançando a cabeça, incrédula. — Deus do céu, lá na minha cidade haveria umas cem só no concurso regional. Em Vermont, ninguém está nem aí!

Diana conheceu Jonathan, o companheiro de Reese, que era gerente do teatro local e, no verão, tinha levado estrelas da Broadway para se apresentar algumas noites lá, com ele os entrevistando e os acompanhando ao piano. Jonathan era um pianista de talento, que tinha um repertório que incluía quase todo o cânone da música popular estadunidense e qualquer espetáculo da Broadway produzido depois de 1976. Às quintas à noite, ele promovia uma noite musical no Crown & Anchor que seguia até o último cliente ir embora, e a maioria do pessoal do restaurante passava lá para beber alguma coisa e acompanhar algumas músicas.

Ryan, o recepcionista, se mostrou meio arisco no começo. Se Diana não apresentasse os especiais exatamente como mandava o roteiro, ele se comportava como se ela tivesse se esquecido do código de lançamento de um míssil nuclear; se não mantivesse o bar abastecido de frutas cítricas e aipo, era como se tivesse deixado de fazer a entrega de um coração para uma criança à espera de um transplante. A forma padrão dele de se dirigir a ela era "Tonga", mas Diana não levava isso para o lado pessoal, porque ele chamava todo mundo assim, fosse homem ou mulher. Só que também chamava Diana de "Dona Moça" quando estava um pouco irritado e de "Dona Tonga" quando estava incomodado de verdade. Por exemplo: "Aonde você pensa que vai, Dona Tonga? Você ainda precisa ajudar Mario com os guardanapos". Às vezes Diana o ouvia cochichando com Frankie, a bartender, ou com Lizzie, uma das garçonetes, e tinha certeza de que estava falando dela. *Provavelmente questionando o motivo para Reese ter contratado alguém tão incompetente*, pensava ela.

Porém, certa noite, um casal de meia-idade apareceu para jantar no restaurante. Ryan ficou pálido enquanto os conduzia até a mesa, com os ombros tensos e o habitual balançar dos quadris substituído por passadas normais. O homem estava de terno e gravata; a mulher, com o cabelo cheio de laquê e um crucifixo de ouro brilhando no pescoço. Os dois se mantiveram em silêncio quase total durante a refeição, e foram embora do Abbey sem dizer nada, olhando apenas para a frente enquanto se encaminhavam para fora. Quando Diana estava indo pegar o carro no fim do turno daquela noite, ouviu alguém chorando. Ao olhar do lado da lixeira, encontrou Ryan, semiescondido pela sombra da construção, com a cabeça baixa e os ombros balançando. Ela tentou sumir da vista e deixá-lo sozinho naquele momento tão íntimo, mas ele a viu.

— Está tudo bem? — perguntou Diana.

— É meu aniversário — respondeu ele, começando a chorar ainda mais.

— Você tem o que, 25 anos? Não é assim tão velho!

Ele emitiu um ruído que ficava entre um riso e um soluço.

— Não estou chorando por estar ficando velho — explicou ele, baixando o tom de voz. — Sabe aquelas pessoas? Os dois que eu coloquei na mesa sete? São meus pais.

Foi Reese quem contou à Diana o resto da história: a sra. Halliwell chegou mais cedo do trabalho um dia e pegou Ryan, o filho de 15 anos, usando um vestido seu. Ela e o marido lhe deram um ultimato: ou abandonava aquelas perversões e passava o verão num acampamento para garotos que enfrentavam o mesmo tipo de problema, ou saía de casa.

— Então ele saiu de casa?

— Saiu. Ficou dormindo no sofá de um amigo ou outro até terminar o ensino médio e depois se mudou para cá. Os pais ainda não falam com ele. Acho que foi excomungado da igreja deles, seja lá qual for, e tem dois irmãos mais velhos que ignoram sua existência, como se estivesse morto. Só que todo ano os pais vêm jantar aqui no aniversário dele. Não abrem a boca para falar com Ryan, mas deixam uma gorjeta de quinhentos dólares na mesa na hora de sair.

— Nossa, que horror.

Diana não conseguia nem imaginar como se sentiria se os pais a tratassem daquele jeito.

— O mundo é um lugar triste mesmo — concordou Reese.

Na manhã seguinte, Diana foi a Provincetown uma hora mais cedo. Comprou para Ryan um cartão de aniversário na Adams, uma farmácia que tinha um piso de madeira que rangia e cheirava a cânfora e cigarros mentolados e, depois de dar uma espiada em diferentes butiques, pegou um par de meias de caxemira.

— É como se as meias abraçassem seus pés — explicou a ele.

— Ah, obrigado, anjo — respondeu ele, com um abraço apertado.

Depois disso, Ryan virou seu defensor. Na noite em que Diana derrubou uma bandeja cheia de pratos e o restaurante inteiro bateu palmas, ele correu até ela. "Acabou o show", avisou ele, com as mãos na cintura, e a ajudou a recolher a bagunça. Ele também lhe dava sacos de papel com manchas de gordura cheios de *malassadas* e croissants da padaria portuguesa, na qual o colega de apartamento dele trabalhava; e conduzia as pessoas que davam as melhores gorjetas para se sentarem na área de atendimento dela.

À medida que as semanas foram passando, Diana foi ganhando alguns clientes regulares. Uma drag queen que se apresentava como Intensa de Flux (nome verdadeiro: Phil Amoroso) fazia questão de se sentar em sua área e cumprimentá-la, dizendo: "Como vai, minha menina linda?". Dora Fitzsimmons, uma mulher taciturna com cabelo grisalho e frisado que administrava um acampamento no lado oeste do Cabo, ia toda terça-feira às cinco da tarde em ponto e pedia um hambúrguer bem-passado servido com batatas fritas onduladas. As batatas não estavam no cardápio do Abbey. "Mas eles serviam na época em que o D'Amico's era aqui", foi a explicação de Reese. Isso foi quase vinte anos antes, mas o chef sempre tinha um pacote delas no freezer, e fritava dois punhados para Dora, que nunca dizia nada para Diana além de "por favor" e "obrigada" depois de ter feito o pedido. Ela cumprimentava as pessoas do bar, fazia um aceno de cabeça para Reese e lia o jornal *Provincetown Banner* enquanto jantava. Saía sem se despedir, mas sempre havia uma nota de dez dólares debaixo do copo d'água.

Quase todo mundo era gente boa. Mas, quando a equipe se reunia no balcão do bar no fim da noite para dividir as gorjetas, e bebidas eram servidas e surgiam os planos para ir ao Crown & Anchor na noite musical de Jonathan ou ir beber no Boatslip, Diana se despedia e voltava para o chalé, para ler por uma ou duas horas e então dormir.

Numa manhã ensolarada de outubro, ela foi até o abrigo para cães em Dennis.

— Estou só dando uma olhada — disse Diana para a mulher atrás do balcão, que assentiu.

— Fique à vontade — respondeu ela.

Diana foi percorrendo a fileira de grades, passando por pares e mais pares de olhos suplicantes. Havia os cachorros que pulavam, os que lambiam, os que choramingavam e os que cutucavam sua mão com o focinho molhado. No fim do corredor, encontrou uma cachorra magra e trêmula com uma pelagem branca toda falhada que só se encolheu no fundo da gaiola e ficou olhando para ela, com medo até de se aproximar.

Diana se agachou com um petisco na mão, que estendeu por entre as grades, e esperou, com paciência, que a cachorra a olhasse.

— Está tudo bem — murmurou Diana. — Eu não vou te machucar.

No fim, acabou deixando o petisco no chão, e a cachorra, toda trêmula, foi até a parte da frente da gaiola, pegou o petisco com a boca e ficou parada, sem mastigar, só olhando para Diana.

— Pode comer — disse ela. — Está tudo bem. É para você.

Em vez de comer, a cachorra levou o petisco para a cama, e lá o escondeu embaixo de um cobertor todo embolado e se deitou encolhidinha em cima com um suspiro. Vinte minutos depois, Diana tinha preenchido todos os formulários, pagado a taxa, comprado uma coleira e um saco de cinco quilos de ração e estava voltando para Truro com Willa enrolada num cobertor no banco do passageiro.

A pele de Willa era de um cinza-escuro sob a pelagem branca cheia de falhas. As orelhas eram enormes e pontudas, e as sobrancelhas grossas se projetavam para a frente como leques sobre os olhos castanhos, que pareciam cansados e tristes. Diana ficou sabendo que Willa havia sido encontrada na praia Skaket no fim do verão. Será que alguma família que a amou durante anos a teria levado para uma última temporada de férias para depois abandoná-la? Ou ela teria se assustado com os fogos do Quatro de Julho e fugido de algum acampamento, chalé ou hotel e se perdido? Ou ainda teria ido embora de uma casa em que era tratada com chutes e berros em busca de uma vida melhor?

— Pobre Willa — murmurou Diana ao conduzir a cachorra para dentro do chalé.

Willa fez um tour pela casa, farejando com cuidado os rodapés, as pernas das cadeiras, a parte inferior do sofá e a geladeira.

— Está com fome?

Willa balançou o toco de rabo, olhou para ela e inclinou a cabeça para a esquerda. Na cozinha, Diana encheu uma tigela de ração, outra com água fresca e viu a cachorra ir até lá e levantar a cabeça depois de algumas cheiradas, como se estivesse tentando se certificar de que ninguém a arrancaria dela. Deu algumas bocadas cautelosas e olhou para cima de novo, daquela vez com a cabeça inclinada para a direita.

— Fica à vontade. Está tudo certo — disse Diana, levantando a sacola. — Tem mais de onde veio essa.

Willa comeu mais um pouco, mas não esvaziou a tigela. Diana manteve distância, espiando com o canto do olho quando a cachorra pegou mais um pouco de ração, foi até um canto, deixou cair no chão e empurrou com o focinho para debaixo do sofá. Diana recolheu a comida do chão, sob o olhar de censura de Willa, e colocou de volta na tigela.

— Você pode comer ou deixar aqui, mas esconder, não — instruiu ela, e Willa abanou o rabo como se tivesse entendido.

Naquela noite, depois de verificar se a porta estava trancada e apagar as luzes, Diana subiu para o mezanino e se deitou. Ela viu a silhueta de Willa mais abaixo, sentada sobre as patas traseiras no pé da escada.

— Pode vir, menina, está tudo bem — chamou ela, dando um tapinha leve na cama.

Willa se levantou, subiu trotando as escadas e pulou no colchão, o toco de rabo girando à beça. Ela lambeu a mão de Diana, farejou todo o perímetro ao redor da cama, deu três voltinhas em torno de si e se ajeitou do outro lado, com as costas roçando o quadril de Diana, que passou o braço em torno da cabeça de Willa. A cachorra apoiou o focinho em seu antebraço. Foi assim que elas dormiram.

Diana comprou uma cama de cachorro, e uma das bicicletarias lhe vendeu uma bicicleta de três marchas com um cesto de vime grande no guidão. Ela saía para passear com Willa toda manhã e, de tempos em tempos, para um passeio de bicicleta até a agência do correio para pegar a correspondência. Às duas da manhã, quando tudo era silêncio menos as ondas e o uivo baixinho do vento, Diana chegava do trabalho e, quando abria a porta do chalé, encontrava a luz em cima do fogão acesa e Willa deitada no sofá, balançando o rabo para recebê-la.

Diana ficou bronzeada; o sol deixou seu cabelo mais claro, com tons alourados. Andar de bicicleta e nadar fortaleceu seus músculos, e à noite um sono profundo afastava de seus olhos toda e qualquer preocupação. Dia a dia, semana a semana, a cada caminhada na areia e a cada braçada no mar, a cada dia de trabalho que chegava ao fim, a cada depósito na poupança, ela se sentia mais forte. Um pouco mais ela mesma; um pouco mais em casa.

Em outubro, todas as árvores perderam as folhas, a não ser os pinheiros. A água do mar ficou gelada demais, e a praia parecia um cenário desolado. A cidade se esvaziou, como Reese tinha previsto. Em Provincetown, Diana podia estacionar onde quisesse, e começou a se familiarizar com o rosto de alguns como ela, os trazidos pelas marés como dizia Reese, e dos que trabalhavam ali o ano todo: a caixa do mercado, as bibliotecárias, o cara de cabeça raspada que trabalhava atrás do balcão no Joe.

Certa manhã, dormiu até mais tarde, vestindo um moletom e um short, com Willa encolhidinha ao seu lado. Na noite anterior, Reese tinha comemorado o aniversário de 50 anos no Abbey, fechando o restaurante para o público e dando uma festa para os amigos, que pareciam incluir todos os moradores da cidade. Diana viu a mulher da galeria de arte, com o cabelo rosa e os óculos de gatinho, o cara da papelaria, a moça do parquímetro, os policiais, o fiscal de pesca e até o cara que direcionava o trânsito vestido de peregrino nos fins de se-mana mais movimentados. O Abbey ficou lotado, com três bartenders ralando para manter os copos sempre cheios. O chef fez uma paella, com linguiça, carne de lagosta e mariscos frescos, e depois que o jantar foi servido Reese fez questão de que os garçons e as garçonetes se juntassem à festa.

Foi uma noite longa, que culminou com Reese, depois de muita insistência de Jonathan, subindo na mesa e cantando "Let's Get It On". Ele começou à capela, mas em algum momento surgiu no meio dos presentes um acordeão, por mais incrível que pudesse parecer, e algumas drag queens que não conseguiram resistir à tentação dos holofotes subiram na mesa para acompanhá-lo. Em algum momento, Reese abriu caminho no meio da multidão até encontrar Diana, segurando sua cabeça e dando um beijo estalado em sua bochecha.

— Dee! Minha bebê trazida pela maré! Está se divertindo?

Ela garantiu que sim.

— E está feliz?

Reese, que Diana desconfiava estar absolutamente bêbado, a observava com atenção.

— Está tudo bem! — Ela levantou a taça de champanhe como prova. — Eu prometo.

— Então tá.

Ele deu um tapinha em seu braço e a empurrou de leve na direção da aglomeração outra vez. Em vez de voltar à festa, Diana foi ao banheiro, lavou as mãos e se olhou no espelho por um bom tempo, imaginando o que as outras pessoas viam ao olhar para ela. Uma jovem alta de cabelo castanho-alourado que trajava roupas largas e uma expressão sempre cautelosa. Uma garota que não sabia mais sorrir.

Quando saiu do banheiro, Ryan estava à sua espera. Ele segurou sua mão.

— Vem, vamos dançar — chamou ele e a arrastou para o centro de salão, e lá as pessoas estavam fazendo um passinho ensaiado ao som de "Love Shack", do B-52s.

Diana se deixou levar para o centro dos movimentos, jogando as mãos para o alto junto com outras três dúzias de convidados sempre que Fred Schnaider cantava o verso "The whole shack shimmies!".

Ela chegou em casa depois das duas da manhã, e dormiu de imediato sem nem se preocupar em ligar o despertador, porque era sábado, um de seus dias de folga. Só abriu os olhos quando ouviu as batidas à porta.

— É o caseiro! — gritou uma voz masculina.

Diana se levantou num pulo, gritando "Um minuto!" enquanto Willa guinchava e se escondia embaixo da cama. Ela pegou a camisa branca da noite anterior e fez uma careta ao sentir a combinação do cheiro de tequila, fumaça de cigarro e caldo de marisco, que devia ter espirrado nas mangas quando servia o jantar. A cômoda com o restante das roupas estava lá embaixo, no lado oposto do chalé, e ela viu que a silhueta masculina grandalhona estava bem diante da porta de tela.

— Espera só um pouquinho!

Algumas semanas antes, tinha havido uma liquidação na loja chique de artigos para o lar na Commercial Street, a mesma em que encontrou as meias de caxemira que dera de aniversário para Ryan, e Diana comprara uma manta de tricô roxa com franjas como um mimo para si. Ela a pegou, enrolou na cintura e desceu a escada para se colocar diante da porta.

— Pois não?

— Sou Michael Carmody. O caseiro — anunciou o homem alto, corpulento, barbado, de peito largo e coxas volumosas, que falava com um sotaque pesado de Boston.

Diana calculou que ele devia ser cinco ou dez anos mais velho que ela. Usava uma jaqueta, calça jeans, botas de trabalho e um boné do Red Sox, sob o qual ela viu um rosto redondo claro, de bochechas grandes e pele um tanto sardenta, além da barba de um tom castanho-avermelhado.

— Eu não solicitei serviço nenhum — informou ela.

O homem pareceu confuso ao ouvir isso.

— Quem me contratou foi a dra. Levy e o marido dela. Eu faço esse trabalho para eles todo ano. Aqui e na outra casa.

— Que tipo de trabalho você faz, exatamente?

Ela ficou um pouco mais confiante ao constatar que ele sabia o nome dos proprietários. Por outro lado, era algo que qualquer um poderia descobrir, se quisesse.

— Eu cuido da casa — explicou o homem, como se isso bastasse. Ela ficou em silêncio, à espera de mais explicações, o que lhe rendeu mais um olhar de perplexidade e uma testa franzida. — Fecho as casas no fim do verão e deixo tudo preparado para enfrentar o inverno. Faço reparos. Prego tábuas soltas e lubrifico os batentes. Verifico as borrachas de vedação e instalo a proteção contra tempestades nas janelas. Fico de olho em tudo durante o inverno, para os canos não congelarem e a entrada de carros não ser tomada pela neve. Conserto o que não estiver funcionando, troco o que precisar ser trocado. Também fico atento para ver se alguma coisa foi roubada, ou se entraram ratos na casa, para estar tudo em ordem quando o verão chegar.

— A dra. Levy não avisou que eu ia ficar aqui durante o inverno?

Parado na entrada (*não*, ocupando *a entrada*, pensou ela), ele fazia o pequeno chalé parecer ainda menor. Ela não havia recebido nenhuma visita, e não se deu conta de que o lugar parecia uma casa de bonecas com outro adulto por perto.

O homem tirou o boné, mexeu no cabelo, que era alguns tons mais claro que a barba, e o recolocou em seguida.

— Ela avisou que tinha uma inquilina, mas não sabia direito até quando você ia ficar.

Fazia sentido. Diana só tinha ligado para a dra. Levy três dias antes perguntando se poderia ficar mais tempo. A mulher respondeu que tudo bem, que ela podia ficar até a primavera, se quisesse, mas ao que parecia a notícia não havia chegado aos ouvidos de Michael Carmody, o caseiro.

— Bom, eu vou ficar aqui — avisou Diana. — Então eu mesma cuido da casa.

— Então você vai instalar a proteção contra tempestades?

Diana não sabia nem o que era aquilo, nem onde estaria, mas não admitiria para ele de jeito nenhum.

— Vamos fazer assim — propôs ele. — Você pode ligar para a dra. Levy para confirmar que ela me chamou para fazer o serviço. Quando você me der o ok, eu venho tirar as telas e instalar a proteção contra tempestades. — Ele fez uma pausa. — Geralmente armo ratoeiras no inverno, mas disso acho que vocês duas dão conta.

Diana olhou para baixo e viu que Willa tinha descido do mezanino, aberto a porta de tela com o focinho e batia, insistente, a cabeça no joelho do homem. Ele se agachou e a coçou atrás das orelhas e embaixo do queixo, murmurando:

— Que menina boazinha, não é mesmo? — Olhando para Diana, perguntou: — Posso dar um petisco a ela?

Diana fez que sim com a cabeça, e ele tirou uma coisa do bolso que fez o corpo todo de Willa se contorcer de satisfação. Ele ofereceu o petisco com a mão aberta. Willa engoliu de uma vez só, pôs as patas na perna dele e lançou um olhar suplicante, com a cabeça inclinada para a direita.

— Eu trabalho de garçonete à noite — contou Diana, do outro lado da porta de tela. — Em Provincetown.

— Ah, é? Em qual lugar?

— Então fico fora às terças, quartas e quintas a partir das quatro da tarde. Você pode vir a essa hora, se não tiver problema, mas antes vou ligar para a dra. Levy.

— Por mim tudo bem — respondeu ele, concordando.

Caso tivesse reparado que ela não lhe deu seu nome e se recusou a responder onde trabalhava, ou que nem abriu a porta, não mencionou nada. Só continuou coçando as orelhas de Willa, que bateu com a cabeça em sua panturrilha, se sentou e o olhou com a língua de fora e os olhos brilhantes. O homem enfiou a mão no bolso de novo, lançou um olhar interrogativo para Diana e, com sua autorização, jogou para Willa alguma coisa redonda, marrom-avermelhada. Willa deu um pulo e pegou o petisco no ar, algo que Diana nunca a tinha visto fazer e nem sabia que a cachorra conseguia.

— Salsicha desidratada — disse ele.

— Como assim?

— Você compra um pacote das salsichas mais baratinhas que encontrar, corta em rodelas e põe no micro-ondas por dez minutos. Meu pai me ensinou a não sair para trabalhar sem isso. Até o cachorro mais bravo deixa você em paz se ganhar umas rodelinhas dessas.

Ele jogou mais um petisco. Daquela vez, Willa saiu correndo para saltar e pegá-lo no ar. O homem sorriu, e sua pele se enrugou ao redor dos olhos.

— Como é o nome dela? — perguntou.

— Willa.

— Willa vai implicar comigo se eu vier quando você não estiver em casa?

— Ela tem cara de que vai implicar com você? — questionou Diana, apontando para a cachorra, que naquele momento o encarava com fervor, com o rabo balançando como um metrônomo.

Que beleza de guarda-costas eu tenho, pensou ela, enquanto Willa se deitava de barriga para cima.

Ele sorriu e acariciou a barriga de Willa, e a mão dele era tão grande que quase cobria o abdome todo da cadela.

— Dizem que tem gente que se dá bem com cachorros e outros que preferem gatos. Eu prefiro cachorros. Tinha um golden retriever chamado Monty quando era mais novo. Ela se incomodou com os fogos?

— Não muito.

Todo sábado à noite, a garotada na praia soltava foguetinhos ou rojões. Na primeira vez, o barulho fez Willa se esconder às pressas debaixo do sofá, mas, depois de algumas semanas, ela pareceu ter percebido que o barulho não oferecia perigo algum.

— Que menina corajosa — disse o homem para Willa. — Monty se escondia debaixo do deque da entrada toda vez. Saía todo coberto de limo e carrapichos, cheio de vergonha.

Diana não queria achar graça daquilo, mas mesmo assim não resistiu e imaginou a cena: um cachorro grande e bobo, que combinava com o tutor grandalhão simpático, saindo debaixo do deque com cara de quem sabia que tinha feito um papelão.

O homem endireitou a postura.

— Bom, eu não vou mais tomar seu tempo. — Ele sacou do bolso um cartão de visitas e o estendeu na direção da porta. — Qualquer problema, goteira no telhado, problema com a descarga, é só me ligar.

Ela viu que o cartão tinha a mesma logomarca estampada na picape.

— Obrigada.

— Muito bem, então. Prazer em te conhecer. A gente se vê.

O caseiro voltou à picape e se posicionou atrás do volante. Era uma daquelas grandes, mas mesmo assim pareceu ceder um pouco sob o peso dele, e o boné chegava a roçar no teto. O homem fez um aceno simpático e foi embora.

Quando chegou em casa naquela noite, Diana viu que Michael Carmody tinha deixado outro cartão entre a tela e o batente da porta, além de uma pilha de lenha para a lareira que batia em sua cintura e um saquinho cheio de salsicha desidratada em cima.

— Espero que você tenha deixado bem nítido para ele que seu afeto não está à venda — disse ela para Willa, que a olhou com o rabo girando à beça.

Diana suspirou e deu a Willa um dos petiscos deixados por Michael Carmody.

9

Diana

— Ah, o Michael! Ele é um amor — disse a dra. Levy durante a ligação. — Eu deveria ter avisado que ele ia passar aí.

Diana deixou uma mensagem para ele confirmando os dias em que estaria fora. Na noite seguinte, quando voltou do trabalho, encontrou a proteção das janelas instalada. Uma semana depois, foi até o bar levar um pedido de drinques e não se surpreendeu muito quando encontrou Michael Carmody sentado junto ao balcão, com o banquinho quase invisível sob o corpanzil. Estava de calça jeans, camisa xadrez e o boné do Red Sox.

— Ei, encontrei você! — cumprimentou ele.

— Pois é, encontrou.

— Willa gostou dos petiscos?

— Gostou. Obrigada.

— Eu adoro cachorro — comentou ele com um tom reflexivo. — A não ser aqueles chatinhos de bolsa de madame, que não param de latir. — Virando-se para Frankie, a bartender, ele perguntou: — Ei, lembra da sra. Lambert? Ela vinha aqui às vezes procurar o marido, carregando um daqueles... Como é que chama mesmo? Ah, um minipoodle enfiado na bolsa bordada com as iniciais dela. — Ele se voltou para Diana. — Aposto que ela teria colocado as iniciais dela no cachorro também, se soubesse como fazer isso.

Diana soltou um murmúrio evasivo.

— Quando terminar o expediente, que tal eu pagar uma bebida para você? — sugeriu ele.

— Não, obrigada — respondeu Diana.

Se estivesse interessada em sair com alguém, Michael Carmody poderia ser um pretendente razoável, apesar de estar mais para John Candy do que para John Kennedy Junior. Era um cara simpático, com um sorriso bonito e que parecia bonzinho. E gostava de Willa também.

Ele moveu as mãos em um gesto de súplica. Mesmo sem querer reparar em nada, ela notou que ele tinha as unhas bem cortadas e limpíssimas.

— Não quer ouvir as histórias da minha infância? — rebateu o homem. Diana abriu um leve sorriso, mas não respondeu, e ele continuou: — Bom, então vou terminar esse gim-tônica delicioso e tomar o caminho de casa. Obrigado, Frankie — complementou, fazendo um aceno para a bartender.

— Volte sempre, Mike.

Frankie era uma mulher de meia-idade com um corpo bem-definido e a pele bem bronzeada, uma âncora tatuada no antebraço e o cabelo escuro com um corte *mullet*. Os garçons e os cumins usavam camisa branca e calça preta, mas Frankie, assim como Ryan, tinha isenção em relação ao código de vestimenta e usava o próprio uniforme: calça jeans preta, camisa de cambraia da mesma cor e botas de motociclista com fivelas prateadas enormes.

Diana tentou ignorar Michael Carmody, mas ficou olhando quando ele cumprimentou duas garçonetes, deu um beijo na bochecha de Ryan e um longo abraço em Reese, com direito a tapinha nas costas e tudo, antes de sair. Depois que ele foi embora, Ryan foi até o bar e se sentou, suspirando.

— Ele não é uma graça? É tipo um urso fofo.

Frankie concordou com a cabeça.

— Quem está perdendo é você, Dee.

— De que urso estamos falando aqui? Michael Carmody? Eu adoro esse cara — anunciou Ellie Ford, uma das garçonetes, uma ruivinha sardenta e baixinha que foi criada no Cabo e conhecia praticamente todo mundo na cidade. — Ele namorou a melhor amiga da minha irmã por dois anos na época de colégio.

— Há opções bem piores, viu? — disse Frankie para Diana. — Michael Carmody é gente boa.

Diana sacudiu a cabeça.

— Ah, sim, tenho certeza. É que eu não estou procurando nada do tipo no momento.

Ao começar no emprego, ela fizera umas vagas alusões a um coração partido, e ao fato de que a mudança para o Cabo representava a chance de um recomeço. E respondera às perguntas que surgiram da forma mais breve possível sem ser grosseira; além de recusar as ofertas de Ryan de apresentá-la a amigos e amigas solteiros. Diana tinha certeza de que os colegas estavam criando uma fantasia coletiva no estilo *Presente de grego*, em que ela era a megera fria da cidade grande que precisava de um grande amor, e talvez um bebê ou três, para fazê-la mulher de novo. *Não vai rolar*, disse a si mesma. Ela nunca quis filhos, nem mesmo antes daquele verão, e não estava pronta para nenhum tipo de romance. No caminho de volta à cozinha, com as mãos cheias de limões, Diana se deu conta de que não conhecia ninguém que pudesse chamar se tivesse uma goteira ou se a descarga parasse de funcionar. Ligar para Michael Carmody seria um gesto logo visto como um sinal de rendição. *Ah, paciência*, pensou.

Na segunda-feira, Diana pôs Willa no cesto da bicicleta e pedalou até a cidade, onde uma loja de conveniência, duas imobiliárias, um mercado de peixe e uma agência de correios, todos estabelecidos em construções térreas de madeira, compunham a totalidade dos empreendimentos comerciais no centro de Truro. Num espaço gramado ao lado do correio, diante do jardim público, bandas e artistas locais faziam shows gratuitos durante o verão. Os veranistas faziam piqueniques e curtiam a música, deixando as crianças correrem e dançarem na frente do palco enquanto bebiam vinho em copos de plástico e comiam frango frito do Blue Willow ou pizza do Flying Fish em Wellfleet.

Nas segundas de manhã, havia uma feirinha de produtores locais. Naquele dia, meia dúzia de expositores estava por lá, dispondo as mercadorias em mesas dobráveis. Havia potes de mel, velas de cera de abelha, tipos diferentes de abóboras, nabos e guirlandas de cedro e pinho. Diana estava dando uma olhada nas coisas quando Michael Carmody apareceu ao seu lado, com um tomate enorme e de formato esquisito na mão.

— Oito dólares por isso? — perguntou ele à jovem que cuidava do caixa.

— É uma delícia — garantiu ela. — São os últimos da estação.

— Mas parece um tumor.

Ele estendeu o tomate para Diana ver. Era mais oval que redondo, grande o suficiente para ocupar toda a palma da mão dele, com inchaços estranhos na casca amarelada.

— Você pagaria oito dólares por isto?

Antes que Diana pudesse responder, ele se voltou de novo para a garota.

— Na verdade, acho que eu pagaria oito dólares para não ter que comer isso.

— Azar o seu — retrucou a atendente. — Esse é um tomate Early Girl. O mais gostoso que existe.

— Sério?

Ele continuou analisando a fruta, cético.

— Você pega umas fatias de pão de fermentação natural, põe na torradeira, corta o tomate, passa um pouco de maionese e tempera com sal e pimenta-do-reino. É o melhor sanduíche do mundo.

Michael ficou olhando para o tomate por mais um tempinho antes de entregar uma nota de dez para ela.

— Pode ficar com o troco.

Virando-se para Diana, ele ofereceu:

— Quer dividir? Eu compro o pão se você se encarregar da maionese.

Ela negou com a cabeça.

— É só um sanduíche! — argumentou ele. — Em plena luz do dia.

Diana tomou o caminho do alambrado, onde tinha deixado a bicicleta, e ele foi atrás. Quando se virou, deu de cara com Michael.

Diana baixou o tom de voz:

— Que parte do "não" você não entendeu?

— Bem, eu queria te conhecer melhor — respondeu ele, sem se alterar. — Mas vou respeitar sua vontade. Se você não quer conversa, tudo bem. Eu não quero incomodar.

Ele fez menção de se virar para o centro do gramado, e lá um homem de mais idade, magro e com cabelo bem branquinho, tocava "Turkey in the Straw" no banjo, com uma plateia cativa de crianças sentadas ao redor.

Diana precisou levantar a voz para ser ouvida daquela vez:

— Por quê?

— Por que o quê?

— Por que você quer me conhecer?

Michael Carmody lhe lançou um olhar por baixo do boné que expressava ao mesmo tempo incredulidade, irritação e divertimento.

— Está querendo aplausos, é isso?

Ela baixou os olhos e não respondeu.

— Jura que não faz ideia do motivo por que um homem se interessaria por você?

— Eu sei por que um homem ia querer me levar para a cama — respondeu ela sem nenhuma hesitação.

A intenção era deixá-lo chocado e, pela reação dele, dava para ver que tinha conseguido.

— Olha só — disse ele, por fim. — Você é bonita, mas isso não é nenhuma novidade, porque, pelo que me lembro, tem espelho lá no chalé. E parece ser interessante. Além disso, sua cachorra já gosta de mim, o que é meio caminho andado. — Michael esfregou as mãos. — Mas, se não está interessada, tudo bem. Eu aceito um não como resposta, pode ficar tranquila.

Ele a encarou por um instante. Como ela não respondeu, Michael acenou com a cabeça e disse:

— Muito bem, então. A gente se vê por aí, Early Girl.

Ele se virou, segurando o tomate na mão grande. Diana o observou. O coração estava disparado, e ela sentia gosto de sangue na língua. Ficou aliviada — e irritada — com as entranhas fervilhando por causa da adrenalina e da lembrança de antigos terrores. Só que também sentiu outra coisa, que a acompanhou durante toda a pedalada de volta para casa, e que ela identificou como arrependimento.

~~~~~~~

O outono foi queimando todo o verde até a chegada do inverno. Os dias se tornaram nublados e anoitecia por volta das cinco da tarde; os galhos das árvores se erguiam desfolhados em contraste com o céu.

Quatro pessoas da equipe de serviço e duas da cozinha se mandaram para Key West, onde tinham um trabalho à espera. Ryan usou o que tinha juntado durante o verão para passar um mês em Los Angeles fazendo testes de elenco. Reese a avisou mais uma vez que as gorjetas durante o inverno não seriam grande coisa.

— Você vai ficar bem? — perguntou ele.

Diana garantiu que sim. Se pagasse aluguel, ficaria apertada, mas a dra. Levy tinha dito que ela poderia ficar no chalé até o fim da primavera.

— Vai melhorar no verão — garantiu ele. — Você vai ganhar, tipo, o triplo na alta temporada.

Ela concordou com a cabeça, mas já tinha decidido que de jeito nenhum ficaria no Cabo durante o verão. Não com todas as lembranças que a alta temporada traria; não quando todas as imagens, sons e cheiros a fariam pensar naquele verão.

Durante todo o inverno, ela levava Willa à praia de manhã, para brincar com os companheiros de sempre, um corgi, um golden retriever, dois labradores chocolate e alguns outros cães resgatados. Os maiores pulavam na água perseguindo bolas de tênis, enquanto os menores viam tudo da areia e trocavam olhares que pareciam dizer: "Gente, que isso?". Diana conheceu os tutores; outras pessoas trazidas pela maré, como ela, homens e mulheres que moraram a vida toda em outras cidades, foram passar férias no Cabo e resolveram ficar. Uma era escultora, outro era escritor; o casal de professores universitários ainda tinha um lugar para morar em Nova York durante o ano letivo. Todos adoravam Cabo Cod, não se imaginavam morando em outro lugar e davam dicas para Diana do que fazer e aonde ir.

Aos domingos, ela ia com Charlotte, a escultora, de bicicleta até Provincetown para uma aula de ioga restaurativa. Depois, tomava um latte no Joe, comprava alguns mantimentos e voltava pedalando para casa. Às quartas, ia à biblioteca de Truro, onde já conhecia as duas bibliotecárias: Margo, que era mais velha, extrovertida e animada, e a pegava pela mão para levá-la à mesa de novos lançamentos; e Tessa, que era mais jovem, mais introvertida e mais alta. As duas separavam livros para Diana. Ela analisava a pilha para a semana; sempre ficção, sobretudo histórias de mistério. Ela acendia o aquecedor a lenha, preparava um chá e passava as tardes e os dias de folga lendo. Os livros prediletos eram os mais tranquilos, com enredos em que uma solteirona bebedora de chá ou um grupo de tricoteiras solucionavam crimes sem nunca precisar recorrer à violência. Os finais felizes eram sempre garantidos.

Numa noite de dezembro, Michael Carmody apareceu para jantar no Abbey acompanhado de uma moça bonita com brincos de ouro enormes e um vestido cor de pêssego. Diana jamais usaria aquela cor, mas a pele da mulher era tão branca e perfeita que parecia brilhar. Reese deu uma piscadinha para Diana quando os levou até uma mesa na área dela. Diana lhe lançou um olhar feio, mas, antes que pudesse ir até lá com os cardápios, o pão e a água, Ellie entrou na sua frente, sorrindo, conversando e cumprimentando Michael com um abraço.

— Pode deixar comigo — disse ela para Diana.

Diana disse a si mesma que aquilo não era nada de mais. Retribuiu o aceno simpático de Michael Carmody e tentou não ficar olhando enquanto ele puxava a cadeira para a mulher, nem ouvir a risada dela ecoar pelo salão. Quando ela passou para levar a sobremesa de uma mesa para quatro, uma hora depois, Michael e a mulher estavam concentrados numa conversa em voz baixa, inclinando-se tanto um para perto do outro que as testas quase se tocavam, e ele nem olhou na direção de Diana enquanto conduzia a mulher para a porta na hora de ir embora. *Muito bem*, pensou ela, *então é isso.*

~~~~~~~~

Jane, que também passeava na praia com o cachorro, explicou para Diana como conseguir permissão para pegar frutos do mar e a ensinou a usar o ancinho para pegar mariscos. Em janeiro e fevereiro, algumas vezes por mês, nos dias de maré baixa, Diana ia com Willa até um banco de areia. Enquanto Willa corria atrás das gaivotas, Diana, de meias de lã, galochas de borracha e um casaco grosso, rastelava a areia, escutando o som inconfundível das conchas contra os garfos do ancinho, e enchia um balde de mariscos. Num fim de semana, Jane, que era baixinha, tinha olhos azuis e cabelo grisalho curto, levou Diana até Pamet Harbor e mostrou como arrancar ostras das pedras usando uma faca. De volta ao chalé, com a supervisão de Jane, Diana sofreu para abrir as cascas, mas no fim conseguiu extrair seis ostras mutiladas. Ela pegou uma cerveja, cortou um limão, pôs as ostras num prato e temperou com o sumo do limão e molho de frutos do mar e, junto com Willa, Jane e Thatcher, a cadela bernese da amiga, sentou-se no deque para comer sob o sol fraco de inverno.

Ela continuou pegando ostras durante toda a estação, vestida com várias camadas de roupas, luvas de jardinagem nas mãos e um gorro de lã cobrindo até as orelhas. Ela jogava as cascas numa pilha no canto do deque, pensando no verão que passou com a dra. Levy, que as fervia até deixá-las limpinhas e jogava na entrada da casa.

"Certo, crianças, podem vir!", gritava ela, e Sam e Sarah saíam correndo para pisotear as cascas e pular em cima até virar pó.

Em março, a pilha já chegava quase à altura dos joelhos. Diana pensou em deixar algumas na casa da dra. Levy, como uma forma de agradecimento e um pretexto para ir dizer oi, mas sabia que não conseguiriam. Até ver aquele lugar seria doloroso demais. Ela pegou uma concha e segurou na mão, virando-a de um lado ao outro e admirando a forma e os tons de creme e cinza na curvatura interna, sob o lugar em que ficava a ostra. E continuou observando até ter uma ideia. Depois disso, era só uma questão de conseguir os materiais.

Ela encontrou os guardanapos entre os itens em liquidação de uma loja chique de artigos para o lar em Provincetown.

— Agora que a alta temporada acabou — explicou a proprietária —, não tem muita gente procurando artigos para coquetéis.

Diana comprou um pacote de guardanapos com uma estampa de âncoras e conchas azuis em um fundo branco, além de tinta dourada e branca e cola para decupagem na loja de ferragens e materiais de construção na rua Conwell.

No chalé, ela deu um banho de vinagre nas conchas e as deixou secar ao sol. Depois de secas, pegou a maior, pintou a parte de dentro de branco e, com um pincel fino, uma camada de dourado na borda. Quando a tinta secou, passou uma camada de cola e, com cuidado, separou as folhas duplas de um guardanapo e pressionou o lado colorido na concha. Depois de recortar as rebarbas, selou o papel com a cola e alisou as beiradas com uma lixa de grão fino.

— Está vendo? — perguntou para Willa, estendendo a mão para mostrar a obra à companheira. — É um pratinho para pôr colares e brincos.

Willa cheirou a concha com desconfiança e lançou um olhar esperançoso para Diana, que jogou para ela a última rodela de salsicha desidratada feita por Michael Carmody. Depois de pintar e fazer a decupagem no restante das conchas, alinhou todas numa fileira. Estavam bem coloridas, com as bordas de um dourado vívido. De longe pareciam flores, com tons de cor-de-rosa e creme, vermelhos e dourados, desabrochando ao sol.

10

Diana

No último dia de março, Diana acordou com tanto frio que conseguia ver a nuvenzinha de vapor que soltava ao respirar mesmo dentro do chalé. Enrolada no edredom, desceu descalça a escada e foi até o termostato, que marcava onze graus. Quando pôs a mão diante da saída de ar, não sentiu nenhum calor vindo de lá e, por mais vezes que ligasse ou desligasse o termostato, o chalé não se aquecia.

Ela pôs uma calça jeans, meias de inverno e o suéter mais quente, feito de uma lã grossa com cor de cranberry que ia até o meio das coxas e logo tratou de acender o fogo no aquecedor a lenha. Em seguida, ligou para Reese.

— O termostato do chalé não está funcionando — explicou ela.

— Você já desligou e ligou de novo?

— Já. Não adiantou nada.

— Tem óleo no tanque?

Ela fez uma careta, se lembrando vagamente de alguma coisa que Michael Carmody tinha dito sobre o tanque de óleo ainda no outono.

— Droga.

— Você tem um caseiro, né? — perguntou Reese, com empatia.

Diana soltou um suspiro.

— Tenho, sim.

Ela tinha jogado fora o cartão de visitas de Michael Carmody, mas ele estava na lista telefônica, e a mulher simpática que atendeu a ligação disse:

— Ele vai até aí agora mesmo.

— Obrigada — respondeu Diana.

Ela vestiu o casaco e foi com Willa se sentar no deque para esperar pela chegada de Michael Carmody.

Vinte minutos depois, a picape do caseiro embicou na entrada para carros, fazendo um barulhão, e parou ao lado de seu Honda. Michael a cumprimentou com um aceno e abriu a porta. As molas da caminhonete pareceram soltar um suspiro de alívio quando ele desceu. Estava de calça jeans e botas de trabalho, além de um casaco de lona, uma camisa xadrez vermelha e preta e o costumeiro boné do Red Sox.

— Tanque vazio? — perguntou ele.

— Não sei, pode ser.

Era mais fácil dizer isso do que admitir que não sabia nem onde ficava o tanque.

Michael fez uma ronda pelo chalé. Diana foi atrás, pensando que Frankie tivera razão quando o chamara de urso. Os passos dele eram pesados, e não era difícil imaginá-lo passando meses se empanturrando de salmão e frutas, preparando-se para a hibernação. Ela abriu um sorriso ao pensar em Michael usando as mãos grandes e habilidosas para pegar salmão no rio, e naquele exato momento ele se virou.

— Qual é a graça? — perguntou ele.

— Nenhuma.

Michael soltou um grunhido. Um rosnado de urso. Diana teve que morder a bochecha para não cair na risada. Um instante depois, ele estava ajoelhado junto a um tanque preto redondo, semiescondido atrás de um arbusto de lilases na lateral do chalé. Quando ele deu uma batidinha com os nós dos dedos, só o que se ouviu foi o eco.

— Isso mesmo — disse ele. — Secou. — Michael pegou o celular e digitou um número. — Oi, é o Michael Carmody. Quero falar com Donzinho.

Quando outra pessoa atendeu, provavelmente Donzinho, Michel explicou:

— Então, eu estou aqui no chalé dos Levy na Knowles Height. Eles têm uma conta aí? — Ele fez uma pausa, e então balançou a cabeça. — Beleza. Estamos esperando. — Depois de guardar o celular, ele avisou:

— Não deve demorar mais que uma hora.

Em seguida, enfiou a mão no bolso e jogou para Willa uma rodela de salsicha desidratada.

— Como vai minha amiguinha? — murmurou ele, enquanto Willa pulava pela grama irregular, parecendo fora de si de tanta alegria. — Como vai minha menina favorita?

A barba dele estava mais cheia do que da última vez que Diana o tinha visto.

— Quanto isso vai me custar? — perguntou ela, tentando manter a interação num nível profissional.

— Bom, não sei muito bem.

Ele se virou para inspecionar uma das venezianas, segurando por baixo e dando uma sacudida, antes de tirar uma chave de fenda do bolso e apertar os parafusos.

— Que acordo você fez com a dra. Levy? É ela quem está pagando as contas de consumo ou é você?

Diana franziu os lábios.

— Na verdade, não sei — confessou ela.

Michael apertou o segundo parafuso e se dirigiu para a frente da casa, onde Diana tinha deixado as conchas para secar ao sol. Ele se ajoelhou para ver mais de perto.

— Ei, foi você que fez? Ficaram bonitas. — Ele pegou uma que ela tinha enfeitado com uma estampa de lagosta. — Você está vendendo?

— Como? Não, não, eu só... precisava ter um projeto para me ocupar.

— No verão, na feirinha, essas belezinhas vão vender que nem água. Os veranistas sempre querem lembranças para levar para casa. É uma chance de ganhar dinheiro.

Diana sacudiu a cabeça, pensando que ninguém pagaria por uma concha com um pedaço de papel colado dentro.

— Eu não vou estar aqui no verão.

Michael inclinou a cabeça, num gesto bem parecido com o que Willa fazia.

— Ah, não?

— Não.

A dra. Levy tinha oferecido, o que foi de uma generosidade notável. "Se está feliz aí, então fica, por favor", foi o que ela lhe disse, mas Diana sabia que era melhor não aceitar.

— Para onde você vai? — perguntou Michael.

— Voltar para Boston. Passar o verão com meus pais.

Ela já tinha planos para voltar ao antigo emprego e ajudar na faxina pesada nas salas de aula e nos alojamentos estudantis durante as férias, para deixar tudo pronto para a volta dos alunos.

— Que pena.

Ele parecia pesaroso de verdade quando a olhou, não de um jeito predatório e malicioso, mas com seriedade e concentração. Como se estivesse tentando memorizar o rosto dela para descrevê-la depois.

— Por quê?

Ele olhou na direção de Provincetown.

— Bom, você vai perder a melhor parte do ano. Eu morei a vida toda aqui, e nunca deixei de gostar do verão. — Quando se virou de novo para ela, ainda sorria com um tanto de nostalgia. — E o movimento vai aumentar bastante no Abbey. Eles abrem o deque, o melhor lugar da cidade para ver o pôr do sol, e Carl inclui no cardápio uma bolonhesa de atum espetacular. Parece uma ideia esquisita, mas é uma coisa de outro mundo.

— O que você comeu quando foi lá da última vez?

Diana não tivera a intenção de interromper; não queria que ele soubesse que ela tinha notado a presença dele no Abbey. E com certeza ela não quisera que a voz soasse tão incisiva como acabou sendo o caso.

— Hã? — Ele pareceu confuso.

— Em dezembro. Você estava com uma moça.

Por um instante, Michael ficou só olhando para ela. Depois começou a rir.

— Que foi? — questionou Diana.

Ele sacudiu a cabeça.

— Que foi?

Ainda balançando a cabeça, ele respondeu:

— Kate é minha irmã. — Ele abriu um sorriso. — Mas, se eu soubesse que aparecer com uma mulher faria você reparar em mim, teria feito isso antes.

Diana sentiu o rosto ficar quente.

— Eu não estava... Não foi...

Ele levantou as mãos.

— Não, tudo bem. Sério mesmo. Como eu falei lá na feirinha, se você não está interessada, eu respeito totalmente. — Ele esfregou as mãos nas coxas. Quando voltou a falar, foi com um tom de voz mais baixo. — Eu só não queria que você fosse embora.

— Por quê?

Ele a encarou por um bom tempo antes de abrir os braços.

— Porque eu gosto de você, sua tonta! — esbravejou ele, com a voz ecoando pelo mar.

Willa deu um leve latido de susto. Diana teve que se esforçar muito para não sorrir.

— Você nem me conhece.

— Mas algumas coisas eu sei — argumentou Michael enquanto se sentava, sem ser convidado, na beirada do deque, dando um tapinha no espaço ao seu lado. De imediato, Willa, a traidora, pulou para o lado dele, com a língua de fora. Enquanto coçava as orelhas da cachorra, ele continuou: — Eu sei que gosta de Agatha Christie e Ruth Rendell. Eu sei que gosta de noz-moscada no latte, e que só toma latte aos domingos, depois da ioga, e que no restante da semana só compra café preto. Sei que você gosta de nadar e pegar ostras. Ah, e sei que gosta de cachorro.

Ele fez mais um carinho em Willa, que apoiou o focinho na coxa dele e ficou olhando para Michael, toda encantada. *Que cachorra sem-vergonha*, pensou Diana.

— Você parece estar me seguindo — murmurou Diana.

Ele negou com a cabeça.

— Eu só presto atenção nas coisas. — Ele tirou o boné, ajeitou o cabelo e o recolocou. — Além disso, conheço o dono da cafeteria. E a professora de ioga — explicou ele, com ar modesto.

— E as bibliotecárias — complementou Diana.

— Ah, sim, considerando que uma delas é minha mãe — respondeu Michael.

Diana soltou um ruído estrangulado, percebendo que havia um motivo para a mais simpática das bibliotecárias, a que tinha o cabelo ruivo enrolado, parecer tão familiar.

— O que mais você sabe?

Michael Carmody olhou bem para ela.

— Não tenho certeza, mas acho que você foi magoada por alguém. E sinto muito por isso.

Ele se levantou e segurou as mãos dela, e Diana surpreendeu a si mesma ao permitir. Com os olhos colados nos seus, Michael disse:

— Mas eu não sou esse cara.

Ela puxou as mãos de volta e se afastou.

— Vocês todos são aquele cara — respondeu ela.

— Não. — O tom de voz de Michael era gentil, mas insistente, e de alguma forma ele estava de novo diante dela, virando-a em sua direção, com uma das mãos segurando a de Diana e a outra sob seu queixo, aproximando o rosto dela do dele. — Não somos, não.

Os dois estavam tão próximos que ela via que os olhos dele eram uma mistura de castanho com verde; tão próximos que dava para sentir o cheiro dele, uma mistura de sabonete, xampu e loção de barba que ela não soube identificar, mas gostou. Michael estava segurando o rosto de Diana de leve, sem pressionar, sem forçar, deixando que ela tomasse a iniciativa de chegar mais perto, olhar em seus olhos e, por fim, colar a boca na dele.

Foi um beijo carinhoso e contido, o primeiro beijo de verdade da vida dela, e Diana desfrutou de cada minuto: o calor da palma da mão dele em seu rosto, o polegar se movendo devagar por sua bochecha; os lábios quentes e macios em meio aos pelos da barba que a pinicavam; a dimensão reconfortante do corpo dele, que bloqueava o vento e a abrigava com a mesma segurança de uma casa. Michael a puxou para si, com a mão em sua nuca.

— Tudo bem? — murmurou ele.

Diana sentia a pele formigar e a respiração, acelerar. Em vez de responder, colou a boca na dele outra vez, inclinando a cabeça para o lado e aprofundando o beijo. Sentiu um suspiro trêmulo se espalhar pelo corpo de Michael, que tinha o casaco aberto, e ele a envolveu com a peça ao puxá-la para mais perto. Foi como sair do frio e ficar diante de uma lareira. Ao sentir a camisa xadrez dele em seu peito, imaginou como seria se estivesse nua, com os seios roçando na flanela macia. Diana estremeceu e passou as mãos por baixo do casaco, pousando nas costas dele e subindo até os ombros, por fim, apoiou o rosto no peito dele. Dava para ouvir o coração, sentir a cabeça se movimentando com o subir e descer do peito dele ao respirar. Michael acariciava suas costas com movimentos circulares suaves enquanto a abraçava, e ela se sentiu como uma canoa arrastada por uma tempestade, atravessando o vendaval e as nuvens, e enfim encontrando abrigo ao voltar para a costa. *Nossa Senhora do Porto Seguro*, pensou ela... mas, quando ele se abaixou para beijá-la de novo, Diana se afastou.

— Preciso ir — disse ela. — Eu... eu tenho coisas para fazer.

A decepção de Michael chegava a ser quase cômica. Se fosse um cachorro, estaria de orelhas caídas e com o rabo entre as pernas.

— Vamos fazer assim... — disse ele, pegando um punhado de conchas. — Eu posso pedir para Maudie, aquela dos tomates, vender as conchas na feirinha. Quando você voltar, se quiser voltar, eu entrego o que ela conseguir faturar.

— Ora, mas Maudie precisa ficar com parte do dinheiro, se for ela que vai vender — respondeu Diana. — E você? Vai querer uma taxa de intermediação?

— Eu aceito uma promissória — concedeu ele. — É só você se comprometer a sair comigo no fim de semana.

Diana parou para pensar.

— Combinado — disse ela, estendendo a mão.

Com um gesto todo solene, Michael concluiu o aperto de mãos, e em seguida a puxou para mais um abraço de urso. Diana se recostou no calor do corpo dele, sentindo-se segura e em casa pela primeira vez em muito, muito tempo.

11

Daisy

Na manhã seguinte ao encontro com Diana, Daisy dormiu a noite toda e acordou às sete horas, sentindo-se descansada pela primeira vez em meses. Sempre tinha uma boa noite de sono com uma cama só para si. Era como se ela sentisse as oscilações emocionais e a movimentação de Hal e, toda vez que ele se virava ou suspirava enquanto dormia, parte dela despertava pelo menos um pouco.

Ela tomou um longo banho no chuveiro do hotel, desfrutando da ampla seleção de produtos de banho disponíveis. Depois de fazer o check-out, foi com a elegante mala de rodinhas até o Petrossian, na rua 59 com a Sétima Avenida, e lá se sentou em uma das quatro mesas dos fundos do café. Comeu salmão com ovos Benedict no café da manhã e comprou meio quilo de salmão defumado para levar para casa antes de ir até o Pick-a-Bagel do outro lado da rua. Os bagels na Filadélfia eram tão bons quanto os de Nova York, mas não havia como convencer Vernon Shoemaker disso, e coitada dela se voltasse da cidade sem levar os adorados bagels com grãos. Ela comprou uma dúzia para Danny e Jesse, e outra dúzia para o sogro.

Vernon Shoemaker ainda vivia no mesmo apartamento num condomínio para aposentados em Bryn Mawr onde já morava quando Daisy o conheceu. Hal havia ligado para ela, desesperado em busca de ajuda, e na tarde seguinte Daisy faltou à aula de literatura e pegou duas horas e meia de estrada até Bryn Mawr. O cliente se revelou um senhor de cara fechada, com olhos claros e lacrimosos e o penteado mais absurdo do mundo como uma tentativa de esconder a careca.

— Sr. Shoemaker — cumprimentara Daisy, estendendo a mão. — Sou Diana Rosen.

Na época, ela ainda era Diana.

Em vez de retribuir o cumprimento, ele falou, num tom rabugento:

— Eu não pedi para ninguém vir aqui.

— Foi seu filho que me contratou.

— Ora, mas eu não pedi — informou Vernon. — Posso me virar muito bem sozinho.

— Que tal o senhor me mostrar a cozinha? — sugeriu Daisy.

Ela já tinha meia dúzia de alunos àquela altura, e estava acostumada a ser recebida de todas as formas, desde um entusiasmo incontido até um desespero total, a depender das circunstâncias. Só que aquele novo aprendiz só parecia teimoso e irritado mesmo.

— Tudo bem — resmungou ele, abrindo caminho para que ela entrasse.

O apartamento tinha cheiro de lustra-móvel e um leve odor de falta de banho. Os cômodos estavam apinhados de mobília, no que parecia ser um jogo de Tetris caseiro, com mesas de centro, poltronas, sofás de dois e três lugares e bancos de balcão ocupando cada espaço disponível. A televisão enorme devia ser o único novo acréscimo àquilo que, sem dúvidas, fora tudo o que havia na mansão de Main Line.

Era um apartamento acarpetado de parede a parede, com várias marcas de aspirador, mas Daisy só viu duas trilhas a partir da poltrona reclinável. Imaginou Vernon Shoemaker sentado ali como um rei no trono, só se levantando para seguir à esquerda até a cozinha ou, à direita, onde devia ficar o banheiro.

Na cozinha, a pia estava atulhada de louça suja, a lixeira transbordava, despejando latas vazias, sachês de molho de soja e mostarda, talheres de plástico e embalagens de comida pelo piso grudento.

— A menina vem de quarta-feira — disse Vernon, com um gesto de desdém.

A mesa da sala de jantar estava repleta de revistas e jornais empilhados, além de pilhas do que pareciam ser roupas de criança.

Daisy viu dezenas de calças, camisas, calçados e blusas. Vernon notou o olhar dela.

— São presentes — explicou ele. — Para meus netos.

Ele foi até a mesa e mostrou para ela uma pilha de camisetas masculinas.

— Comprei no dia do idoso na JC Penney. Recorto os cupons de vinte por cento no jornal e *depois* vou às araras de liquidação, então quando vou lá... — Ele deu risada e empurrou as camisetas na direção dela. — Está vendo isso aqui? Adivinha quanto foi. Adivinha quanto eu paguei.

— Hum. Trinta dólares?

— Doze dólares e trinta e seis centavos — gabou-se Vernon. — Estão praticamente me pagando para tirar a mercadoria das mãos deles!

— Impressionante — respondeu Daisy, se lembrando do pai, que costumava dizer que não existia no mundo quem fosse mais pão-duro que os ricos.

— Olha só, tem de todos os tamanhos — continuou Vernon. — Bebê de colo, bebê começando a andar e... — Ele parou de falar, parecendo em dúvida sobre qual estágio do desenvolvimento infantil vinha depois: — E todo o resto. Esses são de aniversário e esses, de Natal — explicou ele, apontando para uma pilha e depois para outra.

— Quantos netos o senhor tem?

— Dois. Um menino e uma menina. Do meu filho mais velho. — Ele franziu a testa. — E Hal ainda nada. Tem 32 anos e ainda nem se casou.

Ele olhou para Daisy, que observava tudo aquilo com um impotente fascínio. O homem parecia ter uma única mecha de cabelo branco, aparentemente comprida o suficiente para chegar abaixo dos ombros quando lavada. De alguma forma, conseguia penteá-la para a frente e para o lado, fazendo dar uma volta em torno da cabeça e, com dobras no melhor estilo origami, conseguir cobrir (bem mais ou menos) todo o couro cabeludo. Era como um exercício de geometria. *Um idoso X com uma quantidade Y de cabelo consegue cobrir uma área Z da superfície do crânio?*

— E então?

Era óbvio que alguma interação estava lhe passando despercebida.

— Desculpe, o que o senhor perguntou?

Impaciente, Vernon repetiu:

— Perguntei se você acha que ele é bicha. Ele me pôs para fazer aula de culinária. Na minha época, sabe como esse tipo de coisa se chamava? Economia doméstica. E sabe quem fazia? As meninas.

Ele a encarou, indignado.

Daisy pensou no irmão Danny, que desconfiava de que fosse gay, apesar de nunca ter dito nada nesse sentido; ele era cativante, divertido e sempre um pouco melancólico. Ela voltou à cozinha que, sob as camadas de lixo, tinha um balcão de granito, eletrodomésticos de aço inox e armários com vidro nas portas. O espaço amplo das bancadas e da pia estava atulhado de caixas e sacos vazios, além de mais louça suja. Daisy foi lavar as mãos, esperando que Vernon seguisse o exemplo.

— Acho que a primeira coisa que precisamos fazer é deixar a cozinha em ordem.

Ela esperava que o idoso fosse querer discutir, ou dizer que limpar, assim como cozinhar, era trabalho de mulher. Em vez disso, ele falou:

— Patrulhe esta área.

— Como é?

— Era isso que diziam para nós. No Exército. "Patrulhe esta área!", dizia o tenente, e levava você até o lugar que não estava impecável. Já ouviu falar do teste da luva branca? O comandante calçava luvas brancas e passava o dedo numa prateleira ou batente de porta ou o que fosse. Ele mandava a pessoa trabalhar na cozinha se encontrasse alguma sujeira.

Vernon se abaixou para pegar uma caixa de sacos de lixo embaixo da pia. Estava com uma calça de tactel e uma camiseta branca lisa um pouco larga no peito estreito e esticada na curva protuberante da barriga.

— Naquela época mandar um homem trabalhar na cozinha era um castigo, sabe? — Ele sorriu. — Não um hobby.

Diana encontrou e calçou luvas de borracha.

— Se o senhor cuidar do lixo, eu dou um jeito na louça.

A maioria dos pratos na pia estava coberta com camadas de molho de espaguete ou macarrão chinês. As tigelas tinham restos ressecados de leite e cereais matinais. Isso, além de pizza de delivery, parecia compor boa parte da dieta de Vernon Shoemaker depois da morte da esposa. Daisy não encontrou nenhum indício da presença de frutas ou legumes… nem um miolo de maçã ou uma casca de banana, nem de nada que fosse verde.

Ela abriu a torneira na temperatura mais quente, jogou detergente na pia, encontrou uma esponja e começou a esfregar enquanto fazia uma lista mental de tudo o que precisaria fazer para se sentir confortável antes de começar a cozinhar. Varrer e passar pano no chão, usar um bom produto de limpeza para desinfetar e limpar o fogão e as bancadas, e a geladeira… Deus do céu, era melhor nem pensar na geladeira por enquanto.

— Então você só come pratos prontos e pede delivery?

— Você já foi ao Wegmans? — perguntou Vernon.

Daisy esperava que ele ficasse à toa, só observando enquanto ela fazia o trabalho pesado, mas era preciso reconhecer que Vernon parecia estar indo bem ao recolher todo o lixo.

— Tem tudo quanto é coisa pronta para comer por lá. Para mães que trabalham fora, acho. — Ele fez uma pausa para abrir outro saco de lixo. — Na minha época, as mães ficavam em casa com os filhos.

— Os tempos mudaram — argumentou Daisy.

— Para pior — opinou Vernon, taciturno. — Certo, chefe. E agora?

Ela pediu para ele encontrar uma vassoura e uma pá de lixo, enquanto enchia a lava-louças e ligava na função "esterilizar". Vernon começou a varrer enquanto ela procurava algum produto para limpar as bancadas.

— Às vezes eu como fora — revelou Vernon do nada.

— Ah, é?

— É. Em Atlantic City, ou no Foxwoods, eu ganho cupons para os restaurantes. Eu vou à lanchonete. — Ele continuou varrendo por alguns minutos, e então prosseguiu:— Margie, minha esposa, gostava de ir aos lugares mais cheios de nove horas. Aquele de macarrão oriental e o de tábuas e sei lá o quê.

— Tábuas?

— Aquelas coisas espanholas, sabe. Uns tira-gostos.

— Ah. Tapas.

— Pois é. Ela queria ir nesse, ou naquele chinês mais chique. Nunca entendi por que pagar vinte dólares por um prato de macarrão com uma carne que nem sei qual é, mas ela ficava contente. — Ele amarrou bem firme um saco de lixo. — Tem sempre muito desses asiáticos nos cassinos, sabe?

— Hum.

Daisy resolveu não se aprofundar no assunto. E ficou se perguntando se Vernon Shoemaker sabia que ela era judia.

— Sua mulher jogava?

— Margie? Ah, não.

Vernon ficou em silêncio. Daisy terminou de limpar as bancadas mais próximas do fogão. Prendeu a respiração ao abrir a geladeira, revelando o panorama do inferno que esperava encontrar.

— Pode me dar um saco de lixo, por favor?

Vernon o entregou para ela e ficou olhando por cima do ombro enquanto a jovem começava a descartar embalagens com frios e embutidos comidos pela metade.

— Ei! Ei, isso aí não está estragado.

Daisy mostrou a embalagem para ele.

— Venceu três meses atrás.

Vernon deu um risinho de deboche.

— Isso aí é uma enganação. Essas datas de validade. São só as empresas querendo forçar você a comprar mais comida. Já me mostraram uma reportagem sobre isso.

Daisy desembrulhou o queijo, revelando uma camada verde de mofo, e a virou para Vernon. Ele deu de ombros.

— Aposto que dá para cortar essa parte fora.

— Até dá — respondeu ela, jogando o queijo no lixo. — Mas o senhor não vai fazer isso.

— Tudo bem, tudo bem — resmungou Vernon, enquanto Daisy descartava embalagens de comida chinesa, um limão ressecado e despejava uma caixa de leite azedo no ralo.

— Então o que sua mulher fazia nos cassinos, se não jogava?

— Ah, fazia compras. Via gente.

— Ela gostava de cozinhar?

A pergunta pareceu deixar Vernon desconcertado. Ele continuou passando a vassoura em um lugar que já tinha varrido, aparentemente confuso.

— Isso eu não sei — respondeu ele, por fim. — Ela cozinhava. Sabe como é, filés, costeletas e tudo mais. Bolo de carne. O bolo de carne dela era bom. — Vernon fez uma pausa, sem parar de varrer. — Se ela gostava, eu não sei. Mas não reclamava.

— Bom, eu adoro cozinhar — revelou Daisy. — Acho divertido. E pode ser uma expressão de criatividade também. Como a arte.

— Arte — repetiu Vernon, contorcendo o lábio superior. — Uma arte que vira merda no dia seguinte. Com o perdão da palavra.

— Preparar uma refeição — continuou Daisy, sem se deixar abalar — é uma forma de demonstrar amor. De mostrar que se importa. De oferecer sustento.

— O que garante o sustento é dinheiro. Comida é só comida.

— E, para uma pessoa sozinha, preparar uma bela refeição, pôr a mesa e tirar um tempinho para comer pode ser uma ótima forma de autocuidado.

Vernon fechou a cara.

— Eu não preciso de cuidados.

A maneira como ele contorceu os lábios fez Daisy se perguntar se os filhos dele haviam feito alguma sugestão daquele tipo depois da morte da esposa.

— Hal e Jeremy queriam me mandar para um desses lugares — contou Vernon.

Bingo, pensou Daisy.

— "Moradia assistida", é como chamam. Você pode começar numa casa ou apartamento, só que seis meses depois está no asilo. Ora, eu não preciso de assistência nenhuma. Sei me cuidar sozinho. — Ele lançou um olhar intimidador à Daisy. — Foi por isso que aceitei que você viesse. Não quero que Hal pense que eu não sei me alimentar sozinho. — Mais uma encarada. — Eu estou me virando muito bem.

Daisy pensou na comida chinesa estragada e no leite coalhado, mas não disse nada.

— Qual é o problema com a comida de delivery? — questionou Vernon.

— Não é a opção mais saudável.

Ele fez uma careta, como se tivesse um gosto ruim na boca.

— Na minha idade, eu ainda deveria me preocupar com isso?

— E também não é a opção mais econômica. Pelo que eu li — disse ela, mentindo na cara dura —, uma pessoa que mora sozinha e come fora três ou quatro noites por semana pode economizar até quinhentos dólares por mês cozinhando as próprias refeições.

Aquilo chamou a atenção de Vernon, como ela esperava.

— Sério?

Ela levou a mão ao coração.

— Juro por Deus.

Ele sugou a dentadura e soltou um suspiro.

— Certo. Avante, então, Macduff. Pelo menos assim Hal larga do meu pé.

Juntos, eles deixaram a cozinha impecável. Ela o ensinou a usar a cafeteira e o timer para acordar com o café já pronto; a preparar ovos com gema bem mole e bacon para comer de manhã; também como fazer o almoço favorito dele, que era um *patty melt*, e o jantar predileto, um bom filé. Daisy selou o bife numa frigideira de ferro e o instruiu a raspar os pedacinhos marrons do fundo da panela, adicionar manteiga, farinha e vinho tinto e deixar ferver.

— Depois que reduzir, você pode acrescentar ervas frescas, um pouco mais de manteiga e pronto, fica um ótimo molho.

— Hum.

Vernon não parecia muito impressionado, mas decepcionado também não estava. Daisy tirou do forno a batata assada, ferveu algumas ervilhas tortas com um pouquinho de sal e colocou no prato junto com o filé e o acompanhamento.

— Está vendo? Não ficou bonito? A gente precisa deixar o prato um pouco mais colorido.

— Não — disse Vernon, enquanto pegava a faca e o garfo. — Não precisa, não.

No fim da aula, Daisy entregou os cardápios e receitas impressos que tinha levado, e o endereço de um site que vendia a frigideira de ferro. Quando terminaram, ele resmungou um "Você é uma mocinha distinta" e pôs uma nota de cem dólares em sua mão. Depois a observou com toda a atenção, como se ela fosse um animal posto a leilão. Pelo modo que a analisava, Daisy quase perguntou se ele queria checar seus dentes.

— Você é casada? — perguntou Vernon.

Ah, lá vamos nós, pensou Daisy. Vernon abriu um sorrisinho.

— Não estou perguntando por minha causa, e sim do meu filho. Hal é advogado. — Vernon já estava seguindo para a mesa em busca de papel e caneta. — Aposto que ele adoraria conhecer uma jovem que sabe cozinhar.

Ele entregou para Daisy uma folha grossa, com as iniciais dele impressas e um número de telefone escrito logo abaixo.

— Liga para ele, ou não. A escolha é sua.

Daisy não decidiu se ligaria ou não. No fim, acabou não fazendo diferença porque, naquela noite, Hal telefonou para ela para agradecer.

— Meu pai falou muito bem de você.

— Fico feliz — respondeu Daisy. — Eu não sabia se ele estava gostando. Ele é um pouco indecifrável.

— Indecifrável — repetiu Hal, dando risada. — É uma forma educada de dizer. Aposto que ele foi insuportável. E eu gostaria de convidar você para jantar para agradecer por ter tido paciência com ele. — A voz grave de Hal soou mais simpática do que quando se falaram pela primeira vez ao telefone. — Meu pai não poupou palavras para dizer o quanto você foi ótima.

— Acho que ele só gostou de ser mimado um pouquinho. Ou talvez esteja sentindo falta de uma companhia feminina.

Assim que disse isso, Daisy ficou com medo de que o comentário soasse como uma crítica, mas estava realmente curiosa para saber que tipo de mulher havia sido a esposa de Vernon; que tipo de mulher havia suportado passar décadas casada com Vernon Shoemaker e aquela tentativa inacreditável de esconder a careca.

— Só o que posso dizer é que ele nunca me pareceu tão contente assim ao me ligar.

Hal foi a Nova Jersey levá-la para jantar algumas semanas depois, quando o ano letivo acabou, e ao teatro no fim de semana, e no fim de semana seguinte para a casa dele, e lá dormiram juntos pela primeira vez. Àquela altura, Daisy já estava perdidamente apaixonada, e a mãe, amando a ideia de ter Hal como genro. Seis meses depois, estavam casados... *E aí foi isso*, era o que Daisy pensava.

<hr/>

Da estação de trem de Trenton, foram só vinte minutos no carro de aplicativo até a casa do irmão. Daisy bateu à porta.

— Trago presentes — anunciou ela, e ficou esperando até Danny aparecer para pegar os bagels e deixá-la entrar.

A casa térrea de tijolos no estilo rancho, comprada dez anos antes, não parecia nada especial por fora, mas por dentro, graças ao bom gosto de Jesse, o cunhado dela, além das obras de arte e as lembranças que o casal foi colecionando ao longo dos anos, era uma das mais bonitas e acolhedoras que Daisy já vira. Tapetes com estampas belíssimas em tons de dourado e índigo e de um vermelho bem escuro e vivo foram espalhados no chão de uma forma que pareceria caótica se ela tentasse imitar. Pinturas, tapeçarias e fotografias emolduradas cobriam as paredes de modo encantador, e a cornija da lareira era decorada com arranjos de flores secas, vasos chineses, conchas e um único cartão-postal antigo de Coney Island num cavalete de madeira. Numa parede revestida de tecido, havia pequenos quadros de pássaros em fundos dourados; as prateleiras do corredor estavam repletas de livros, cantoneiras antigas em formato de terriers e fotografias de Jesse e Dany em viagens. Flores frescas enfeitavam a mesinha do hall de entrada, com uma tigela cheia de castanhas e um quebra-nozes antigo. O ar tinha cheiro de canela, noz-moscada e da fumaça do fogo que estalava na lareira. Daisy ouviu uma música clássica no piano (Bach, ela achava) e a voz de Jesse, num tom baixo e tranquilo, que vinha da cozinha.

— Certo, agora vamos tentar ir moldando com a mão até parecer um círculo. Quer tentar?

— Oi, Di — cumprimentou o irmão, dando um abraço nela.

Ele estava com a blusa suja de farinha e um avental amarrado na cintura. Daisy retribuiu o abraço com um sorriso. A casa de Danny era um de seus lugares favoritos. Quando Beatrice era pequena, Daisy tinha medo de ir lá com ela, receosa de que a menina quebrasse alguma coisa frágil, ou puxasse os fios das tapeçarias ou alguma planta pendurada na parede, mas Jesse a deixava bem à vontade.

"Acho que as crianças precisam aprender a viver cercadas de coisas bonitas. Além disso, não tem nada aqui mais precioso que você e sua neném", foi o que ele dissera, e Daisy, com as emoções já exacerbadas pelos hormônios, teve até que virar de costas para não ser vista chorando. Em Gladwyne, Hal a tinha feito guardar tudo que Beatrice pudesse alcançar em armários com mecanismo à prova de crianças ou em lugares altos.

A casa era térrea e tinha três quartos, e Danny e Jesse ocupavam o maior deles. Os dois outros estavam prontos para receber crianças, um com um berço, uma mesa de troca de fraldas e uma minicama; no outro ficava um beliche e duas camas de solteiro que podiam ser juntadas para acomodar casais adultos. Ao longo dos anos, Danny e Jesse foram reformando o sótão inacabado, transformando-o numa brinquedoteca com direito a casa de boneca e trenzinho. Apesar de não terem filhos, Danny e Jesse abrigavam crianças de lares temporários, às vezes por uma tarde, às vezes até por algumas semanas. Eles nunca sabiam quando, nem por quanto tempo, teriam uma ou mais crianças para cuidar.

— Daisy, venha conhecer Tasha — chamou Danny.

Daisy foi com o irmão para a cozinha, e lá Jesse descascava maçãs, e uma menina com cachinhos castanhos estava em cima de um banquinho diante da bancada, moldando com cuidado um disco de massa enrolada em papel-filme com as palmas das mãos.

— Olá, Tasha — disse Daisy.

A menina a encarou com uma expressão bem séria, murmurou um "Oi" e voltou a se concentrar na tarefa. Jesse já estava enchendo a chaleira na pia.

— Café ou chá?

— O que vocês forem beber.

Danny e Daisy tinham o mesmo tom de cabelo castanho e olhos cor de avelã, mas, enquanto Daisy tinha o rosto em formato de coração da mãe, Danny havia puxado mais o pai. Era baixo e tinha as feições delicadas, mas estava com o rosto bem mais redondo do que na época em que era remador. Usava óculos com armação de aço, era quase careca e mantinha um cavanhaque sempre bem aparado e desenhado, talvez para compensar a calvície. Os poucos fios estavam mais grisalhos do que castanhos àquela altura. Jesse era mais alto, esguio e elegante, com as pernas e as costas musculosas de um bailarino. A pele negra tinha subtons de dourado; o cabelo ainda era escuro e brilhoso. Ele e Danny se conheceram em Nova York, onde o irmão se formava como assistente social e Jessie era professor de balé e dança moderna em vários estúdios da cidade, inclusive o teatro Alvin Ailey, em que tinha estudado e se apresentado como parte do corpo de baile por dez anos.

— Quanto tempo Tasha vai ficar? — perguntou Daisy, enquanto Jesse despejava a água fervente num bule de cerâmica amarelo e jogava as folhas de chá soltas dentro antes de acrescentar mais água.

— Só até amanhã à noite. Os pais do lar temporário dela foram a um casamento em outra cidade.

— Eu queria ser a daminha de honra — anunciou Tasha com uma expressão desolada.

Enquanto isso, Jesse pegava uma bandeja envernizada com flores secas decupadas nas laterais e punha três canecas em cima, que não eram iguais, mas de alguma forma combinavam. Ele acrescentou o açucareiro, uma jarrinha de leite, guardanapos de linho e um prato com biscoitos amanteigados. Daisy observou tudo com um sentimento de inveja, sabendo que, mesmo se tivesse meia hora para arrumar e rearrumar tudo, não conseguiria nem de longe deixar tudo tão bonito.

— Espero que você consiga ser um dia. Minha filha foi daminha de honra uma vez. — Daisy relembrou uma época em que Beatrice ainda era meiga e amável. — Eu li para ela um livro sobre uma ratinha que foi daminha de honra.

Tasha arregalou os olhos.

— *O grande dia de Lilly*!

— Esse mesmo.

— Vamos colocar o sr. Torta no forno, e depois podemos ler, se você quiser — disse Jesse.

Tasha deu uma risadinha.

— Como você sabe que é o sr. Torta? Pode ser a srta. Torta!

— É, acho que você tem razão.

Eles tomaram chá com biscoitos na sala de estar, perto do fogo, que estalava atrás da grade antiga de ferro fundido da lareira, que fora moldada para retratar uma paisagem de floresta, com cervos, árvores e um urso espreitando num canto. Tasha escolheu dois livros ilustrados de um cesto cheio deles e, depois de ler cada um duas vezes, avisou que ia para a brinquedoteca.

— Estou construindo a maior torre de Lego do mundo — contou ela para Daisy.

Quando Tasha sumiu, Danny perguntou:

— Alguma notícia de Judy?

Daisy sorriu ao pensar em todo o drama envolvendo o aniversário de Judy Rosen, que sempre começava três meses antes da bendita festa.

— Ela me mandou uma mensagem com uma lista de cardápios de aniversário há dois dias, depois uma diferente ontem e, uma hora depois, me avisou para ignorar aquela e ficar com a primeira lista. — Estreitando os olhos, Daisy perguntou: — Quem foi que a ensinou a mandar mensagens de texto, hein?

Danny contraiu os lábios, enquanto Jesse se ocupava de reabastecer a bandeja.

— Certo, pode ser que tenha sido eu — admitiu Danny. — Mas foi Jesse que mostrou os emojis.

— Não o da berinjela — argumentou Jesse. — Esse ela descobriu sozinha.

— Então, como foi a viagem? E a peça? — questionou Danny.

Daisy contou da peça e da nova amizade que fez, com a outra Diana.

— Que bom — comentou Jesse. — Eu sei o quanto você sente falta de Hannah.

— Seria bom ter uma amiga na cidade — falou Daisy, que já havia desistido fazia tempo de encontrar alguém entre as mães da Main Line que combinasse com ela.

Talvez fosse a diferença de idade, ou o fato de a maioria ter deixado de lado a carreira antes de terem filhos, e sem dúvida o jeito implicante de Hal não ajudava, mas desde Hannah, não conseguiu estabelecer um vínculo de verdade com ninguém.

— Uma amiga em Nova York é uma boa — opinou Danny.

Ele sorriu quando Jesse encheu de novo sua caneca, mas Daisy reparou nas olheiras dele. Os lábios ressecados; a barba mais grisalha. Mais preocupante ainda era o tremor nas mãos quando carregou a bandeja de volta para a cozinha. Ela ficou à espera de um momento em que pudesse conversar a sós com Jesse, enquanto comentavam a volta de Beatrice para casa e a viagem que Jesse e Danny queriam fazer nas férias de verão. Por fim, num ato de desespero, Daisy pediu:

— Jesse, você pode ir esperar o carro comigo? Preciso falar com você sobre uma coisa.

Ela deu uma piscadinha para o irmão, torcendo para que Danny entendesse que seria uma conversa sobre o aniversário *dele*, e saiu com Jesse. Assim que chegaram à entrada da garagem, Daisy falou:

— Está tudo bem com Danny?

Jesse soltou um suspiro.

— Então você também percebeu.

— O que está acontecendo?

— Eu bem que queria saber. Por mais que eu insista, ele não me fala. — Jesse comprimiu os lábios grossos, passando as mãos pelo cabelo cacheado. — Desde fevereiro, ele anda trabalhando sem parar. Fica até tarde no colégio, todos os dias e, quando não está lá, está no Boys & Girls Club, ou então na cozinha comunitária. Eu apoio cem por cento as boas ações, mas… — Ele passou as mãos no cabelo de novo, olhando para o céu. — É como se ele estivesse tentando compensar alguma coisa. E eu nem imagino o que possa ser. Ele não me conta.

Daisy torceu para que o espanto não estivesse tão visível em seu rosto.

— Você acha que ele… — Ela parou de falar.

— Se ele me traiu? — Jesse fez um som de deboche. — Não sei nem como ele arrumaria tempo para isso. Não. — Ele pôs a outra mão no ombro dela, com o olhar focado ao longe. — E, quando pergunto, ele diz que está tudo bem, que estou me preocupando à toa. E aí fico achando que estou procurando pelo em ovo.

— Você não está procurando pelo em ovo. Eu também estou preocupada.

— Talvez seja melhor você perguntar — sugeriu Jesse. — Pode ser que com você ele se abra.

Daisy não tinha muita certeza daquilo, mas prometeu tentar.

12

Daisy

À s quatro da tarde, Daisy estava em casa, e lá foi recebida por Lester, que balançou o rabo e pulou em suas pernas com um entusiasmo que fazia parecer que ele havia temido que ela nunca mais voltasse (e também dando a entender que Beatrice, mesmo tendo prometido passear com ele, só o soltara no quintal).

Daisy estava escolhendo ingredientes para o jantar quando Beatrice chegou da escola, com uma camisa rosa com babados e mangas bufantes, uma calça jeans de cintura alta, botas Dr. Martens e a cara fechada de sempre. O cabelo pintado de azul da filha descia em cachos, e como acessórios ela usava um par de luvas pretas de veludo e um chapéu pequeno com um véu preto sobre os olhos. Daisy era obrigada a admitir que ela estava bem chique... mas sabia que, se fizesse algum comentário, todas as roupas acabariam socadas no fundo do armário. Desde os 14 anos, Beatrice tratava qualquer gesto de aprovação da parte de Daisy como o pior dos insultos. Daisy, por sua vez, se lembrava de sentir um desespero tão grande para obter a menor aprovação que fosse de sua mãe que aprendeu sozinha a fazer massa folhada do zero, assim como a mistura para preparar a *spanakopita* caseira de que a mãe tanto gostara um dia.

— Oi, querida. Como foi seu dia?

Beatrice deu de ombros e resmungou:

— Parto de onde toda escada sai do chão. Na loja de osso e trapo da emoção.

Daisy ficou só olhando para ela por um momento.

— Então... foi ruim?

Beatrice soltou um ruído de contrariedade.

— Previsível.

Ela largou a bolsa com os livros (não a mochila robusta JanSport que compraram para levar para o Emlen, e sim uma bolsa pequena com alça estampada de flores azuis) perto da porta da frente, tirou um brioche da geladeira e arrancou um pedaço.

— Você pode pegar uma faca e cortar isso direito, por favor?

Beatrice fez uma careta, atravessou a cozinha pisando forte, pegou uma faca serrilhada e, com uma lentidão exagerada, aparou as bordas irregulares que tinha deixado.

— Aprendeu alguma coisa interessante?

Beatrice deu de ombros.

— O que está achando dos colegas de turma?

— Um bando de riquinhos. Então, na prática, as mesmas pessoas de antes. Minha vida é como um oroboro. Uma serpente devorando eternamente a própria cauda.

Beatrice parecia mais mal-humorada do que de costume enquanto passava manteiga de amendoim e mel na fatia grossa de brioche.

Daisy engoliu em seco o sermão que queria dar sobre a sorte de Beatrice por estudar numa escola tão prestigiada, ter uma casa bonita para morar e comida de sobra, saber que a faculdade seria paga pelo pai e que, quando se formasse, nunca teria que se preocupar em como conseguir o dinheiro do aluguel. Beatrice, que sempre teve tudo de mão beijada, jamais entenderia aquele discurso. Falar de privilégios com a filha era como tentar explicar a um peixe o que era água.

— Quais atividades extracurriculares você acha que vai fazer?

No Emlen, Beatrice fazia parte do jornal da escola e do clube de escrita criativa, uma informação que Daisy só conseguiu acompanhando a versão on-line do boletim informativo dos alunos e a página no Facebook, porque Beatrice nunca contava nada da própria vida.

Ela deu de ombros de novo. Daisy desviou o olhar da filha e da cozinha, lembrando-se da primeira vez que vira aquela casa.

No terceiro encontro com o futuro marido, Daisy pegou o trem para a Filadélfia. Hal a esperou na estação da rua 30 e a levou a Gladwyne, passando pelas ruas de gramados verdejantes e casas que pareciam mais sedes de fazendas. Ele parou diante de uma imponente residência em estilo colonial, com a fachada branca com venezianas pretas, um gramado em declive que parecia ter o tamanho de um campo de futebol e a porta da frente pintada de um vermelho-vivo.

— É aqui — anunciou ele quando chegaram.

Em termos de tamanho, o lugar equivalia à casa que Daisy morou quando o pai ainda era vivo. Mas a sua, com a varanda que dava a volta por toda a extensão e as janelas em arco do terceiro andar, parecia ter um caráter mais amigável e acolhedor, como aquele tio divertido que deixava você dar um gole na cerveja no Dia de Ação de Graças e, discreto, punha uma nota de vinte dólares em sua mão na hora de ir embora. Já aquela parecia mais uma avó severa, que olhava feio para sua roupa e dizia que você não deveria repetir a comida no jantar.

Hal a conduziu por um corredor de entrada vazio, uma sala de estar vazia e uma cozinha quase vazia, e lá parou para pôr as duas garrafas de água com gás numa geladeira quase vazia. (Daisy viu alguns condimentos, limões e meio sanduíche em uma embalagem plástica transparente.)

Ela fez um círculo lento para olhar para as salas de estar e de jantar também quase vazias.

— Você foi roubado?

Hal pareceu confuso, mas então abriu um sorriso.

— Esta é a casa em que fui criado. Quando meu pai se mudou, levou toda a mobília. Você deve se lembrar — falou Hal, com um tom mais ácido — que a casa dele parecia meio atulhada, não?

Daisy assentiu, pois não tinha como esquecer.

— Eu só não tive tempo de comprar coisas novas.

— Entendi.

Daisy analisava o retrato em preto e branco pendurado sobre o papel de parede da entrada. Um homem de farda do Exército parado em uma pose rígida, com o braço em torno da cintura de uma mulher de vestido branco.

— Seus pais?

Vernon estava bonito sem a tentativa de esconder a careca. A mulher tinha cabelo comprido e escuro e um sorriso espontâneo. Em vez de um véu, usava uma guirlanda de flores no cabelo. Daisy se lembrou do que Vernon falou da esposa... que gostara de ver gente e não de jogar no cassino, mas ele não sabia do que achara sobre cozinhar.

— Como era sua mãe?

Hal deu de ombros.

— Ela e meu pai tinham expectativas altíssimas para mim e meu irmão. Hoje sou grato por isso, lógico, mas quando era mais novo...

Daisy observou o retrato mais uma vez. Ela estava pensando no deleite que o pai sentia com as realizações dos irmãos, se gabando com todo mundo pelas notas deles, ou porque David era bom no beisebol, ou porque David era timoneiro na equipe do barco de oito remadores da escola ("É ele quem pilota o barco", explicava Jack para a avó de Daisy, que parecia perplexa, talvez com a ideia de um timoneiro ser considerado atleta). Vernon e Margie tiveram orgulho dos filhos? Ou eram o tipo de pais que não se contentava com nada menos que a perfeição?

Hal pôs a mão na lombar de Daisy e a conduziu pelas portas francesas para um enorme quintal com piscina, churrasqueira e um pátio com calçamento de pedra e uma única cadeira dobrável.

— Quando você se mudou para cá? — perguntou Daisy.

— Há mais ou menos um ano — respondeu ele, mexendo na churrasqueira. — Eu morava em Center City, mas a maioria dos sócios vive fora da cidade. Aqui tenho mais acesso aos campos de golfe.

— Entendi — murmurou Daisy.

— Eu sabia que compraria uma casa por aqui em algum momento, então, quando meu pai se mudou, fez sentido ficar com esta.

Daisy assentiu mais uma vez. De fato, fazia sentido e, apesar de parte dela ainda questionar por que Hal não quis comprar um lugar da própria preferência, também achava que, se alguém lhe oferecesse a casa em que fora criada, aceitaria sem pensar duas vezes.

Quando voltou para dentro, ela ficou aliviada ao descobrir que a cozinha estava limpa o bastante para fazer uma cirurgia. Não havia lixo transbordando da lixeira nem pratos sujos nas bancadas ou na pia. Só que logo ficou nítido que o motivo era porque Hal quase não tinha louças. Quando ela abriu o freezer, viu pilhas de refeições congeladas e, no armário mais próximo da pia, fileiras e fileiras de sopa enlatada. Havia duas tigelas, três pratos e dois copos num armário; no escorredor, apenas uma panela.

Hal apareceu na cozinha pouco depois que ela havia fechado a gaveta de talheres, quase desabastecida.

— Você tomou a sopa direto da panela? — questionou ela.

— É mais eficiente assim — respondeu ele, abraçando-a por trás. Daisy gostava da autoconfiança, da ausência de constrangimento ou hesitação. — Além disso, é melhor para o meio ambiente.

— Ah, você é um ambientalista nato mesmo.

— Eu tenho consideração pelos outros — falou ele, roçando o nariz no rosto dela, fazendo-a estremecer. Então, quase como se estivesse esperando por um sinal, ele a virou e a puxou para junto de si, de modo que as coxas e os peitos dos dois se tocassem. — Eu só estou fazendo as coisas meio fora de ordem. A maioria dos caras encontra a mulher ideal, e depois a casa ideal. Eu escolhi a casa primeiro. E agora — complementou ele, beijando-a na testa, e depois no pescoço — preciso que você transforme minha casa num lar.

— Ai, meu Deus — resmungou Daisy. — Que cantada péssima!

Mas ela já ouvia na mente as vozes das colegas de apartamento, os avisos que lhe davam ("O que um cara assim tão mais velho vai querer com alguém da sua idade?"), ficando cada vez mais distantes. Hal tinha maturidade suficiente para saber o que queria e confiança o bastante para conseguir.

— Eu só quero ser um bom homem. Um bom marido e bom pai — declarou ele, puxando-a para mais perto, e naquele momento Daisy concluiu que tinha sorte por Hal a querer.

Ela fez uma lista de todos os produtos de cozinha que Hal não comprara, e ele lhe disse para comprar tudo o que achasse que a casa precisava, de tapetes e sofás a louças e jarras e copos; móveis para o quintal; obras de arte para as paredes e tudo o que ela quisesse para equipar a cozinha. De início, ela teve uns contratempos; ainda ficava envergonhada ao lembrar da primeira festa que deu, para alguns advogados do escritório dele e as esposas. "É para ser uma coisa casual, só comprar as coisas e pôr na churrasqueira", foi a sugestão de Hal, mas Daisy passou semanas fazendo os preparativos. Comprou carne para moer uma mistura de filé-mignon e acém para os hambúrgueres, adicionando cogumelos e queijo azul; encomendou salsichas de Chicago, que chegaram num cooler de gelo seco. Fez o próprio molho de churrasco, além de dezenas de canapés elaboradíssimos, fatias de salmão defumado com pepinos e uma versão refinada de patê de cebola, que ela passou uma hora caramelizando. No dia do evento, fez as unhas, colocou um vestido de verão Lilly Pulitzer novinho e sandálias rasteirinhas Tory Burch rosa-choque.

O jantar passou longe de ser um sucesso. Os convidados provaram os tira-gostos e fizeram elogios entusiasmados à comida ("Você é tão criativa!"; "Você tem que me passar a receita!"), mas só comeram com vontade mesmo os cachorros-quentes. O salmão defumado foi ignorado; o patê todo elaborado mal foi provado; e os hambúrgueres voltaram intactos.

— É porque nem todo mundo gosta de queijo azul! — argumentou Hal, sem gritar, mas o tom de irritação mostrava que era essa sua vontade. — Eu avisei, Daisy. Falei que era só comprar hambúrguer, salsichas e fazer o patê de sempre com creme de cebola de pacote, como todo mundo...

— Eu não quero ser como todo mundo!

Daisy detestou ouvir a voz trêmula daquele jeito; detestou estar à beira das lágrimas. O jantar havia sido um fiasco, e ela desconfiava que aquele fora o assunto que os casais falaram na volta para casa: o esforço exagerado dela, a vontade patética de querer agradar.

— É isso o que eu faço, Hal. Eu cozinho. Não sou advogada, nem psicóloga, nem arteterapeuta. Não fecho negócios em todo o mundo. Não tenho nem diploma universitário!

As outras mulheres tinham sido bastante educadas naquele sentido; ninguém fez nada que a levasse a se sentir diminuída. Isso Daisy conseguia muito bem fazer sozinha.

— Tudo bem — falou Hal, com um tom distante. — Com o tempo você aprende.

E ela aprendeu.

— São um bando de brancos estúpidos — dizia Hannah, geralmente com a boca cheia de qualquer que fosse a comida que Daisy preparara.

— Você é branca — rebatia Daisy.

— Mas não estúpida, assim espero — respondia Hannah.

Hannah, assim como Hal, tinha crescido numa casa em que sal e pimenta eram os únicos temperos, mas adorava todo tipo de comida; quanto mais temperada, melhor.

— Eles que se fodam se não sabem dar valor a você.

~~~~~~

Daisy olhou ao redor da cozinha, para Beatrice, que devorava manteiga de amendoim, e para a luz do sol que entrava pela janela em cima da pia. Ela havia montado a cozinha dos sonhos: um fogão de seis bocas importado da Inglaterra, com acabamento em azul-marinho e botões e alças douradas. Uma pia grande e profunda no estilo casa de fazenda; armários novos de cerejeira, um novo porcelanato com azulejos em tons de creme, dourado e verde-claro. Tinha mandado tirar as bancadas de granito e trocado por pedra calcária, com uma tábua de corte de madeira embutida e uma pedra de mármore sempre fria para preparar as massas de confeitaria. Em um canto havia uma mesa fixa com bancos feitos sob medida dos dois lados, e no meio do cômodo a coisa favorita de Daisy: uma enorme lareira de pedra aberta de um lado para a cozinha e do outro para a sala de estar.

Hal passou boa parte daquele ano de reformas fora de casa, participando de um julgamento na Virgínia e outro na Flórida. Daisy às vezes desconfiava de que a cozinha era uma espécie de pedido de desculpas misturado com prêmio de consolação. Uma forma de Hal tentar compensar a ausência e o fato de ela precisar ir sozinha às apresentações na escola, às reuniões com os professores e aos jogos de futebol de Bea, em que as meninas corriam de um lado ao outro no campo todas aglomeradas, chutando mais umas às outras do que a bola e quase nunca marcando gols.

Às vezes, desconfiava de que houvesse algo mais que Hal quisesse compensar… alguma coisa que pudesse ter acontecido quando ele estava viajando. Só que nunca perguntou, e ele nunca contou nada. *Esse é o tipo de silêncio que preserva um casamento*, disse a si mesma na época. Também nunca tinha visto a mãe mostrar interesse nas viagens de negócios do pai. E a cozinha era inegavelmente incrível. Ela manteve os olhos voltados para a claraboia e se segurou para não soltar um suspiro quando Beatrice abriu o freezer e começou a remexer lá dentro.

— Você viu meus ratinhos? — perguntou ela.

Daisy achava que tinha ouvido errado.

— Como assim?

— Meus ratinhos — repetiu Beatrice, impaciente. — Eles estavam bem ali, na prateleira do alto, atrás da massa de torta.

Daisy olhou para a filha, que a encarava com a maior tranquilidade, como se estivesse pedindo para a mãe um copo de leite ou uma carona para o shopping.

— Beatrice — disse Daisy, com a voz fraca. — Por favor, me diga que você não andou guardando ratos mortos dentro do freezer.

— Por que não? — questionou Beatrice, dando de ombros. — Eles estão bem embalados, tipo, com dois sacos plásticos. Não encostaram em nada.

— Não interessa! — retrucou Daisy, aos berros. — Eu não quero roedores mortos dentro do freezer, perto da comida que eu, você e seu pai comemos! Da comida que eu faço para as pessoas que me pagam para aprender a cozinhar! Minha nossa, Beatrice, e se alguém ficar doente?

— Qual é a diferença entre ratos mortos e frangos mortos? Ou carneiros mortos, ou vacas mortas? — gritou Beatrice de volta. — Você é uma hipócrita.

— Mas também sou a adulta. A casa é minha.

— Até parece que foi você que pagou por ela — ironizou Beatrice.
— Nenhum de vocês dois, aliás.

Daisy se forçou a ignorar a alfinetada e ficar grata por ter sido para ela que Beatrice disse aquilo. Só Deus saberia como Hal reagiria à ideia de que ele tinha alguma coisa na vida que não havia conquistado pelo próprio esforço… E, apesar de ter pagado ao irmão Jeremy metade do que teriam conseguido com a venda da casa, era bem mais fácil do que ter que desembolsar o valor integral.

— Se eu estou dizendo que não quero ratos no freezer, o mínimo que você tem que fazer é respeitar minha vontade.

— E eu vou colocar os ratinhos onde? — rebateu Beatrice, erguendo as sobrancelhas. — Você vai comprar outro freezer só por causa de meia dúzia de camundongos?

— Bom, o ideal seria que você tivesse um hobby que não envolvesse cadáveres de roedores — esbravejou Daisy. — Mas, como sei que você não vai fazer nada normal, como participar do jornal ou do coral da escola, eu gostaria pelo menos que encontrasse outro lugar para os ratos.

O lábio inferior de Beatrice começou a tremer, e seus olhos se encheram de lágrimas.

— Ah, nossa. Desculpa não ser a filha *normal* que você queria — disse ela.

De imediato, Daisy passou de furiosa a triste, e muito envergonhada por fazer a filha sentir que não era boa o bastante, por fazê-la chorar. Beatrice se virou e saiu da cozinha com passos pesados.

— Espere — chamou Daisy. — Espere, Bea, você sabe que não foi isso o que eu quis dizer!

— Foi, sim — retrucou Beatrice. — Eu não sou o tipo de filha que você queria.

Daisy engoliu o gosto amargo da culpa. Afinal, não tinha dito algo parecido com aquilo para Diana em Nova York?

— Trixie…

— Não me chama assim! — gritou Beatrice. Antes que Daisy pudesse se desculpar, ela complementou: — Sinto muito ser uma decepção tão grande.

Depois disso, subiu correndo a escada para o quarto.

Os ombros de Daisy pesaram, e a agradável animação que sentia para preparar o jantar se foi. Ela foi até o freezer e esvaziou as prateleiras, tirando as massas de torta, os potes com chili, sopa de lentilha, frango e bolinhos que tinha preparado e congelado, os potes de sorvete e os sacos de ervilha, milho e cranberries congelados, além dos nuggets de frango que guardava para o caso de precisar improvisar alguma coisa às pressas para a filha. Enfiado em um canto da prateleira do alto, encontrou um saquinho Ziploc com seis pequenos cadáveres de camundongos cinzentos. Ela os observou por um instante, com a respiração se condensando no plástico congelado. Como Beatrice havia se transformado numa garota que mexia com ratos mortos e desprezava a própria mãe? O que Daisy teria feito para provocar isso, e como o mundo trataria Beatrice quando fosse adulta?

Devagar, ela guardou os ratinhos de volta e examinou o que Beatrice deixou para trás: o vidro aberto de manteiga de amendoim, o pão desembrulhado, o pote de mel sem a tampa, a faca grudenta e os farelos espalhados na bancada. Ela pôs tudo de volta no freezer, limpou a bagunça e enfim começou o jantar. Cozinhar sempre a acalmava, então ela achou que aquilo fosse ajudar. Temperou a carne de porco que tinha descongelado antes da viagem, descascou a batata *russet*, cortou bem fininha, colocou em uma forma untada, intercalando as fatias com pedaços de manteiga fria e galinhos de tomilho e polvilhou com parmesão ralado. Com a carne e as batatas no forno, ela pôs a mesa e estava começando a preparar o vinagrete quando Hal chegou em casa.

— Passarinha!

Hal costumava chegar de bom humor depois do trabalho, mas Daisy nunca sabia se era porque ela transformou a casa em um refúgio aconchegante e acolhedor ou porque o ambiente no escritório era horrível.

— Como foi a viagem?

— Foi boa.

Ela achou que o tom de voz desanimado e a postura cabisbaixa fossem indicar que havia alguma coisa errada, mas Hal só pôs a pasta no chão e começou a analisar a correspondência.

— E o velório?

Hal contraiu os lábios.

— Triste — respondeu ele.

O tom de voz indicava que era melhor não fazer mais perguntas. Hal abriu os braços para um abraço meramente protocolar, mas Daisy se colou a ele, apoiando a cabeça em seu peito e sentindo sua camisa no rosto. Ele usava uma das últimas três brancas limpas. Ela precisaria ir à lavanderia na manhã seguinte.

Hal apertou de leve seu braço e farejou o ar.

— O cheiro da comida está ótimo.

— Hal, você acha... — Ela esperou que ele a olhasse, depois perguntou, apressada: — Você acha que Bea precisa de terapia?

— O que foi agora? — Hal fez a pergunta certa, mas num tom de irritação de quem preferia nem ouvir a resposta.

Daisy balançou a cabeça, imaginando o que aconteceria se contasse a Hal sobre os ratos mortos no freezer.

— Só o mau humor de sempre.

Ele a encarou e, quando voltou a falar, foi com um tom mais compreensivo.

— Ela é adolescente. Você sabe como é, a garotada tem que aproveitar para fazer bobagem antes de ter 21 anos.

Para Daisy, aquilo era só outra forma de afirmar a velha máxima de que "meninos são assim mesmo". Ele se afastou, afrouxou o nó da gravata, abriu a geladeira e pegou uma lata de água com gás.

— Foi isso que Diana disse.

— Quem?

Daisy abriu o freezer, entregou a ele uma caneca congelada e voltou ao molho que preparava na bancada. Às vezes, ela achava que Hal a considerava apenas mais um item de cozinha, um eletrodoméstico útil como o forninho elétrico para aquecer a pizza ou o liquidificador para bater os smoothies.

— Diana. A mulher que eu fui encontrar em Nova York ontem. A que eu estava recebendo os e-mails.

— Ah, sim, sim. O que achou dela?

— Simpática — contou Daisy.

Não queria falar muito; não queria correr o risco de azarar o que esperava se tornar uma amizade verdadeira.

— Que bom.

Hal pendurou o paletó no encosto da cadeira e pegou o *Wall Street Journal*. Daisy tirou uma peça de tofu da geladeira e colocou sob uma lata de feijões que estava lá para drenar a água, para o caso de ser uma daquelas noites em que Beatrice cismava que era vegetariana e ficava ofendida se ninguém se lembrasse. Ela bateu o molho de soja com vinagre de arroz e xarope de bordo para fazer um molho para o tofu; estava pondo o óleo de gergelim na panela de ferro quando o celular apitou. Era um e-mail de Diana. ESTOU CHEGANDO, era o título. Daisy abriu a mensagem e leu: "Adivinha quem está indo para a Filadélfia!!! Fechei um contrato com a Farmacêutica Quaker. Vou passar os próximos três meses aí! Alguma chance de eu conseguir umas aulas de culinária com você?". Ela acrescentou um emoji sorridente e outro de pão.

Daisy sentiu um sorriso surgir. Em vez de responder, apertou o botão de "Ligar para esse número" no celular. Um instante depois, ouviu a voz de Diana.

— Dá para acreditar? Que coincidência mais absurda!

— Estou muito feliz — respondeu Daisy. E era verdade. Ela podia ter uma filha difícil, mas pelo menos passaria a contar com uma aliada em potencial. — Onde você vai ficar?

— Hã... só um segundinho. Rittenhouse Square, é isso? Você conhece? A empresa alugou um apartamento para mim lá.

— Ah, sim. Um ótimo lugar. Cheio de bons restaurantes.

— O que me leva à minha próxima pergunta. Eu queria perguntar... — Diana pareceu quase tímida. — Depois de conversar com você, fiquei pensando. É meio ridículo eu ter quase 50 anos e não saber fazer nem um sanduíche com queijo-quente. Não sei sua disponibilidade...

— Eu arrumo um tempinho — garantiu Daisy. — Quando você chega?

— Na semana que vem.

— Já?

— Pois é, estou sempre indo de um lugar para o outro. Sem descanso. Sou como um tubarão. Ou saio nadando ou morro.

— Bom, então é só me avisar quando quiser me ver.

— Mando mensagem assim que tiver me mudado.

Daisy se sentiu leve como um balão enquanto se movia pela cozinha. As batatas ficaram perfeitas, crocantes e douradinhas por cima, macias e amanteigadas por dentro. Quando Beatrice desceu, vestindo uma calça de moletom e uma camiseta com a estampa de um guaxinim e a legenda PANDA DO LIXO, Daisy se forçou a abrir um sorriso agradável.

— Fiz tofu para você.

— Por quê?

Beatrice olhou para os quadradinhos caramelizados como se aquilo fosse uma ofensa pessoal.

— Deixa pra lá — murmurou Daisy.

Ela achava que até conseguia ouvir os pensamentos de Hal: *Por que você continua fazendo tofu para ela se no fim vai tudo para o lixo?* Daisy serviu a carne de porco assada para o marido e a filha, então usou a espátula para pôr o tofu no próprio prato. Bea ignorou a salada, e Hal pegou a parte mais crocante das batatas. Depois que comeu, ele disse "Estava uma delícia, querida" e foi se trancar no escritório. Beatrice, por sua vez, só desapareceu, como se tivesse sido levada pelo arrebatamento, deixando Daisy sozinha para tirar a mesa, limpar as bancadas, guardar as sobras, lavar a louça e varrer o chão da cozinha. Ela se pegou assobiando enquanto fazia isso, raspando os restos dos pratos na lixeira e limpando o chão enquanto se perguntava se em algum lugar Hannah Magee estaria olhando por ela; se Hannah sabia que ela tinha feito uma nova amiga.

13

Beatrice

Quando os alunos foram liberados da terceira aula, um garoto apareceu ao lado dela enquanto caminhava pelo corredor.

— Ei! — disse ele, abrindo um sorriso que mostrava todos os dentes. — Você é nova aqui.

— Sou, sim.

Se Beatrice não estava enganada, era um dos carinhas que ficou rindo das roupas dela na semana anterior.

— Meu nome é Cade Langley.

— Aff, e daí? — retrucou ela, sem conseguir se conter, mesmo se quisesse.

De início, Cade pareceu confuso. Depois deu risada. Usava uma calça cáqui bem passada, suéter azul, sapatos *dockside*, com aquele sorriso cheio de dentes, e tinha o tipo de pele que parecia sempre vermelha, como se queimada pelo vento. Beatrice vestia uma saia preta de renda, uma jaqueta de jérsei da mesma cor e um bustiê de couro falso que tinha vestido depois que a mãe a deixou na escola. Ela sentiu o olhar do garoto percorrer todo seu corpo.

— O que você quer comigo? — perguntou ela enquanto entravam no refeitório.

Ela viu Doff acenando de uma mesa no canto. Durante a semana anterior, Beatrice almoçou com Doff e as amigas dela. Mina, que era presidente do clube de ficção especulativa, vestia um par maravilhoso de polainas com as cores do arco-íris. Ao lado dela, Austen, que liderava a aliança gay-hétero da escola, usava uma jaqueta coberta da bainha à lapela com broches com slogans e símbolos de instituições de todos os tipos ou, em um dos casos, a frase A MELHOR MÃE DO MUNDO. *As bonecas bizarras*, eram como se referiam a si mesmas, e Beatrice se encaixou direitinho no grupo, sentiu-se à vontade desde o primeiro intervalo que passou com elas.

Cade pareceu desconcertado com o jeito direto de Beatrice. *Deve estar acostumado a ver as garotas se derreterem todas só de ele olhar para elas*, imaginou.

— Queria ver se você gostaria de almoçar com a gente.

Ele apontou com o queixo para uma mesa cheia de garotos vestidos como ele e meninas de calça jeans, botas caras e blusa de caxemira. Provavelmente as coisas que a mãe de Beatrice gostaria que ela usasse.

Beatrice olhou para Doff, que assistia a tudo um tanto boquiaberta. Quando Beatrice arregalou os olhos, perguntando o que fazer, Doff fez um sinal de positivo e assentiu com tanta força que Beatrice ficou preocupada com o estado da coluna vertebral da amiga.

Dando de ombros, Beatrice puxou uma cadeira na mesa de Cade, e lá foi apresentada a Donovan, Ian, Ezra, Fin, Lila, Lily e Julia. Ezra era negro, e Julia, coreana, mas, julgando apenas pelas roupas e atitudes, todos naquela mesa poderiam ser irmãos, filhos da mesma família rica: as meninas com o mesmo penteado e maquiagem, os garotos com as mesmas roupas. Eram a elite da escola, o pessoal que aterrorizava os alunos mais novos e que poderia arruinar a vida social dos colegas com uma única palavra no Snapchat ou uma única postagem no Instagram fake.

Beatrice ficou desconfortável quando Cade, com um floreio, puxou uma cadeira da mesa redonda e se sentou ao seu lado. Ela abriu o zíper da bolsa térmica e pegou o almoço: fatias de pimentão e cenoura, bolacha de água e sal e um potinho de hummus. Apesar de considerar a mãe uma mulher inibida e desinteressante, era obrigada a admitir que ela mandava muito bem na cozinha.

Os demais observaram com interesse a comida dela, ainda mais quando Beatrice pegou a fatia de bolo de banana. Os garotos estavam todos comendo pizza, as meninas remexiam em saladas, e Cade tinha comprado um cheeseburger.

Beatrice comeu em silêncio, ouvindo Lila, ou talvez Lily, falar de uma festa a que tinha ido no fim de semana.

— Foi na casa de MacKenna Kelso, e ela disse que só tinha formandos lá, a não ser por uns calouros ridículos que deviam ter entrado escondidos pela garagem.

— *No bueno* — falou Ezra, abrindo uma lata de energético.

— Aí uma dessas pessoas, uma garota chamada Shazard, tipo, subiu na mesa de pingue-pongue, que desabou — continuou Lila-Lily. — Então Shazard, tipo, foi parar no chão, e quando MacKenna viu ela falou, tipo: "O que vocês estão fazendo aqui, seus babacas?". Aí eles saíram correndo, e metade dos caras foi atrás. Foi épico.

Lila-Lily abriu um sorrisinho presunçoso, deu uma garfada na salada e se virou para Beatrice.

— Você estava num internato, né? — Ela esperou até que Beatrice confirmasse com a cabeça, depois a olhou de cima a baixo. — Tinha algum código de vestimenta por lá?

— Era só não chamar muita atenção com as roupas. Nada de cropped nem de camisetas com mensagens políticas. Fora isso, a gente podia usar o que quisesse.

— Que sorte — disse a outra garota com um suspiro. — Nossa, eu daria qualquer coisa para não precisar morar com meus pais. — Ela se inclinou para mais perto de Beatrice, arregalando os olhos azuis. — Você podia, tipo, fazer o que quisesse? Passar a noite acordada? Dar festas?

— Hã, os alojamentos tinham supervisores. Então, na real, não. Quer dizer, o pessoal dava um jeito de fugir de noite às vezes…

Lily-Lila soltou um suspiro, como se Beatrice estivesse descrevendo o paraíso, e não coisas como tomar vodca sem gelo na lavanderia ou ao ar livre, se não estivesse muito frio (o que ela descobriu que, entre outubro e março, quase não acontecia em New Hampshire).

— Quem é pego fazendo isso pode ser expulso.

Julia olhou para Cade, que a encarou com o rosto inexpressivo antes de se virar para ela com seu sorriso largo.

— Então por que você saiu de lá?

— Fui expulsa — revelou Beatrice depois de engolir a bolacha.

Aquilo chamou a atenção da mesa inteira. Todas as meninas se voltaram para ela. Cade afastou um pouco a cadeira para vê-la melhor. Até Ezra largou o energético.

— Sério? — questionou Finn.

— O que você fez? — perguntou a garota.

Beatrice passou a língua nos dentes da frente para remover ocasionais restos de comida. Ela poderia mentir e dizer que a expulsão era relacionada a bebedeira, ou drogas, ou garotos, e era provável que o pessoal ficasse impressionado. Mas não tinha o menor interesse em impressionar aquelas pessoas, então respondeu:

— Em parte foi porque continuei mantendo uma loja na Etsy. Eu faço bastante artesanato, crochê e feltragem, principalmente, e passava muito tempo fazendo isso em vez de — ela fez um sinal de aspas no ar — "me concentrar nas obrigações acadêmicas".

— E quanto você ganhava com isso?

— Ah, uns quatrocentos ou quinhentos por mês. Dependia de quantas encomendas eu aceitava.

Ela pegou o celular para mostrar alguns cachorros que tinha esculpido.

— Que maneiro! — exclamou Lily-Lila.

— Você cobra cem dólares em cada um desses? — questionou Finn.

— Às vezes mais.

Finn pareceu impressionado. Julia jogou o cabelo para o lado e falou:

— Lembram de Kenzie Dawes? Então, ela faz uma grana no Instagram. Falando com uns caras mais velhos, que querem que ela diga coisas específicas, e depois grava. Tipo, ela não tira a roupa nem nada. Só fica sussurrando umas coisas. "Você é meu *daddy*" ou sei lá o quê, e eles mandam, tipo, cinquenta pila para ela pelo Venmo.

As outras garotas soltaram murmúrios de aprovação ao empreendedorismo de Kenzie. Beatrice fechou a cara. Ela deu uma mordida na cenoura, mastigou, engoliu e disse:

— E o outro motivo foi que eu e duas amigas pintamos a palavra "estuprador" na porta do quarto de um garoto.

A mesa toda ficou em silêncio. Julia ficou vermelha, e a menina que podia ser Lily ou Lila olhou feio para ela.

— Por quê? — questionou Finn.

Beatrice se virou para ele.

— Porque ele estuprou uma amiga — explicou ela, falando bem devagar. — E a escola não fez nada.

Julia cutucou Cade e lançou a ele um olhar que Beatrice não conseguiu decifrar. Só que o sorriso cheio de dentes de Cade continuava lá quando ele se voltou para Beatrice.

— Então você é uma militante.

Beatrice limpou a boca com um guardanapo de papel. Olhando bem para Cade, e só para ele, respondeu:

— Eu acho que a gente precisa fazer o que é certo.

Se aquele garoto estivesse mesmo interessado nela, era melhor deixar evidente quem era e no que acreditava logo de cara.

Cade pareceu impressionado. Mas as garotas, e a maioria dos meninos, pareciam chocadas, em maior ou menor medida. Ezra e Finn demonstravam irritação. Lily e Lila trocavam cochichos e Julia encarava Beatrice sem disfarçar a hostilidade.

— Que foi? — perguntou Beatrice, por fim.

— Eu tenho irmão — disse Julia, como se explicasse tudo.

Beatrice deu de ombros.

— Bom, é só ele não estuprar ninguém que eu não picho nada na porta do quarto dele.

— E se alguma garota só disser que ele fez isso? — questionou Julia. Ela se voltou aos outros garotos em busca de apoio. — Hoje em dia isso basta, né? Uma menina qualquer faz uma acusação, e o cara é considerado culpado até que se prove o contrário.

Beatrice se forçou a respirar fundo antes de responder, e falou com um tom de voz comedido:

— Acho que uma garota não mentiria sobre esse tipo de coisa.

Cade bateu uma palma. Para Beatrice, a vermelhidão no rosto dele parecia ainda mais pronunciada do que antes. Ela se perguntou no que ele poderia estar pensando, se estava desconcertado, ou envergonhado. E, mais uma vez, se perguntou o que ela mesma estava fazendo ali. Então ele sugeriu:

— Ei, que tal a gente mudar de assunto? — O garoto se virou para Beatrice e passou as mãos pelo cabelo escuro. — A gente vai ao cinema na sexta à noite. Quer ir também?

~~~~~~

— Eu não entendo — disse Beatrice para Doff depois da aula, quando elas estavam sentadas nos degraus diante da escola.

O cabelo loiro e fino de Doff estava preso num rabo de cavalo, e ela usava a língua para tirar e recolocar o protetor bucal na boca.

— Você é a menina nova — respondeu Doff, como se fosse a coisa mais óbvia do mundo. — A maioria das pessoas aqui se conhece desde o jardim da infância. Quando Lily entrou na escola, no primeiro ano, foi como se uma estrela de cinema tivesse aparecido.

Beatrice balançou a cabeça.

— Não existe a menor chance de ele gostar de mim de verdade.

Mesmo assim, ela tinha aquela sensação, aquele formigamento nos joelhos e na lombar. O garoto rico e charmoso se interessando pela menina meio artista e encrenqueira (ou, em seu caso, a garota que só parecia ser encrenqueira) era o tipo de coisa que só acontecia em filmes antigos, como os que sua mãe via. De acordo com sua limitada experiência, jamais acontecia na vida real. Coisas da vida real eram o que acontecera com a amiga Tricia no Emlen. Ela ainda se lembrava de Colin Mackenzie se sentando perto delas, na capela, abraçando Tricia e tendo a audácia de parecer confuso quando ela o empurrou para longe. Naquele momento, ela soube que não aconteceria nada com Colin. Ele diria que a garota havia agido de um jeito ambíguo, ou que confundiu as coisas, e poderia continuar na escola, enquanto Tricia, que era bolsista, seria mandada para casa.

— Você pode convidá-lo para o clube de poesia — disse Doff, com um sorrisinho de deboche. — Só para ver se ele te chama para fazer uns testes de Camões com ele.

Beatrice fez um som de escárnio.

— Quanto tempo você demorou para inventar essa piadinha?

— A maior parte da hora do almoço, e o restante da oitava aula — respondeu Doff, dando de ombros com modéstia. — Pensei primeiro em brincar de ele te chamar para fazer um trabalho no quarto dele e dizer "Por favor, Vaz de Caminha", mas esse cara só escreveu cartas.

— Ou então poderia fazer piada com Fernão Mendes Pinto.

— Quem é esse? — questionou Doff.

— Ele escreveu *Peregrinação*, um livro de viagens famoso.

— Ah. — Doff pôs as caneleiras. — Você gostou dele?

— De quem, de Fernão Pinto?

— Não, tonta. De Cade!

Beatrice parou para pensar. Cade parecia o pior tipo de garoto que acabava em lugares como Emlen ou Melville: riquinho e privilegiado, acostumado a ter tudo o que queria e metido a esperto. Uma vez, em uma das mariscadas anuais da mãe em Cabo Cod, ela ouviu o tio Danny comentando com o tio Jesse sobre alguém que conheceu no Emlen e que ele e o marido encontraram por acaso no aeroporto em Provincetown: "Ele é daqueles que sempre tiveram tudo de mão beijada e se dizem defensores da meritocracia". Aquilo definia a maioria dos garotos que ela conheceu por lá. Eles achavam que chegaram aonde estavam (no Emlen, a caminho do Williams ou de Princeton ou Yale, com roupas caras e dentes perfeitos) por causa do quanto se esforçaram, e não porque, como Tricia dizia, eram membros vitalícios do Clube do Berço de Ouro.

Cade era mais um membro do clube. Mesmo assim, houve um momento em que ele, com o rosto corado, olhou para ela e o sorriso ensaiado do menino sumiu. Beatrice achou que talvez houvesse algo ali, algo que não fosse detestável, um garoto de quem poderia gostar. E ser associada a Cade também trazia um capital social. Se ela tivesse um namorado atleta e popular, não faria diferença o que usasse, ou se dissesse coisas estranhas ou abruptas, ou não tivesse interesse em estudar numa faculdade de renome. Ela estaria numa posição segura na Melville, algo que a mãe dela aprovaria. Não que se importasse com isso, de qualquer forma, mas seria bom ver algo além da expressão grave que parecia ter chegado para ficar no rosto da mãe desde que tinha voltado para casa depois da viagem.

— Sei lá se gosto dele — revelou Beatrice para a amiga. — Faz diferença?

— Na verdade, não — respondeu Doff. — Mas, se ele gostar de você, faz, sim. Preciso ir — avisou e saiu correndo para o campo.

14

Daisy

Embora Diana Starling não fosse em grande parte como ela imaginara, o apartamento da outra mulher na Rittenhouse Square era o que Daisy esperava encontrar: ensolarado, arejado e moderno, no último andar de um prédio caríssimo, com janelas enormes voltadas para o norte e o leste, com vista para os jardins e canteiros bem conservados e as fontes do parque Rittenhouse Square e, mais além, o panorama da cidade, com as ruas estreitas e fileiras de casas de tijolos e, por fim, o rio Delaware.

Diana a recebeu na porta com um abraço, e Daisy sentiu o calor dos braços da amiga mais alta, apreciando o perfume almiscarado e adocicado.

— Vamos entrando! — Diana a pegou pelo braço, com um sorriso. — Vou mostrar tudo para você.

Diana vestia uma roupa casual, uma calça jeans de lavagem escura e uma camisa branquíssima de botão, com o cabelo solto em ondas reluzentes e as unhas curtas e ovaladas pintadas de esmalte cor-de-rosa. Um colar fino de ouro com pingente de diamante adornava o pescoço, combinando com os brincos de brilhante nas orelhas que ela usara na noite em que se conheceram. O sapato baixinho de camurça magenta com fivelas douradas eram os objetos mais coloridos do lugar, que era decorado em tons de creme e bege, arriscando no máximo um pêssego ou um dourado-claro.

Daisy prendeu a respiração quando fez a curva, mas no fim não havia motivo para preocupação. A cozinha era toda de inox e granito preto, com armários com portas de vidro e uma adega de vinhos. Havia um bom conjunto de facas alemãs na bancada, um bom processador de alimentos e, graças aos céus, uma batedeira, o que significava que Daisy não precisaria trazer a própria quando fosse ensiná-la a preparar pães e doces.

— É linda — disse Daisy.

— Bom, é melhor do que eu esperava. Já fiquei em lugares onde só tinha, tipo, um micro-ondas e uma pia — revelou a outra mulher. Diante da expressão no rosto de Daisy, deu de ombros. — A maioria das pessoas nesse ramo é homem, e eles ou comem fora, com os clientes, ou pedem alguma coisa. E isso... — Ela levantou as mãos com um sorriso autodepreciativo no rosto. — Não vou mentir, é isso o que eu faço no geral.

— Você não precisa aprender a cozinhar — falou Daisy, apontando com o queixo para a janela. — Quer dizer, você está bem na frente do Parc, que faz o melhor frango assado do mundo, e tem também um pão maravilhoso de nozes com cranberry. Se eu morasse aqui, provavelmente comeria lá o tempo todo.

— Ah, não! — Diana pôs a mão no antebraço de Daisy, olhando bem nos olhos dela. — Eu quero muito aprender. Fiquei pensando no que você falou, que cozinhar é como uma meditação. — Ela abriu um sorrisinho maroto. — Enfim, eu bem que preciso de alguma coisa zen hoje em dia. Este trabalho vai ser difícil. O departamento de pesquisa e desenvolvimento da empresa está empacado numa nova medicação contra o câncer de mama. Estão sofrendo para conseguir aprovação e, enquanto isso, o pessoal do marketing fica sem ter o que fazer.

— Bom, se é isso mesmo que você quer... — disse Daisy, entregando um avental para Diana e pondo as sacolas na bancada. — Pensei em começar com um jantar bem fácil. Frango assado, risoto, legumes. Você pode fazer metade da receita, se for comer sozinha; ou dobrar ou triplicar, para alimentar um batalhão. É um prato que causa ótima impressão, e é superflexível em relação aos ingredientes.

— É fácil? — perguntou Diana, que parecia um pouco apreensiva diante do frango cru. — Tipo, não tem como dar errado?

— É fácil. Eu garanto.

Ela sabia que Diana seria o tipo favorito de cliente: esforçada, motivada, disposta a aprender. Já tinha amarrado o avental e estava começando a fazer as anotações no celular enquanto Daisy separava os ingredientes: um frango kosher inteiro; uma garrafa de azeite de oliva, meio quilo de manteiga, um limão. Cebola, alho, chalotas, cogumelos shitake, queijo parmesão e uma caixa de arroz arbóreo; alecrim e tomilho frescos, uma embalagem fechada de cenouras, duzentos gramas de aspargos e mais duzentos de ervilhas tortas. Isso para o jantar. Para abastecer a despensa, levara farinha, açúcar refinado e mascavo, sal kosher e marinho, pimenta, pimentões e páprica; para a geladeira: leite, ovos, leite meio a meio e, como um presente para a casa nova, um exemplar do livro de receitas de Ruth Reichl, e um pote com um pouco de caldo de galinha caseiro.

— Você vai se sair muito bem — garantiu Daisy enquanto lavava as mãos. — Se a pessoa quer aprender, eu fico mais que feliz de ensinar.

— Você já teve que lidar com pessoas que não queriam aprender? — perguntou Diana.

— Só de vez em sempre. Tem os universitários que ganham as aulas dos pais e não veem motivo para cozinhar porque podem pedir qualquer tipo de comida pelo celular e receber em vinte minutos. E eles fazem questão de me dizer isso.

Ela ainda se lembrava da última vez que aquilo acontecera, quando uma garota quase esfregou o celular em sua cara, dizendo: "Tipo? Conhece o Grubhub? DoorDash? Uber Eats? Já ouviu falar? Para que eu vou querer aprender isso?".

— Os universitários são péssimos. E os viúvos que nunca cozinharam na vida e estão furiosos porque as esposas tiveram a audácia de morrer antes deles também são.

Daisy contou para Diana a história de um senhor de idade que virou as costas e saiu andando no meio da aula, gritando: "Ela tinha que estar aqui para cuidar de mim! O combinado era esse!". Em seguida, inclinou-se na bancada e segurou o processador de alimentos enquanto chorava.

Diana balançou a cabeça.

— Não consigo nem imaginar o que minha mãe teria feito com meu pai se o ouvisse dizer uma coisa dessas.

— Rá. Talvez algum dia você conheça meu sogro. Para ele, tudo o que for relacionado à cozinha é obrigação da mulher, o que inclui até pegar um copo d'água para ele.

Mesmo depois de fazer as aulas de culinária, e mesmo depois que ela se tornou sua nora, Vernon Shoemaker costumava chamar Daisy da cozinha para a sala ou o quarto e mostrar a xícara de café vazio, sem se dar ao trabalho nem de pedir com palavras, muito menos dizer um "por favor". "Hal pode ajudar você com isso", foi o que Daisy passou a dizer.

— E seu marido? — perguntou Diana. — Também acha que é obrigação sua servir café para ele?

Daisy comprimiu os lábios para não responder o que lhe veio à mente de início: "De jeito nenhum". Hal nunca diria que era trabalho dela cuidar dele (pelo menos, não em voz alta), mas não dava para ignorar que a vida dos dois seguia a risco a linha demarcatória de gêneros, com ele servindo como provedor e Daisy a cargo da filha e da casa. O marido saía para conquistar o mundo enquanto Daisy preparava o ninho para a volta dele, e ela gostava disso. Na maior parte do tempo, pelo menos.

— Hal não é muito de cozinhar, mas sabe lavar louça — explicou ela, cautelosa. *Isso quando não some.* — Vamos ver o que você tem aqui em termos de panelas e frigideiras.

Além das facas e da batedeira, havia uma assadeira funda com uma grelha removível; panelas de todos os tamanhos, tábuas de corte, raladores, um espremedor de alho e um de limão, e até uma panela de ferro... não estava curada, mas era melhor do que nada. Daisy separou o que elas precisariam para preparar o frango: uma barra de manteiga, os temperos, limão e alho, cebolas e cenouras.

— É o tipo de receita que não tem erro. A não ser que você esqueça do frango no forno, é quase impossível não dar certo.

— Existe uma primeira vez para tudo — murmurou Diana, mas já arregaçando as mangas e pronta para receber as instruções.

Daisy falou para ela deixar o forno pré-aquecido, tirar o frango da embalagem plástica, lavar com água e pressionar com uma toalha de papel para secar.

— Pele seca quer dizer pele crocante — explicou Daisy, insistindo para que a outra mulher continuasse enxugando até não haver mais nenhuma umidade. — Algumas receitas mandam colocar o frango descoberto na geladeira, para a umidade evaporar da pele. E alguns chefs inclusive usam um secador de cabelo.

Diana lançou a ela um olhar cético.

— Brincou, né?

— Juro por Deus — disse Daisy. — Sei que deve parecer ridículo, mas funciona.

Daisy mostrou a Diana como esmagar o dente de alho com a lateral da faca para a casca soltar com mais facilidade. Fez Diana temperar o frango com bastante sal kosher e pimenta moída na hora, misturando a manteiga já derretida com as ervas picadinhas e o alho, e então levantando a pele do frango e enfiando a manteiga por baixo. Algumas pessoas ficavam com nojo ao manipular miúdos ou carne crua, mas Daisy ficou aliviada em ver que a aluna fez tudo sem hesitação, com gestos cuidadosos, quase pedindo desculpas por estar enfiando a mão por baixo da pele do frango.

— Você leva jeito — elogiou Daisy, e Diana soltou uma risadinha, mas pareceu lisonjeada.

Diana perguntou à Daisy se sua casa era perto dali, e sobre os mercados da região, e disse que já tinha visto duas livrarias e a cafeteria La Colombe na rua 19.

— Como está sua filha? — perguntou ela, depois que Daisy enfiou um limão e algumas chalotas na cavidade da ave e mostrou como amarrar as coxas com um barbante para manter tudo lá dentro.

— Ah, Deus — murmurou Daisy com um suspiro, contando para Diana uma versão abreviada da briga sobre os ratos no freezer. — A questão não é eu ter medo de que os ratos vão contaminar a comida. É o princípio da coisa mesmo.

Diana concordou com a cabeça.

— Ela invadiu seu espaço.

— Com roedores mortos!

— Eu entendo — disse Diana, com um sorriso que a fez parecer mais jovem. — Tive um namorado que gostava de pescar. Ele deixava minhocas na geladeira, num pote de maionese com furos na tampa. Fui pegar um suco de laranja e aquelas coisas estavam se mexendo lá dentro. Foi traumatizante.

Daisy estava limpando os cogumelos, pegando o queijo parmesão e o vinho branco.

— Era um namorado sério?

Diana franziu a testa.

— Era, sim — confirmou ela, mas não parecia muito disposta a entrar em detalhes sobre o assunto. — Você disse que seu marido estudou no mesmo internato que seu irmão. Foi quando vocês se conheceram? Quando você era criança?

— Hal lembra de ter me conhecido quando eu tinha 6 anos, mas eu não tenho nenhuma recordação disso.

Daisy não se lembrava de nenhuma ocasião específica em que os irmãos levaram amigos do colégio ou da faculdade para casa. Só o que ela sabia era que, quanto mais cheia ficava a casa, mais o humor da mãe alternava entre a animação e a aflição. Ela ainda conseguia ver Judy andando com pilhas de toalha de mesa e os braços cheios de lençóis para os quartos de hóspedes; naqueles dias a faxineira ia uma vez mais na semana, para ajudar a deixar tudo pronto. Lembrava-se também do barulho do aspirador de pó enquanto cozinhava com o pai, em meio ao cheiro do peru e da torta de abóbora no forno; da sensação do açúcar de confeiteiro nos dedos quando surrupiava os biscoitos de amêndoa que sua *bubbe* levava. Na lembrança, os garotos eram uma massa indistinta de vozes escandalosas, corpos altos, casacos, gorros de inverno e tênis que pareciam lanchas deixados do lado da porta com o cadarço desamarrado. Quando ela e Hal começaram a sair juntos, perguntara sobre ele para o irmão.

Danny dera de ombros e respondera:

"Deve ter sido no meu último ano. Eu trouxe, hã… Hal, Tim Pelletier e Roger McEwan." Ele parecera um pouco envergonhado ao admitir: "Eu era a fim do Roger".

Ela até queria mais detalhes (da visita no Dia de Ação de Graças, de como Hal era na época), mas Danny se fechou de imediato… e, na manhã seguinte, Jesse ligou para ela.

"Oi, Daisy, eu queria pedir um favor para você."

"Lógico", disse ela.

Jesse soltou um suspiro antes de falar:

"Seu irmão não gosta de conversar sobre o Emlen. A Terra Feliz, ou Lugar Feliz, ou sei lá como eles chamam no hino da escola... Não foi uma época muito feliz para ele, sabe como é?"

"Eu imagino."

"Não", rebateu Jesse, num tom de voz que não chegava a ser grosseiro, mas foi bem firme. "Acho que você não consegue nem imaginar. Não poder sair do armário por saber que seus colegas dariam uma surra em você, ou coisa pior, se descobrissem..."

Daisy pediu desculpas e garantiu a Jesse que não atormentaria mais Danny para arrancar deles lembranças do Emlen e histórias de Hal. Assim, precisou acreditar na palavra de Hal quando disse que ela podia não se lembrar daquele Dia de Ação de Graças, mas ele sim: Daisy era a menina de rosto redondo e camisola de flanela que o encarou e disse: "Como você é alto".

Diana pareceu achar a história encantadora. Ou no mínimo interessante. Inclinando a cabeça, falou:

— Então ele continuou se lembrando de você durante todos aqueles anos.

— Eca, espero que não! — respondeu Daisy, aos risos. — Não, acho que ele só voltou a pensar em mim dezesseis anos depois, quando a mãe morreu e o pai viúvo estava vivendo na base de pizza e macarrão oriental. Mas, quando começamos a sair juntos, não demorou muito para descobrirmos.

— Então Hal era amigo do seu irmão?

Daisy pensou a respeito enquanto lavava a tábua de corte e as facas.

— Eram só quarenta e dois alunos na turma deles no Emlen. Acho que todos se conheciam, em maior ou menor grau. Danny e Hal foram colegas de quarto nos últimos dois anos de estudos, e Hal era remador de proa do barco de oito com homens da escola, o que ficava bem na frente do timoneiro, que era o cargo de Danny. Então os dois com certeza passavam bastante tempo juntos, mas não sei o quanto eram próximos. Acho que o Emlen não foi uma experiência muito boa para Danny.

David adorou, mas Danny... — Daisy franziu os olhos, sabendo que estava sendo observada pela outra mulher. — Acho que o ambiente de um internato nos anos 1980 não era nada fácil.

— Ele já tinha saído do armário? — perguntou Diana com calma.

— Hal já sabia?

— Ah, nossa, não. Danny só contou para nós depois da faculdade, quando meu pai já tinha morrido. E mesmo assim... — Daisy parou de falar.

Danny tinha feito o anúncio em meados dos anos 1990, logo depois do casamento de David. O casal tinha acabado de entrar na limusine que os levaria para o hotel quando Judy, um pouco embriagada e toda resplandecente no vestido bege de mãe do noivo, voltou-se ao outro filho e perguntou:

"Por que você não trouxe uma acompanhante para o casamento?" Arnold Mishkin pôs a mão no braço dela.

"Deixe disso, Judy", falou ele, com um tom bem mais incisivo do que o de costume, mas Danny respondeu mesmo assim.

"Estou saindo com uma pessoa", revelou ele, com uma voz tranquila, mas apertando as mãos na frente do corpo com tanta força que dava para ver os tendões saltados nos punhos. "O nome dele é Jesse. Estamos juntos há quase um ano."

Daisy ainda se lembrava do suspiro de susto da mãe, um som que fez eco no saguão do hotel. Em seguida Judy conseguiu fazer um leve gesto de cabeça, admitindo a derrota, como se fosse apenas mais uma decepção entre muitas.

— Mesmo assim, ele nunca foi do tipo que se orgulhou de ter se assumido — contou Daisy. — Não mente para ninguém a respeito, mas também não acho que saia anunciando por aí. Se é que isso faz sentido.

— Ele já saiu com garotas?

— Nada muito sério. Não sei nem se ele já beijou uma. E tem um marido maravilhoso. Os dois estão juntos há mais de vinte anos, e fazem muita coisa boa para o mundo. Acho que eles querem garantir que não seja um lugar tão horrível para outras crianças gays como foi para eles.

— Isso é ótimo — comentou Diana.

O tom de voz pareceu um tanto distante. Ou talvez ela não quisesse parecer empolgada demais, tipo *hashtag-o-amor-venceu*, como diria Beatrice.

— Você gostava da escola na época do ensino médio? — perguntou Daisy, e Diana contorceu os lábios.

— Não foi uma época das mais fáceis para mim. Por nenhum motivo em especial, só aquele sofrimento típico de adolescente. — Ela deu uma boa olhada em Daisy. — Você é uma daquelas pessoas que acham que foi a melhor época da vida?

— Nossa, não mesmo — respondeu Daisy depressa.

Ela contou para Diana da situação (escola nova, recursos econômicos reduzidos) enquanto mostrava como esquentar o caldo, deixando ferver em fogo baixo; como tirar raspas de limão e descascar e picar o alho e as chalotas, como refogar o arroz no azeite de oliva e deixar cozinhar devagar com um pouco de vinho branco e as ervas aromáticas, os cogumelos e o caldo de galinha.

— Na próxima aula, vou ensinar você a fazer o próprio caldo — informou Daisy. — É melhor do que esses vendidos prontos, mais barato e, garanto para você, bem fácil de fazer.

— Se você está dizendo — respondeu Diana, não muito convencida.

— Eu prometo.

Quando Daisy tirou o frango do forno, estava com uma cor perfeita. Um suco límpido escorreu quando ela espetou uma coxa, e parecia estar tão gostoso que as duas suspiraram quando ela o colocou na tábua de corte.

— Nós conseguimos! — exclamou Diana, vibrando.

Ela sacou o celular para tirar fotos, pegou a garrafa de vinho e lançou um olhar questionador para Daisy.

— Nós só vamos precisar de um copo para o arroz, né? — Dando uma olhada na garrafa, ela perguntou: — Esse vinho é só para cozinhar ou dá para beber?

— Ah, isso é importante. Nunca compre vinho que serve apenas para culinária no supermercado. Jamais cozinhe com um vinho que não beberia.

Diana encheu duas taças, então ergueu a dela num brinde.

— A novas cidades e novas amigas — disse ela.

As duas bateram as taças e beberam, conversando sobre os restaurantes que Diana precisava experimentar, os melhores lugares para comprar vestidos, sapatos, livros e joias, aonde ir para ouvir música ao vivo. *Era fascinante*, pensou Daisy, *imaginar que poderia ter levado uma vida assim se, aos 20 anos, eu tivesse dito "Perdeu a cabeça?" para Hal em vez de "Aceito".* Talvez ela pudesse ter sido uma solteira glamourosa, sozinha na cidade grande, morando num apartamento num prédio alto, decorado em tons de dourado e pêssego, com um armário cheio de roupas bonitas. Talvez não tivesse só um bacharelado, mas também um MBA; talvez chefiasse uma rede de escolas de culinária com presença no país inteiro. Em pouco tempo, estava pensando numa vida ocupada por primeiros encontros, em vez de reuniões de pais e professores; jantares a sós, com um livro ou uma taça de vinho, em vez de acompanhada do marido e uma adolescente emburrada, sem ninguém para agradar a não ser ela mesma.

— Você tem que ir jantar lá em casa. Está livre na sexta?

— Eu adoraria ir — respondeu Diana.

— E, se estiver aqui em maio, precisa ir à festa que eu vou dar. Minha mãe e Hal fazem aniversário em maio, e eu faço os pratos favoritos deles. Assim você pode conhecer Danny e Jesse, e ver Beatrice e Hal em carne e osso.

— Eu não tenho como saber quanto o trabalho vai durar. É mais uma arte que uma ciência, mas vamos nos falando — respondeu Diana. — Mas e depois disso? Como é Filadélfia no verão?

Daisy fez uma careta.

— Infelizmente, em Center City faz uns quarenta graus e fica tudo com cheiro de lixo requentado.

— Ah, mas você vai estar no Cabo, né? — comentou Diana, com um olhar que Daisy não conseguiu decifrar, inclinando a cabeça enquanto prendia o cabelo atrás das orelhas. — Quase me esqueci.

15

Diana

Depois que Daisy juntou as facas e tábuas de corte e foi embora, Diana trancou a porta e usou o olho mágico para monitorar o avanço da outra mulher pelo corredor. Quando teve a certeza de que Daisy tinha ido mesmo, abriu todas as janelas e acendeu algumas velas para garantir que o cheiro de comida sairia. Ela tirou a camisa de seda e vestiu a camiseta que levara na bolsa. Então se pôs ao trabalho.

Tinha reservado vinte minutos para uma faxina geral, prevendo que, se Daisy voltasse para buscar um batom ou uma espátula esquecida, encontraria Diana fazendo tarefas bem normais: lavando louça e varrendo o chão, o tipo de coisa que faria se de fato estivesse morando ali. O que, obviamente, não era o caso.

Ela passou pano nas bancadas e limpou até a última gota do fogão e do forno, deixando também os puxadores e as prateleiras da geladeira impecáveis. Em seguida, pôs os pratos sujos na lava-louças. Enquanto a máquina funcionava, lavou à mão as panelas, as frigideiras e os utensílios que tinham usado, e depois secou e recolocou tudo nas gavetas e nos armários.

Quando terminou, estava segura o bastante para fazer o que de fato precisava. Tirou uma bolsa de nylon do guarda-roupas, pegou as roupas da cômoda e dos cabides e enfiou tudo lá dentro. Havia trazido uns poucos vestidos de grife que tinha, outros emprestados das amigas do Abbey, e usou um cupom para pagar uma assinatura da Rent the Runway, que forneceu o restante das coisas chiques. Diana achou que, se Daisy visse as etiquetas da Rent the Runway nas peças, não estranharia.

Muitas mulheres de negócios bem remuneradas usavam o serviço, em vez de ficar comprando um monte de roupas. Diana tinha lido uma matéria a respeito no *Wall Street Journal* enquanto se preparava para a atuação ali.

Os artigos do banheiro foram para uma bolsinha com zíper, que também foi para a bolsa de nylon. A garrafa vazia de vinho foi descartada com o restante de lixo. O caldo de galinha foi acondicionado numa sacola, e o livro de receitas que Daisy lhe deu, dentro da bolsa.

Duas horas depois, o apartamento estava de novo igualzinho a quando ela pegara as chaves naquela tarde. O zelador do prédio tinha ficado preocupado ("Se alguém aparecer e quiser ver o apartamento decorado, eu estou frito"), então ela entregou vinte dólares a mais na mão dele e prometeu que deixaria tudo impecável e que ninguém jamais saberia que ela esteve lá. Caso alguém aparecesse, ela só inventaria uma história e diria que estava fazendo uma sessão de fotos.

Antes de sair, verificou tudo três vezes: os armários, a geladeira, o quarto e o guarda-roupas, para ver se havia sobrado alguma coisa. Quando se deu por satisfeita, fechou as janelas, apagou as velas, guardou-as, jogou a bolsa de nylon por cima do ombro, com o cooler na mão esquerda. Trancou a porta atrás de si e entregou a chave ao zelador na recepção.

— No mesmo horário na semana que vem — avisou.

O Airbnb que alugara ficava a pouco mais de um quilômetro dali. Tecnicamente ainda estava em Rittenhouse Square, mas o apartamento era bem menos grandioso que a cobertura que pegou emprestada. A disposição das coisas a fazia lembrar de seu chalé, de como era na primeira vez que morou lá: um único cômodo, com uma cozinha minúscula em uma extremidade e as janelas na outra. Assim que entrou, trancou a porta e foi se sentar no sofá, olhando para a parede.

Pensou nas maldades que uma pessoa podia fazer de propósito (como assassinato, roubo ou estupro) e o tipo de estrago que era feito, por acidente, a pessoas que não eram os alvos visados, mas por acaso estavam por perto ou no caminho. Pessoas inocentes que pagavam pelos crimes de outras. Pensou nas mulheres e crianças cujo único crime era estar passando por um lugar bombardeado, ou ser o filho ou a filha do cara errado. O filho, a filha ou a esposa.

A mulher ou o tigre, pensou ela. *Verdade ou desafio. O dinheiro ou a vida.* Fosse qual fosse a decisão, ela tinha quase certeza de que a vida da outra Diana, e da filha dela, nunca mais seria a mesma.

Parte
Três

Passarinha

16

Diana

Michael deixou flores para ela num jarro de vidro na varanda, margaridas e lilases que espalharam a fragrância por todo o ambiente depois que Diana as colocou na mesa da cozinha. Repetiu os mesmos passos feitos no ano anterior, abrindo as janelas, deixando as malas no chão, guardando na cozinha as compras do mercado, procurando por novos acréscimos à coleção de livros inchados de umidade, se certificando de que a estrela do mar ainda estava na estante acima da cama.

Michael tinha feito melhorias na ausência de Diana. Ela viu um canteiro de flores no lado do chalé que dava para o sul, e as venezianas estavam pintadas. Havia novas prateleiras na despensa da cozinha, um outro tapete de cores vivas no chão e um escorredor de louças novo na pia. A escada móvel para o mezanino em que ficava a cama tinha sido trocada por uma fixa, e uma escadinha para cachorro estava montada ao lado da cama. Diana imaginou Michael Carmody serrando e pregando tudo, fazendo aquelas melhorias para ela, e sentiu o coração palpitar.

Depois de guardar todas as roupas e todos os mantimentos nos armários e na geladeira; depois que Willa já tinha feito o passeio na praia e estava deitada encolhidinha no lugar favorito sob o sol no deque; quando não havia mais tarefas a fazer e nada que justificasse mais procrastinação, Diana se sentou no sofá e pegou o telefone sem fio.

— Carmody Serviços de Manutenção Residencial — atendeu Michael.

— Sou eu. Diana. Obrigada pelas flores. E... por todo o resto.

— De nada. Como foi o verão?

Ela sorriu ao ouvir aquele sotaque tão familiar de Boston.

— Foi bom. Tudo tranquilo.

— Bem, eu tenho um bom dinheiro aqui para entregar a você.

Por um instante, ela não entendeu do que se tratava. Mas então se lembrou.

— Das conchas?

— É. Esgotaram em três semanas. Eu sei que você me falou que era para custar cinco dólares cada, mas Maude achou que elas venderiam mais se custassem dez.

Diana ficou confusa.

— Espera aí? Elas venderiam mais se fossem mais caras?

— Turistas — disse Michael, como se uma única palavra explicasse tudo. — Se você diz que o valor é x, eles acreditam. Acho que Maudie fez um cartaz dizendo que eram pintadas à mão por uma artista local.

— Eu não sou artista! — retrucou Diana, sentindo o estômago se revirar com a ideia de se vender como algo que não era.

— Lógico que é. — O tom de voz de Michael seguia inalterado. — Ela disse que era uma oportunidade de levar um pedacinho do Cabo pelas mãos de uma artista local, e eles abriam a carteira sem pensar duas vezes. Ei, estou contente por você estar de volta. Vamos fazer o seguinte. Ainda tenho mais algumas casas para cobrir, mas posso comprar alguma coisa e passar aí lá pelas seis, que tal? Para fazer um jantar para nós dois.

— Está bem — concordou ela, com um tom de voz fraco.

Nos meses e nas semanas anteriores, enquanto limpava o chão com o esfregão ou passava pano em espelhos e janelas, ela havia decidido o que fazer. Se aquilo que existisse entre os dois não morresse e definhasse antes que tivesse a chance de florescer, ela precisaria contar sua história para Michael.

— Até daqui a pouco, então.

Às quinze para as seis, a picape de Michael Carmody fez barulho ao embicar na entrada para carros. Willa apoiou as patas traseiras no sofá e as dianteiras no parapeito, latindo para dar as boas-vindas, abanando o rabo curto. Quando Michael desceu do carro, ela abriu a porta de tela com o focinho e foi correndo até ele. Diana foi atrás.

— Oi, malandrinha — cumprimentou ele, dando um petisco para Willa.

Michael sorriu para Diana, se aproximando com cuidado, parecendo sentir que ela ainda não queria ser beijada e abraçada; que ainda precisava se acostumar com a presença dele de novo.

Ele trouxe seis latas de cerveja, duas dúzias de ostras, quatro espigas de milho e um tomate bonito e maduro da Longnook Meadows Farm.

— Pode fatiar, por favor? — sugeriu ele.

Diana pegou o queijo de cabra na geladeira e o azeite de oliva e o vinagre balsâmico na despensa. No Abbey, o chef batia o queijo de cabra até formar uma espuma aerada, depois despejava, com habilidade, nas beiradas do prato e dispunha as fatias de tomate em leque por cima, temperando com vinagre balsâmico e polvilhando com avelãs torradas para dar um toque final. Diana não tinha avelã, nem os implementos para bater o queijo, então o esfarelou por cima dos tomates, e achou que não ficou nada mau.

Eles foram comer na mesa de piquenique do lado de fora, que ela notou que não rangia mais quando se sentaram. Michael comeu as ostras enquanto bebia uma única cerveja. Diana virou duas, bebendo depressa, como se fosse remédio, e só estava remexendo na comida quando Michael pôs três ostras em seu prato, temperadas com limão, como ela gostava.

— Come — falou ele num tom gentil. — Você precisa comer.

Quando a refeição terminou e as conchas limpas foram empilhadas no canto do deque, Michael levou os pratos para dentro e depois foi se sentar ao lado dela no banco.

— Como você está?

— Estou bem!

— Não, é sério — disse ele, colocando a mão no meio das costas dela. — Pode me contar. Como você está de verdade?

Diana se levantou e foi até a beirada do deque para olhar o mar, deixando o vento soprar seu cabelo. *Uma vista de um milhão de dólares*, Michael tinha dito no ano anterior. Mesmo se não tivesse uma casa de um milhão de dólares para acompanhar.

Ela ouviu as tábuas do deque rangendo e sentiu o calor da presença dele quando parou ao seu lado. Sem olhá-lo, ela falou na direção do vento que vinha da baía:

— Eu adoro este lugar. Queria poder ficar o ano todo.

— E por que não fica? — questionou ele.

Ela se virou, mexendo a cabeça sem responder. Ele pôs as mãos em seus ombros. Não haveria uma abertura melhor que aquela para iniciar a conversa. Diana respirou fundo e falou:

— Preciso contar uma coisa a você.

Com os olhos fechados, ela conseguia ver tudo o que aconteceu: a menina de 15 anos que pensava estar apaixonada, correndo descalça pela areia com o vestido branco de verão, descendo para a praia, a fogueira, a bebida, e os garotos.

— Eu estava trabalhando de babá para a dra. Levy. Uns mil anos atrás. Conheci uns garotos na praia. No fim do verão, um pouco antes do feriado do Dia do Trabalho, eles me convidaram para uma festa. Uma fogueira na praia.

<hr />

Ao se aproximar do fogo, Diana diminui o passo e tenta recuperar o fôlego. Não quer parecer ansiosa ou desesperada, mas é difícil conter a vontade de ir correndo, saltitando, dançando até ele; é difícil se segurar. A mente está fervilhando com todos os tipos de pensamentos incríveis: talvez hoje Poe a beije. Talvez queira que ela seja sua namorada e que o visite na faculdade, e também vá a Boston para vê-la e conhecer seus pais e as irmãs. Talvez (seu desejo mais profundo, o melhor de todos) ele diga que a ama.

Poe está de pé diante da fogueira, de costas para ela, vestindo um short cáqui e um moletom com capuz. Quando Diana o cutuca no ombro, ele se vira com um sorriso e a olha das alças finas do vestido aos pés descalços. Por impulso, ela dá uma voltinha, fazendo a saia do vestido se expandir como um botão de flor.

— Oi, linda — cumprimenta ele. — Pera aí.

Um minuto depois, Poe reaparece e põe um copo na mão de Diana.

Quando dá o primeiro gole, o álcool desce queimando e faz seus olhos se encherem de lágrimas. Ela se engasga e quase cospe fora. Seu rosto fica vermelho como brasas quando escuta os outros garotos rindo, e acha que ele vai fazer o mesmo, mas Poe só diz:

— Vou pegar um ponche para você.

Diana observa enquanto ele se afasta, e então se volta para os demais presentes, à procura de rostos conhecidos. As amigas já voltaram para casa a essa altura. Alicia está em Nova York; Maeve, em Dublin; e Marie-Françoise, na Bretanha. Kelly foi a penúltima a ir embora. No Gull Pond naquela manhã, deu um beijo nas bochechas de Diana e entregou um cartão-postal com seu endereço e a frase "Vamos manter contato!".

Tem algumas garotas na festa, parecem mais velhas. Diana vê uma com um short cortado, segurando um violão, e outra com um moletom do Emlen que deve ser de um dos caras. Porque, em sua maioria, são os garotos do Emlen que estão aqui, usando camisetas ou blusas com o emblema da escola, e calça jeans ou shorts cargo ou aqueles de um tom salmão rosado que ela aprendeu que se chamam Nantucket Reds. Quando o vento muda de direção, fragmentos de conversa chegam até ela: "Eles foram para Cabo Cod" e "vaga garantida em Princeton" e a expressão "a local" acompanhada de gargalhadas desagradáveis. Sua cabeça está girando (a frase teria sido para ela?), mas, antes que possa identificar quem está falando, e sobre quem, Poe volta com outro copo.

— Experimenta.

É uma bebida doce, quase enjoativa, com gosto de damasco e pêssego, mas provoca só um calorzinho agradável, em vez de descer queimando. Diana continua bebendo, porque está com sede depois da corrida até ali e do dia passado debaixo de sol, e de repente o copo está vazio e Poe vai pegar mais, deixando-a sentada num dos troncos trazidos pela maré colocados perto da fogueira, com o mundo girando de leve e com contornos nem tão bem definidos.

— Ei, vai devagar.

Ela ergue os olhos e vê que tem uma garota de short se sentando ao seu lado. Está bem bronzeada e usa umas seis pulseiras no braço, daquelas de amizade feitas de tecido e braceletes que tilintam quando ela gesticula.

— Essa coisa é traiçoeira, sobe para a cabeça sem você nem perceber. Confia em mim, eu sei disso por experiência própria.

O cabelo dela é comprido e castanho, e seu rosto tem um formato comprido e uma expressão inteligente. Ela usa um anel de prata no polegar.

— Obrigada — responde Diana, se dando conta de que sua bexiga está desconfortável de tão cheia. — Tem algum, hã...

— Banheiro? — A garota faz uma careta. — Rá. Quem dera. Os caras vão mijar nas dunas. O jeito é fazer o mesmo.

Diana espera até Poe voltar. E se senta ao lado dele para beber, faz algumas perguntas e escuta enquanto ele conta das aventuras da noite anterior, quando ao que parece ele e seis caras com quem está hospedado foram expulsos de um bar (ou uma casa noturna, talvez?) chamado Bomb Shelter. Quando não aguenta mais, pede licença e se levanta.

Está altinha. Nunca gostou dessa palavra, mas, agora que está de pé, sente que está prestes a tombar de novo. O mundo está torto, oscilando. Diana teria ido para o chão se não fosse a mão dele a segurá-la pelo cotovelo.

— Está tudo bem?

Ela não sabe, mas faz que sim com a cabeça, com um sorriso.

— Eu já volto.

A essa altura Diana já tinha visto uma trilha estreita que abria caminho pelo mato alto, que ela segue até encontrar um local que parece longe dos olhos alheios. Então levanta o vestido e faz o que precisa. Quando volta a ficar de pé, o mundo começa a girar de novo. Talvez seja melhor eu me sentar, ela pensa, e encontra um trecho de areia macia como um lençol recém-lavado e bem esticadinho na curvatura de uma duna. A brisa noturna em seu rosto é suave, a areia está fria sob seu corpo e as estrelas brilham no céu, tão próximas que parece que dá para tocá-las. Ela se deita e torce para que Poe venha encontrá-la, como se fosse a Bela Adormecida, e ele, o príncipe que vai despertá-la com um beijo. Diana deixa os olhos se fecharem. Quando volta a abri-los, tem um garoto em cima dela.

— Eles estavam em três — contou ela para Michael, de pé no deque, olhando para o mar, sete anos depois daquela noite horrível.

Sua voz estava fraca, e os ombros, encolhidos, enquanto via as ondas quebrando e recuando; sem parar, ignorando tudo e todos, sem a menor preocupação.

— Um estava em cima de mim. Outro só olhando. E o terceiro...

— Ela engoliu em seco. — Ele estava me segurando no chão. E rindo.

Era a risada que ela ouvia nos pesadelos, a gargalhada estridente do garoto enquanto a prendia pelos pulsos, e a voz dele repetindo: "Eu fico com as sobras!". Ele tinha o rosto redondo como uma forma de torta, um nariz empinado, olhos azuis grandes e redondos, lábios finos e franzidos, e cabelo castanho bem-penteado para trás acima da testa alta e branca como cera. Havia um aspecto de boneca nele, como se tivesse sido esculpido em madeira, pintado e estivesse à espera de que alguém o transformasse num menino de verdade.

Diana conseguia vê-lo, debruçado sobre ela: o cabelo certinho todo bagunçado, a boca pequena franzida numa cara de desdém, de tempos em tempos usando só a mão esquerda para segurar seus pulsos enquanto com a direita se tocava de um jeito bruto por cima da bermuda. Dava para sentir o cheiro azedo de cerveja que o rosto do garoto exalava. E, o pior de tudo, ela também via o garoto que assistia a tudo parado no meio do mato, com a boca aberta e os olhos arregalados de choque. Esperou que ele fosse salvá-la, o que não aconteceu.

Com gentileza, Michael a puxou para si, e ela se deixou apoiar no corpo quente e volumoso dele.

— Ah, querida — disse ele, com uma voz rouca e triste, como se fosse seu coração que estivesse se partindo. — Eu sinto muito. Sinto muito, muito mesmo, que isso tenha acontecido com você.

Ela balançou a cabeça, respirou fundo e se obrigou a contar o restante.

— Doeu. Doeu muito. Eu era virgem.

Diana se lembrava da dor de quando o garoto tentou se enfiar dentro dela, cuspindo na mão e esfregando a saliva entre suas pernas, e que sentiu como se estivesse sendo rasgada em duas. Ela se lembrava do som seco e sibilante do próprio cabelo na areia enquanto sacudia a cabeça e os quadris, tentando se libertar. Ela se lembrava do cheiro da fogueira e do mar; da visão do céu; da lua obscurecida pela passagem das nuvens, frias e indiferentes, a um milhão de quilômetros de distância.

— Quando o primeiro garoto terminou o que estava fazendo, saiu de cima de mim e, antes que o segundo se aproximasse, eu bati nele.

Diana cerrou o punho, lembrando-se das mãos formigando depois que o garoto a soltou, da pancada das juntas de sua mão contra o rosto dele, que provocou uma onda de choque por todo o seu braço direito, e do grito que ele soltou. Em seguida já estava em movimento, empurrando o que apenas assistia ao passar por ele, correndo aos tropeções pelo mato baixo que arranhava suas canelas, com o garoto das gargalhadas a perseguindo tão de perto que era como se sentisse a respiração dele na nuca.

Ela ouviu alguém dizer: "Já chega, deixem ela em paz", mas não olhou para trás, continuou correndo até sentir as coxas arderem e pontadas na lateral do corpo, virando a cabeça de vez em quando para ver se tinha alguém em seu encalço, segurando o vestido rasgado junto ao corpo; a calcinha abandonada na areia. Enquanto arrastava o corpo maltratado, dolorido e ensanguentado pela escada na praia que dava acesso à casa da dra. Levy, ela se lembrava de ter se dado conta de que nada tinha saído conforme o planejado. Ela voltaria a Boston em dois dias, e o primeiro beijo não tinha acontecido.

Michael a envolveu em um abraço, e Diana sentiu como se estivesse balançando como um barco ancorado, porque era o corpo dele que a mantinha no lugar. Quando enfim levantou os olhos, procurou uma expressão de nojo no rosto dele, mas não encontrou nada além de tristeza. Sentiu um nó na garganta e os olhos arderem.

— Já volto — comentou ele, entrando no chalé para buscar um copo d'água e aguardando enquanto ela bebia.

— Então — prosseguiu Diana, limpando a garganta —, foi isso o que aconteceu. É por isso que eu não posso ficar aqui no verão. Foi por isso que larguei a faculdade. Foi por isso que... — Ela parou de falar.

Ela sabia que jamais conseguiria pôr em palavras o quanto aquela noite a mudou, transformando toda sua percepção do mundo e de si mesma, fazendo-a deixar de ser uma aspirante a artista e escritora para se tornar faxineira e garçonete. Só que não queria ofendê-lo com uma implicação de que poderia haver algo de desonroso na vida da classe trabalhadora. Ela não tinha como expressar aquilo, assim como não podia ter de volta o que perdeu naquela noite, naquele verão.

— Eu fui muito estúpida! — disse ela, com uma voz alta e exaltada.

— Você não foi estúpida coisa nenhuma. Não fala isso! Não foi culpa sua. Você não fez nada de errado.

— Fiz, sim. Confiei nele, no Poe. Pensei que ele... — Sua voz ficou embargada e, quando voltou a falar, foi apenas com um sussurro: — Pensei que ele gostasse de mim.

Ela bebeu o restante da água com grandes goles ofegantes. Então se sentou, com Willa aos seus pés, e esperou que a terra se abrisse e a engolisse, como sempre temeu que fosse acontecer se dissesse em voz alta as palavras: "Eu fui estuprada".

— Você contou a alguém? — perguntou ele. — Para a dra. Levy? Para a polícia?

Ela negou com a cabeça.

— Não consegui. Eu estava me sentindo tão... — Diana levantou as mãos e as deixou imóveis ao lado do corpo. — Não até agora. Você é o primeiro a saber.

— Escuta bem o que eu vou dizer. — Michael pôs a mão em seu queixo e levantou de leve seu rosto para que ela o olhasse. — Você não fez nada de errado. Nada do que aconteceu é culpa sua. É culpa deles. Daqueles caras. Eles são os culpados.

Diana assentiu, fungando.

— Eu sei — disse ela. — Sei que você tem razão. E estou tentando acreditar.

— Bom, então saiba que é nisso que eu acredito. Cem por cento.

Quando ele abriu os braços, ela se recostou no peito de Michael, chorando tanto que tinha a certeza de que estava ensopando a camisa dele. Com os olhos fechados, envolvida no abraço, naquela escuridão que cheirava a Michael, estava o mais segura que já tinha estado desde aquele verão. Ele a abraçou, a embalou e a deixou chorar e, quando ela parou, lhe deu mais água, entrou para pegar mais duas cervejas e se sentou ao seu lado. Eles beberam enquanto o sol baixava sobre a baía, conferindo tons de dourado, laranja e índigo ao céu.

— Certo, uma pergunta — disse ele, por fim. — O que você quer que aconteça de agora em diante?

Preocupada, ela se virou para ele.

— Como assim?

— A vida é sua, então é você que decide. Como você quer que seja daqui para a frente? Tipo, quer voltar para a faculdade? Gosta de ser garçonete? Gosta de morar aqui? — Ele fez uma pausa antes de perguntar, em voz baixa: — Gosta de estar comigo?

— Eu... — Ela engoliu em seco.

— Não é para você se sentir pressionada, mas eu gosto de você. Tipo, muito.

— Eu não sei... — começou Diana. Ele aguardou enquanto ela decidia o que dizer. — Não sei se consigo ficar com alguém, essa é a questão.

Ela sentiu o corpo de Michael se mexer quando ele soltou um suspiro, os ombros pesando.

— Ah, sim. Eu entendo.

— Mas... — Ela fez uma pausa, respirou fundo e se apressou em dizer: — Se você puder ser paciente comigo, eu acho que quero tentar.

O sorriso dele foi como o céu ensolarado se abrindo depois de vários dias de chuva; foi como vestir a blusa de lã mais macia do guarda-roupa num dia de frio.

— Nós podemos ir devagar? — pediu ela.

— No ritmo que você quiser — garantiu Michael Carmody. Ele segurou sua mão. — Sou um cara paciente.

17

Diana

Pelas semanas e meses naquele ano, ao longo do outono, do inverno e da primavera, Michael Carmody continuou se aproximando dela, com todo o empenho e cuidado. Enquanto o tempo permanecia quente, eles fizeram coisas de veranistas. Michael a levou ao cinema drive-in Wellfleet, e lá eles assistiram na picape dele a uma sessão dupla, com *De volta para o futuro* e *Tubarão*, acompanhada de um balde enorme de pipoca. Jogaram minigolfe com Kate, a irmã de Michael, e Devin, o marido dela, e passaram tardes visitando antiquários e galerias de arte.

Na primeira noite fria, Michael preparou um jantar, linguine com molho de marisco, que ele alegou ser a única coisa que sabia cozinhar, e a levou para pescar, comemorando quando Diana fisgou um robalo de oito quilos. No chalé, lubrificou as dobradiças, trocou o chuveiro e instalou um toalheiro na porta. Nas manhãs de folga dela, Michael aparecia com café e bolinhos do Flying Fish. Juntos, eles passeavam com Willa, e Diana ia com ele na picape nas rondas de manutenção, fazendo companhia enquanto ele remendava portas de tela, prendia calhas soltas ou tratava com produtos químicos a água de um ofurô ("Não sei nem dizer quantas roupas íntimas já tirei aí de dentro", comentou ele quando eles estavam numa mansão em Provincetown, no alto de uma colina no lado oeste da cidade).

Ele a convidou para passar o Dia de Ação de Graças com sua família, mas Diana ainda não estava pronta para isso, então no feriado ele foi para a casa dos pais em Eastham, e ela foi para Boston comer peru com a mãe, o pai e as irmãs. Então, no sábado à noite no chalé, ela e Michael prepararam um banquete para dois com peito de peru recheado, batata-doce e suco de cranberry com as frutas que os dois colheram juntos no brejo.

Na época das festas de fim de ano, ela conheceu o pai dele, uma versão maior, mais rústica e mais grisalha de Michael, e foi apresentada formalmente à mãe, a bibliotecária baixinha e gorda de quem ele herdou o cabelo ruivo. A sra. Carmody ("Pode me chamar de Cathy") segurou o rosto de Diana entre as mãos e disse:

— Finalmente... finalmente! Ele trouxe uma leitora para casa! Você nem imagina há quanto tempo venho esperando por isso.

Ela deu um beijo estalado no rosto de Diana e desabou no sofá, com uma expressão orgulhosa.

— Meu trabalho aqui está feito — anunciou ela, fazendo um gesto teatral de quem limpava as mãos, enquanto Kate e Devin abriam sorrisinhos para Diana, e Michael enfiava as mãos nos bolsos.

— Já chega, mãe — murmurou ele, com uma expressão envergonhada adorável.

Diana conheceu os amigos de Michael: Victor, que tinha uma empresa de locação de barcos de pesca, e Eric, que era dono de uma creche; além de Carolee, que dava aulas no estúdio de ioga em que Diana fazia aulas. Ela até o apresentaria a Reese, Frankie, Carly e Ryan, os colegas do Abbey, mas Michael já conhecia todos eles.

Algumas noites, no trabalho, perto do fim do turno, Michael aparecia e ficava sentado no bar, esperando para levá-la para casa. Às vezes Diana chegava em casa e encontrava um presentinho nos degraus da frente: uma paleta de aquarela, um par de brincos, uma bola pula-pula para Willa correr atrás na praia, uma concha de ostra de formato perfeito para ela decorar.

Os meses foram passando, e só o que ele fazia era beijar e pegar na mão de Diana. Ela sabia que Michael queria mais (dava para ver o rosto dele ficando vermelho e o coração acelerado; sentia a ereção a pressionando quando se sentava no colo dele no sofá para os dois se beijarem), porém ele nunca forçou a barra, nunca exigiu, nunca sequer pediu mais.

No fim de janeiro, houve uma nevasca. A neve tomou conta das praias, e o gelo cobriu o asfalto das ruas. Reese fechou o Abbey por alguns dias.

— Fiquem em casa. Fiquem em segurança — orientou ele. — Ninguém vai vir comer com esse tempo.

Diana ficou no chalé, pintando conchas e lendo, deitada aninhada com Willa no mezanino. Achava que Michael fosse querer estar lá também, mas ele estava ocupado, removendo a neve da entrada das casas e ajudando os trabalhadores da cidade a jogarem sal nas ruas. Só aparecia depois de anoitecer, removendo várias camadas de casacos e blusas, que deixava junto à porta, e Diana preparava chocolate quente para ele e acendia o aquecedor a lenha.

No aniversário dele, Diana o levou para jantar num restaurante israelense em Orleans. No aniversário dela, primeiro de março, Michael lhe pediu para fechar os olhos. Ele a levou até a entrada de carros do chalé e, na caçamba da picape, ela viu dois caiaques, um amarelo-vivo e o outro verde-limão.

— Um masculino e um feminino — disse ele, pigarreando. — Pensei em irmos juntos.

O que ele não falou foi o complemento: "Se você ainda estiver por aqui quando o tempo esquentar".

Março passou, depois abril, e ela e Michael voltaram a ficar no deque, pisando em ovos ao falar do verão que se aproximava. Diana tentava explicar que não podia ficar; que todas as paisagens, os sons e os cheiros a lembravam do acontecido.

— Você acha… — começou Michael, tirando o boné e colocando de volta logo em seguida. — Eu fiquei pensando. E se houvesse uma forma de punir os garotos que fizeram aquilo com você…?

— Impossível. Eu não contei a ninguém quando aconteceu. Não tem boletim de ocorrência. Nem fotos. Nem o vestido rasgado. Nenhuma evidência física. Seria minha palavra contra o que quer que eles dissessem.

Diana conseguia adivinhar o que seria: "Ela estava querendo. Estava pedindo. Estava bêbada".

— Então, mesmo se eu conseguir descobrir o nome verdadeiro daquele cara… — A voz ficou mais combativa e estridente. — Sei lá.

Não sei o que eu quero. Não sei nem o que dá para fazer. Tipo, ir atrás do cara e mandar alguém fazer o mesmo com ele, para sentir como é sofrer um estupro?

Ela pensou que Michael fosse ficar chocado, mas a voz dele continuou o mesmo trovejar tranquilo de sempre.

— Acho que essa seria uma forma de abordar a questão — respondeu ele. — E você ia querer punir só um deles? Não são todos culpados?

Diana caminhou até a beirada do jardim, atravessando a grama falhada e arenosa. Ela se debruçou sobre o gradil, olhando para a espuma das ondas, e depois para o céu cor de damasco, esperando que Michael chegasse para ficar ao seu lado.

— Eu poderia chantagear esses caras, se soubesse quem são. Dizer que vou expor o caso em público se eles não me pagarem.

— É dinheiro o que você quer?

— Não é o que todo mundo quer? — esbravejou ela.

Ele ergueu as mãos.

— Ei, ei, não estou querendo arrumar briga. Só estou perguntando.

Ela fungou, secando os olhos com violência.

— Não sei… — começou ela, mas parou.

— O que você não sabe?

— Não sei o que seria justo. Aqueles caras… o que eles me tiraram… Tipo, como eu conseguiria recuperar tudo? — Ela respirou fundo e se forçou a soltar o gradil que apertava com força. — A sensação que eu tenho é que eles roubaram minha vida. Tiraram de mim a pessoa que eu deveria ser, a pessoa que estava me tornando, e deram um fim nela, para nunca mais.

— Mas você ainda está aqui — falou ele, num tom gentil. — Não está morta. O que quer que eles tenham feito, você continua viva.

— Você não entende. — Aquela antiga e familiar sensação de desespero estava de volta, crescendo dentro dela, afastando todo e qualquer sentimento bom, todas as lembranças felizes criadas. — Eu tenho duas irmãs. As duas foram para a faculdade. Uma é advogada; a outra, enfermeira. E as duas são casadas. Julia é mãe.

— Certo. Você fez outras escolhas.

Outras escolhas. Ela soltou uma risada horrenda, e se lembrou de uma das falas mais pungentes do pai: "Não adianta nada dourar um cocô".

— Eu sou garçonete — rebateu ela. — Abandonei os estudos na Universidade de Massachusetts depois de três semestres. Moro num chalé de um cômodo, sem nem pagar aluguel, porque tiveram pena de mim. Na prática, o que eu estou fazendo é me aproveitando da boa vontade dos outros. E, quando não estou aqui de favor, volto para a casa dos meus pais e trabalho como faxineira.

O tom de voz dele continuava contido, mas foi perceptível um leve incômodo na resposta:

— É um trabalho honesto, e não tem nada de errado com isso.

Diana sentiu o rosto ficar quente.

— Eu sei. Sei disso. De verdade. Mas é que... eu era boa aluna. Tirava boas notas, ganhei uma bolsa de estudos. Meus pais, meus professores... todo mundo esperava muito mais de mim. — Diana soltou um suspiro. — Eu esperava mais de mim mesma. Por mim, não por ninguém. Mas a garota que queria isso, que fazia tantos planos... essa não sou eu. Não mais.

E tenho medo, pensou, mas não conseguiu dizer. *Ainda tenho tanto medo.*

Michael pôs a mão em seu pescoço e acariciou de leve. Ela colou o rosto no pescoço dele e aceitou o toque, o calor daquela mão, a suavidade da pele sob a barba que a pinicava.

— Eu só quero ficar aqui, na minha casa, com minha cachorra, ter meu trabalho, voltar para casa à noite e dormir ao som das ondas — admitiu ela, com a boca próxima ao peito de Michael. — E não magoar ninguém.

— Isso não me parece uma vida ruim, de jeito nenhum.

Ele a abraçou mais forte e, antes que perdesse a coragem, Diana se virou, ficou na ponta dos pés, segurou o rosto dele entre as mãos e o beijou na boca. Michael estava com gosto de cerveja e limão, e o bigode pinicou a boca dela.

— Quantos pelos — murmurou ela.

Diana queria fazer alguma coisa, substituir a escuridão dentro dela por algo que tivesse luz, e sabia o que esse algo poderia ser. Estava na hora. Ela o pegou pela mão e o levou para dentro, para o sofá, e quando ele se sentou, em vez de se acomodar no assento ao lado, ela se sentou no colo de Michael com uma perna de cada lado.

— Hum — murmurou ele, levando a mão ao cabelo dela, e depois ao rosto.

Michael deixou as mãos caírem no sofá quando se inclinou para a frente, passando o rosto em seu pescoço. Diana estremeceu quando a barba dele roçou sua pele, e se debruçou mais para perto para dar beijos e mordiscadas pelo rosto, depois na barba, até enfim levar os lábios àquela boca suave, calorosa e dócil.

A respiração dele se acelerou ao senti-la tão próxima, com os seios pressionando sua camisa de flanela macia. Michael retribuiu os beijos com entusiasmo, com a língua tão suave e deliciosa despontando da barba espessa. No entanto, ele não baixou as mãos para além de sua cintura, sempre permitindo que Diana determinasse quando era o momento de se colar a ele, aprofundar um beijo, conduzir a situação para onde quer que fosse.

A voz de Michael era como um retumbar grave dentro do peito:

— Está tudo bem?

— Hã, acho que sim.

Ele levou uma das mãos ao seu rosto, e depois ao cabelo.

— Não quero fazer nada que você não queira. Então você vai ter que me dizer. — Ele chegou mais perto, murmurando em seu ouvido, deixando-a toda arrepiada. — Me diga tudo o que você quer que aconteça. Tudo o que você quer que eu faça.

Diana o beijou de novo, sentindo a vergonha surgir dentro de si; o pânico tentando dominá-la. Com uma boa dose de esforço, conseguiu se transportar de volta para o momento presente, concentrando-se apenas nas sensações: o peso e o calor da mão dele em sua cabeça, o leve roçar do polegar dele em seu rosto, o latejar constante no meio das próprias pernas. Estendendo a mão, tocou o cabelo dele, surpreendente de tão macio, passando os dedos para penteá-lo, raspando as unhas de leve no couro cabeludo.

— Hum — murmurou ele.

Diana apoiou as mãos nos ombros dele e o olhou de cima para baixo. Inclinando-se para a frente, deslizou a palma da mão pela lateral do rosto dele, passando do calor da pele para a aspereza da barba e à maciez da pele do pescoço. Mesmo hesitante, continuou, levando a mão aberta pela camisa dele, sentindo a ponta enrijecida do mamilo. Ela beliscou de leve, e ouviu quando Michael respirou fundo e fechou os olhos. Ainda assim, as mãos dele permaneciam imóveis na sua cintura.

Ela começou a beijá-lo no pescoço, carícias quentes, com os lábios entreabertos. Quando mordiscou um lugarzinho logo abaixo da orelha, ele suspirou e ficou tenso. A voz dele soou estrangulada ao falar:

— Isso foi... gostoso.

Ela o mordiscou mais um pouco, sentindo o gosto da pele salgada e a curvatura da cabeça dele na palma da própria mão. Diana endireitou a postura só por tempo suficiente para tirar o moletom e a camiseta. Michael se recostou e a observou, com os olhos arregalados. Ela sorriu, pegou uma das mãos grandes dele e levou ao seio, por cima do sutiã bege e básico que usava. Ele manteve a mão parada no lugar, mas então começou a fazer carícias circulares com o polegar em sua pele.

— Tudo bem? — murmurou ele.

Em vez de responder, Diana estendeu o braço e roçou os dedos no volume rígido abaixo do zíper da calça dele, sorrindo ao ouvir o som estrangulado que ele emitiu.

— Assim você acaba comigo — disse Michael, mas sem parecer nem um pouco incomodado.

Ela se inclinou para a frente, fazendo o cabelo roçar no rosto dele.

— Eu quero — murmurou ela. — Quero você.

Michael grunhiu, ficou de pé com Diana nos braços e a carregou para a cama, deitando-a com suavidade, como se ela fosse feita de vidro, como se fosse um raro tesouro. Com toda a cautela, Michael a despiu, desamarrando os cadarços e tirando um sapato por vez, removendo as meias, desabotoando a calça jeans e a puxando pelas pernas. Continuou olhando para ela por um momento longo, de tirar o fôlego, como se fosse a coisa mais preciosa que já tinha visto, e Diana precisou fechar os olhos diante da ternura daquele olhar, antes que acabasse com ela.

Michael se inclinou para a frente, aproximando a boca de seu ouvido.

— Quero que seja gostoso para você — declarou ele com a voz grave.

— Hum...

— Se não quiser alguma coisa, é só me avisar. Se quiser parar, nós paramos.

Diana concordou com a cabeça, sentindo um aperto no peito ao ouvir tamanha demonstração de consideração, e saber que estava sendo tratada com tanta cautela por causa do que tinha acontecido. *Como algo defeituoso*, pensou.

— Você é perfeita — disse ele, como se tivesse ouvido o que ela estava pensando.

Em seguida, se inclinou por cima dela, beijando seu tornozelo, a panturrilha, a parte de trás do joelho. Diana sentia a maciez do cabelo dele, o pinicar da barba, o calor dos lábios e da língua enquanto ele continuava subindo.

— Ah — murmurou ela com um suspiro quando ele beijou, e depois sugou de leve, sua coxa, com a barba fazendo leves cócegas na pele.

— Gosta disso? — perguntou ele.

Ela achou que a maneira como estava se contorcendo na cama, levantando os quadris e se remexendo num ritmo constante e inconsciente, era resposta suficiente, mas era nítido que Michael precisava ouvir com todas as letras. Diana estava quase conseguindo falar quando sentiu os dedos dele apertando a carne macia atrás de seu joelho. Quando os lábios dele pousaram ali, ela arqueou as costas para longe do colchão.

— Ah!

Diana ouviu a risadinha dele, e sentiu a mão nos seus quadris quando ele a deitou de bruços. Em seguida, repetiu o processo na outra perna, dessa vez a beijando na parte posterior do tornozelo e da panturrilha até chegar atrás do outro joelho. Quando sentiu a língua dele ali, fez um barulho tão alto que seria constrangedor caso ainda houvesse alguma parte dela capaz de sentir vergonha. Pelo menos uma vez, se permitiu parar de pensar, entregando a mente à sensação de Michael segurando suas coxas, apertando bem firme, mas não com força suficiente para não deixar que ela se mexesse. Ela remexia os quadris, desesperada por um pouco de atrito, ansiosa para ser tocada.

— Ah — sussurrou ela. — Ah, por favor, por favor...

Michael esfregou o polegar entre suas pernas. Ela gemeu, e depois ainda mais alto quando o gesto foi repetido com dois dedos.

— Você está tão molhada — murmurou ele, enlaçando as laterais de sua calcinha com os polegares. — Tudo bem?

— Aham — confirmou ela.

Michael deslizou a peça bem devagar, tirando-a pelos pés, e afastou suas coxas com as mãos quentes. Diana teve um breve momento para imaginar como devia estar sua aparência, seu cheiro, um instante para pensar: *Eu deveria ter depilado a virilha*, antes que ele passasse o indicador pela abertura úmida entre suas pernas, com uma delicadeza tamanha que mal a tocava. A ponta do dedo dele parou em seu clitóris e o acariciou de leve, fazendo-a esquecer como manter qualquer tipo de raciocínio. Michael aproximou o rosto do meio de suas pernas e ficou ali só respirando, tão de leve que ela mal notava a presença. Diana ergueu os quadris, tentando abrir ainda mais as pernas, gemendo:

— Por favor, por favor, por favor.

Michael a tocou com a língua, colocando e tirando o dedo enquanto a lambia, depois chupava, depois apenas pressionava com a boca e a deixava se esfregar nele, como uma gata arqueando as costas para receber um carinho, e isso era arrebatador, mas, mesmo assim, não era o suficiente. Diana começou a arfar e o segurou pelo cabelo da nuca, puxando-o para junto do corpo, sentindo a barba, os lábios, os dentes, a língua, até que seus quadris se levantaram da cama e ela esqueceu tudo o que estava pensando e tudo o que queria dizer, sentindo tudo ser levado em uma torrente de prazer.

— Isso nunca aconteceu comigo antes — sussurrou ela alguns minutos depois.

Estava sorrindo, com Michael deitado bem ao seu lado. Seu braço estava logo abaixo do pescoço dele. A cabeça dele estava em seu ombro, e Diana conseguia sentir a ereção dele na coxa.

— Com um cara?

— Nunca fiz nada com um cara. Nem acontece de outro jeito desde aquele verão.

— Você não, hã...

— Se eu não faço sozinha? Já tentei, mas nada funciona. Essa foi a primeira vez.

As lágrimas escaparam de seus olhos fechados, escorrendo pelo rosto, mas, ao ver que Michael estava preocupado, ela disse:

— São lágrimas de felicidade. Eu estou bem. Prometo.

Ele passou o polegar pelo rosto dela e, de uma forma tão suave que ela quase não sentiu, beijou suas lágrimas até sumirem, o que só a fez chorar ainda mais. Ainda fungando, ela perguntou:

— Onde foi que você aprendeu a fazer isso?

Diana se deu conta de que ele ainda estava totalmente vestido, de calça jeans e camisa de flanela. Só tinha tirado as botas, que deixou perto da porta. Ela passou a mão nas costas dele e fez menção de abrir a camisa. Ele a segurou e a fez parar.

— Nós não precisamos fazer isso.

— E se eu quiser?

Ele a encarou, bem sério.

— Só se você quiser — declarou.

— Eu quero. Prometo.

Ele deixou que Diana o fizesse se deitar de barriga para cima, montasse nele e desabotoasse a camisa, abrisse o cinto e o zíper da calça. Ele ajudou, sentando-se quando ela pediu, levantando os quadris para a calça sair. E, por fim, pela primeira vez, ela estava nua na cama com um homem também nu.

Michael parecia incomodado.

— Eu, hã, fiz aquele lance de dieta Atkins durante o inverno. — Ele deu um tapinha na barriga volumosa. — Mas não sei como ia conseguir perder peso comendo bacon e ovos.

— Eu não quero que você perca peso.

Diana não sabia explicar o quanto gostava do tamanho dele, do fato de Michael ser sólido e substancial o bastante para protegê-la e fazê-la se sentir segura.

Ele era um homem corpulento e cabeludo, com o peito, a barriga e as pernas cobertas de pelos enrolados e arruivados, mais densos no peitoral e na virilha, como uma floresta da qual o pênis se erguia, avermelhado, curvado e úmido na ponta. Diana o segurou na mão e arriscou um leve aperto. Michael respirou fundo, e seus mamilos se enrijeceram.

— Nossa...

Ele fechou os olhos. Diana beijou cada pálpebra, depois as bochechas, os lábios, a princípio de leve, e depois com a boca aberta. Michael a abraçou pelos ombros, puxando-a para mais perto. Diana respirou fundo, sentindo o cheiro dela misturado com o de cerveja, vinagre balsâmico e algo que era só dele. Antes que perdesse a coragem, montou nele, segurando o pênis e se esfregando nele, passando-o por toda a extensão até se certificar de que estava úmido antes de pegá-lo, posicionando a ponta contra o próprio corpo e se sentar devagar até senti-lo todo dentro de si.

Os dois gemeram. Michael parecia em êxtase. Diana se sentia preenchida, no começo de um jeito desconfortável. Ela elevou o corpo para aliviar a pressão antes de se sentar de novo, deixando-o entrar por inteiro. Dessa vez foi bom. Não. Melhor que isso. Quando repetiu o movimento, foi fantástico. Incrível. Ela se ergueu de novo, mas ele a segurou pelos quadris.

— Espera — murmurou ele. — Camisinha.

— Ai, merda!

Ela saiu de cima dele tão depressa que fez um barulho molhado e meio vergonhoso ao tirá-lo de dentro de si. Michael se inclinou para a frente, tateando em busca da calça, pegando a carteira do bolso e abrindo a embalagem com os dentes. Eles colocaram juntos o preservativo, com a mão quente dele por cima da dela. Michael tirou a mão, mas Diana balançou a cabeça e colou o corpo nu ao dele.

— Vem — murmurou ela.

— Tem certeza?

Ela estendeu o braço, segurando o pênis já com a devida proteção, e colou a boca ao ouvido dele.

— Eu preciso que você faça isso agora.

Michael grunhiu tão alto que ela imaginou ter sentido o chalé inteiro vibrar. Teve um momento de dúvida, alguns breves segundos de medo. Então lembrou que era Michael, que a conhecia, que a ajudava, que talvez até a amasse. Diana inclinou a cabeça e, enquanto ele a beijava, segurou sua mão e esperou que ela o guiasse. Ela se moveu, insegura a princípio, mas logo depois mais depressa, se inclinando e fazendo o cabelo cair sobre ele, envolvendo os dois rostos e criando um mundo secreto.

<hr>

— Você sabe que eu te amo — disse ele quando terminaram.

Diana estava semiadormecida, cochilando e sentindo o calor do corpo dele, pensando que era como ter um forno em fogo brando na cama. Quando ouviu isso, seu corpo inteiro estremeceu, como se ela fosse uma louça dentro de um armário atingido por uma pancada inesperada.

— Como é?

— Eu te amo. Sou apaixonado por você há muito tempo. Talvez desde a primeira vez que vim aqui e você me tratou mal. — Ele a cutucou com um gesto carinhoso. — Lembra?

Diana pigarreou. Era como se sua língua, lábios e dentes fossem aparatos totalmente novos e recém-instalados.

— Eu tratei você mal várias vezes.

— É mesmo, meu bem — confirmou Michael, dando uma ombrada nela de brincadeira.

Diana riu. A cama parecia uma jangada, pequena, mas firme, levando os dois por um mar de escuridão, e ela via na mente o sorriso bondoso dele.

— Por quê? — perguntou Diana.

— Por que o quê?

— Por que você… — Ela não conseguia nem dizer aquilo. — Por que você me ama?

— Ah, querida. — Ele se virou de lado e a abraçou, puxando-a para junto de si. Ela sentiu a mão dele em seu cabelo, e o ouviu sussurrar seu nome. — Porque você é minha Diana. Minha linda Diana.

— E tudo bem se eu... — Ela engoliu em seco na penumbra. — Tudo bem se eu não estiver... totalmente bem?

Ele se apoiou no cotovelo para que pudesse olhá-la bem nos olhos.

— Para mim você é perfeita.

Nos três dias e noites seguintes, eles mal saíram da cama. Na terça à noite, quando Diana foi trabalhar, Reese bateu os olhos nela e sorriu.

— Acho que não preciso perguntar se seu fim de semana foi bom.

— Como assim?

Ele bateu no traseiro de Diana com um pano de prato.

— Não me venha com essa, mocinha. Eu conheço essa cara. Esse olhar de satisfação pu-ra. — Ele balançou a cabeça, todo cheio de si, e Diana revirou os olhos. — Mas, falando sério agora, amorzinho, você parece contente. Saudável. Bem diferente daquela criatura cabisbaixa que eu tive a sorte de conhecer no ano passado. — Ele pôs as mãos nos ombros dela e a olhou bem nos olhos. — Estou feliz por você, querida — disse antes de se afastar, cantarolando uma música que ela demorou alguns segundos para reconhecer como "Sexual Healing".

Diana balançou a cabeça, com um sorriso no rosto, e concluiu que também estava feliz.

<hr>

Numa noite de primavera, quando estavam na cama à luz de velas, ouvindo uma tempestade cair na baía, Michael enfim fez a pergunta que pairava no ar desde a primeira vez que dormiram juntos.

— Você vai voltar para Boston de novo no verão?

— Não sei.

Ela não queria, mas não suportava a ideia de ver um daqueles caras circulando pelo lugar que estava começando a considerar sua casa.

Michael acariciou seu cabelo enquanto o chalé tremia sob o reverberar de um trovão e a chuva batia nas janelas. Quando ele falou, a cabeça dela estava apoiada no peito dele, e a voz de Michael soou como um murmúrio quente ao ouvido.

— Você pode ficar.

Ela negou com a cabeça.

— Não posso.

— Você acha mesmo que esses caras voltariam?

Diana não soube o que dizer. Ou melhor, não tinha como expressar o que sentia em termos que não soassem absurdos. Anos haviam se passado desde aquela noite na praia, mas a verdade era que parte dela ainda achava que os garotos podiam voltar, e que a encontrariam e a atacariam outra vez.

Michael a acariciava com suavidade e gentileza.

— Talvez você precise de um disfarce — sugeriu ele.

A garganta dela estava pastosa, e a mente, presa nas lembranças da fogueira, na sensação daquele garoto em cima dela, no som do cabelo raspando na areia, na tentativa de resistência. Ela limpou a garganta.

— Como assim?

— É, um disfarce. Uma identidade secreta. E se você tivesse outro nome? Tipo o Super-Homem, que é Clark Kent. E o Batman, que é Bruce Wayne.

A princípio, ela não entendeu que conversa era aquela.

— Tipo qual?

— Bom, eu sempre gostei de Carmody.

Ele se virou de costas e enfiou a mão embaixo do travesseiro, e quando se voltou para ela estava com uma caixinha revestida de veludo preto na mão.

— Diana Scalzi...

Ela começou a chorar.

— Você me daria a grande, imensa honra de...

Diana balançou a cabeça.

— Você não quer se casar comigo — interrompeu ela aos soluços, chorando tanto que mal conseguia falar. — Eu só vou complicar sua vida.

— Ei. Olha para mim.

Ela olhou.

— Eu te amo — disse ele. — Eu te amo e quero ficar com você. Aconteça o que acontecer.

Ele ainda estava segurando a caixinha, com uma expressão esperançosa e a mão trêmula, e ela não queria outra coisa além de abri-la, pôr a aliança no dedo, dizer sim e fazê-lo sorrir. Mas não podia.

— Eu preciso falar uma coisa para você.

— Beleza — disse ele, e a encarou, um pouco ansioso. — Desde que não seja um não.

Ela desviou o olhar antes de se forçar a falar.

— E se eu não quiser ter filhos?

Quando Diana sonhara com a vida que teria, antes e depois do estupro, pensara em diversas versões do futuro. Algumas envolviam viagens, ou uma volta aos estudos; outras tinham mais a ver com a arte, ou a escrita, ou o magistério, mas em nenhuma delas a maternidade estava presente. Ela gostava de crianças (as sobrinhas e o sobrinho, as crianças de quem tomava conta quando era mais nova, Sam e Sarah Levy, outras muito tempo antes), mas sempre ficava feliz, no fim do dia, da noite ou do fim de semana, ao devolvê-los para os pais. Então o estupro fez com que outros medos fossem adicionados a essa relutância inicial. Medo das consultas médicas, de ter as pernas colocadas em apoios e o corpo ficar tão exposto. Se tivesse uma menina, teria a preocupação frequente de que acontecesse com a filha o que aconteceu com ela, e achava que não teria a menor ideia de como criar um menino.

Explicou tudo isso da melhor forma que pôde, o que deixou Michael com uma expressão de perplexidade.

— Isso está aberto a negociações? — perguntou ele.

— Eu acho que tudo pode ser conversado — respondeu Diana. — Mas... enfim, isso é muito importante para você?

Ele abaixou a cabeça.

— Preciso pensar — respondeu.

Diana pôs a mão no ombro dele, em seu rosto tão querido, com a pele tão macia por baixo da barba.

— Eu te amo muito — disse ela, rezando para que isso bastasse.

Michael soprou a vela e a puxou para a cama.

— Vamos dormir — respondeu ele.

Diana fechou os olhos, mas durante horas ficou acordada, com o coração na boca. Parecia sentir o corpo todo estremecer ao pensar que poderia perdê-lo, e não sabia o que poderia dizer, nem prometer, para convencê-lo a ficar ao seu lado.

Na manhã seguinte, Michael foi dar uma caminhada sozinho na praia. Diana limpou cada pedacinho do chalé, esvaziou a geladeira, esfregou as prateleiras, tirou todos os livros, conchas e postais da prateleira para espanar. Tentou não olhar as horas nem ficar pensando que jamais voltaria a ver Michael Carmody.

Algumas horas depois, Michael voltou. Com uma expressão bem séria, segurou suas mãos.

— Sempre achei que o motivo para se casar era ter uma família — revelou ele. — Sempre pensei que teria filhos, e que seria um bom pai, como o meu foi comigo.

Diana assentiu e se sentiu como se tivesse acabado de engolir uma pedra, como se tivesse tropeçado num parapeito e caísse em direção à escuridão.

— Mas eu quero que você seja minha família — continuou ele. — Quero formar uma família com você. Quero isso mais do que qualquer coisa.

Ela soltou um ruído que foi em parte soluço e em parte risada.

— Tem certeza?

— Tenho certeza de que eu quero ficar com você. Mas você também precisa ter.

Diana fechou os olhos com força e se obrigou a pôr as palavras para fora:

— E se eu não merecer ser feliz? — murmurou.

Michael respirou fundo, alto o bastante para ela ouvir; uma indicação de que estava com raiva e se esforçando para não perder a cabeça. *É agora que ele vai ver que eu sou louca*, pensou ela. *É agora que ele vai embora.*

Ele fez uma pausa e falou com um tom bem lento e contido:

— Você acha que mereceu o que aconteceu naquele verão?

Diana negou com a cabeça. Quando se lembrava da menina que havia sido, jovem e ingênua, correndo pela praia com o vestido branco, era como se pensasse numa desconhecida. Só que sabia que a garota não merecia o que acontecera com ela. Ninguém merecia.

— Acha? — O tom de voz de Michael continuava baixo e tranquilo, mas a raiva era perceptível.

Ela negou com a cabeça.

— Não.

— Então por que não mereceria ser feliz? — Ela não respondeu, então ele se abaixou para beijá-la de leve. — Todo mundo merece ser feliz — afirmou ele. — Você talvez mais do que todo mundo.

Diana o abraçou e o puxou para mais perto, ouvindo a respiração dele.

— Eu te amo demais. Por favor, diga que sim — sussurrou Michael.

Ela observou enquanto ele deslizava a aliança pelo seu dedo.

— Sim — aceitou ela.

18

Diana

Eles se casaram no deque nos fundos do Abbey, sob o brilho de um pôr do sol perfeito em setembro, cercados de amigos e familiares. Diana usou um vestido branco, e Michael, um terno azul. Em torno do pescoço de Willa estava uma guirlanda de orquídeas e rosas brancas que ela alternava entre cheirar e tentar comer. Um pastor unitário--universalista conduziu a cerimônia, com Reese como cocelebrante não oficial, todo resplandecente de fraque e chapéu.

Todos estavam lá: os pais de Diana, as irmãs com os maridos e filhos; os pais de Michael, a irmã dele com o marido e os filhos. A dra. Levy e o sr. Weinberg também compareceram. Maeve mandou lembranças de Dublin, e Marie-Françoise, de Londres, onde estava morando, e Kelly e Alicia estavam lá para ver Diana caminhar até o altar por um caminho iluminado por velas na areia.

Dora Fitzsimmons, silenciosa como de costume, vestia um terninho preto e tênis New Balance da mesma cor, e deu ao casal um cheque de quinhentos dólares e meio quilo de caramelo da Cabot's. Ryan, recém--chegado de Los Angeles, deu a eles uma casinha de passarinhos que tinha encomendado, uma miniatura do chalé deles, com um poleiro para os pombinhos na frente. Intensa de Flux ofereceu os serviços de cantora e DJ. Ela cantou "Someone to Watch Over Me", e um arco-íris apareceu no céu por cima do mar enquanto Michael dançava com Diana no deque. Em seguida, ela tocou "It's Raining Men", e foram todos para a pista de dança, rindo e cantando juntos. Foi a melhor festa do verão, na opinião unânime dos presentes.

Por insistência de Michael, Diana contou aos pais a verdade sobre o que eles já imaginavam: ela havia sido vítima de uma violência naquele verão e, apesar de ter se desviado do caminho que planejava em razão disso, tinha encontrado outro.

— Você está feliz? — perguntou sua mãe. — Porque parece estar — complementou, antes que Diana pudesse responder. — Eu só queria que… — continuou, com a voz ficando embargada.

— O quê, mãe?

— Eu só queria que tivesse contado na época! Que tivesse aceitado nossa ajuda.

Diana abraçou a mãe, puxando-a para mais perto.

— Eu sei. E gostaria que muitas coisas tivessem sido diferentes. Mas garanto que no fim tudo se resolveu.

A mãe assentiu, secou os olhos e puxou Diana para a pista de dança, e lá o pai estava à espera, todo forte e saudável, com os ombros alinhados e a pele mais corada.

— Vá dançar com seu pai, querida. Ele está esperando há um tempão.

<hr>

Diana tinha o dinheiro que havia economizado ao longo de anos vivendo sem pagar aluguel. Michael contava com uma pequena herança do avô. Mas, mesmo depois de juntar as economias dos dois, a quantia era cerca de dez por cento do que eles estimavam que o chalé custaria se fosse colocado à venda.

Só que, como Michael tinha lhe dito, "perguntar não ofende", e então, algumas semanas antes do casamento, Diana procurou a dra. Levy.

— Eu nem sei se você quer vender o chalé um dia — começou ela.

— Na verdade, ando pensando bastante nisso nos últimos tempos — respondeu a dra. Levy. — Eu acho que… só um minuto, por favor.

Diana ficou esperando. Instantes depois, um tom meio tímido, falou:

— Precisei fechar a porta do escritório, para ninguém ouvir o que vou dizer. Mas a verdade é a seguinte: acho que as pessoas e as coisas, e talvez até as casas, aparecem na nossa vida por um motivo. Esse chalé foi muito importante para meus pais, e para mim quando era jovem, mas agora é você que precisa ficar com ele. Bom, você e Michael.

A dra. Levy aceitou a oferta. Michael rescindiu o contrato de aluguel do apartamento em Wellfleet e se mudou com as roupas, a coleção de livros de espionagem e a televisão. Diana estava com medo de que o chalé fosse parecer pequeno e claustrofóbico quando a empolgação com a novidade de morar junto passasse, mas, assim que o tempo esquentou, Michael começou a construir um cômodo extra, uma sala de estar com mezanino para acomodar um segundo dormitório. Na primavera e no verão, eles usavam o deque, que tinha espaço para acender a churrasqueira, abrir a mesa de piquenique e ligar o chuveirão; no inverno, quando anoitecia mais cedo, eles acendiam a lareira e ficavam aninhados do lado de dentro, no sofá ou na cama, embaixo das cobertas com Willa roncando aos seus pés.

Michael trocou as janelas cheias de rangidos e frestas por umas de guilhotina à prova de mau tempo, que subiam e desciam nos trilhos com o toque de apenas um dedo e se encaixavam com perfeição nos batentes. No ano seguinte, ele cavou uma área do terreno arenoso e chamou um amigo de uma empresa de paisagismo para descarregar um caminhão de terra no buraco, para que Diana pudesse ter um jardim. Naquele verão, eles plantaram tomates, pimentões, berinjelas e milho.

Diana aprendeu a fazer sobremesas, e Michael começou a observar pássaros como hobby. Os dois se tornaram ótimos no caiaque e muito bons em pescar no mar, de pé em meio às ondas trajando as jardineiras impermeáveis, esquadrinhando o horizonte à procura de sinais de pesca. Quando viam revoadas de aves se aglomerando e a água revolvendo sob os pés, jogavam os anzóis e, na maioria das vezes, fisgavam um peixe ou dois.

Michael comprou um defumador, que instalou no canto do deque e usava para fazer robalo defumado e patê de aliche. Diana começou a vender as cascas de ostras decoradas para lojas de Eastham e Orleans e, assim como Michael tinha previsto, quando aumentou o preço, as vendas dobraram, e depois triplicaram. Como presente de aniversário para ela, Michael a matriculou num curso de aquarela no Centro de

Artes de Castle Hill, e foi assim que Diana acrescentou a pintura aos seus hobbies.

Naquele verão, ela expôs algumas pinturas na feirinha dos produtores locais, junto com as conchas, e para sua surpresa os veranistas as compraram também. No ano seguinte, já estava expondo as aquarelas em mostras de arte locais e, na virada do novo século, passou a ser representada por uma galeria de Provincetown. *Diana Carmody é uma artista autodidata cujo trabalho explora as contradições da natureza e das paisagens na parte norte de Cabo Cod, região em que mora. Em natureza-morta e paisagens marinhas, Carmody força o espectador a prestar atenção aos espaços entre a tranquilidade do céu e do mar, entre a beleza das dunas e dos brejos, e à violência poderosa do vento e da chuva, do trovão e do relâmpago,* dizia o catálogo da galeria a respeito dela. *Em seu trabalho, a natureza é inquieta, o movimento é constante, há a ameaça de perigo iminente na espuma das ondas, de um céu escuro ou de um animal à espreita. As obras convidam o espectador a lidar com as próprias expectativas em relação à segurança e beleza.* ("Eu não sei bem o que isso significa", Diana comentou com Michael, cuja resposta foi: "Significa que eles podem cobrar cinco mil dólares".)

Em algum momento, Diana encontrou uma terapeuta, Hazel, uma amiga de Reese com cabelo branco curtinho e um jeito pensativo e calado, especializada no tratamento de sobreviventes de agressões sexuais. Ela ensinou a Diana algumas técnicas para não ficar sem chão e aprender a diferenciar a "mente emotiva" da "mente sábia". Com a voz reconfortante e melodiosa, Hazel apontava quando Diana estava fazendo tempestade em copo d'água ou levando demais as coisas para o lado pessoal; a incentivava a reordenar os pensamentos em busca de interpretações menos nocivas, a reprocessar os fatos que faziam Diana se sentir vazia, inútil ou desimportante; e como lidar com os dias em que acordava tão dominada pela raiva que precisava dar tudo de si para não sair gritando com quem encontrasse pela frente.

A irmã de Michael, Kate, e o marido, Devin, tiveram três filhos, dois meninos e uma menina. As filhas de Julia, irmã de Diana, entraram na escola, e o filho e a filha de Kara estavam com 7 e 8 anos quando Kate e o marido tiveram o terceiro bebê (e, segundo a cunhada prometeu, o último). Diana viu a irmã amamentar a nova integrante da família, uma menina chamada Addison. Viu Michael com a sobrinha no colo, fazendo o pacotinho enrolado nos cueiros desaparecer nos braços, com um sorriso de orelha a orelha que fazia os olhos quase se fecharem. Ela investigou os próprios sentimentos como se estivesse cutucando uma ferida, para ver como se sentia. A conclusão foi que os bebês não faziam seu coração se derreter todo, como ela considerou, preocupada, que seria o caso, e que as crianças pequenas eram cansativas demais. Apenas anos depois ela teve motivos para rever as decisões.

— Eu adoro vir aqui — disse a sobrinha Sunny, de 14 anos, com uma voz sonhadora quando ela e a irmã foram passar um fim de semana prolongado com eles enquanto a irmã Julia e o marido comemoravam o aniversário de vinte anos de casamento. — Tia Diana, você ensina a gente a fazer as conchas de ostra? — pediu ela, com Sasha, a irmã de 12 anos, logo atrás, esperando a resposta.

Sunny e Sasha tinham cabelos e olhos escuros, mas Sasha era uma menina miudinha e arisca como um lagarto, enquanto Sunny era mais alta, sensata e tranquila, tinha um cabelo que caía nos ombros em cachos e o mesmo corpo cheio da mãe.

Diana mostrou a ela como pintar as conchas e fez passeios de bicicletas alugadas com as duas até Provincetown e pelas dunas. Levou as sobrinhas também para colher cranberry nos brejos, caminhar no píer e andar de caiaque no manguezal. À noite, Michael montava uma barraca no quintal, distribuindo os lampiões em um círculo ao redor. Com a fogueira acesa e o ofurô ligado, Diana sentia que aquele era um lugar encantado, mágico, até. As meninas não queriam ir embora, e exigiram que Diana e Julia marcassem uma data de retorno antes de entrarem no carro da mãe.

— Você pode mandá-las para cá quando quiser — ofereceu Diana. — Elas são sempre bem-vindas.

— Eu vou cobrar essa promessa. Pelo jeito elas se divertiram bastante.

Ela puxou Diana de canto até o gradil com vista para o mar, para longe do carro e das meninas. Quando estava ao seu lado, falou:

— Ainda bem que Sunny gostou. Ela estava precisando espairecer a cabeça.

Diana sentiu um aperto no peito.

— O que está acontecendo?

— Ah, sabe como é. — Julia tentou parecer despreocupada, mas a expressão estava séria. — Ela foi a primeira menina da classe, sabe como é, a ganhar corpo. Acho que alguns meninos estão pegando no pé dela.

E então veio à tona, a raiva que estava sempre à flor da pele, prestes a explodir a qualquer momento. Diana se forçou a respirar fundo, sentir o chão sob os pés e a madeira do gradil nas pontas dos dedos, e a relaxar as mãos, prestes a se fecharem em punhos.

— É só provocação mesmo? Não aconteceu nada?

— Não — garantiu Julia, com um sorriso constrangido. — Não aconteceu nada. Mas estou contente por ela poder vir para cá. E ficar com você.

Durante a noite, Diana guardou a barraca e os lampiões e organizou a bagunça de conchas e pincéis que as meninas tinham deixado no deque. Chamou Willa, cujo andar nos anos anteriores tinha se tornado mais rígido e estranho de tão pomposo, como o de uma rainha. Com passos lentos, elas desceram a escada para a praia e passearam pela areia. *Eu deveria ter tido filhas*, pensou Diana, sentindo os olhos arderem pelas lágrimas não derramadas. *Teria sido uma boa mãe. Aqueles caras roubaram isso de mim.*

Na cama, quando Michael foi abraçá-la, ela rolou para longe e se virou para a parede. Com um tom de voz baixinho, ele perguntou:

— Quer conversar?

— Ah — disse ela, limpando a garganta —, só estou pensando nos velhos tempos. Amanhã já vou estar melhor.

Só que foram necessários mais alguns dias e uma sessão de emergência com Hazel antes que ela voltasse ao normal, que se se sentisse como uma mulher adulta com amigos, trabalhos e hobbies, uma vida interessante e agradável, e um marido que a amava, em vez de uma criatura quebrada que nunca teria conserto. Naquele inverno, e na primavera também, ela fez várias caminhadas sozinha, percorrendo quilômetros pela areia ou pelas trilhas pelos brejos e bosques, tentando se sentir menos vazia, mais à vontade na própria pele e com a própria existência.

Catorze anos depois de ter sido adotada, Willa morreu durante o sono, enroladinha no pé da cama, como sempre. Michael recolheu o corpo, embrulhado num cobertor. Ele a levou na picape e, quando voltou, ficou abraçado com Diana por um bom tempo, em silêncio.

Diana sofreu bastante. Parecia mais um lembrete doloroso de que, por mais feliz que estivesse, por mais segura e protegida que se sentisse, sempre havia um sofrimento à espreita nas sombras, ou à espera na próxima esquina, e nada conseguiria impedir isso.

Michael não a pressionou. Quando Diana enfim se sentiu pronta, eles foram ao abrigo de animais em Dennis, e lá conheceram um vira-lata de tamanho médio, um cachorro alegre com uma pelagem marrom espessa e olhos que pareciam dois botões pretos reluzentes. Parecia ser o resultado do cruzamento de um corgi com algum tipo de terrier e, como Willa, tinha sido abandonado. Foi resgatado embaixo de uma ponte, amarrado e faminto, com os pelos cheios de nós, carrapichos e todos os tipos de parasitas. Diana e Michael o levaram para casa, escovaram o que restava de areia, gravetos e carrapichos da pelagem. Eles o alimentaram com ração molhada em caldo de galinha, e brincaram com ele com uma bola de tênis. No fim, a atividade favorita se revelou ser ficar sentado na proa do caiaque com as patas traseiras na base e as dianteiras na ponta do barco, roçando no mar enquanto Diana remava.

Em 2010, mais de vinte anos depois que ele a chamou para experimentar o cardápio e lhe deu um emprego, Reese chamou Diana no escritório, um espaço pequeno e apertado no fundo do restaurante que cheirava a tempero e desinfetante industrial.

— Jonathan e eu estamos nos aposentando — contou ele.

— Vocês vão embora? — perguntou ela, sentindo o rosto e as mãos gelarem. — Vocês não podem ir embora.

Ele negou com a cabeça.

— Nós não vamos a lugar algum. — Reese balançou as mãos de forma dramática para o pôr do sol e as drag queens na rua, visíveis pela janela. — Como deixar isso tudo para trás? De jeito nenhum. Vamos continuar aqui, a não ser no inverno, quando vamos fugir para um lugar mais quente.

— Então vai vender o restaurante?

Sob nova direção, pensou ela. *Com um novo cardápio e um novo chef.* Talvez o novo gerente não quisesse mantê-la na equipe. Talvez ele, ou ela, fosse querer gente mais jovem e motivada, com corpo forte e cabeça aberta, com disposição para se adaptar a uma outra forma de fazer as coisas.

— Era isso que eu queria conversar com você. — Ele sorriu e alisou a barba branca. — O que você acha de ser a nova proprietária do Abbey?

Ela soltou um suspiro de susto e respondeu:

— Eu não tenho... Quer dizer, eu não acho que...

— Jonathan e eu conversamos a respeito. A hipoteca que nós pagamos aqui não é nada de outro mundo. Se o banco aprovar, você pode assumir a dívida e o imóvel.

Diana ficou em silêncio, chocada e sem palavras, e Reese continuou:

— Pode até mudar o nome, se quiser. Pode chamar de Nossa Senhora da Boa Viagem de novo, para voltar às raízes.

Ela secou as lágrimas que escorriam pelo rosto.

— Não sei nem o que dizer. Você é bom demais comigo. Eu não mereço.

Ele deu de ombros, ainda sorrindo. A barba estava toda branca àquela altura, mas a pele ainda tinha o mesmo tom e a mesma textura lisa de sempre, com os óculos dourados brilhando diante dos olhos.

— Para de chorar.

Ele pegou uma caixa de lenços de papel na mesa, que ele mantinha lá para membros da equipe que apareciam aos prantos para falar sobre rompimentos dolorosos e rejeições familiares, e entregou para Diana.

— Vai para casa, conversa com seu marido e me responde amanhã cedo.

Ela se comprometeu a fazer isso, sabendo, lógico, que aceitaria. E assim, depois de tantos anos como garçonete, Diana se tornou dona de um restaurante.

Às vezes, ao longo daqueles anos, Diana acordava no meio da noite com a camisola encharcada de suor, o coração aos pulos, o gosto enjoativo de pêssego na boca e som do cabelo roçando na areia nos ouvidos. Às vezes dava as costas para Michael quando estavam na cama juntos. Às vezes, quando faziam amor, algum som ou gesto a tirava de si. Ela se sentia flutuando no ar, olhando para baixo, como se estivesse vendo uma desconhecida em sua cama. Às vezes, a melancolia pelo caminho não percorrido a dominava. As irmãs a visitavam com os filhos, ou ela conversava com as sobrinhas ao telefone (sobre amizades, música, escolher uma faculdade ou o fim de um namoro), e Diana pensava nos bebês que nunca teve; ou quando via uma mãe e uma filha, no supermercado ou na praia, às vezes batendo boca, às vezes só sentadas juntas na areia, a tristeza vinha como um peso esmagador até que mal conseguisse respirar.

Quando isso acontecia, ela recorria a Michael, deixando que seu abraço, amor e corpo a ancorassem e a mantivessem no prumo enquanto tentava se concentrar em alguma coisa tangível: a sensação dos lençóis nos pés descalços. O cheiro do chalé: de madeira queimando na lareira e brisa salgada. O som de Pedro, na caminha de cachorro ao lado da cama, lambendo a areia das patas depois de um passeio na praia.

Aquilo foi ficando cada vez menos frequente com o passar dos anos, e menos doloroso. Diana poderia passar o resto da vida se sentindo contente com o que tinha, com apenas um ou outro acesso de angústias e questionamentos lembrando-a ao que havia sobrevivido e tudo o que tinha feito. Podia ter vivido como Eva no jardim celestial, ignorando a serpente, passando longe da macieira. Só que, um dia, a macieira apareceu em seu caminho.

Se ela pensasse bem, parecia que tinha sido uma coisa que cresceu durante toda a primavera e o verão, os meses do movimento #MeToo, quando mais e mais homens, cada vez mais públicos e notórios, eram acusados de cometer crimes contra mulheres. Um produtor de cinema teria forçado atrizes a fazer atos sexuais. Um âncora de telejornal foi acusado de estupro, e outro de cometer atentados ao pudor contra jovens colegas, chamando-as à casa dele e as recebendo nu na porta. Editores e escritores, músicos e políticos, os grandes e os bons, um após o outro, à medida que os meses se passavam. Diana assistiu a tudo isso, se perguntando se os garotos que a atacaram (àquela altura, homens feitos) estariam assistindo, se sentiam alguma culpa ou cumplicidade, se ao menos reconheciam que tinham feito algo muito errado.

E então veio aquele sábado ensolarado de outubro. Michael estava fechando a casa de alguns clientes para o inverno, e Diana, vestida com uma jardineira manchada de tinta e uma jaqueta de lã, tinha ido junto. Ela percorreu as cozinhas, salas de estar e lavabos da casa dos Springer e dos Killian antes de chegarem à última parada de Michael, uma casa que Diana nunca havia visitado, com uma arquitetura moderna de ângulos retos e fachada revestida de cedro no alto de uma duna. Michael estava na suíte principal, verificando se todas as portas de correr estavam trancadas. Diana atravessou o corredor para um quarto de hóspedes decorado num tema náutico. As duas camas de solteiro tinham colchas com estampa de barcos a vela; havia uma xilogravura emoldurada de uma baleia azul pendurada na parede. Mais abaixo, uma estante com livros de bolso de John Grisham e coleções de palavras-cruzadas. Acima de tudo, um porta-retrato com a foto de um homem de meia-idade estreitando os olhos na direção do sol, com o braço em volta da cintura de uma mulher e o outro nos ombros de uma garotinha.

Diana olhou para a foto, deu de costas e então se virou de novo com o coração na boca. Ela pegou o porta-retrato e olhou mais de perto, ignorando a menina e a mulher e se concentrando apenas no homem. O cabelo castanho estava ficando grisalho, mas ainda era encaracolado. O formato do nariz e do queixo eram bem familiares. Ela reconheceu o sorriso no rosto virado para o sol como o de um homem sem nenhuma preocupação no mundo.

Ela sentiu como se tivesse despencado de uma altura imensa. Desabou na cama como um balão furado, segurando o porta-retrato virado para baixo no colo. Ainda estava sentada lá quando Michael a encontrou.

— Ei, o que foi? Você não me ouviu, não?

Diana o encarou sem dizer uma palavra e lhe entregou o porta--retrato.

— Esse cara — falou ela, com uma voz sem vida que nem parecia a sua.

— O quê? O que tem ele?

Diana ficou de pé.

— Esse é Poe — informou ela. — O cara que eu conheci naquele verão. O que me estuprou.

Michael ficou olhando para ela com uma expressão fixa e espantada e as mãos imóveis junto às laterais do corpo.

— É ele! — gritou Diana, dando alguns passos na direção do marido. — De quem é esta casa? Você sabe o nome dele? Sabia que ele estava aqui esse tempo todo?

Ela sentiu a mão de Michael em seus ombros; ouviu a voz dele, que parecia vir de uma distância enorme. Quando ele tentou abraçá-la, Diana o empurrou com força.

— Como é o nome dele? — questionou de novo.

Michael tirou o boné e passou as mãos pelo cabelo.

— O dono da casa é Vernon Shoemaker — informou ele, com um tom de voz baixo, firme e irritante de tão racional antes de apontar para a foto. — Esse sujeito eu não conheço. Nunca nem vi. Deve ser o filho dele. O sr. Shoemaker tem dois filhos, que passam parte das férias de verão aqui, acho. Mas não sei muita coisa deles. Só conheci o sr. Shoemaker mesmo. É com ele que eu converso. Esse cara eu não conheço.

Diana ficou olhando para o marido em silêncio por um bom tempo, com o peito subindo e descendo e os punhos cerrados. Em seguida passou por Michael e saiu pisando duro pelo corredor, à procura de mais fotos, de mais evidências, de um nome. Depois de tantos anos, enfim, um nome.

Na sala de estar, encontrou mais duas fotos, uma de um homem num veleiro ao lado de alguém que poderia ser um irmão, uma versão dele com um pouco mais de peso e altura. A segunda era uma foto de casamento, em que o homem que ela conheceu como Poe parecia ter 30 e poucos anos, e a noiva, uma jovem de olhos grandes e cabelo escuro, era quase engolida pelo vestido branco bufante. Ela olhou bem para aqueles dois rostos, primeiro o do homem, depois o da mulher, passando os dedos pelas palavras gravadas na parte inferior do porta-retrato: "Henry e Daisy Shoemaker, 9 de junho de 2001".

— Diana?

Michael se aproximou por trás com gestos cuidadosos, como se estivesse abordando um felino selvagem e arisco.

— Eu já vi essa mulher — falou ela com a voz fraca. — Deus do céu, Michael, eu já cruzei com ela no correio, e no Jams, e no mercado de Wellfleet...

Uma lembrança foi se formando. Ela estava no mercado comprando pães de cachorro-quente, e aquela mulher, Daisy, estava bem ao seu lado. Diana lembrou que o cabelo castanho dela estava preso num rabo de cavalo e que ela disse alguma coisa, um "Oi", ou "O tempo está ótimo, né", ou...

— Que sorte — falou Diana, sem nenhuma emoção na voz. — Ela disse que era muita sorte nossa viver num lugar como esse.

O coração de Diana estava disparado, e a cabeça girava a mil. Era como se sua traqueia tivesse se estreitado e não entrasse oxigênio suficiente no corpo. Quando sacudiu a cabeça, ouviu um zumbido no ouvido.

— Esse cara, o estuprador, vem para cá todo verão, com a mulher e a f-filha...

Ela conteve o grito que queria escapar de seu peito.

— Eu não posso ficar aqui — afirmou ela quando Michael tentou segurar sua mão.

Diana saiu andando, e depois correndo, pelo corredor. Bem diante da porta havia uma mesa em formato de meia-lua com mais um porta-retrato, além de um jarro cheio de conchinhas. Ela o pegou, ergueu-o acima da cabeça e o jogou no chão, estilhaçando-o em mil pedaços no piso de cerâmica antes de correr porta afora.

<hr>

Ela tentou esquecer. Tentou confinar a informação da existência de Henry Shoemaker, e de sua presença em Truro, aos recantos mais distantes da mente, emparedando as imagens da mesma forma que havia feito com a praia Corn Hill tantos anos antes.

Eu não vou pensar nisso, dizia a si mesma, mas a promessa acabou servindo mais como uma garantia de que pensaria naquilo, sim, o dia todo: no trabalho, em casa, no ateliê coletivo do Centro de Artes de

Castle Hill, enquanto seus pincéis se ressecavam e as telas incompletas ficavam viradas para as paredes. Cada vez mais, a cabeça de Diana girava a mil, como uma máquina de lavar na função "centrifugar", com uma única frase, três palavras que ressoavam na mente como um tambor: *ele está aqui, ele está aqui, ele está aqui.* Ela aguentou firme, até que um dia não conseguiu suportar mais, então fez aquilo que vinha tentando evitar desde aquela manhã de sábado com o marido. Foi até a biblioteca de Truro, se sentou diante de um dos computadores públicos e digitou "Henry Shoemaker" no Google, porque não conseguia nem pensar em fazer isso no laptop de casa.

Duas horas depois, seus olhos ardiam, e o pescoço queimava. Ela descobriu o nome do escritório de advocacia de Henry "Hal" Shoemaker, onde ele tinha se formado e quando havia se tornado um sócio. Descobriu o nome da filha, e seu endereço residencial. Descobriu que o verdadeiro nome da esposa não era Daisy, era Diana, e por algum motivo isso a deixou quase tão perturbada quanto encontrar aquela foto no porta--retrato. Isso a fez pensar que ela era a Diana que serviu como esboço, a que acabou amassada e jogada no lixo, enquanto a esposa era a versão final, a que era amada e valorizada, a que era digna para levar para o altar.

Daisy e Hal tinham apenas a filha de 13 anos (se Beatrice Shoemaker estivesse nas redes sociais, Diana preferia não saber. Apesar de estar à beira da insanidade, ela ainda tinha limites). A família Shoemaker vivia em Gladwyne, na Pensilvânia, numa casa cuja fachada ela conseguiu ver e que, segundo os registros públicos de imóveis, Hal havia adquirido de Vernon Shoemaker por uma mixaria em 1998 e àquela altura era avaliada em mais de dois milhões. Vernon Shoemaker era o proprietário da residência de veraneio em Truro, mas a página no Facebook informava que eram os filhos e netos dele que passavam as férias por lá.

<hr>

— Posso fazer uma pergunta?

Michael tinha levado lagostas cozidas no vapor para o jantar, numa tentativa de animá-la. Estava quebrando uma cauda com gosto. Diana apenas mordiscava uma das garras sem muita vontade.

— Você já sabe tudo o que existe para descobrir desse cara, a não ser o tipo sanguíneo. E para quê? O que você pretende fazer?

Ela não respondeu, pois não tinha uma resposta. Então o que fez foi mudar de assunto, e depois tirou a mesa, lavou a louça, subiu para a cama e ficou deitada até pegar no sono.

Acordou no meio da noite e não dormiu mais, esperando chegar cinco da manhã. Pensou na menina que tinha sido, e em todas as garotas e mulheres violentadas por chefes e colegas de trabalho, por homens que tinham a confiança e admiração delas. Pensou na sobrinha, e na resignação da irmã, que achava que o mundo era assim mesmo, que Sunny não teria como esperar por nada diferente. Ela se perguntou como o mundo mudaria se continuasse só vendo tudo acontecer sem fazer nada. Assim que o sol despontou, ela saiu da cama, tomando cuidado para não acordar o marido e o cachorro, deixou o bilhete que escreveu no dia anterior junto ao açucareiro na mesa da cozinha e saiu para aquele início de manhã. Seu carro novo, um Prius, quase não fazia barulho quando ela dava a partida. Diana ligou o motor, verificou se a mala arrumada no dia anterior, quando Michael estava no trabalho, ainda estava no assento do passageiro e saiu dirigindo em silêncio em meio à semipenumbra do fim da madrugada. Já estava na rodovia US 6 quando Michael notou sua ausência, a caminho de New Hampshire e do Instituto Emlen.

19

Daisy

Tinha sido ideia de Hal oferecer o coquetel de primavera da Melville Upper School, uma proposta que ele fez logo depois de matricular Beatrice.

— Como podemos nos envolver mais com a escola? — perguntou ele, abrindo o sorriso mais cativante para Lynne Parratt, que coordenava o departamento de desenvolvimento acadêmico da Melville e, quando ela disse que ainda não havia um local determinado para o coquetel de primavera, Hal disse sem sequer olhar para Daisy: — Nós ficaríamos felizes em receber a festa. Minha esposa é uma grande cozinheira — completou ele, pondo a mão no ombro de Daisy.

Assim que entraram no carro, Daisy falou:

— Você poderia ter me perguntado primeiro, né.

— É importante para Beatrice que os pais dela façam parte da comunidade escolar. Além disso — acrescentou ele, antes que Daisy pudesse expressar as objeções —, é uma chance para você mostrar seus talentos. E talvez conseguir mais alunos.

É uma chance de trabalhar por três dias sem receber nada em troca, pensou Daisy enquanto o marido dava uma bitoca em seus lábios. Ela teria que limpar a casa de cima a baixo, dar um jeito na bagunça que parecia se multiplicar de maneira considerável toda vez que virava as costas, e ver se Mireille, a francesa bem-humorada e competente que contratava quando precisava de uma ajudante na cozinha, estaria disponível. Teria que alugar utensílios de bar, cadeiras de festa, travessas e molheiras; teria que encomendar flores e dar conta de entreter os convidados, isso sem contar toda a logística do leilão em si. E, o pior de tudo, teria que encontrar o que vestir. Se havia algum benefício de ter uma filha num internato em outro estado era não precisar se espremer em modeladores e jogar conversa fora nas festas da escola. Só que lá estava ela, menos de nove meses depois, indo até a Saks, na qual usar qualquer tamanho acima de 42 significava estar exposta a todo tipo de comentário maldoso da vendedora.

Ela reservou duas horas para comprar um vestido e, quando o tempo acabou, foi embora levando um modelo azul-marinho de jérsei, na altura dos joelhos, mais largo dos ombros para baixo, sem mangas e um decote canoa que era a única coisa que o diferenciava da outra meia dúzia de modelos azul-marinho e pretos que Daisy já tinha no armário, peças compradas para eventos como aquele. Com o vestido acomodado no banco traseiro do Range Rover, ela foi para Nova Jersey comprar as bebidas, e então voltou para casa só para passar uma hora ao telefone com uma Lynne que era efusiva ao extremo, ouvindo instruções bem específicas a respeito de como os itens deveriam ser descritos e expostos, e que tipos de pranchetas e canetas a comunidade escolar de Melville preferia.

— E nós precisamos de alguns canapés sem nenhum tipo de nozes ou amendoim, ah, e vegetarianos também. De preferência veganos — explicou ela.

Daisy encerrou a ligação e ficou parada no meio da cozinha, com um estado de espírito que ficava no meio do caminho entre o enfurecido e o perplexo. Ela se lembrou de uma coisa que Hannah lhe disse uma vez: "As pessoas tratam você do jeito que você permite que tratem". Hannah jamais aceitaria um tratamento como aquele. Ela exigia respeito: dos alunos de 4 anos, de garçons, do marido e da filha e, uma vez, de alguém que corria na rua e cuspiu perto demais de seus pés. "Com licença, eu estou usando a capa da invisibilidade e não reparei?", foi o que falou e, quando o cara tentou passar direto, Hannah gritou um "Ei!" tão alto que todo mundo olhou, e o sujeito foi obrigado a ouvi-la. Daisy conseguia visualizar a amiga, com dois dedos em riste e a outra mão na cintura, numa pose como a da Estátua da Liberdade, até as crianças sossegarem e, na cozinha, se curvando sobre uma panela fervente de molho marinara e perguntando algo do tipo "Você acha que o vapor faz bem para meus poros?".

Ah, como sinto saudade de Hannah.

No sábado de abril para o qual o evento estava marcado, Daisy passou a manhã fazendo as unhas e uma escova no cabelo. Mireille chegou às três da tarde, a florista às quatro, e os músicos, os quatro estudantes que formavam o conjunto de jazz da Melville, às cinco.

Às seis, Daisy pôs os figos recheados e as trouxinhas de queijo de cabra no forno, enfiou os pés num par de sapatos azul-marinho de salto alto e pôs um chapéu de palha enorme com uma fita da mesma cor na cabeça. O tema da festa era Kentucky Derby, embora a corrida de cavalos em si só fosse acontecer em maio. Pelo menos isso facilitou as escolhas de cardápio: ponche de menta, bourbon com suco de laranja, mini-hambúrgueres de frango frito com mel quente em pãezinhos, sanduichinhos de pão de forma com patê de pepino, miniaturas de *hot browns* — o lanche que era uma marca registrada de Louisville — e minitortas do Derby como sobremesa.

Mireille alimentou os meninos da banda mais cedo e os acomodou num canto, perto de um lavabo, no qual poderiam limpar as válvulas dos instrumentos quando precisassem.

— Passe um batonzinho nessa cara — disse ela para Daisy, que já estava de batom.

Ela subia para dar uma reforçada na maquiagem e tirar Beatrice do quarto quando o primeiro carro encostou na frente da casa, e um dos manobristas foi estacioná-lo. Durante a semana, Hal tinha comprado holofotes para iluminar a entrada para carros em formato de semicírculo e o caminho até a porta da frente (*e fazer tudo parecer bem imponente*, pensou Daisy, mas não disse). No sábado, ele instalou as novas luzes, e passou o domingo andando de um lado para o outro pelo andar térreo, fechando a cara ao ver os arranhões de Lester no tapete oriental dourado e verde, reorganizando as toras de bétula que enfeitavam a lareira e analisando uma parede da cozinha que Daisy tinha feito questão de pintar com um tom mais forte de azul-marinho, para contrastar com as demais, que eram de um tom sóbrio de cinza--acastanhado. Ela quis pendurar pratos coloridos e porcelanas nas portas da despensa, mas Hal falou que ficaria "poluído demais"; quis deixar os potes ornamentados de cerâmica em que guardava farinha, açúcar e grãos na bancada, mas ele falou que fazia parecer que a cozinha estava atulhada; ela quis... Deus do céu, a verdade era que Daisy mal se lembrava do que quis um dia. Só sabia que gostava de coisas coloridas e que transmitiam uma sensação de aconchego, como a parede azul-marinho ou a fileira de potes, ao contrário de Hal.

— Phil! Ellen! — cumprimentou Hal perto da entrada, onde ficava uma delicada mesa de madeira entalhada (escolha dele) e, mais acima, um espelho enorme com uma moldura dourada toda ornamentada (escolha dela). — Entrem e fiquem à vontade.

Graças a Deus pelos crachás, pensou Daisy à medida que a casa se enchia de gente. Ela mapeou um trajeto da ponta da sala de estar até a escada, parando para se apresentar e dar as boas-vindas aos convidados.

— O ponche está delicioso! — elogiou uma mulher com um chapéu enfeitado com flores cor-de-rosa que segundo o crachá se chamava Eleanor Crane. Pela maneira como seu rosto estava corado, aquele não devia ser o primeiro copo. — O que tem aqui?

— Hortelã picada, bourbon, xarope doce...

— Uma delícia! — repetiu Eleanor Crane antes que Daisy pudesse complementar a lista de ingredientes, e acrescentou: — Você dá aulas de culinária, né? Vai ter que me ensinar a fazer isso.

— Você pode dar um lance nas minhas aulas no leilão, se estiver interessada.

Daisy apontou com o queixo para o solário. Ela e Hal tinham tirado a mobília, aglomerado as plantas de Daisy num canto e montado mesas para expor os itens que iam a leilão, mostrando os prêmios que podiam ser vistos e fotos representando os mais intangíveis. Os pais e ex-alunos da Melville tinham oferecido temporadas nas casas de férias em Avalon, Ventnor, Matha's Vineyard e Jackson Hole; ingressos para diversos espetáculos, eventos esportivos e vários tipos de programas com expoentes locais (um jantar para seis com o crítico gastronômico do *Philadelphia Inquirer*; uma noite nos bastidores do telejornal com o homem do tempo da TV; uma chance de passar uma tarde com o ex-governador Ed Rendell, ou de ter um personagem com o nome da pessoa no próximo livro de um escritor da cidade). Havia vales--presentes para restaurantes, butiques, sessões com personal trainers e dias no spa. A própria Daisy tinha doado três horas de aulas de culinárias. Da última vez que tinha verificado, apenas uma pessoa havia dado um lance por seus serviços e, para piorar a situação, ela reconheceu a caligrafia de Hal na folha.

— Vou fazer isso, sim! — garantiu Ellie.

Daisy agradeceu e passou para o grupo seguinte e, ouvindo as conversas, reparou que todos já tinham planejado as férias de verão dos filhos. Ouviu a respeito do acampamento de Shakespeare de Mimi Somonton e o acampamento de lacrosse de Marta Wells. Soube que Everly Broadnax jogaria tênis na Flórida, e Charlie O'Day faria um curso intensivo de espanhol em Sevilha. Ela bebia o drinque e sorria, seguindo adiante antes que as mães da Main Line com os vestidos de festa ou os pais engravatados pudessem perguntar o que Beatrice planejava fazer, antes de ser obrigada a dizer as palavras "taxidermia em ratos" em voz alta. "Beatrice vai para um acampamento para velejadores perto de nossa casa em Cabo Cod", era o que ela pretendia falar. Parecia uma coisa elegante, desde que ela não mencionasse que o tal "acampamento" não tinha nem um lugar para dormir, era mais uma temporada de treinos diurnos num barracão para barcos na Commercial Street, o mesmo lugar em que Hal havia aprendido a velejar quando tinha a idade de Bea. O fato de Beatrice só ter concordado em ir três vezes por semana às aulas também seria deixado de fora.

Apesar dos esforços para que isso não acontecesse, ela acabou ficando ao lado de Hal, envolvida numa conversa com os Byrne. O sr. Byrne era um homem compacto e com um bom físico, cabelo grisalho e um cavanhaque da mesma cor. O vestido de seda curto e sem mangas da sra. Byrne, no estilo bata, revelava um corpo que devia ter sido esculpido em horas e horas de aulas de spinning. *Eles combinavam um com o outro*, pensou Daisy, e olhou para o marido, com o corpo ainda magro, o cabelo em maior parte ainda escuro, e o rosto, apesar de algumas linhas de expressão, rugas e manchas de sol, ainda bonito e marcante como quando se apaixonou por ele. Ela combinava com ele?

Provavelmente não. Mesmo usando o mesmo tipo de vestido que elas (ainda que em um tamanho maior), mesmo que se arrumasse o quanto pudesse, ela sabia que não tinha a elegância e a autoconfiança daquelas mulheres. Seu lugar não parecia ser ali, ela achava, e sim com outro tipo de gente.

Daisy se forçou a prestar atenção à conversa. Ficou sabendo que o filho mais velho dos Byrne tinha sido aceito antecipadamente em Duke, antes mesmo do início do processo seletivo.

— Então, graças a Deus, nossa primavera foi bem tranquila. Agora estamos nos preparando para fazer o mesmo com Samantha. — A sra. Byrne abriu um sorriso simpático para Hal e perguntou: — Você fez a graduação em Dartmouth, não foi?

Diante da confirmação dele, complementou:

— E gostou de lá? Não achava que Hanover era uma cidade pequena demais?

— Eu adorei — contou Hal com a voz animada. — Foram os melhores quatro anos da minha vida, tirando Emlen.

— Mas eu não consigo imaginar nossa filha lá. A não ser que ela faça um transplante de personalidade até lá! — exclamou Daisy, então sentiu que a piada não pegou nada bem.

O sr. Byrne deu uma risadinha só por educação. A sra. Byrne inclinou a cabeça como se não tivesse entendido direito. Ela sentiu a mão de Hal apertando seu braço. Conseguia até imaginar o que ele estava pensando: *Por que você está dizendo que nossa filha não serve para Dartmouth?* Não era essa a intenção, lógico. Beatrice tinha inteligência suficiente para entrar em qualquer universidade; a questão era que ela não seria feliz lá, um fato que Hal já deveria ter assimilado àquela altura. Ou, pelo menos, era o que Daisy esperava.

— E você, Daisy? Fez faculdade onde?

— Estudei na Rutgers — respondeu ela, sentindo o próprio sorriso ficar tenso.

Sem dúvida, era verdade. Ela estudou lá. Só nunca se formou.

— É uma ótima universidade — comentou o sr. Byrne.

— Acho que nossa jovem artista deve querer ir para um lugar menor — comentou Hal ao mesmo tempo.

Daisy sorriu e assentiu. Na primeira oportunidade que teve, murmurou alguma coisa sobre verificar se a poncheira estava abastecida e escapuliu para a cozinha. Sabia que não devia nada àquelas pessoas ambiciosas ao extremo porque só o que a filha queria era fazer gnomos e elfos de feltro e réplicas em miniatura de animais de estimação, mas ainda assim se sentia inferiorizada. "Você sabe que as férias antes do penúltimo ano são cruciais", uma das mães tinha dito, com um pai concordando com a cabeça ao lado. "É a última chance que eles têm de fazer alguma coisa impactante." Como se a vida das pessoas fosse acabar aos 18 anos se não entrassem numa universidade de prestígio, o que, Daisy se deu conta, era a opinião daquela gente.

Ela reabasteceu a poncheira, foi até o solário para ver se alguém havia dado um lance em seus serviços (não tinham) e voltou à cozinha para cuidar da comida. Quando estava acabando de amarrar o avental, sentiu a aproximação de Hal por trás dela.

— Daisy, venha conhecer a nova reitora! — Com um tom de voz baixo, ele complementou: — E tire esse avental. Eu não quero você parecendo um dos empregados.

Então não deveria ter me colocado para organizar a festa, pensou Daisy. Ela desamarrou o avental e se perguntou, com uma sensação incômoda, se o verdadeiro problema para Hal poderia não ser o avental, e sim o fato de que ela não era como a mãe de Everly, magra e linda e, como ele, uma advogada; ou como a mãe de Charlie, que calçava um par de Louboutins de sola vermelha e tinha um cargo importante na Comcast. Enquanto seguia Hal, Daisy constatou que jamais poderia ser uma dessas mulheres, nem se tivesse um diploma universitário e um emprego de chefia numa grande empresa. Ela só não era esse tipo de mulher. Não tinha o mesmo nível de ambição. Estava contente em ter a casa, a filha, o trabalho que lhe rendia, segundo as palavras de Hal, "um dinheirinho".

Ela era feliz, achava que Hal era feliz ao seu lado: a passarinha dele, com seu trabalhinho, que tinha transformado aquela casa num lar. Só naquele momento, ao ver o olhar de admiração dele diante da nova diretora do ensino médio na Melville, uma mulher chamada Krista Dietrich, de apenas 36 anos e com diplomas de Stanford e Wharton,

Daisy se perguntou se Hal não havia mudado de ideia, se não havia concluído que a esposa jamais desabrocharia, nunca seria algo diferente do que era, e se não sentia um ressentimento, e não satisfação, por estar casado com ela.

Quando a srta. Dietrich foi cumprimentar outro casal, Hal segurou o braço de Daisy e a puxou para mais perto.

— Você viu nossa filha?

Daisy olhou ao redor. Beatrice tinha descido a escada no começo da noite com um vestido de crepe preto até os pés, botas Dr. Martens e um broche de coruja com olhos de rubi no peito.

"E aí, que tal?", perguntou a menina, dando uma voltinha.

"Uma graça", disse Daisy.

Ao mesmo tempo, porém, Hal falou: "Você parece que vai fazer um teste para uma versão teatral de *Este mundo é um hospício*".

Beatrice fechou a cara para ele na hora.

"Volte lá para cima para se trocar", ordenou Hal, o que Beatrice pareceu ter interpretado como um "vá para seu quarto e não apareça mais aqui".

Daisy pediu licença, subiu, tirou os sapatos assim que saiu das vistas dos convidados e bateu à porta de Beatrice.

— Que foi? — rebateu a filha com um rosnado.

Daisy abriu a porta devagar. Beatrice estava deitada na cama, ainda com o vestido e as botas. Os olhos estavam inchados e vermelhos, e a maquiagem estava marcada de lágrimas.

— Por que meu pai precisa ser sempre tão escroto comigo? — questionou ela.

— Ah, querida. — Daisy se sentou na cama e fez um carinho nas costas da filha. — Não é assim sempre. Acho que ele só quer que você se saia bem na escola nova. Que cause uma boa impressão.

— Ele quer que eu finja ser alguém que não sou. — O tom de voz da filha era de amargura. — Como Everly e aqueles jogos de tênis estúpidos. Ou Mimi, e aquela droga de Shakespeare.

— Aquela droga de Shakespeare — repetiu Daisy, imitando o tom de voz de uma adolescente. — Ele é muito *cringe*, né?

Beatrice se sentou e a encarou, bem séria.

— Mãe, por favor, não tenta falar que nem jovem.

Daisy se levantou e arriscou uma péssima tentativa de uma dancinha de internet. Beatrice grunhiu, mas Daisy pensou ter visto ali um esboço de sorriso.

— Tudo bem, eu paro, mas você precisa descer comigo.

Beatrice enterrou a cabeça no travesseiro até que apenas algumas mechas de cabelo prateado e azul continuassem visíveis.

— É melhor descer, ou eu vou fazer um perfil no TikTok — ameaçou Daisy.

Beatrice não se moveu.

— Certo, então que tal isso? Você desce, cumprimenta três pessoas, come alguma coisa, mostra para seu pai que esteve na festa e depois pode voltar para se esconder.

— Tanto faz — resmungou Beatrice, mas se levantou da cama.

No andar de baixo, Daisy reabasteceu a travessa de ovos cozidos recheados (uma comida de festa à moda antiga, nada elegante, mas que, assim como os folhados de salsicha, sempre faziam sucesso). Ela pegou uma bandeja e deu uma circulada rápida, recolhendo copos vazios, pratos abandonados, guardanapos amassados, parando para tocar as folhas da pobre cheflera, espremida num canto do solário do piso de terracota junto com meia dúzia de outras plantas, porque Hal não queria a sala parecendo uma selva.

Ela disse para os músicos fazerem uma pausa e deu água e limonada para eles, além de um prato de doces que tinha separado. Depois disso, verificou as horas, pegou outra bebida e ficou parada num canto, observando as mulheres com sapatos de seiscentos dólares e homens de ternos de mil dólares conversarem sobre os acampamentos de férias de trinta mil dólares a que os filhos iriam antes de começar o penúltimo ano de colégio, porque era um verão crucial.

Quando percebeu que a poncheira estava esvaziando de novo, voltou para a cozinha. Ela viu a pilha de pratos junto à pia, as caixas vazias em que os copos tinham chegado empilhadas no canto, e Mireille com as costas encostadas no fogão, com Hal diante dela, a poucos centímetros de distância. Por um instante, Daisy não entendeu ao certo o que estava interrompendo. Um pedido? Um beijo? Então viu que Mireille não estava de pé ali, estava se encolhendo; e Hal estava perto demais, com uma postura ameaçadora.

Daisy correu até lá, bem a tempo de ver Mireille balançando a cabeça.

— *Non...* Quer dizer, não, sr. Shoemaker, não deixei ninguém entrar em seu escritório.

— Ora, então nós temos um problema — retrucou Hal, pronunciando cada sílaba com raiva. — Eu tenho... ou melhor, tinha, quinhentos dólares em dinheiro na gaveta da escrivaninha, que pelo jeito criaram pernas e saíram correndo.

— Hal.

Quando ela o tocou nas costas, ele se virou com uma expressão tão raivosa no rosto que Daisy deu alguns passos para trás, batendo com as costas no balcão. *Ah, isso vai ficar roxo*, pensou. De imediato, Hal levou a mão aos seus ombros, e foi quem a equilibrou de novo.

— Tudo bem, querida?

— Tudo — respondeu ela, ignorando o latejar nas costas. — Fui eu que entrei no escritório. Tirei o dinheiro da gaveta e levei lá para cima. Os meninos tinham deixado os estojos dos instrumentos lá, e achei que era melhor guardar num lugar mais seguro.

Pelo que pareceu um longo tempo, Hal não disse nada. O rosto estava pálido; os punhos, cerrados; era como se estivesse só procurando um pretexto para bater em alguém, e Daisy sentiu um cheiro tão desconexo que a princípio nem o reconheceu. Uísque, ela se deu conta. Pela primeira vez desde que o conheceu, Hal estava bebendo. Ela notou a raiva, que era quase visível, como uma criatura prestes a se soltar da coleira que a prendia e fazer todo tipo de maldade. Então ele relaxou, e ela viu o marido de novo, o gentil e atencioso Hal, que jurava se lembrar dela ainda como uma menina, que deixou um cartão de crédito no travesseiro dela na manhã seguinte ao pedido de casamento e disse "Eu quero ser sua família".

— Mireille — disse ele, com um tom sério e formal. — Eu lhe devo um pedido de desculpas.

— *Ce n'est rien* — respondeu Mireille baixinho.

— Não, não me diga que não é nada. — Ele levou a mão à carteira e sacou uma nota graúda o bastante para fazer os olhos de Mireille se arregalarem e colocou na mão dela. — Eu peço desculpas.

— Está tudo bem — respondeu Mireille.

Com um sorriso fraco, ela voltou à pia, em que lavava as taças de vinho. Quando Daisy se juntou a ela, segurando um pano de prato, Mireille se inclinou para a frente, com uma mecha de cabelo escondendo o rosto, e repetiu o que tinha dito para seu marido:

— Está tudo bem.

~~~~~~~

Mais tarde, quando a festa terminou, e a louça estava lavada, a poncheira guardada e as plantas de Daisy e os vasos com palmeiras de volta ao lugar, ela perguntou:

— O que está acontecendo?

— Como assim? — questionou Hal, como se pudesse haver alguma dúvida sobre o que a pergunta significava.

— O que foi aquilo com Mireille?

— Ah — murmurou Hal, sem olhá-la nos olhos. — Acho que eu reagi mal à situação.

Ele estava com o cabelo desarrumado, já de pijama, com a camisa abotoada e a calça bem passada. Daisy o observava diante do espelho do banheiro, passando fio dental nos dentes. Hal sempre dormia de pijama, sempre usava a pia do banheiro que era mais próxima da porta e sempre passava fio dental antes de ir para a cama. O marido seguia hábitos à risca, o que a fez se perguntar como ele teria sido antes de ela o conhecer, se sua vida fora tão confusa e caótica quanto era ordeira e regrada depois de casado.

— Você anda bebendo? — perguntou ela num tom suave.

Ele ficou paralisado, com o fio dental erguido no ar, a caminho da boca.

— Eu tomei um drinque — respondeu ele, bem específico. — Só um. Está tudo certo.

Daisy não falou mais nada. Não sabia o que dizer. Foi para a cama e, momentos depois, Hal entrou debaixo da coberta e a abraçou. Ela sentiu o cheiro de sempre: sabão de lavar roupa, creme dental, xampu anti-caspa. Era o marido de sempre; tudo exatamente igual.

— Desculpe. Eu ando sob muita pressão no trabalho e, com a morte de Bubs e a expulsão de Beatrice do Emlen, tudo isso é... — Ele fez um som de escárnio. — É coisa demais de uma vez só.

— Não está sendo fácil. Eu sei que não.

— Eu só queria que Beatrice começasse com o pé direito. Isso faz diferença, sabe? — Ele lançou um olhar a ela que era em parte súplica, em parte autoridade. — Mas você tem razão. Eu não deveria ter levantado a voz.

— Ela ficou assustada.

Eu fiquei assustada, pensou ela.

— Pois é — respondeu Hal com a voz tensa. — Fiquei me sentindo muito mal com isso. Paguei até um extra para...

— Eu sei — interrompeu Daisy. — Eu vi.

— E amanhã vou mandar um pedido de desculpas por escrito.

— É uma boa ideia.

Ele deu nela um beijo rápido e falou:

— Durma bem, passarinha.

Em seguida se virou de lado e pegou no sono de imediato. Daisy ficou acordada na cama, sabendo que não conseguiria dormir. Com o passar das horas, pensou em tudo o que precisaria limpar no dia seguinte; nos lances do leilão para processar e nas pranchetas a devolver; no fato de ser a única mulher presente na festa sem um diploma universitário ou um cargo importante; e também tentando não pensar no que Hannah, ou Diana, diriam dos acontecimentos daquela noite, se uma ainda estivesse viva e a outra houvesse sido convidada, ou numa frase em que vinha pensando cada vez mais naqueles tempos: "Se alguém te fala como é, trate de acreditar".

20

Beatrice

Beatrice estava a caminho da escola quando viu um carro buzinar logo atrás de si. Ela teve um sobressalto, se virou e viu Cade Langley atrás do volante de um sedã preto em estilo esportivo.

— Fala, Beebee!

Era assim que Cade a chamava, ele e os amigos dele. Beatrice ainda não sabia se gostava daquilo, se Beebee não era um apelido fofinho para crianças ou se era uma coisa mais adulta, tipo BB, como se fossem iniciais.

Ela acenou. Cade emparelhou ao seu lado e manteve o mesmo ritmo da caminhada dela.

— Você vai chegar atrasado — avisou ela.

— Eu tenho uma aula livre.

Cade estava no penúltimo ano, e os alunos do terceiro e do quarto ano da Melville tinham o direito de passar duas aulas por semana fora do campus, desde que tivessem autorização prévia dos pais. A maioria deles, pelo que Beatrice percebeu, passava o período na Starbucks do outro lado da rua. Os mais ousados iam até o restaurante mexicano ao lado comer burritos.

— Ei, gostei da roupa — comentou Cade.

Beatrice sorriu. Estava bem orgulhosa do look do dia. Tinha encontrado um vestido original de dona de casa anos 1950 num brechó na Filadélfia. Era de algodão azul, com botões pretos reluzentes, uma gola boneca e um cinto na cintura. Ela havia lavado a peça à mão, costurado um rasgo na axila e passado com ferro antes de confirmar o caimento perfeito que tinha visto no provador da loja, dando uma voltinha para fazer a saia esvoaçar, sentindo-se como Lucille Ball. Tinha amarrado um lenço cor-de-rosa de bolinhas no cabelo e, em vez das botas Dr. Martens, encontrou um par de tênis Chuck Taylors de lona que combinava com perfeição.

— Gostei do carro.

Cade sorriu e deu um tapinha no painel. O cabelo havia crescido nas semanas que Beatrice vinha frequentando a Melville, despontando da cabeça de uma forma que lembrava a de um poodle. As bochechas estavam vermelhas como sempre, e os dentes pareciam brancos até demais.

— Meu presente de 16 anos.

— Sorte sua. Parabéns pelo aniversário.

— Foi em dezembro. Não se preocupa. Você não deixou de ser convidada para a minha festa de propósito.

— Eu não estava preocupada.

— Só para o caso de estar.

As coisas eram assim com Cade. Ele fazia gracinhas e provocações, sempre dando um jeito de lembrar que Beatrice era a garota nova ali, e que, portanto, sabia mais que ela... sobre as pessoas, professores, Melville, tudo.

— Quer dar uma volta?

Ela deu uma encarada nele.

— Tenho aula de latim.

— *Amo, amas, amat* — recitou Cade. — Vamos lá. São só cinco pontos negativos para quem mata aula pela primeira vez.

Beatrice mordeu o lábio.

— É, mas eu já tenho três pontos negativos por violações do código de vestimenta.

Era óbvio que usar Dr. Martens na aula de educação física valia pontos negativos, o que em sua opinião era absurdo. A garota que se sentava ao seu lado na aula de ciências da natureza passava a maior parte do tempo gravando TikToks; o garoto na sala de projeto de vida apareceu um dia com uma camiseta com a bandeira dos Confederados bem visível por baixo da camisa; e era ela quem estava sendo punida.

— Bora lá — insistiu Cade. — Você não quer só seguir o resto do rebanho!

O balido que ele soltou fez Beatrice dar uma risadinha. Ela olhou para a porta da escola. O sinal estava tocando e, a não ser que corresse, o que poria em risco o seu penteado, chegaria atrasada. Se já estava encrencada, decidiu, era melhor que fosse por uma coisa divertida.

Ela se acomodou no banco do passageiro do carro, pôs o cinto e perguntou:

— Para onde vamos?

Cade pareceu ficar meio surpreso com a concordância, mas se recompôs sem demora.

— Hã, para minha casa?

Beatrice revirou os olhos.

— Hã, não?

Ela ficou se perguntando se aquilo era um plano para levá-la para o quarto e para a cama. Na noite em que foram ao cinema, Cade segurou sua mão por alguns minutos, quando Beatrice viu que ninguém estava olhando. Havia mais três pessoas no carro quando ele a levou para a casa, e Cade a acompanhou até a porta, mas não tentou beijá-la. Quando se sentava com ele na hora do almoço, Cade sempre fazia muitas perguntas, e Beatrice o pegou olhando para ela uma vez ou duas durante a aula, mas não era algo incomum na Melville. O que Cade Langley poderia querer com ela no momento?

— Está querendo me levar para sua casa para poder me ter a seu bel-prazer? — perguntou ela.

— Ter você ao meu bel-prazer? — repetiu ele. — Você sempre fala assim, como se estivesse num livro?

Beatrice sorriu, se lembrando de uma conversa que tivera com a mãe, sobre nunca querer mudar, nem se fazer de sonsa, para agradar algum garoto. Beatrice supôs que a mãe havia tirado aquilo de algum artigo de revista ou recomendação de especialista, uma vez que ela mesma tinha abandonado a faculdade e se mudado para a Pensilvânia por causa de um cara... no caso, seu pai. Contudo, Beatrice preferiu não mencionar essa parte.

— Para onde você quer ir? — questionou ele.

Ela ficou pensativa por um instante, se inclinou para a frente e digitou um endereço no aplicativo de mapas do celular.

— É só seguir minhas instruções — avisou ela, apontando para a rua.

Vinte minutos depois, eles pararam na frente de uma construção grande e sóbria com fachada de tijolos que ocupava a maior parte de um quarteirão na rua 22. Seria um teste, ela havia decidido enquanto iam até lá. Se Cade achasse graça, ou a considerasse esquisita, ou se recusasse a entrar, ela não ia mais querer conversa com ele. Mas, se gostasse, ou se pelo menos mostrasse ser mente aberta, isso significaria que tinha potencial.

Ela passou com Cade pelo portão de ferro fundido, subiu a escada e chegou à entrada de um de seus locais prediletos na Filadélfia. Àquela altura, ele já tinha percebido onde estava.

— O museu Mütter?

— É *Mu*-ter, não *Mã*-ter — disse ela, corrigindo a pronúncia dele. — O *u* tem trema. Você já veio aqui?

Ele balançou a cabeça.

— É, hã, um museu de curiosidades médicas, certo?

— O único lugar no país em que dá para ver o esqueleto de gêmeos xifópagos — respondeu ela, animada, juntando as mãos para explicar a palavra. — E um corte transversal do cérebro do Albert Einstein!

Beatrice entrou e mostrou o cartão para o segurança na recepção.

— Você é membro de carteirinha? — questionou Cade. Em seguida, dando de ombros, respondeu à própria pergunta: — Ah, lógico que é.

Beatrice sorriu para ele. As solas dos tênis dela guinchavam pelo piso de mármore. Aquele era um de seus lugares felizes. A mãe a levava lá quando criança, com a amiga Zoe e a mãe dela, Hannah, para as meninas poderem correr pelo enorme salão de baile no andar de cima nos dias de chuva. À medida que Beatrice ficou mais velha, foi se interessando pelo acervo do museu em si, as exposições de corpos e cérebros, os tumores dentro de vidros e as fileiras de 139 crânios colecionados por um médico vienense quando a frenologia, um tipo de medicina obsoleta, estava na crista da onda.

— Vem — chamou ela. — Vamos lá ver umas coisas mortas.

Beatrice pegou Cade pela mão e saiu meio andando e meio o arrastando pelo átrio, que estava ensolarado, vazio e tinha o tipo de cheiro meio indefinível de um museu. À direita estava uma exposição com a história da medula espinhal, com diversas colunas vertebrais humanas. À esquerda, no andar de cima, estava a Mulher do Sabão, cujo corpo mumificado foi exumado na Filadélfia em 1875 e cujos restos mortais foram armazenados, de acordo com a placa ao lado do caixão de vidro, em meio a uma substância gordurosa chamada adipocera. Ela concluiu que aquele era um bom lugar para começar.

Beatrice e Cade a observaram ombro a ombro: uma vaga silhueta feminina que parecia ter sido transformada não em sabão, mas em pedra. O tronco era marrom com algumas partes esbranquiçadas; a boca, um buraco aberto e escuro. Mechas de cabelo ainda se agarravam ao crânio.

— Isso deve ter feito você ter pesadelos quando era criança.

Cade se inclinou para a frente. Ele tinha algumas manchas na testa, e os punhos ossudos se projetavam da camisa como se houvesse ficado mais alto da noite para o dia. Em outras palavras, não era perfeito, o que a deixava contente. Não conseguiria se sentir à vontade para implicar com ele se fosse bonito demais.

— Na verdade, eu até achava legal — respondeu Beatrice.

Cade deu outra espiada na mulher antes de lançar um olhar de soslaio para Beatrice.

— Legal? Ela parece o Guardião da Cripta.

Beatrice balançou o corpo, tentando encontrar uma forma de explicar.

— Acho que eu gostava da ideia de que dá para ser interessante mesmo morta. De pessoas virem ver você aqui depois de morrer.

Cade enfiou as mãos nos bolsos.

— Não sei, não. Se você quiser ser lembrada depois de morrer, pode compor uma música, escrever um livro. Inventar alguma coisa.

— Verdade. Mas você não acha que morrer no lugar certo e na ocasião certa e ter seu corpo transformado em sabão é muito mais fácil?

— Acho que você pode ter um pouco de razão nessa.

Cade estava sorrindo, olhando para Beatrice como se a achasse divertida, como se ela fosse muito mais interessante do que qualquer outra coisa no museu.

— Quer ver a coleção de objetos inalados e engolidos? — sugeriu ela.

— Está brincando, né?

Beatrice arregalou os olhos.

— Ah, eu jamais faria uma brincadeira sobre objetos inalados e engolidos.

— Então tá — disse ele, e entrelaçou o braço no dela.

~~~~~~~

— Você deve me achar muito esquisita — comentou Beatrice enquanto os dois se sentavam em uma mesa na Silk City Diner, uma lanchonete na rua Spring Garden.

O plano original era pedir para Cade levá-la de volta à escola na hora do almoço, mas os dois acabaram passando a manhã toda no museu. O garoto ficou fascinado pela réplica dos gêmeos xifópagos Cheng e Eng, e Beatrice perguntou se ele tinha lido o livro escrito sobre os dois, o que levou a uma conversa sobre gêneros literários favoritos, com Beatrice insistindo que *The Magicians* era muito melhor no papel do que na tela da TV, e Cade contando a ela do Lúcifer dos quadrinhos de Neil Gaiman.

— Não — respondeu ele, sem ao menos piscar. — Você é uma adolescente absolutamente normal.

Beatrice ainda estava rindo quando a garçonete bateu os dois cardápios na mesa de fórmica. Quando desviou os olhos do cardápio, ela percebeu que Cade a estava olhando de novo.

— Que foi? — perguntou ela, torcendo para não ter nada grudado em seu rosto ou preso entre os dentes.

— Só estou tentando te entender.

— Bom, mas não vai conseguir — garantiu ela. — Eu sou um mistério escondido dentro de um enigma. O que você quer saber? Como foi que eu virei alguém tão estilosa? — Ela piscou algumas vezes, fazendo charme. — Tão fascinante?

Ele baixou os olhos para o cardápio.

— Corajosa — corrigiu ele baixinho.

Beatrice sentiu o rosto ficar vermelho de satisfação, mas, antes que pudesse assimilar por completo o elogio, o garoto continuou:

— Tipo, você não está nem aí se ninguém mais veste roupas assim, ou tem seu visual, ou gosta do tipo de música que ouve, essas coisas todas. — Ele a encarou com uma expressão sincera. — Todo mundo quer ser igual aos outros, principalmente as meninas. Até as coisas que as pessoas fazem para dar uma de boazonas, ou aparecer, são sempre as mesmas.

— Por exemplo?

Cade deu de ombros.

— Julia fuma vape. E Emma fez uma tatuagem. Mas essas coisas são tipo... — Ele pegou o garfo e segurou entre o polegar e o indicador, balançando de um lado para o outro. — Parece que elas fizeram uma busca no Google perguntando "como ser uma adolescente rebelde" e fizeram a primeira coisa que apareceu. — Cade olhou para Beatrice. — Nossos pais vivem dizendo a mesma coisa: que a gente pode fazer o que quiser, ser o que quiser. E você é a primeira pessoa que eu conheço que acredita mesmo nisso.

Ela se limitou a olhá-lo, sem dizer uma palavra, pensando que aquele tinha sido de longe o maior elogio que já havia recebido, a coisa mais gentil que alguém lhe disse, fosse um garoto, uma amiga ou alguém da família.

— Já decidiram o que pedir? — perguntou a garçonete.

Beatrice pediu a salada favorita, de figo e pera, e Cade escolheu o sanduíche de peito de peru.

— E eu estou bem a fim de um milk-shake de sobremesa — comentou Beatrice.

— Divide comigo? — pediu ele.

— Só se você dividir as batatas fritas. Então, qual é seu museu favorito? — questionou ela.

Cade admitiu que não tinha um.

— Eu ia muito ao Instituto Franklin — contou ele. — Você já entrou no coração gigante?

Ela sacudiu a cabeça de leve; ele era tão bobinho.

— Todo mundo já entrou no coração gigante. Você já foi à casa do Edgar Allan Poe?

Ele contou que não, mas que já tinha lido "O coração delator". Eles conversaram sobre histórias de terror até a comida chegar. Depois de dar algumas garfadas na salada, Beatrice perguntou:

— Mas e você?

Cade entendeu qual era a pergunta, e respondeu com um gesto autodepreciativo, apontando para a camisa polo azul e a calça cáqui.

— Beleza, mas são só roupas. No que você pensa? Que tipo de música gosta de ouvir? O que quer fazer depois do colégio?

Ele respirou fundo, fazendo os ombros se erguerem, e balançou a cabeça.

— Eu sempre achei que queria entrar numa boa faculdade, jogar lacrosse e me formar em direito, como meu pai. Mas nunca pensei muito nisso.

— E quando você era criança? Queria ser bombeiro? Veterinário? Bailarino?

Ele comeu algumas batatas fritas e falou, com um sorriso mais do que fofo:

— Eu queria ser taxista.

— Sério?! — exclamou Beatrice.

Quando ele confirmou com a cabeça, uma mecha de cabelo caiu na testa. Ela se perguntou como seria tocá-lo, qual seria a sensação de tê-lo entre os dedos.

— A gente estava em Nova York uma vez. Não sei nem para onde ao certo, mas a gente estava atrasado para ir a algum lugar, e meu pai disse para o taxista que dava uma gorjeta de vinte dólares se ele conseguisse chegar lá em menos de dez minutos. E o cara só… — Cade sorriu ao se lembrar, com os olhos brilhando. — Do jeito que ele dirigia, parecia que a gente estava num foguete. Ele conseguiu pegar todos os sinais verdes, usava todas as pistas possíveis, costurando no meio dos outros carros. Foi tipo… — Ele fez uma pausa, balançando o garfo de novo, à procura de uma palavra. — Tipo uma dança — explicou, antes de o sorriso sumir do rosto. — Falei para o meu pai que era isso que eu queria fazer, e ele disse: "Ah, você quer ser piloto de corrida", e eu falei que não, que queria dirigir um táxi em Nova York. — Ele baixou os olhos para o prato, desolado. — Não era isso o que meu pai queria ouvir.

Cade pegou mais um pedaço do sanduíche e devorou em três mordidas. Beatrice mordiscou uma fatia de pera. Pensou que ele fosse perguntar o que ela queria fazer da vida, e ela responderia que queria estudar belas-artes ou artes cênicas se fosse mesmo para a faculdade, e morar em Nova York, e produzir coisas com as próprias mãos. Contaria que, se a loja na Etsy desse dinheiro, poderia trabalhar nisso em tempo integral, morando na casa dos pais, se precisasse, até juntar o bastante para se mudar para Nova York.

Em vez disso, Cade falou:

— Você foi expulsa do internato mesmo? Quer dizer, eu sei que você disse que foi isso o que aconteceu.

— Você acha que eu menti?

— Não! — Ele baixou a voz. — Só não sei se foi mesmo por causa do que você contou.

Ele a encarou com uma expressão cautelosa, com a testa franzida e os olhos bem atentos.

Beatrice confirmou com a cabeça.

— Eu tinha uma amiga que ficou com um carinha algumas vezes. Uma noite ele apareceu no nosso alojamento, só que ela não queria mais nada com ele. Mas ele forçava a barra. Não aceitava um não como resposta.

— Mas e a direção da escola? Ou reitoria, sei lá? Ninguém levou a sério?

— Ela não contou.

Ela ainda se lembrava de Tricia chorando e murmurando: "Ninguém vai acreditar em mim, porque já transei com ele antes". Beatrice e algumas outras garotas do alojamento tentaram convencê-la de que seria ouvida, sim, que deveria denunciar, mas Tricia não acreditava. Passara o resto do fim de semana na cama, chorando. Na segunda-feira, na capela, Collin, o cara que fez aquilo, foi se sentar do lado dela e inclusive a abraçou. Teve a cara de pau de parecer perplexo, e depois decepcionado, quando ela se levantou e saiu andando.

— Ele continuou no pé dela — contou Beatrice. — Mesmo depois do que aconteceu, quando ela estava chorando e pedindo para ele ir embora, o cara só agiu como se nada tivesse acontecido.

— Você não acha que ele podia estar… sei lá, confuso? — questionou Cade.

Beatrice olhou feio para ele.

— Você acha que a palavra "não" pode ter algum outro significado em New Hampshire?

Cade negou com a cabeça.

— Pelo jeito ele achava que ela queria, por causa do que rolou antes.

Beatrice bufou.

— Escuta aqui, só porque uma garota topou fazer uma coisa uma vez não significa que ela, tipo, assinou um contrato de permissão irrevogável. Não é assim que as coisas funcionam. A gente tem o direito de mudar de ideia.

Cade estendeu o braço por cima da mesa e segurou sua mão.

— Ei. Não fica com raiva de mim. Eu só estou tentando entender melhor.

A mão dele era quente; os olhos estavam grudados nos seus. Ela desejou que não houvesse aquela mesa entre eles; ou que estivesse ao lado dele no banco, para poder se recostar no seu ombro. Ele devia ter um cheiro bom, e ela se perguntou se, em algum momento muito em breve, teria a chance de descobrir isso.

21

Diana

Diana foi à casa dos Shoemaker na sexta, como tinha combinado com Daisy, numa noite em que Hal estava fora da cidade, no jantar mensal com os demais sócios. Chegou com vinho e chocolates, admirou a casa de Daisy, concentrando-se sem medo de errar na cozinha, na lareira e na janela no teto como os destaques do ambiente, além de elogiar as joias de Beatrice, um besouro com asas verdes e brilhantes pendurado num pingente de vidro no pescoço. Diana perguntou onde ela encontrara aquilo, e Beatrice explicou que comprava tudo na Etsy, que não dava dinheiro para grandes empresas se pudesse evitar, preferia apoiar outros criadores em retribuição ao apoio que recebia. Daisy estava preocupada com o comportamento que a filha exibiria, mas Beatrice pareceu impressionada com Diana, e contou de bom grado coisas sobre os estudos, os artesanatos e os colegas que conheceu na escola.

Ao longo de quatro semanas, as duas criaram uma rotina de cozinhar às terças-feiras no apartamento de Diana na cidade e, nas sextas à tarde, fazer uma caminhada na Forbidden Drive, um dos lugares prediletos de Daisy na Filadélfia, um lugar que estava ansiosa para mostrar à nova amiga. Ela se ofereceu também para se encontrar com Diana só depois do trabalho, mesmo se isso significasse encarar a hora do rush, mas foi salva depois da explicação que, como consultora, Diana tinha flexibilidade para fazer os próprios horários. Nas caminhadas, elas conversavam a respeito de tudo, desde o namorado de Diana até o pai de Daisy, desde como Daisy se sentia sobre ser mãe até o motivo por que Diana resolveu não se tornar uma.

A quarta sexta-feira foi uma tarde linda, com um ar fresco de primavera, o sol brilhando no céu e as árvores se recobrindo de uma folhagem nova e verdinha, mas Daisy estava tendo dificuldade para desfrutar do momento. Ainda estava abalada com o que tinha acontecido no coquetel do fim de semana anterior, com a maneira como Hal tratara Mireille e com o fato de que estava bebendo. O humor do marido não melhorou em nada com a revelação de mais um caso relacionado ao movimento #MeToo, daquela vez um proeminente político local que caiu em desgraça por causa dos e-mails obscenos que mandava para as subordinadas. Durante toda a hora do jantar da noite anterior, Hal ficou resmungando que as mulheres só estavam tentando lucrar em cima da notoriedade dos outros, em busca de dinheiro ou cargos melhores, o que levou a uma reclamação a respeito do treinamento obrigatório sobre assédio sexual promovido pelo escritório dele.

— Metade das pessoas que trabalham no escritório já se envolveram umas com as outras — contou ele. — Sei no mínimo de três caras e uma mulher que se casaram com gente que passou por lá para fazer um estágio de verão. E agora você pode se dar mal por... Pera aí, preciso checar os termos exatos.

Ele remexeu na maleta, sacou alguns papéis e folheou até encontrar e citar, com um ar triunfal, a frase "avanços sexuais indesejados sobre colegas ou subordinados".

— E isso significa o quê? Flertar com outra pessoa, nada mais — concluiu ele.

— Ora, pode ser que nem todo mundo se sinta à vontade com flertes no ambiente de trabalho — arriscou Daisy.

— Isso é ridículo — foi o que retrucou Hal.

Quando Daisy contou a história para Diana, a outra mulher balançou a cabeça, com um leve sorriso no rosto.

— Eu já conheci muitos homens que pensam assim.

Um trio de corredores passou por elas, três jovens de shorts curtos, mostrando as pernas brancas. Elas os observaram, e Diana comentou:

— Aposto que vários caras estão se sentindo como se tivessem puxado o tapete debaixo dos pés deles.

— Como assim?

— Ah — murmurou Diana, cujas roupas de ginástica modernas e elegantes faziam a calça de moletom e a camiseta velha de Daisy parecerem bastante desleixados —, é que antes o mundo era de um jeito, e agora as coisas que antes eles podiam fazer e que ninguém dava bola passaram a ser, usando as palavras deles, *problemáticas.* — Diana lançou um olhar de canto de olho para Daisy. — Você não se preocupa com Beatrice?

— O tempo todo. — Daisy soltou um suspiro. — Às vezes eu acho que todas essas regras vão acabar tirando todo o aspecto romântico e misterioso do sexo. Por exemplo, se ela estiver com alguém e ele precisar pedir permissão para cada coisinha que for fazer, não vai ser lá muito excitante. Mas, por outro lado, quando penso nela com um cara que não pede permissão para nada, ou que não sabe aceitar um não como resposta...

Ela parou de falar, e Diana preferiu não aproveitar a deixa do assunto que Daisy levantou. Só continuou caminhando, apertando o passo quando uma mulher correndo com um pitbull cinza passou por elas.

No fim da trilha, num ponto mais largo do Wissahickon, havia patos que os visitantes podiam alimentar, um restaurante e uma lanchonete. Daisy já tinha ido lá com Beatrice e Hal, quando a filha era pequena. Ela ficou desolada quando se deu conta de quantos meses fazia que não caminhava com o marido... na verdade eram anos.

Ela ouviu o som da correnteza do rio, e viu o sol batendo na superfície da água e se espalhando pelo chão, filtrada pelas árvores. Diana esticou os braços acima da cabeça, e em seguida segurou um cotovelo e puxou o braço para atrás do pescoço.

— Eu já te contei — disse ela, por fim — que conheci Michael num momento difícil da minha vida, não é?

Daisy confirmou com a cabeça. Não quisera pressionar Diana em busca de detalhes sobre um namorado que quase nunca era mencionado, mas, na aula anterior, ela tinha mencionado um tempo meio sem rumo na juventude, sem saber onde queria viver nem o que fazer da vida.

De costas para Daisy, e com os pés fincados no gramado, Diana falou num tom de voz baixo e neutro:

— Na verdade, não era só uma questão de estar confusa a respeito de escolhas. Eu tinha sido estuprada.

— Ai, meu Deus! — exclamou Daisy. — Que horror.

Ela estendeu o braço quase sem saber para onde, tentando tocar o ombro ou o braço de Diana. De alguma forma, conseguiu encontrar a mão dela. Por um instante, houve só o silêncio. Ela ficou em pânico, sem saber se tinha ido longe demais, só que então Diana apertou sua mão também.

— Eu sinto muito.

Diana balançou a cabeça, soltando a mão de Daisy e virando as costas enquanto soltava o cabelo e voltava a prendê-lo em seguida.

— Isso foi há muito tempo.

— Mas mesmo assim...

Daisy sentiu um aperto no peito e um nó na garganta. Detestava pensar que a amiga tinha sido atacada daquela forma, apesar de ficar emocionada por saber que tinha a confiança dela a ponto de a outra mulher revelar aquilo.

— Acho que não é o tipo de coisa que a pessoa consegue superar.

— É algo que nos muda — confirmou Diana. — Vem cá, vamos nos sentar.

Ela levou Daisy até um banco, com vista para os patos que enfiavam a cabeça na água enquanto as crianças jogavam pedaços de pão na direção deles.

— Eu demorei muito tempo para voltar a confiar em alguém. Muito tempo mesmo — repetiu ela. — Por anos, não consegui. Não deixei ninguém se aproximar nem contei para ninguém o que tinha acontecido. Nem para meus pais.

— Isso deve ter sido muito difícil.

Diana assentiu e falou:

— Eu me senti muito sozinha.

Daisy mal conseguia respirar. *Eu também me sinto sozinha*, pensou ela. Só que Diana tinha sobrevivido a uma agressão sexual. Qual era o pretexto de Daisy? Ter se casado muito jovem? Sentir falta de Hannah?

Com os olhos voltados para a água, Diana continuou:

— Tentei não pensar nisso por um bom tempo, depois que aconteceu. Michael percebeu, e no fim acabei contando tudo. Ele foi o primeiro para quem eu admiti isso em voz alta, e pensei que fosse sair correndo para longe de mim, mas não foi isso o que aconteceu.

— Ainda bem que você encontrou alguém — comentou Daisy.

Ela tinha um milhão de perguntas: quando aquilo acontecera com Diana? Foi no trabalho? Na faculdade? Ela denunciara à polícia? O cara tinha sido preso? Como conseguiria impedir que o mesmo acontecesse com Beatrice? Contudo, Diana estava com a mandíbula tensa, um olhar severo, com o rosto impassível sob o sol da tarde. Daisy pensou numa pintura da única aula de história da arte que viu na faculdade, de Judite decapitando Holofernes. Judite tinha aquela mesma expressão enquanto segurava a cabeça decepada do general.

— Michael parece ser uma pessoa incrível — opinou Daisy em vez de fazer perguntas. — Eu adoraria conhecê-lo.

Diana fez um breve aceno de cabeça e pareceu se recompor.

— E eu também gostaria de conhecer Hal, lógico.

— Com certeza! — respondeu Daisy depressa até demais, com um tom de voz meio exagerado.

Por motivos nos quais preferia não pensar muito, a última coisa que Daisy queria era apresentar Hal à Diana. Hal não gostaria dela, assim como não simpatizara com Hannah ou qualquer outra mulher com quem Daisy se dera bem. Seu marido parecia viver procurando defeitos e implicando com bobagens. De início, Daisy tentou fingir que não era um problema, mas Hannah, lógico, não se deixou enganar. ("Ah, qual é", foi o que ela falou quando Daisy tentou dizer que Hal gostava, sim, dela, "toda vez que eu entro por uma porta, ele sai pela outra como se estivesse com o cabelo pegando fogo e coceira na bunda".) Hannah dizia que Hal tinha ciúme, queria Daisy só para si. Houve um tempo em que Daisy se sentiu lisonjeada com isso. Mas àquela altura…

— Daisy. — Diana olhava bem para ela, com uma intensidade que deixou Daisy desconcertada. Estava com as mãos na cintura, com a luz brilhando nas faixas reflexivas nas mangas da camiseta. — Tem mais uma coisa que eu preciso contar a você. O que aconteceu comigo naquele verão…

Antes que Diana pudesse continuar, o celular de Daisy tocou, e ela viu o número da escola Melville na tela.

— Desculpa, é da escola de Bea… Alô? — atendeu ela.

— Olá, Daisy? É Crystal Johnson, da Melville.

— Olá, Crystal!

Crystal era mãe de alunos da Melville também, uma dona de casa que, anos antes, fora uma das quase amigas de Daisy, que sempre gostara dela. Tinha sido advogada, mas desistira da carreira para fazer trabalho voluntário e criar os quatro filhos, que praticavam dois esportes e tocavam um instrumento musical cada.

— Estou ligando para avisar que Beatrice não apareceu na escola de manhã. Ela está doente? Ou tinha algum compromisso e você se esqueceu de avisar à secretaria?

— Não. Ela saiu de manhã para ir à escola. Está me dizendo que ela não apareceu?

Daisy já estava mexendo na tela do celular digitando para a filha uma mensagem de "Cadê você?" e sabendo que, quando a encontrasse, Beatrice zombaria dela por não abreviar nenhuma palavra nas mensagens.

— Ela não compareceu às aulas, e ninguém a viu por aqui o dia todo — informou Crystal.

Daisy sentiu calafrios pelo corpo todo.

— Vou ver se consigo falar com ela e descobrir o que está acontecendo.

Daisy encerrou a ligação e percebeu que Diana a encarava com preocupação.

— Está tudo bem?

— Beatrice não apareceu na escola hoje.

Daisy já estava ligando para o número de Beatrice, que só chamou e ninguém atendeu. Ela desligou e disse:

— Eu tenho que ir. Preciso ir para casa, para saber se ela está lá.

Sem dizer nada, as duas seguiram depressa pela trilha. Enquanto isso, Daisy ligou para casa, mas ninguém atendeu. Falou também com Hal, que não tinha notícias da filha, e ligou de novo para Beatrice. Talvez houvesse uma explicação. Um mal-entendido... um trabalho para fazer... um professor que deu falta para Beatrice mesmo com ela estando na aula.

Estavam quase no estacionamento quando o celular de Daisy tocou, e ela viu a foto da filha na tela, com o cabelo roxo e todo o resto.

— Mãe?

A voz de Beatrice soou fraca, e Daisy sentiu que a filha parecia assustada.

— Beatrice? Ai, meu Deus. Onde é que você está?

— Na escola?

— Que engraçado, porque não foi isso que me disseram quando me ligaram da secretaria.

Beatrice soltou um suspiro.

— Agora eu estou aqui. Você pode vir me buscar?

— Algum problema? Aconteceu alguma coisa?

— É que… Você pode vir me buscar? Por favor?

Daisy se virou, escondendo o celular com o corpo. Estava com as pernas bambas de alívio por saber que Beatrice estava a salvo, mas, apesar disso, sentia a irritação porque obviamente a filha achava que ela estava à disposição para buscá-la, que a única coisa que fazia o dia todo era cozinhar ou limpar, ou então ficar lá parada como um robô em stand-by, à espera de que alguém da família precisasse de alguma coisa. Ela baixou o tom de voz.

— Pode ser que isso não tenha passado pela sua cabeça, mas eu estou ocupada aqui. Com uma amiga.

— Desculpa! — Beatrice pareceu mesmo estar arrependida. — Eu sei que você tem suas coisas e sua vida, mãe. Desculpa. Mas você pode vir me buscar, por favor?

— Eu vou demorar um pouco. Estou fazendo uma caminhada na Forbidden Drive, e meu carro está em casa.

Diana a cutucou no ombro e fez com a boca: "Eu levo você".

— Só um instantinho. — Daisy afastou o telefone e falou: — Tem certeza de que não vai te atrapalhar?

— De jeito nenhum — garantiu Diana. — E vai ser ótimo ver Beatrice de novo.

— Não sei se você vai pegá-la de muito bom humor — avisou Daisy, mas voltou à ligação e avisou à filha que ela e a amiga chegariam em vinte minutos.

22

Diana

Quando Diana enfim voltou ao apartamento, tirou a jaqueta moderninha, arrancou os tênis e começou a andar de um lado para o outro pela sala de estar, cada vez mais depressa, com os calcanhares batucando o piso de madeira, sentindo a cada momento que passava que as coisas haviam saído do controle.

Antes, ela tivera um objetivo nítido: encontrar os homens que a atacaram, olhá-los nos olhos, ser vista por eles, fazê-los reconhecer que ela era uma pessoa de verdade, que sofreu muito com tudo aquilo. Queria odiar aqueles homens, e todos os que o cercavam, inclusive as mulheres na vida deles. Sobretudo as mulheres, as mães e esposas que permitiam tudo, passavam a mão na cabeça deles e criavam justificativas para o que faziam.

Diana nunca imaginou que fosse sentir alguma coisa além de nojo pelos alunos do Emlen ou qualquer pessoa que gravitasse em torno deles. Não considerou a possibilidade de fazer amizade com uma das esposas. E por certo jamais planejou contar o que aconteceu com ela para Daisy, ou sequer fazer menção àquilo, a não ser que ela, a doce e ingênua Daisy, montasse sozinha as peças do quebra-cabeça e entendesse como o marido se encaixava em tudo aquilo.

E ainda havia Beatrice. Antes de ir à casa de Daisy, ela fez o que pôde para se preparar para o encontro com a filha do estuprador, ciente de que a garota era uma adolescente como suas sobrinhas, alguém da mesma idade da filha que Diana e Michael poderiam ter tido.

O fato de Beatrice não se parecer em nada com Hal ajudava. O cabelo dela era roxo, e Diana sentiu que ela havia puxado mais à mãe. Ou talvez tivesse pensado assim porque conhecia melhor o rosto de Daisy e sabia identificar as similaridades. Beatrice era miudinha, e tinha os mesmos olhos grandes e redondos e as bochechas cheias da mãe. Além disso, as roupas que usava pareciam ter saído de um revival punk de *Os pioneiros*. Naquela tarde, Beatrice e Daisy tiveram uma conversa tensa e sussurrada nos degraus da entrada da escola enquanto Diana as esperava no carro. Daisy parecia estar falando muito sério. Beatrice dava de ombros e mostrava a expressão universal de desdém adolescente. Daisy suspirou e subiu a escada para a escola. Beatrice observou a mãe antes de virar as costas, ir até o carro de Diana e se sentar no banco traseiro.

"Eu sou uma desgraça mesmo", anunciou ela.

"Com certeza você vai sobreviver", respondeu Diana.

Ela as levou a Gladwyne o mais rápido que pôde, recusando a oferta de Daisy de entrar para o café ou ficar para o jantar, dizendo o tradicional "Fica para a próxima" a Beatrice, que havia se oferecido para mostrar um camundongo em que estava trabalhando. Diana voltou às pressas para Center City, apertando o volante com força. E então lá estava ela, andando em círculos pelo apartamento minúsculo, desejando mais do que tudo voltar para casa.

Então pegou o celular e ligou para o marido, que atendeu no primeiro toque, soando um pouco brusco quando disse o nome dela.

— Michael?

Diana conseguia até vê-lo: a barba que tinha ficado tanto ruiva quanto grisalha; parado no estacionamento do correio, ou na entrada da casa de um cliente, recostado na picape com a testa franzida e o celular colado ao rosto.

— Como você está? — perguntou ele. — Tudo bem?

— Sim. Tudo bem. — Ela se sentou. — Não. Na verdade, não.

Quando começou a rir, a gargalhada soou estridente e descontrolada. Isso sem dúvida o assustou. Até ela estava um pouco assustada.

— Ei — falou Michael, com um tom ainda meio áspero, porém menos irritado, mais paciente. — Pode me contar.

— Eu só queria... — Diana se interrompeu, mas em seguida continuou: — Eu só queria não gostar tanto dela. E da filha também. Beatrice. Ela tem 14 anos.

— Você não precisa fazer nada — opinou ele. — Ou pelo menos não agora. É só voltar para casa.

— Eu não posso — murmurou ela.

Se desistisse antes de confrontar Hal Shoemaker, tudo teria sido por nada. Ele continuaria a viver sem encarar as consequências do que fizera, num mundo em que homens como ele podiam ferir meninas como ela, depois descartá-las como se batessem a poeira dos sapatos, e, pior ainda, todas as demais jovens (as sobrinhas dela, a filha dele, uma garota esquisita de cabelo roxo que não tinha culpa de nada) também precisariam viver naquele mundo. Mas e se Daisy a reconhecesse no Cabo, na praia Longnook, em Truro, ou caminhando por Provincetown? E se Daisy soubesse que Diana não era quem dizia ser?

— Eu não posso voltar ainda — argumentou ela. — Mas vou em breve. Daqui a uma semana talvez. Só preciso...

O quê? Confrontar Hal, como planejado? Garantir que Daisy ficaria bem quando soubesse que o marido era um estuprador? Descobrir como evitar que Beatrice ficasse destruída?

— Em breve — repetiu ela. — Eu volto em breve.

— Bom, eu vou estar por aqui — disse Michael.

Diana se perguntou como ele estaria se sentindo, se estaria impaciente ou com raiva. Mas tudo o que ele disse foi:

— Pedro continua pegando suas meias.

Ela soltou uma risada, mesmo com o nó na garganta. Sempre que ela ficava fora, Pedro pegava uma meia sua, ou um sutiã, ou uma calcinha, no cesto de roupa suja e levava na boca para toda parte o dia todo, e guardava num cantinho da cama de cachorro à noite. Aquilo a fazia lembrar da mania de Willa de guardar comida, tantos anos antes.

— É só não deixar que ele estrague nada — disse ela, torcendo para que ele não percebesse o quanto sua voz estava trêmula.

— Vou tentar. — Depois de uma pausa, falou: — Volte para casa, Diana.

Ela desligou sem responder, dizendo a si mesma que ainda havia coisas a serem feitas.

Parte
Quatro

O lugar feliz

23

Diana

O Instituto Emlen ficava no alto de uma colina numa cidadezinha em New Hampshire, que parecia observar tudo lá de cima com um ar de desdém senhorial. Ou talvez a impressão tivesse sido causada pelo estado de espírito de Diana. Ela parou o carro no estacionamento dos visitantes e analisou a aparência no retrovisor. O batom se destacava no rosto pálido, e contrastava com a cor da camisa e do blazer. Na bolsa, uma carta escrita por ela mesma, em papel timbrado da Universidade de Boston, que havia fabricado recortando e colando o brasão da instituição numa folha normal. "Diana Carmody está conduzindo uma pesquisa sobre a história de internatos separados por gênero na Nova Inglaterra." Acrescentou o telefone do departamento de língua inglesa da universidade e inventou o nome de um professor, torcendo para que ninguém checasse as credenciais e que, caso acontecesse, apenas a carta já bastasse.

Ela desceu do carro e começou a subir a ladeira, cruzando o gramado central coberto de neve. Conhecia o nome de todos os prédios, sabia onde ficava a biblioteca, era versada na história da escola. Tinha pedido material informativo para uma eventual matrícula, e o panfleto reluzente de oito páginas que recebeu contava tudo o que era preciso saber sobre o Emlen, desde o tamanho do donativo anual até os mais recentes projetos de ampliação e campanhas de arrecadação de fundos com os ex-alunos mais proeminentes. Dezoito governadores, senadores federais, um ganhador do Prêmio Nobel, cinco juízes da Suprema Corte, abolicionistas, arquitetos, um bom número de astros do cinema, jogadores de hóquei, escritores, letristas, um magnata bilionário da tecnologia, um rapper mais ou menos famoso... Havia muitos homens poderosos saídos do Emlen. George Washington havia visitado a escola em 1789, quando ainda era um seminário, e não uma escola preparatória; John F. Kennedy discursou por lá na campanha presidencial, em 1960.

Diana continuou subindo a ladeira, olhando ao redor e tentando não encarar demais nada, para não deixar tão óbvio que era alguém de fora. Alguns dos alunos pareciam ter fuçado no armário dos pais para brincar de se fantasiar, usando gravatas, paletós, blazers e sapatos sociais. Alguns tinham um nítido ar de superioridade; nada muito explícito, como narizes empinados, só uma forma de andar e de se conduzir de modo a comunicar algo como "Eu sou melhor que você". Porém, outros eram só adolescentes como tantos outros, garotas e garotos magricelas e com a cara cheia de espinhas, rindo e fazendo brincadeiras. Diana parou para ler uma placa de metal num poste diante de um dos prédios de salas de aulas. "Neste local, em 1898, foi fundado o Instituto Emlen, com o propósito de instruir os jovens mais promissores do país, de ensiná-los a aspirar ao conhecimento e ao benefício da sociedade."

Benefício da sociedade, pensou ela, soltando um risinho de deboche tão alto que alguns garotos se viraram para olhá-la antes de dar de ombros e continuarem o caminho.

Ela seguiu por um caminho de ardósia até a Biblioteca Harwich, e lá o bibliotecário mal se deu o trabalho de olhá-la, autorizando sua entrada sem pedir nenhum tipo de identificação.

— Os anuários e os números antigos das publicações bimestrais dos alunos ficam no primeiro subsolo — informou ele, apontando para uma escada.

Vinte minutos depois, Diana estava em uma baia com uma escrivaninha, uma luminária de mesa E uma pilha de revistas de ex-alunos, impressas e produzidas com a mesma qualidade de qualquer material que ia para as bancas de jornais. Escolheu uma e começou a folhear. A matéria de capa era um perfil de um graduado no Emlen que comandava um laboratório de neurobiologia, ilustrada com uma foto do cara com um jaleco branco e um sorriso confiante. A seção

"Carta do Reitor" ficava na primeira página. Cartas de ex-alunos, textos breves sobre professores, um texto longo sobre o time de futebol americano e entrevistas com estudantes ocupavam a coluna "No Campus". Ela começou a folhear as últimas páginas, na parte em que ficava a seção "Anotações de Turma", e descobriu que Alfred Cutty, da turma de formandos de 1939, tinha comemorado o aniversário de 98 anos no Centro para Aposentados Whitechapel, e que a sra. Elizabeth E. Ferris (viúva de Stanhope Ferris) planejava comparecer a um dos Reencontros do Lugar Feliz, que Diana sabia que era como os ex-alunos chamavam o Emlen. O apelido, ela constatou, vinha da alma mater da escola:

Amado Emlen, de inigualável tradição;
A teu solo, onde teus filhos fincam raiz,
Sempre voltam para compartilhar com seus irmãos
As lembranças deste lugar feliz.

A cantiga tinha o nome de Velha Alma Mater, e uma outra versão, criada para incluir também as alunas, era o novo hino oficial da escola, mas o apelido continuava o mesmo.

Ela deixou as revistas de lado e pegou o livro que tinha encontrado, uma cópia da versão de 1987 do "Emblema Emlen", o anuário da escola. Diana passou as mãos na capa de couro gravada e respirou fundo para se acalmar: os pés estavam firmes no chão de carpete, sua bunda, na cadeira de madeira curvada, e as mãos nas páginas. Começou por Henry Shoemaker, o garoto que conheceu como Poe. Olhar para a foto dele do ano de formando foi como levar uma flechada bem no coração. Poe era bem como ela se lembrava, com os olhos claros e o cabelo encaracolado. Ela leu as bobagens escritas sob o nome, uma dezena de linhas descrevendo datas, iniciais e referências muito mal-disfarçadas à cerveja, maconha e festas: "Fenway Park 84", "Algum problema, policial?", "Atleta Olímpico de Beer Pong", "Eu escalei o monte Katrina", "Cabo Cod, aí vamos nós", dizia uma das linhas, e ela engoliu em seco, ficando nauseada por um momento, o gosto da bile na garganta.

Em seguida, recomeçou pelo primeiro nome do anuário (Stephen Aaronson) e olhou para cada uma das fotos até chegar a Wesley Yu, lendo cada linha dos textos e fazendo anotações sobre as referências e piadas internas. Depois de algumas horas, saiu com uma dor de cabeça que parecia que alguém havia enfiado um picador de gelo no meio dos olhos dela, e os nomes dos três suspeitos: Hal, o garoto que acreditava tê-la estuprado; Brad Burlingham, o ruivo com rosto de boneca que a manteve imobilizada aos risos, e Daniel Rosen, o garoto mais baixo e mais magrinho, que ficara só olhando.

Diana saiu e deixou o ar gelado esfriar seu rosto quente, respirando bem fundo. Em seguida voltou e sacou o caderno.

"Eu escalei o monte Katrina." Poe, na verdade Hal, tinha escrito aquilo. Brad também. Danny Rosen não, mas vários outros garotos da turma incluíram a frase nas legendas das fotos. Folheando o anuário, encontrou fotos do baile Spring Fling, e viu um dos garotos (Teddy Bloch) ao lado de uma loira alta com cabelo repicado, que usava um vestido bufante branco e um corsage de flores brancas no pulso. "Teddy 'A Postos' Bloch acompanha Katrina Detmer, formanda de St. Anne, no baile."

Na pesquisa no Google por "Katrina Detmer" e "St. Anne", encontrou um perfil no Facebook e o nome de uma cidade. A partir disso, conseguiu um endereço e um número de telefone em uma nova busca. Daquela vez, quando saiu para tomar um ar, já tinha escurecido, e seu estômago roncava… Ela não tinha tomado café da manhã nem almoçado. Quando pegou o celular, viu sete chamadas perdidas de Michael. E, enquanto olhava para a tela, recebeu mais uma ligação.

Diana não aceitou a chamada, e em seguida mandou uma mensagem de texto: "Está tudo bem. Só preciso fazer uma coisa. Volto para casa o quanto antes".

Ela pegou o carro, foi até a cidade, encontrou uma lanchonete aberta e se forçou a tomar uma sopa e comer meio queijo-quente. Havia uma pousada elegante no centro da cidade, o tipo de lugar que tinha as palavras "Recanto" antes do nome, na qual era provável que os pais de alunos do Emlen se hospedassem nas formaturas, e os ex-alunos endinheirados ficassem para os reencontros das turmas. Ela concluiu que preferia dormir no carro a se hospedar ali, mas, para sua sorte, havia um Hampton Inn na estrada, e lá ela pegou um quarto, tomou um banho quente bem demorado e vestiu as roupas que tinha levado: a calça de moletom preferida e uma camisa xadrez de Michael que era macia e tinha o cheiro dele. Sentindo-se fortalecida, ligou para Katrina Detmer, que vivia num distrito residencial de classe média nos arredores de St. Paul, em Minnesota.

Durante o jantar, e também no banho, ela havia tentado criar uma história. *Sou pesquisadora. Sou jornalista.* Ou alguma versão mais palatável da verdade: *Eu conheci alguns garotos no verão em que eles se formaram no Emlen.* No fim, resolveu abrir o jogo, e contou tudo assim que Katrina Detmer atendeu o telefone.

— Meu nome é Diana Scalzi. Eu trabalhei em Cabo Cod no verão de 1987. Conheci alguns formandos do Emlen que estavam de férias por lá.

A voz de Katrina era baixa e rouca, e ela falava com educação, mas não com muita simpatia.

— Sim?

Diana encolheu até os dedos dos pés no quarto de hotel.

— Um deles me violentou numa festa na praia.

Ela conseguia ouvir a própria pulsação ecoando nos ouvidos, latejando nas têmporas. Houve o que lhe pareceu uma longa pausa. Então, com irritação, Katrina perguntou:

— Onde foi que você pegou meu nome?

— No anuário deles.

— Como é? — O tom de voz de Katrina se elevou.

— O garoto que... que me estuprou... o nome dele é Henry Shoemaker.

— Poe — falou Katrina de imediato. — Nunca entendi o motivo para ele ser chamado assim. Todos eles tinham esses apelidos. Raven, Bubs, Griff.

— Eu li o que Henry escreveu no anuário, e ele mencionou seu nome. E alguns outros garotos da turma também — contou Diana.

— O que eles escreveram?

Diana engoliu em seco.

— Não é... Não é uma coisa das mais gentis.

— Ah, vá. — A voz dela se encheu de raiva e repulsa. — Olha só, ou você me conta, ou eu dou um jeito de encontrar esse anuário também.

Diana engoliu em seco de novo.

— Todos escreveram: "Eu escalei o monte Katrina".

Silêncio. E então Katrina questionou, exigente:

— Quantos escreveram isso? E quem?

Antes que Diana pudesse responder, Katrina questionou de novo:

— Como foi que você me encontrou, aliás? E quem é você mesmo?

Diana explicou.

— Eu vi o anuário de 1987. Você foi ao baile com um garoto chamado Teddy Bloch. Tinha uma foto de vocês dois, com seu nome completo na legenda. Eu imaginei que você fosse a mesma Katrina das... — Diana engoliu em seco. — Das outras referências.

— Meu Deus — falou Katrina, com um tom de voz mais baixo. — Teddy foi meu namorado durante todo o meu ano de formanda. Ia me ver quase todo fim de semana. Eu conhecia todos esses garotos. Lógico, não desse jeito explícito, que parece ser a insinuação aqui, mas eu sabia quem eles eram sim. — Do outro lado da linha, Diana a ouviu engolir em seco também. — Pensei que fossem meus amigos.

— Eu entendo. No verão que conheci Poe, pensei que ele gostasse de mim, que quisesse me namorar. — Mesmo depois de tanto tempo, a ingenuidade a feria como engolir ácido. — É por isso que estou ligando. Queria conversar com alguém que convivesse com ele na época.

— Mas aí é que está. Eu mal conhecia Poe. Quer dizer, sabia que era um amigo de Teddy, mas não sabia nada dele, na verdade. — O tom de Katrina ia ficando cada vez mais tenso e estridente. — E nem imaginava que eu fosse uma piada para eles.

— Sinto muito — disse Diana, ouvindo a respiração do outro lado da linha.

Quando Katrina voltou a falar, foi com um tom seco, irritado e direto.

— Mas então? — Antes que Diana pudesse responder, Katrina continuou: — Você quer saber se Poe era capaz de estuprar alguém. Porque foi isso o que aconteceu, certo?

Diana fechou os olhos.

— Isso.

Katrina soltou uma risadinha sem humor.

— Acho que todo mundo é capaz de tudo, né? É essa a lição que estamos aprendendo aqui hoje. Sei que não é culpa sua, mas, sendo bem sincera, preferia que não tivesse me ligado. Eu morreria mais em paz sem saber que era isso o que diziam de mim.

Houve o som de um bipe, avisando Diana que a ligação estava encerrada.

Ela se recostou na cama e abriu o caderno. A piadinha do monte Katrina a deixou furiosa, mas nem de longe tanto quanto a notícia do casamento de Hal Shoemaker com a outra Diana. Sobretudo depois de saber que a outra Diana, treze anos mais nova que ele, era irmã de um dos colegas de turma dele. Ela foi até a página que tinha copiado, palavra por palavra:

> *Seu fiel correspondente tem o prazer de informar que o nada pre-coce Hal Shoemaker, também conhecido como o Último Homem Livre, finalmente foi para o altar! Hal se casou no Four Seasons em Center City, na Filadélfia, onde atua como advogado, com Diana "Daisy" Rosen, estudante universitária e irmã mais nova de nosso colega Daniel Rosen. Danny sem querer fez o papel de casamen-teiro, quando recomendou os serviços de Daisy como professora de culinária para Hal, que precisava de ajuda em relação ao pai, Vernon Shoemaker (Turma de 1963 do Emlen). Entre os demais formandos do Emlen presentes na cerimônia estavam o irmão de Danny e da noiva, David (Turma de 1985), Gerald Justin, Bryan Tavistock, Crosby Wolf, Richard Rutledge e Brad Burlingham.*

— A irmã dele? — explodira Diana assim que lera, atraindo a aten-ção de outros alunos na biblioteca.

Na mesma hora, ela se levantou para dar uma volta, tentando en-tender tudo aquilo. Daniel havia sido testemunha do crime. Sabia o que estava acontecendo e não abriu a boca. E depois ainda entregou a irmã de bandeja para o estuprador. Não fazia o menor sentido.

Diana andou de um lado para o outro, murmurando consigo mesma (longe dos ouvidos dos estudantes), e então voltou à pesquisa. No fim da tarde, já sabia que Daniel Rosen era casado com um homem. Ele e o marido moravam numa cidadezinha que era um reduto de artistas no estado de Nova Jersey, separada apenas por um rio de New Hope, na Pensilvânia, e trabalhava como orientador educacional em Trenton.

Bradley Telford Burlingham, que a segurou pelos pulsos e achou muita graça em tudo, morava em Baltimore. Tinha entrado no Trinity College, mas Diana não encontrou nenhuma evidência de que houvesse se formado. Ele se casara aos 20 e tantos anos em Baltimore, onde nasceu, e lá constituiu família. Havia uma filha, Lila, e um filho, Austin. Ele compareceu ao reencontro de dez anos de formados da turma, e mais uma vez em 2003, já depois de perder a maior parte do cabelo e ganhar por volta de quinze quilos, a julgar pela foto de cinco ex-alunos num barco de pesca, cada qual segurando um peixe gigantesco pela boca. Hal Shoemaker era um deles, o que significava que os dois continuaram amigos. *Que comovente*, pensou Diana. A pesquisa no Google preencheu algumas das lacunas, e o LinkedIn também foi útil. Brad havia passado por pelo menos uma dezena de empregos diferentes, a maioria na área de marketing, em diversos ramos. O endereço na época era o de um apartamento nada imponente de dois dormitórios num bairro chamado Roland Park.

Diana resolveu que começaria por ele, e então continuaria até chegar a Hal. Faria uma visita a Brad, olharia bem na cara dele e o obrigaria a encarar o que tinha feito; ela o faria viver sabendo que mundo a filha dele herdaria, o mundo que ele ajudara a criar para ela e para as demais meninas e mulheres.

<hr>

Na manhã seguinte, às seis horas, ela chegou de carro à rua em que Brad Burlingham morava. Ao estacionar, encontrou uma vaga com vista para o modesto empreendimento de construções de dois andares com fachada de estuque branco. Às nove, um homem de meia-idade saiu pela porta do segundo andar e a trancou atrás de si. Ele desceu os dois lances de escadas com a respiração se condensando em uma nuvem de vapor diante da boca. Boa parte do cabelo ruivo de Brad já tinha ido embora, e o rosto redondo de boneca estava mais largo, mas sem dúvida era ele. O nariz esnobe e o sorrisinho presunçoso ainda estavam lá.

Diana engoliu em seco, sem fôlego, quase conseguindo ouvir o coração bater. Ele se sentou atrás do volante de um Honda dos mais comuns, abrindo a janela e acendendo um cigarro antes de sair com o carro. Mantendo uma distância cautelosa, Diana o seguiu enquanto ele dirigia pela avenida Roland. A pouco mais de um quilômetro de casa, ele fez uma curva para a estrada Deepdene sem dar seta e entrou no estacionamento da Starbucks. *Parada para o café*, deduziu Diana, mas mudou de ideia quando ele desceu do carro segurando uma massa embolada de tecido verde nas mãos.

Ela deu a volta no quarteirão bem devagar e parou no estacionamento de uma biblioteca chamada Enoch Pratt, na frente da cafeteria, no outro lado da rua. Naquela manhã de fevereiro, o céu estava azul e sem nuvens, e a temperatura não passava muito dos cinco graus. Uma neve suja e irregular cobria os gramados e as sarjetas. Diana esperou por uma hora, observando enquanto o trânsito da hora do rush crescia e se dispersava. Então passou um pouco de batom, pendurou a bolsa no ombro e atravessou a rua.

Brad estava de avental, de pé e com os ombros pendendo para baixo, atrás do mostrador de vidro dos produtos de confeitaria. Parecia ser uns bons vinte e cinco anos mais velho que os jovens que se ocupavam de fazer espuma de leite e aquecer os croissants. A passagem do tempo não foi gentil com ele. Os olhos estavam fundos, perdidos nas olheiras; o nariz e as bochechas eram uma constelação de vasos sanguíneos estourados.

— Posso ajudar? — perguntou ele quando Diana se aproximou do balcão.

— Um *latte* médio, por favor.

— Pode ser com leite integral?

— Pode, sim.

— Seu nome?

— Katrina.

Ela o observou à espera de alguma reação, como uma careta ou uma fuga aos berros, mas ele se limitou a passar o pedido para o barista, pegar uma canetinha preta e escrever o nome com a grafia errada ("Catrina") no copo. Era como se um suspiro de resignação tivesse assumido a forma humana, com cada movimento dele comunicando todo o cansaço e desgosto. Diana se perguntou qual seria a história por trás daquilo. Por certo não era aquele o futuro glorioso que a formação no Emlen deveria garantir e, apesar dos empregos dele na área de marketing também não terem sido nada impressionantes, estavam muitos níveis acima de servir café. Será que ele decaiu tanto que a família não podia mais ajudá-lo; teria dissipado todo o patrimônio familiar; teria esgotado todas as possibilidades de pedir favores, depois de receber ajuda de todos os colegas?

Diana bebeu o café enquanto observava Brad atrás do balcão, ignorando os colegas, usando somente o mínimo necessário de energia para anotar os pedidos, receber e dar o troco. Quando seu *latte* acabou, ela descartou o copo, saiu da cafeteria, atravessou a rua e passou as setes horas seguintes, com exceção de uma única ida ao banheiro, vigiando o carro de Brad.

Às quatro da tarde, ele saiu pela porta dos fundos com o avental embolado nas mãos, sentou-se ao volante do carro e seguiu pela avenida Roland, na direção contrária de onde tinha vindo. Depois de mais ou menos um quilômetro e meio, parou no estacionamento de um restaurante. HAPPY HOUR DAS 16H ÀS 19H. CERVEJA POR UM DÓLAR, DRINQUES POR DOIS DÓLARES, ASINHAS DE FRANGO POR UM DÓLAR.

Diana viu pela janela do restaurante quando ele falou alguma coisa para a atendente e se sentou num banquinho no balcão. A bartender parecia conhecê-lo: havia uma cerveja à espera assim que ele terminou de se acomodar. Pelas duas horas seguintes, Diana ficou no estacionamento enquanto Brad bebia, de cabeça baixa e com os ombros curvados, enxugando pelo menos seis cervejas e ignorando o potinho de amendoim ao lado, os outros clientes e os demais funcionários. Quando o copo se esvaziava, fazia um sinal com o queixo e outra cerveja aparecia. Às sete horas, ele pôs uma nota no balcão, desceu do banquinho e, cambaleando de leve, voltou para o carro.

Ele vai dirigir neste estado?, perguntou-se Diana. Ao que parecia, sim. Ele se sentou atrás do volante e saiu pela rua, atravessando a linha divisória amarela ao manobrar. O carro que vinha na pista oposta buzinou. Brad voltou para a faixa correta e seguiu pela avenida Roland, invadindo a outra pista pelo menos meia dúzia de vezes no trajeto de cinco minutos de volta para casa.

Ela o observou enquanto ele se arrastava para dentro do apartamento e então voltou ao bar. Quando entrou, o lugar de Brad estava ocupado por uma jovem que conversava com o acompanhante. Diana precisou de alguns minutos, e uma nota de vinte dólares ostensivamente exibida, para atrair a atenção da bartender. Quando a moça foi atendê-la, Diana apontou para o banquinho onde estava Brad.

— O cara que estava sentado aqui agora há pouco. O careca. Você sabe o nome dele?

A bartender vestia uma camisa branca de botões e suspensório. Ela deu de ombros.

— Só sei o que ele me falou. Brad? Bart? Alguma coisa assim.

— Ele é um bom freguês?

O bar estava lotado àquela altura, abafado e barulhento, e Diana precisou gritar para ser ouvida.

A jovem deu um sorrisinho.

— Ele passa horas aqui, e este — ela apontou para o banquinho — é um lugar disputado na happy hour. Fica ali sentado virando as cervejas de um dólar como se vivesse para isso. Depois deixa uma nota de dez para pagar uma conta de sete dólares e vinte centavos. Às vezes é uma de vinte, e ele pede onze de troco. — Ela revirou os olhos azul-claros sob os cílios escuros e grossos. — Um príncipe encantado.

— Ele já apareceu aqui com outra pessoa?

A jovem cruzou os braços e estreitou os olhos para Diana.

— Por quê? Você é a mulher dele por acaso?

Diana negou com a cabeça.

A bartender pensou um pouco, e depois deu de ombros.

— Ele nunca veio aqui com ninguém, nem mulher nem homem. Na verdade, não conversa com ninguém. Só fica bebendo mesmo.

Diana empurrou o dinheiro para o outro lado do balcão em agradecimento e voltou para o hotel em que tinha se hospedado, pagando adiantado em dinheiro vivo e dando o nome de Julie Christie.

Ela observou Brad por três dias úteis seguidos, e a rotina foi sempre a mesma. Por volta das nove, ele saía para trabalhar. Depois do expediente, ia ao bar. Depois de beber, voltava para casa e estacionava na mesma vaga de sempre antes de entrar, de cabeça baixa e ombros caídos. No fim da terceira noite, em meio à raiva e o desprezo de Diana surgiu também uma faísca de pena, que ela suprimiu com fúria, imaginando que estava esmagando uma guimba de cigarro com a sola do sapato. Ela disse a si mesma que precisava agir depressa, antes que a brasa voltasse a se acender e provocasse uma revolta.

No sábado, as coisas foram diferentes. Quando deu nove horas, Brad não apareceu. Ao meio-dia, um sedã de último modelo parou diante do prédio. As portas traseiras se abriram e do carro saíram duas crianças ou talvez pré-adolescentes (Diana não conseguiu ver por causa dos casacos de inverno e dos gorros). Estavam ambos com uma mochila nas costas e uma bolsa de lona na mão. *Lila e Austin, imagino*, pensou Diana, mas abriu a janela a tempo de ouvir uma mulher gritar do assento do motorista:

— Eli, Claudia, sejam bonzinhos com seu pai!

— Tá bom, mãe — responderam Eli e Claudia ao mesmo tempo.

Eles subiram a escada sem muito ânimo e desapareceram pela porta da frente. Na manhã seguinte, às onze, Diana estava de volta ao posto e viu as crianças, com as mesmas roupas de inverno, saírem do prédio e entrarem no carro da mãe. Ela supôs que a mulher devesse ser a segunda ex-esposa de Brad; os filhos, a segunda ex-família. E ela sabia que não podia esperar muito mais. O restaurante precisava dela. O marido também. Era hora de ir para casa.

Diana ajeitou o cabelo, agachou para verificar se os tênis estavam bem amarrados. Estava de calça jeans e um moletom azul-escuro com capuz, roupas discretas e nada chamativas, que lhe permitiriam desaparecer depressa numa multidão se fosse preciso. Ela retocou o batom, se esforçando para manter a mão firme, e guardou de novo no porta-maquiagem, que armazenou na bolsa ao lado do revólver feminino Colt comprado na semana anterior. Em seguida trancou o carro, subiu a escada e parou na entrada castigada pelo vento, batendo na porta de Brad Burlingham.

— Só um minuto! — gritou ele. Um instante depois, Brad estava diante dela, de camiseta, calça de moletom e pés descalços. — Sim?

— Brad Burlingham?

— Sim? — Ele franziu a testa e estreitou os olhos. — Você me conhece? — Ele arregalou os olhos e se inclinou para trás, para o calor do interior do apartamento. — Veio me intimar?

De início, ela não entendeu o que ele quis dizer.

— Como assim?

— Se você for oficial de justiça, precisa se identificar.

Ela balançou a cabeça.

— Só quero conversar com você.

— Quem é você? — perguntou ele, olhando para Diana.

— Você não se lembra?

Ela o encarou, esperando por um estalo; esperando que algo na postura ou rosto dele mostrasse quando a reconhecesse. Como nada aconteceu, ela falou:

— Cabo Cod, 1987. Praia Corn Hill.

Enfim as palavras produziram algum efeito. Ela viu um leve indício de pânico nos olhos dele, fez força para entrar no apartamento e esperou que Brad se virasse para ela, com os ombros caídos, e fechasse a porta atrás de si.

Na sala de estar, ela notou os detritos da visita dos filhos: controles de videogame no chão, uma tigela com batatinhas na mesa de centro, perto da cópia do manual do AA.

— Pode entrar — disse Brad com um gesto irônico de cortesia. — Fique à vontade.

Diana esperou um instante, então se sentou na ponta de uma poltrona de veludo marrom-claro que era parte de um conjunto. Ela se perguntou se aqueles móveis ficaram com ele depois do divórcio, se foram transportados da casa da família para aquele deprimente apartamento de pai solteiro.

— Agora estou reconhecendo você — declarou ele. — Da Starbucks. Você foi lá uns dias atrás, não? — Antes que ela pudesse responder, ele complementou: — O emprego é parte da reabilitação.

Ele desabou no sofá, que era de couro marrom, enorme, desproporcional às poltronas, mais estreitas.

— Você deve estar se perguntando por que um graduado no Emlen está servindo café para ganhar a vida. — Ele deu de ombros. — Quando você faz um tratamento de desintoxicação que segue os doze passos, precisa arrumar um trabalho assim. Servindo os outros, ou fazendo manutenção. Reabastecendo prateleiras, limpando o chão. Nós precisamos ser úteis e aprender a ser humildes. E ter um lugar para ir de manhã também ajuda.

De maneira inevitável, Diana voltou o olhar para a garrafa de cerveja aberta na mesa de canto, perto das batatinhas. Brad viu o movimento, e deu de ombros.

— Eu parei com as coisas mais fortes. Eles chamam isso de redução de danos.

Diana pensou que seria mais apropriado chamar de *papo furado*, mas ficou quieta.

— Eu estava esperando por você — comentou ele.

— Como assim?

— Ah, sim. Com toda essa história de movimento #MeToo no noticiário... — Ele ergueu a mão de cima da cabeça e declamou: — Primeiro foram atrás de Harvey Weinstein, e eu não falei nada, porque não era um milionário judeu, figurão do cinema. Depois foram atrás de Charlie Rose e Matt Lauer, e eu não falei nada, porque não trabalhava na TV. Depois foram atrás de Brett Kavanaugh, e eu não falei nada, porque não sou juiz. E, quando vieram atrás de mim, não tinha mais ninguém para me defender. — Ele brincou com a garrafa na mão. Falando baixinho, acrescentou: — Eu estou esperando por isso há muito tempo. Por você. Então...

Ele deixou de lado a garrafa e juntou as mãos com um barulho, como um anfitrião caloroso e bonachão recebendo uma visita em seu lar.

Isso a fez lembrar de Reese, com a diferença de que o amigo era sempre sincero, gostava mesmo de receber as pessoas, fazê-las se sentir bem-vindas, enquanto aquele homem a queria longe dali o quanto antes.

— E aqui está você. — Ele pegou a garrafa de novo e a ergueu num brinde. — E o que acontece agora?

— Como assim?

— Bom, essas coisas seguem um roteiro, não? Você conta para meu chefe, ou para a imprensa, ou para minha ex — explicou o homem. Ela viu a bebida entalar na garganta dele enquanto engolia. — Ou meus filhos.

Diana não respondeu. Saber que os filhos de Brad também sofreriam com uma eventual revelação já era ruim o bastante quando as crianças eram apenas hipotéticas. Como já tinha visto os dois, o fardo se tornou ainda mais pesado.

— O que você quer? Dinheiro? — Ele deu um sorrisinho. — Nisso eu não posso ajudar. Houve um tempo em que podia. Mas dois divórcios e quatro filhos deixam qualquer bolso vazio.

Ele a observou com mais atenção. Para Diana, a análise era como ter um inseto, ou alguma criatura nojenta de muitas pernas, passeando por sua pele.

— O que, então? Um pedido de desculpas?

Ela engoliu em seco, apesar do nó na garganta.

— Palavras não resolvem nada.

Brad Burlingham levou a mão ao coração. Em tom de zombaria, ele disse:

— Que tal um juramento solene de nunca, jamais fazer uma coisa tão horrível de novo?

Ela o encarou.

— Foi horrível mesmo.

Ele a olhou por um momento, então os ombros desabaram.

— É — admitiu ele. — Foi, sim.

Os dois ficaram em silêncio por um instante. Diana pensou que aquele não podia ser o garoto malicioso e debochado de que se lembrava daquela noite na praia. Brad parecia… A palavra "destruído" lhe veio à mente. Ela afastou o pensamento, observando-o enquanto bebia, com o pomo de adão subindo e descendo a cada gole. Diana se lembrou do que a bartender falou: "Ele bebe como se vivesse para isso".

— Quer saber o que eu quero? — questionou ela. — Que tal saber por quê? Vocês deviam saber... — Ela enxugou as mãos na calça. — Vocês deviam saber que aquilo teria consequências. Que ia me fazer sofrer. Afinal, eu era uma pessoa de carne e osso.

Ele a encarou, limpando a boca com as costas da mão.

— Olha — disse por fim. — Aquele cara, o que fez aquilo com você, ele não era meu amigo.

— Ah, não? Porque vocês pareciam todos bem amiguinhos.

— Nenhum daqueles caras era meu amigo — afirmou ele com a voz embargada. — Eu pensei que fossem. Queria que fossem. Mas não eram.

— Então foi por isso que você deixou Hal Shoemaker me estuprar? Por isso que ficou rindo e dizendo que ia ficar com as sobras? Por querer fazer parte da turminha dos descolados?

— É — respondeu ele, com um tom quase inaudível. — Eu queria que eles gostassem de mim. Sabia que aquilo era errado...

Ele pegou a garrafa, parecendo surpreso ao constatar que estava vazia, e a segurou com as mãos, apertando-a como se fosse uma boia salva-vidas.

— Olha só — continuou ele. — Eu fui para o Emlen porque meus irmãos tinham estudado lá, e meu pai, e meu tio, e o pai deles também. E eles eram todos... — Ele parou de falar, fazendo um gesto vago com a mão livre. — Eles sabiam como se dar bem num lugar como aquele, sabe como é? Eu não. Eu não era inteligente nem esportista. — Brad abaixou a cabeça, e o queixo quase bateu no peito. — Ninguém gostava de mim.

Diana ficou olhando para ele, incrédula.

— Ninguém gostava de *você?* — repetiu ela, com o coração disparado, o rosto queimando, com vontade de bater nele, de arranhar aquela cara presunçosa, arrancar com as próprias mãos o que restava de cabelo naquela cabeça. — Você tem ideia de como eu me senti quando voltei para casa? Do que aquilo fez comigo? Eu quase abandonei a escola, e acabei abandonando a faculdade. Tanto tempo depois, ainda tenho pesadelos. Acordo no meio da noite pensando que tem alguém na minha casa, ou na minha cama, ou no meu armário. Eu era virgem.

Ele baixou os olhos e se jogou para trás como se estivesse tentando fundir o corpo com o sofá.

— Você tem ideia do que fez comigo? — perguntou Diana mais uma vez, se inclinando para a frente.

— Tenho — respondeu ele, baixinho. — Eu tenho, sim.

— Não. Você nem imagina.

Ela se recostou e ficou esperando para ver o que mais ele diria. Quando percebeu que Brad não falaria mais nada (que aquilo seria tudo o que ouviria dele, que não tinha capacidade de oferecer nada mais), Diana se levantou e pegou a bolsa.

Com os olhos voltados para o colo, ele disse:

— Eu fui internado para desintoxicação pela primeira vez aos 26 anos. Eu não conseguia tomar jeito, sabe? Não conseguia manter os empregos que as pessoas me arrumavam. Não conseguia manter um relacionamento. Não conseguia fazer nada dar certo na minha vida. Então eu bebia. E aí dei perda total no meu carro, minha esposa finalmente resolveu ir embora, meus irmãos e meus pais fizeram uma intervenção e me mandaram para Minnesota. Todo mundo lá falava que talvez eu tivesse chegado ao fundo do poço.

Enfim, ele ergueu os olhos, que estavam vermelhos e turvos. O olhar estava sem foco e distante.

— Mas acho que eles estavam errados. Acho que aquele não foi o fundo do poço para mim. Acho que o melhor teria sido me deixarem continuar afundando.

Diana se sentiu pesada, como se as pernas, as mãos e o coração tivessem sido revestidos com chumbo. Aquilo era uma vitória? Não em si. Ela não sentia que tinha magoado Brad, ou aberto seus olhos, ou o ferido de alguma forma. Ele já estava arruinado de qualquer forma, e fazia anos, muito tempo antes de sequer ver o rosto dela.

— E agora? — perguntou ele, com uma indiferença de gelar o sangue. — Você tem uma arma aí na sua bolsa?

— Eu não quero que você morra — retrucou Diana. — Quero que você tenha que conviver com o que fez. Toda vez que olhar para suas filhas, quero que pense no que fez comigo, e que algum cara pode fazer isso com elas. Quero que você sofra.

Sem esperar pela reação dele, ela lutou contra aquele peso paralisante para chegar à porta, dando um passo de cada vez, e então se viu no corredor, depois na escada, e então no carro. Dirigiu noite adentro para Cabo Cod, só parando para abastecer. Michael e Pedro já estavam acordados quando ela chegou, de manhã bem cedo, sentados lado a lado no sofá.

— Aonde você foi? — perguntou Michael.

Diana não respondeu; não conseguiu. Michael a encarou com cautela, então se levantou e abriu os braços. Ela pressionou o rosto na camisa xadrez macia dele e se deixou abraçar e embalar com suavidade.

— Você poderia ter me contado — disse ele com um tom reconfortante. — Seja o que for, eu vou dar meu apoio da melhor maneira que puder. Só não se feche para mim.

Ela se sentou com ele à mesa e contou onde esteve.

— Eu fui até o Emlen — disse ela, com a cabeça baixa diante da pequena mesa da cozinha, com Pedro aos seus pés. — Descobri o nome deles.

Michael acenou com a cabeça, sem se alterar.

— E isso levou uma semana?

— O cara que me imobilizou, ele mora em Baltimore. Eu fui atrás dele. Fiquei vigiando sua rotina por um tempo, e ontem bati na porta e contei quem eu era.

O marido a encarou, incrédulo.

— Diana. Você foi até lá sozinha? Sem ninguém saber nem onde você estava? Minha nossa! Você não pensou no que poderia ter acontecido?

— Pensei — respondeu ela, mas sem mencionar a arma. — Mas foi tudo bem. Nós conversamos. E agora ele sabe. E eu sinto que...

Ela respirou fundo, tentando encontrar palavras para descrever aquela nova leveza, como se tivesse tirado uma roupa apertada, como se tivesse largado um fardo pesado.

— Enfim, que bom, eu acho. — A expressão de Michael ainda era de dúvida.

— É bom, sim — garantiu ela. — Acho que era disso que eu precisava. Só encará-lo mesmo, e ser vista por ele.

— Você merece mais que isso.

— Sim, mas me conformo com o que conseguir.

Ela se levantou, e ele também. Diana voltou para os braços dele, repousando a cabeça em seu peito e ouvindo o ritmo familiar das batidas do coração.

— Não faça isso de novo — pediu ele. — Não me abandone desse jeito.

— Não vou fazer de novo. Eu prometo.

Com o passar dos dias, ela achou que as coisas estavam melhorando... mas esqueceu que tinha programado um alerta do Google com o nome de Brad, e também de Hal e de Danny. Seis dias depois de voltar para o Cabo, o celular dela apitou com uma notícia sobre Brad. Diana sentiu o coração disparar quando clicou no link do obituário de Brad Burlingham.

Bradley Telford Burlingham, de 51 anos, morreu em casa na noite de sábado. Burlingham, filho de Bradley Burlingham Senior e Tessa (White) Burlingham, era ex-aluno do Instituto Emlen e da faculdade Trinity. Ele deixa os pais, dois irmãos, Davis e Stuart, as filhas Lila e Claudia, os filhos Austin e Eli...

Diana colocou o celular de lado e afastou a cadeira da mesa onde estava, com a respiração ofegante e os punhos cerrados junto ao corpo. *Ele pode ter sofrido um infarto*, pensou ela. *Talvez já estivesse doente.* Só que ela sabia a verdade, mesmo antes de criar coragem para pegar o laptop e pesquisar mais. O *Baltimore Sun* havia sido discreto, mas o site de um semanário alternativo da cidade trazia todos os fatos.

Filho de família proeminente de Baltimore comete suicídio. Uma fonte próxima da polícia revelou à Weekly que Bradley Burlingham III, o filho mais novo de 51 anos do magnata da cidade Bradley Burlingham Senior, tirou a própria vida em seu apartamento em Roland Park na noite de sábado.

Poucos minutos depois, Diana estava no deque, com Pedro aos seus pés e nenhuma lembrança de como tinha ido até lá.

— Diana — chamou Michael.

Só o que ela conseguiu fazer foi sacudir a cabeça e, sem dizer nada, entregar o celular com a notícia ainda na tela, a evidência de sua culpa, um fardo que seria obrigada a carregar pelo resto dos dias, saber que tinha matado Brad Burlingham, saber que aquilo que fizera fora como encostar uma arma na cabeça dele e puxar o gatilho.

24

Daisy

Dez minutos depois que Diana as deixou em casa, Daisy viu o carro do marido chegar. Ela sentiu um aperto no peito. Hal costumava aparecer só uma hora depois, o que significava que havia saído mais cedo do trabalho. O rosto de Beatrice parecia assustado sob as franjas tingidas de roxo. Daisy ajeitou os ombros e abriu a porta.

— Ora, ora — falou ele, assim que viu Beatrice. — O retorno da filha pródiga. — Ele encarou as duas e perguntou: — Quem vai me contar o que foi que aconteceu?

— Eu matei aula — respondeu Beatrice, sem olhá-lo nos olhos. — Fui para o Center City com um amigo.

Ele a olhou com frieza.

— Por quê?

Beatrice deu de ombros.

— Sei lá. Porque me pareceu uma boa ideia na hora?

Hal foi até ela, chegando tão perto que as lapelas de seu casaco roçaram nos ombros da filha.

— Você acha isso uma piada? Acha que pode jogar todas as suas oportunidades no lixo? Eu me mato de trabalhar para pagar sua escola...

— Eu nunca pedi para estudar numa escola particular! — gritou Beatrice.

E então começou a gritaria: "Você sempre" e "Você nunca"; "Quanta decepção" e "Desculpa não ser quem você queria".

Daisy sabia que o marido ficaria furioso com o delito de Beatrice. Sua intenção era concordar com tudo o que ele quisesse dizer enquanto rezava para a filha não o provocar ainda mais. Só que já deveria ter imaginado. Provocar os pais era uma especialidade de Beatrice àquela altura da vida.

— Se for expulsa de mais uma escola, como você acha que seu histórico vai ser visto quando se candidatar a uma vaga na faculdade? — questionou Hal. — Você já tem uma mancha no currículo. Quer uma segunda?

— Eu nem quero fazer faculdade — retrucou Beatrice.

Com o queixo erguido e as sobrancelhas franzidas, ela estava a cara do pai, pensou Daisy, uma versão menor, feminina e de cabelo roxo de Hal Shoemaker.

— Eu vivo dizendo isso para vocês! Já cansei de repetir, e vocês fazem questão de não escutar.

— Não seja ridícula — rebateu Hal. — Lógico que você vai fazer faculdade.

— Por quê? — questionou Beatrice. — Eu não preciso de diploma para o que quero fazer.

— E o que seria mesmo? — Ele abriu os braços, representando uma encenação para um júri inexistente. — Ficar espetando bichinhos de pelúcia com uma agulha? Você acha mesmo que vai conseguir se sustentar com isso?

— Se eu não tentar, nunca vou saber.

Para Daisy, pareceu um argumento bem razoável. Era óbvio que Hal discordava.

— Você pode fazer o que quiser da vida — respondeu ele, com um tom de voz baixo e perigoso. — Depois que se formar na faculdade.

— Nem todo mundo precisa se formar na faculdade! — gritou Beatrice.

Não diga isso, implorou Daisy, mas era óbvio que Beatrice não tinha como ouvir o apelo.

— A mamãe nunca se formou, e está muito bem, obrigada!

— Sua mãe está bem — retrucou Hal, entredentes — porque é sustentada por mim.

Daisy virou a cabeça num movimento brusco.

— Como é que é? — Ela não planejara dizer nada, mas ele tinha ido longe demais.

Hal continuou falando como se Daisy sequer tivesse se manifestado.

— Você pensa que estaria morando nesta casa, neste bairro, estudando numa escola excelente, se eu não tivesse feito faculdade? Talvez eu devesse ter decidido ficar aqui sentado fazendo tricô e bolinhos.

O lábio dele se curvou de desdém quando disse "bolinho". Daisy recebeu aquele escárnio como um tapa na cara. E então se perguntou: o que Hannah teria respondido se tivesse ouvido isso? Ou o que Diana teria dito se estivesse escutando?

— Hal — interveio Daisy, com um tom de voz bem frio, que mal parecia o seu. — Já chega.

Vermelho de raiva, Hal continuou resmungando algo sobre "ingratidão" e "desrespeito".

— Já chega — repetiu Daisy, e ele enfim se calou.

Ela se voltou para a filha.

— Beatrice, só o que seu pai e eu queremos é que você tenha opções na vida. Se decidir que quer viver de artesanato, a escolha é sua, mas um diploma universitário abre muito mais portas do que um de ensino médio. E você pode se formar em belas-artes, se quiser.

— Não com meu dinheiro — resmungou Hal, mas pelo menos tinha parado de gritar.

— O que estou dizendo — continuou Daisy, obstinada — é que não precisamos decidir nada disso agora. — Ela respirou fundo. — Mas você não pode matar aula. Não pode continuar aprontando. Você precisa respeitar as regras.

— Tudo bem — murmurou Beatrice.

Ela lançou um olhar insolente para o pai, entregou o celular para a mãe sem que fosse preciso pedir e subiu a escada, com a saia florida farfalhando em torno das pernas e a bolsa de tapeçaria balançando e batendo no quadril.

Daisy se virou para marido, mas Hal já estava saindo da sala.

— Ei — chamou ela num tom mais incisivo do que o de costume.

Hal se virou, e a expressão no rosto dele era de tanta frieza e ódio que Daisy ficou até sem fôlego.

— Que foi? — perguntou ele.

Daisy mal conseguia falar. Pela maneira como a encarava, era como se ele estivesse tentando decidir se queria conversar com ela ou só pegar uma faca de carne na cozinha e enfiar no coração da esposa.

— É que... você acha mesmo que estigmatizar o trabalho que eu faço vai ajudar a fazer Beatrice querer ir para a faculdade? — Ela usou a palavra "estigmatizar" de propósito, e torcia para tê-la pronunciado corretamente. — Porque eu não acho.

— Desculpe — disse ele, apesar de não parecer nem um pouco arrependido. — Mas acho que, assim como ela, você ainda não entendeu sua situação. De jeito nenhum você estaria morando nesta casa se tivesse que pagar a hipoteca com o que ganha dando aulinhas de culinária.

— Ora — respondeu Daisy, se esforçando para manter o tom cortês —, eu provavelmente não teria decidido morar em Lower Merion, nesse caso. Não pensaria que precisaria de uma casa de quatro quartos só para três pessoas. Existem lugares de sobra para viver neste mundo. E os mais variados estilos de vida.

— Eu não sabia que você tinha queixas a fazer de sua vida — retrucou Hal, com um sarcasmo indisfarçável.

Daisy jogou as mãos para o alto.

— Não tenho queixa nenhuma, Hal. Eu sou feliz aqui. Muito feliz. Só estou dizendo que...

Ora, o que ela estava dizendo mesmo? E de que adiantava, aliás?

Com o maior descaramento, Hal tinha pegado a pilha de correspondências na mesinha junto à porta e estava abrindo os envelopes, como se uma conversa com Daisy não fosse o bastante para exigir toda a atenção.

— Eu sei o que você está dizendo — declarou ele. — E fico contente por você ter suas coisinhas para se ocupar.

Coisinhas? Lógico que era assim que Hal via o trabalho dela. Ele ganhava muito, muito mais do que Daisy acrescentava ao orçamento da família. Talvez ela pudesse faturar mais se alugasse um espaço e abrisse uma escola, se investisse em divulgação ou procurasse clientes de uma forma mais ativa, mas o ritmo de trabalho atual lhe permitia estar em casa de manhã e de noite, sempre disponível para quaisquer que fossem as demandas do marido e da filha.

Hal largou a correspondência e abriu os braços, esperando com uma expressão paciente e paternalista que Daisy se aproximasse e o deixasse abraçá-la.

— As feministas podem falar o que quiserem das mulheres ganharem dinheiro e os homens ficarem em casa — falou Hal, com a boca próxima do cabelo dela. — Mas, na minha opinião, é assim que as coisas devem ser.

— E o que exatamente significa esse "assim"? — A voz de Daisy soou fraca.

Hal não pareceu perceber.

— Eu tenho um emprego. Você cuida da casa, prepara refeições divinas, cuida de Beatrice. — Ele a beijou na ponta do nariz e depois na testa. — Você faz da nossa casa um lar.

— É, mas…

— E você é feliz, não?

— Sou, sim, mas é que…

— Então está ótimo.

Ele colou os lábios aos dela; um beijo duro e seco que pareceu mais um carimbo num documento do que uma demonstração de carinho pela mulher.

— Eu só quero que minhas passarinhas sejam felizes no ninho.

Hal pendurou o casaco no dedo e subiu a escada. Daisy suspirou. Estava exausta, exaurida por completo, mas ainda precisava servir o jantar. Ela foi até a cozinha para tirar os filés da geladeira e cortar alguns galinhos de alecrim do vaso. Estava pegando a frigideira de ferro quando ouviu uma voz.

— Você sabe de onde é isso, né?

Daisy soltou um gritinho de susto. Quando levantou os olhos, Beatrice estava debruçada no patamar da escada, olhando para baixo.

— Como assim?

— Passarinha.

Daisy ficou até surpresa pela filha saber do apelido, uma vez que parecia determinada a ignorar tudo o que os pais faziam, e em especial a mãe.

— Não sei. Daquela música? Aquela do Bob Marley?

— Não. Essa é "Three Little Birds", no plural. "Passarinha" é como Torvald chamava Nora em *Uma casa de bonecas*. "Esquilinha", "Cotoviazinha", "Meu bichinho de estimação".

Beatrice abriu um sorrisinho de desdém e voltou para o quarto. Daisy ouviu a porta se fechar bem devagar.

— Ora, aposto que eu saberia disso se tivesse me formado na faculdade! — gritou Daisy.

Pronto, pensou ela. *Aí está uma boa lição.*

Ela selou os filés na frigideira, finalizou com um molho de alecrim e vinho tinto e serviu com purê de batata e brócolis com raspas de limão. Em seguida arrumou a mesa, retirou os pratos quando terminaram de comer e raspou as sobras na lixeira. Então, deixando o restante da louça na mesa e os pratos sujos na pia, foi para a sala de estar e se sentou junto à lareira, sentindo a pedra fria sob os pés. Não que não estivesse acostumada a se sentir inadequada e ignorante num círculo de convivência em que todos os homens e a imensa maioria das mulheres tinha diplomas universitários, mas foi a primeira vez que se deu conta de que Beatrice também a via daquele jeito. Ela se perguntou se algum dia a filha a trataria com o mesmo ar de ligeira condescendência com o qual tinha se habituado depois de anos casada com Hal Shoemaker.

Daisy tirou o celular do bolso e fez uma pesquisa no Google.

"A peça começa na época das festas de fim de ano, quando Nora Helmer entra em casa carregando uma pilha de pacotes. Torvald, o marido, a provoca em tom de brincadeira por gastar tanto, e a chama de sua 'esquilinha'."

Daisy fez uma careta e guardou o celular de volta no bolso. No andar de cima, a porta do quarto que dividia com Hal estava semiaberta, e ela ouviu o som da televisão, a voz dos comentaristas da ESPN. Se fosse lá, veria Hal na cama, sem sapatos, com os pés para cima, talvez lendo algum documento no iPad, sem prestar muita atenção à TV. A porta de Beatrice estava fechada, mas Daisy ouviu a música (*Enya*, pensou, *ou talvez Conan Gray*) lá de dentro, e imaginou Beatrice na cadeira de balanço, cravando com fúria a agulha de feltragem na lã. Ela ficou parada por um momento, indecisa, então se virou e foi para o quarto de hóspedes, que passava a maior parte do ano vazio. Por mais que ela pedisse para Danny e Jesse irem passar um fim de semana lá, ou ao menos uma noite, eles estavam sempre ocupados, ou indo para um lugar melhor: Fire Island, Florença ou São Francisco. Ela nem se deu ao trabalho de acender a luz quando se deitou no edredom. Lester a seguiu até lá e conseguiu subir na cama na segunda tentativa. Daisy baixou a peça toda no celular, rolando o texto cada vez mais depressa, fazendo uma leitura rápida e então prestando mais atenção quando chegou perto do fim.

"Então passei das mãos de meu pai para as suas", disse Nora. *"Você providenciou tudo de acordo com seu gosto; ou então eu só fazia o que você gostava; não sei ao certo. Acho que foram as duas coisas, primeiro uma, depois a outra. Olhando para trás, é como se eu estivesse vivendo na pobreza aqui, me sustentando com pouco. Eu vivia apenas para entreter você, Torvald, mas era isso o que você queria. Você e meu pai cometeram um mal terrível contra mim."*

Daisy ficou olhando para a tela como se tivesse levado um tapa na cara. Sabia que o pai a amara. Hal também. Não a tratava como uma criança, só como… *alguém inferior a ele*, complementou a voz em sua mente. Uma pessoa que não era tão inteligente, nem tão importante, alguém cuja opinião quase nem era ouvida, e cuja voz não tinha muito peso. Pelo menos, não tanto quanto a dele.

Ela guardou o celular no bolso, atravessou o corredor e bateu na porta do quarto da filha. Quando Beatrice abriu, Daisy disse:

— Preciso de ajuda com a louça.

Beatrice pareceu surpresa. No geral, Daisy só pedia para ela pôr a mesa e lavar o próprio prato. A cozinha era domínio da mãe, o que tornava tudo o que acontecia por lá uma obrigação sua. Hal tinha o emprego, Beatrice, os estudos, e Daisy, panelas e frigideiras para esfregar, pisos para varrer, bancadas para limpar. Uma casa a arrumar para eles.

— Então Nora vai embora no fim — comentou ela, enquanto as duas desciam a escada.

— Hã?

— Na peça. *Uma casa de bonecas.*

— Isso mesmo. — Beatrice foi para a pia. — Ela diz que não tem como ser a esposa ou mãe de ninguém enquanto não conhecer a si mesma.

Então sai da casa e fecha a porta. É um momento icônico. Pelo menos, foi isso o que a professora disse.

— É muito interessante.

Daisy percebeu que a voz saiu embargada. Ela se agachou para abrir a lava-louças, sentindo um aperto no peito, alguma coisa pesando dentro de si, dificultando a respiração.

— Você está se tornando uma jovem muito impressionante.

Beatrice pareceu incomodada.

— Mãe, por que você não terminou a faculdade?

Daisy pareceu entender o que Beatrice estava querendo: uma afirmação de que ela poderia viver muito bem tendo apenas o diploma do ensino médio; uma permissão para ignorar o que Hal queria para ela. Mesmo se Daisy concordasse (e ela não estava certa disso), sabia que era melhor não dizer nada. Hal ficaria furioso.

— Isso foi há muito tempo — respondeu. — E as coisas eram diferentes na época.

Elas terminaram de arrumar a cozinha em silêncio. Quando Beatrice pediu permissão para voltar ao quarto e terminar a lição de casa, Daisy concordou com a cabeça. Em seguida apagou todas as luzes do andar de baixo e verificou se as janelas e portas estavam trancadas. No quarto, Hal tinha pegado no sono, com a televisão ligada e o controle remoto ao lado na cama. Daisy desligou a TV, vestiu a camisola, lavou o rosto, escovou os dentes e foi se deitar. Ficou de barriga para cima, de olhos abertos, ouvindo o tiquetaquear do relógio por horas, até de manhã.

Tem alguma coisa mudando, pensou, à medida que o céu do lado de fora deixava de ser preto e assumia uma coloração cinza-clara. A casa estava em silêncio, a não ser pelos roncos barulhentos de Lester e os mais silenciosos de Hal. Seria ela? Seria Hal? Seria o mundo?

Ela continuou acordada na cama, olhando para o teto, até as seis da manhã. Quando o marido se levantou em silêncio para pôr as roupas de correr, Daisy fingiu estar dormindo até ouvir a porta da frente se abrir e fechar. Então ficou na cama por mais uma hora, se perguntando se conseguiria seguir vivendo daquele jeito e, em caso negativo, o que poderia fazer a seguir.

25

Beatrice

Em geral, Beatrice detestava os jantares que os pais davam. Não gostava da forma como eles a exibiam, fazendo-a desfilar pela casa para ser apresentada aos convidados, obrigando-a a conversar com desconhecidos sobre os estudos, ou o time de futebol ou os livros que lia. Detestava ver a mãe ficar estressada e com a voz estridente; e o pai a mandando de volta ao quarto para trocar de roupa se ele não aprovasse seu visual, dizendo coisas como: "Você tem trezentos e sessenta dias por ano para se expressar como quiser, mas nos outros cinco quem escolhe sou eu".

Só que o que a mãe tinha planejado para a noite de sábado não era bem um jantar, era receber parentes: o avô de Beatrice e a companheira dele, a avó e o parceiro dela, os tios Danny e Jesse e só uma pessoa de fora. E a pessoa era alguém de quem ela gostava: a nova amiga da mãe, Diana.

~~~~~~

Alguns dias depois de ter matado aula com Cade, ela chegou em casa e encontrou Diana e a mãe cozinhando juntas. Elas se comportavam como duas aves: a mãe como um rouxinol rechonchudo, com voos curtos e piando sem parar, pegando um bocadinho disso e daquilo para montar o ninho. Diana, por sua vez, era como uma águia, imponente e vigilante, pairando sobre as correntes de ar à procura de roedores e coelhos mais abaixo, esperando para dar o bote. Beatrice se preparou para ouvir perguntas constrangedoras sobre o motivo de ter matado aula e onde havia se enfiado, mas em vez disso Diana a olhou com uma expressão de aprovação e falou:

— Adorei seu chapéu. E esse broche! São perfeitos.

O chapéu era um cloche preto com um pequeno véu sobre o olho esquerdo. O broche era um dos tesouros de Beatrice, um tigre em estilo art déco em uma pose à espreita, com dois topázios no lugar dos olhos. Ela havia comprado por vinte dólares numa loja na rua South.

— É um belo look — comentou Diana. Beatrice sabia quando estava sendo bajulada, portanto percebeu a sinceridade de Diana. — Você tem interesse em seguir carreira na moda?

Beatrice deu de ombros. Contudo, em vez da pergunta previsível que sempre vinha a seguir ("Bom, então pretende fazer o quê?") e que levava àquilo que a maioria dos amigos de seus pais de fato queria saber, onde ela estava pensando em fazer faculdade, Diana disse:

— Você precisa me contar onde encontrar boas lojas vintage na Filadélfia.

— Ah, Beatrice conhece todas — garantiu a mãe, que obviamente precisava se meter na conversa para mostrar como conhecia bem a filha e era uma mãe exemplar.

— Você gosta de roupas vintage? — perguntou Beatrice à Diana.

Nada na aparência dela indicava gostos remotamente parecidos com aquele. Diana estava usando uma calça jeans de lavagem escura, uma camisa de seda e poucos acessórios, só uma pulseira de ouro e brincos pequenos de diamantes. Os sapatos eram baixinhos, de veludo, mas provavelmente de marca... Tory Burch ou talvez até Chanel.

— Eu gosto de tecidos e estampas vintage. E cartões-postais antigos também — revelou Diana. E, parecendo quase envergonhada, complementou: — Faço decupagem em conchas com eles. E estou aprendendo a bordar.

— Beatrice faz caixas de luz. E taxidermia também! — exclamou a mãe, conseguindo inclusive soar orgulhosa, apesar de Beatrice saber bem que ela não sentia nenhum orgulho disso.

Ignorando a mãe, Beatrice perguntou para Diana:

— Você tem alguma foto?

Diana pegou o celular, destravou a tela e mostrou para Beatrice uma imagem com seis conchas de ostras com bordas em dourado, decupagem de flores-de-lis ou padrões de lagostas, estrelas-do-mar ou pedaços de caxemira estampada, e então amostras, quadrados de linho branco com bordados de pássaros, flores e, em um caso, da expressão FODA-SE em letras cursivas elaboradas.

— Eu morei perto da praia por um tempo, e pegava conchas quando ia caminhar, então procurei alguma coisa para fazer com elas.

— Você já viu os trabalhos do John Derian? — perguntou Beatrice. Diana sorriu.

— Eu já conversei com ele algumas vezes, na verdade.

Beatrice de imediato abandonou qualquer tentativa de parecer descolada.

— Não acredito! Sério?

— Sério. — Diana observou com deleite a alegria de Beatrice. — Algum dia quem sabe vocês podem ir me visitar e eu posso levar as duas para conhecer a loja dele. — Diana se virou para a mãe de Beatrice. — Você conhece o trabalho dele?

Daisy pareceu pensativa.

— Ele tem uma loja em Provincetown. Eu já fui algumas vezes.

Ela devia estar felicíssima por Beatrice estar sendo "agradável", a palavra que provavelmente usaria, com uma amiga sua.

— Você já foi?

Beatrice pensou ter visto Diana ficar tensa.

— A Provincetown? Faz muito tempo que não. — Em seguida, ela se virou para Beatrice e falou: — Eu adoraria ver suas peças de taxidermia.

Depois disso, Beatrice a levou lá para cima. Antes que ela fosse embora, a mãe a convidou para o jantar e, assim que Diana entrou no carro, Daisy começou a planejar o que faria.

<hr />

Cozinhar era o trabalho de sua mãe, que dava diversos jantares por ano como uma forma de atrair novos negócios e exibir as habilidades. Havia o Dia de Ação de Graças, para o qual todo mundo dos dois lados da família aparecia, e a mãe assava patos e encomendava um ganso defumado de algum lugar na Dakota do Norte. Em dezembro, havia as bolachinhas dadas de presente. A mãe passava semanas preparando, e convidava a vizinhança inteira, e todo mundo ia para casa com uma latinha estampada em especial para a ocasião com o nome dela e o endereço do site num adesivo colado na frente. Havia as festas e os fins de semana prolongados que eram marcos do verão: o churrasco do Memorial Day, a festa de encerramento no Dia do Trabalho e a mariscada em Cabo Cod... e ainda o jantar do Primeiro de Maio, quando eram celebrados o aniversário da avó Judy e do pai.

Beatrice já tinha decidido o que usaria no sábado à noite: um vestido preto de tule com crinolinas, mais justo no corpete e rodado a partir da cintura, que tinha encontrado num brechó beneficente por oito dólares. Para acompanhar, sapatos dourados de salto e o chapéu preto. A mãe estava fazendo um dos pratos prediletos, o *coq au vin*, que exigia horas de preparo e que Daisy só servia para as pessoas favoritas.

O sábado, dia do jantar, começou frio e cinzento. A mãe começou a cozinhar na hora do almoço, reduzindo o vinho e o caldo de galinha, fritando o toucinho, refogando a cebola e cenoura, dourando o frango e pondo tudo dentro de uma caçarola grande e funda. Depois acrescentou extrato de tomate, flambou o conhaque e deixou ferver em fogo baixo. O cheiro fazia Beatrice se lembrar de quando era pequena e se sentou à mesa pela primeira vez, observando os convidados da cadeirinha alta e se sentindo como uma rainha.

Beatrice pôs a mesa ("E só precisei pedir uma vez", ela ouviu a mãe comentando com o pai, impressionada), usando sua toalha favorita, com uma estampa azul e amarela, guardanapos de um tom claro de dourado e a porcelana chique da mãe, com um padrão em vermelho e dourado e um aplique de ouro na borda. Na bancada da cozinha estava a salada de folhas vermelhas com avelãs torradas, que seria temperada com um vinagrete de gergelim feito na hora e servida com baguetes quentinhas e manteiga sem sal. Haveria também nozes quentes com especiarias e a entradinha preferida de Beatrice: azeitonas fritas empanadas com uma massa de queijo. Por mais irritante que considerasse a mãe, por mais que tivesse pena dela, era preciso reconhecer o talento culinário e admitir que aquelas azeitonas fritas eram a coisa mais deliciosa do mundo.

Quando Diana chegou, tinha começado a chover. O sobretudo cinza que usava estava salpicado de gotas de chuva, e o vento havia bagunçado seu cabelo.

— Beatrice! — exclamou ela, sorrindo e tocando seu vestido inflado pelas crinolinas. — Que roupa incrível? Posso te dar um abraço?

Beatrice disse que sim, e Diana a envolveu com seu calor e perfume. Sob o casaco chique e cinturado, ela usava um traje todo preto: calça larga, botas de couro e um poncho de caxemira que parecia uma mistura de capa com cobertor.

— Pois é, eu sei — disse Diana, como se Beatrice estivesse lendo sua mente. — É praticamente um Snuggie.

Beatrice não sabia o que era um Snuggie, mas adorou o poncho.

— É tão macio — comentou ela, passando a mão na manga.

— É de caxemira — disse Diana. — Encontrei numa loja em... ah, nossa, Atlanta, eu acho. Estava em liquidação, provavelmente porque não existem muitas mulheres que querem andar por aí enroladas num cobertor. Eu comprei todas as cores que eles tinham. Rosa, cinza-claro, uma cor meio de ameixa e preto. — Ela deu uma boa olhada em Beatrice. — Quer saber, o rosa nunca ficou bem em mim. Mas aposto que em você ficaria incrível.

Beatrice sentiu o coração acelerado de um jeito estranho.

— Sério?

— Sério. Vou embalar e mandar pelo correio assim que chegar em casa.

A mãe de Beatrice saiu da cozinha, limpando a mão no avental. Perto de Diana, de avental verde florido, legging preta e pés descalços, com o cabelo desarrumado, a mãe estava ridícula, parecendo muito jovem. As duas trocaram um abraço afetuoso, e Diana deu um beijo no rosto de Daisy antes de se virar para Beatrice.

— Sua mãe está salvando minha vida, sabe.

— Ah, que exagero — rebateu a mãe, mas parecia satisfeitíssima mesmo assim.

— É verdade! — afirmou Diana. — Graças à sua mãe, eu vou comer bem pelo resto da vida.

A mãe estava sorrindo quando o pai de Beatrice desceu a escada.

— Olá, meninas!

As mulheres não se afastaram exatamente às pressas, mas Diana deu um passo para trás, e a mãe abaixou a cabeça. O pai estava de camisa social e calça cáqui, em vez da calça jeans normalmente reservada para uma noite de sábado em casa. Se a mãe era um rouxinol e Diana, uma águia, o que era o pai, aparecendo para comer assim que a refeição estava pronta? *Um abutre, talvez*, pensou Beatrice, virando a cabeça para esconder o sorriso. O pai deu um beijo no rosto de Diana, e Beatrice viu, ou pensou ter visto, que ela ficou tensa por um breve instante, da mesma forma que havia acontecido quando mencionaram Provincetown.

Beatrice sabia que o pai não queria que Diana fosse ao jantar.

<hr>

— Estou contente por você ter uma nova amiga, mas não quero ter que conversar com uma desconhecida.

— Diana é minha amiga — retrucou a mãe, com um tom inesperado de tão incisivo.

Ela baixou o tom em seguida, mas Beatrice entendeu o que aquilo significava: "Depois de tudo o que eu fiz aqui, depois de tudo o que fiz por você".

Do quarto, Beatrice ouviu o som grave da voz do pai, provavelmente concordando, concedendo à mãe a permissão para convidar a amiga, assim como fazia quando Beatrice queria dormir na casa de alguém. O pai era bem mais velho que a mãe, e às vezes as discussões dos dois pareciam de pai e filha, não de marido e mulher. Beatrice só tinha notado isso pouco tempo antes (provavelmente na época em que lera *Uma casa de bonecas* para a escola, ainda no Emlen), mas depois disso ficou nítido que era o pai quem tomava todas as decisões: para onde viajar nas férias, onde Beatrice deveria estudar e provavelmente coisas que foram decididas antes mesmo que ela nascesse, como onde morariam, em que casa e que cidade. No geral, a mãe colaborava com o planejamento e parecia até feliz. Porém, em tempos recentes, Beatrice notou certas mudanças, pequenos atos de resistência, quase imperceptíveis… ou que pelo menos não seriam notados em outros tipos de famílias.

Alguns dias antes, a mãe estava em Center City com Diana e ligou para dizer que elas haviam resolvido sair para jantar.

— E o que eu faço? — perguntou o pai de Bea.

— Peça uma pizza! — respondeu Daisy, tão alto que até Beatrice ouviu, apesar de a chamada não estar no viva-voz.

~~~~~~~

Antes que Beatrice pudesse entender se de fato Diana havia tirado a mãe das rédeas curtas de seu pai, e o que isso significava, Vó Judy chegou, acompanhada de Arnold Mishkin. Beatrice foi cumprimentada com um beijo no rosto pela avó, que era baixinha e gorducha, com o cabelo platinado em estilo chanel, e que provavelmente tinha a mesma aparência que a mãe teria em quarenta anos. Ela observou do hall de entrada a conversa entre os adultos.

— Onde você mora? — perguntou Arnold para Diana.

— Nova York — respondeu ela. — Mas quase não fico lá. Tenho um apartamento, mas na verdade só serve mesmo como um lugar para desfazer as malas e logo depois arrumar de novo.

Arnold balançou a cabeça.

— É uma vida dura, essa de viagens constantes.

— E numa cidade caríssima! — comentou a avó. — Espero que seus clientes paguem bem.

— Ah, é um trabalho que tem suas recompensas, com certeza — falou Diana, com uma espécie de sorriso irônico e discreto que conferia um duplo sentido às palavras.

Beatrice se perguntou o que poderia ser. Alguma coisa referente ao sexo, talvez. Pelo que ela observou até então, sempre que os adultos insinuavam alguma coisa em vez de falar com todas as letras, o motivo era sexual. Pessoalmente, ela considerava Diana uma pessoa de sorte, e viajar o tempo todo parecia uma rotina glamourosa e estimulante.

Não ter casa significava não ter filhos, nem marido, nem ninguém para incomodar, monopolizar a atenção ou colocar a pessoa para baixo.

Ela estava prestes a dizer algo naquele sentido quando a campainha tocou de novo. A mãe foi até a porta para receber o vovô e Evelyn, a companheira dele, de quem Beatrice sabia que o pai não gostava.

— Olá, querida — cumprimentou vovô, dando um abraço em Beatrice e uma boa baforada com seu hálito de dentadura.

O avô não tinha grande afinidade com as meninas da família. O neto favorito dele era Scott, primo de Beatrice, filho de Jeremy, irmão de seu pai. Scott tinha 19 anos e estava na faculdade. No ensino médio, jogava beisebol num time que treinava o ano todo e viajava por todo o estado de Nova Jersey. Ele conseguia se livrar de pelo menos metade dos eventos familiares porque tinha jogo, ou treino, e, quando aparecia, saía mais cedo. Beatrice o invejava ao extremo... mas não a ponto de praticar um esporte.

— Trixie! — exclamou Evelyn.

Era preciso dar crédito a ela por pelo menos se lembrar de como Beatrice costumava ser chamada, em vez de recorrer ao subterfúgio de "querida", como vovô. Evelyn era magra e elegante, com cabelo branco cortado curtinho e sobrancelhas dramáticas desenhadas a lápis. Usava muitos anéis com pedras coloridas, além de echarpes de seda chamativas que sabia amarrar de todas as formas ao redor do pescoço. Evelyn adorava a Broadway e amava viajar, tinha visitado todas as grandes cidades europeias, na Islândia e até na Rússia. Vovô odiava musicais ("Aquela gente toda cantando em vez de falar") e nunca viu nenhuma razão de viajar para algum lugar mais distante que Augusta, na Geórgia, onde certa vez jogou golfe no mesmo campo em que o torneio Masters era disputado. Beatrice não entendia por que eles estavam juntos. Era fácil entender o que o avô ganhava com aquilo: três refeições por dia, uma garagem arejada para a coleção de quadrinhos antigos, uma TV gigante de tela plana para ver os jogos dos Yankees e dos Giants. Evelyn, por sua vez, só ganhava em troca um homem ainda vivo e com licença para dirigir. Beatrice sabia que vovô tinha morado sozinho num apartamento antes de conhecer Evelyn, e que se mudou para a casa de quatro dormitórios dela em Fort Lee depois de seis meses de namoro.

"A geração de Evelyn foi ensinada a acreditar que uma mulher precisa de um homem", disse sua mãe certa vez.

Beatrice sentiu vontade de perguntar em que a geração da mãe acreditava, mas sabia que uma conversa que envolvesse questões amorosas ou matrimoniais estava a poucos e periclitantes passos de degringolar para uma repetição da tão temida conversa sobre masturbação, então a jovem apenas concordara com a cabeça e se retirara o mais rápido que pudera.

No hall de entrada, o avô tirou o casaco, ajudou Evelyn com o dela, entregou os dois para a mãe de Beatrice e perguntou:

— O que temos para o jantar, querida?

— Frango — revelou a mãe.

Na única vez em que tinha dito *coq au vin* para o sogro, ele passou a noite inteira falando todas as palavras em francês que sabia ("Croissant! Escargot!") com um sotaque exagerado e perguntando o que havia de errado com a boa e velha comida americana. Depois disso, sua mãe dizia que era apenas frango, ou ensopado de galinha, ou, às vezes, *aquele frango de que você gosta.*

— Eu aceito um uísque — avisou vovô antes mesmo que a mãe de Bea perguntasse o que ele queria beber.

A mãe de Bea olhou para o marido em busca de ajuda, mas ele já estava conversando com o próprio pai sobre o jogo de beisebol da noite anterior.

Beatrice viu Diana de pé perto da escada, observando os demais convidados com uma expressão compenetrada, acompanhando com os olhos escuros a ida de sua mãe até o armário de casacos. Beatrice se perguntou o que Diana devia achar daquilo, de suas pequenas interações de classe média alta. Não conseguia imaginá-la carregando casacos e servindo bebidas. Era provável que tivesse gente para fazer isso em seu lugar. Uma assistente. Talvez mais de uma.

Houve outra batida à porta. Lester soltou o uivo de basset hound para avisar sobre a presença de recém-chegados, e Beatrice foi receber os tios Danny e Jesse. O tio Jesse estava bonito como sempre, com os dentes brancos e o cabelo de cachos brilhantes, mas o sorriso parecia tenso. O tio Danny, por sua vez, estava um caco. Sempre teve um rosto rechonchudo e alegre, como um Papai Noel judeu de barba castanha em vez de branca. Só que seu rosto estava amassado e caído, com olheiras e fios grisalhos na barba. Beatrice deu um longo abraço nele, com o coração batendo mais forte no peito, se perguntando se o tio estaria doente e se os adultos lhe contariam a verdade a respeito. Já conseguia até ouvir a voz estridente, anasalada e ansiosa de Vó Judy dizendo "Danneleh, você está com uma cara péssima! Você anda comendo? O que está acontecendo?", e o tio Jesse, com um tom mais baixo e tranquilizador, explicando que eles estavam cuidando de um bebê que não dormia à noite e, portanto, eles também não conseguiam.

Beatrice sabia como a noite se desenrolaria. Primeiro, os convidados passariam mais ou menos meia hora na sala de estar, onde seu pai tinha acendido a lareira, comendo nozes, azeitonas e biscoitos salgados. Evelyn e Vó Judy perguntariam sobre as notas e o time de hóquei na grama de Bea (o que aconteceu na época do ensino fundamental, quando ela fora obrigada a praticar um esporte); os tios perguntariam sobre os artesanatos e o vovô perguntaria se já tinha conhecido um bom rapaz. Os adultos lançariam olhares de canto de olho para suas roupas e cabelo, e o tio Jesse seria o único que mostraria um olhar de aprovação.

Então chegaria a hora do jantar. À mesa, o avô falaria de esportes com (ou melhor, para) qualquer um que quisesse ouvir. Vó Judy e Arnold contariam da viagem mais recente que haviam feito, e a seguinte que estavam planejando, enquanto Evelyn escutaria tudo com inveja e os tios Danny e Jesse, que também já conheciam o mundo todo, dariam dicas ou contariam as próprias histórias. Vovô olharia para o tio Danny e o tio Jesse fazendo uma careta quando achasse que ninguém estava olhando. Alguns anos antes, Beatrice tinha notado que ele não tocava na comida que um dos dois haviam lhe entregado ou servido. Quando perguntou para o pai o motivo, ele pareceu assustado, e então disse algo do tipo: "Pessoas de idade são cheias de superstições". Depois fingiu que precisava fazer um telefonema, e só quando perguntou para o primo Scott, que lançou uma especulação do tipo "Ele deve achar que vai pegar Aids" e logo voltou a se ocupar do videogame, Beatrice enfim entendeu.

Quando todos terminassem de comer, a mãe, que provavelmente mal pararia sentada e não comeria mais que algumas poucas garfadas, tiraria a mesa com a ajuda de Evelyn e de Vó Judy, passaria um café e começaria a lavar a louça enquanto a sobremesa que havia preparado era tirada da geladeira para ficar em temperatura ambiente ou era aquecida no forno. Os tios Danny e Jesse ajudariam com a louça, e Vó Judy faria companhia a ela na cozinha enquanto seu pai, seu avô e Arnold voltariam para a sala para ver TV. O café e a sobremesa seriam levados para lá. Vovô contaria as mesmas piadas, o pai olharia no relógio e comentaria "Está ficando tarde", e todo mundo pegaria os casacos e iria embora.

Só que aquele jantar foi diferente.

26

Diana

— O que você faz, querida? — perguntou Evelyn à Diana, enquanto todos se sentavam na sala.

Diana abriu o sorriso que havia treinado diante do espelho enquanto se vestia naquela tarde, toda de preto. O poncho de caxemira era lindo, um dos melhores de seu guarda-roupa, uma das poucas peças que podiam ser usadas pela mulher que ela era e a que estava fingindo ser, mas todo o resto era da Rent the Runway, ou então emprestado por uma drag queen, até mesmo a pulseira de ouro. Ela havia feito a maquiagem com todo o cuidado, aplicando uma camada de base e corretivo, e desejando ter uma máscara de verdade, uma que conseguisse camuflar os sentimentos quando visse, pela primeira vez desde aquele verão, o homem que a estuprara e o homem que havia apenas assistido a tudo.

Hal Shoemaker era basicamente o mesmo que ela conheceu no Cabo. Mais velho, com rugas no rosto e manchas grisalhas nas têmporas em meio ao cabelo escuro, mas na prática inalterado, com a mesma confiança que beirava a arrogância, um comportamento que parecia sugerir que a obrigação do mundo era dispor de todas as riquezas aos seus pés, uma exigência em grande parte já cumprida. Ele falava com a esposa com o mesmo bom humor quase condescendente com que falava com a filha. Quando ele a beijara no rosto, Diana se esforçara para manter as mãos imóveis, uma vez que seu impulso havia sido o de cerrar os punhos. Tivera que pedir licença para ir ao lavabo e jogar água fria nos pulsos. Quisera enxaguar o rosto, mas sabia que não podia correr o risco de estragar a maquiagem.

Daniel Rosen estava péssimo. Abatido, quase com aspecto de doente, com o rosto pálido e flácido, os olhos assombrados. Ela se perguntou o que poderia haver por trás disso, se tinha recebido a notícia do suicídio de Brad Burlingham ou havia outro motivo que explicasse a aparência.

— Sou consultora — respondeu ela. — E estou tendo aulas de culinária com Daisy.

— Você não sabe cozinhar? — questionou Evelyn, inclinando a cabeça.

— Agora sei. Graças à ajuda de Daisy — revelou Diana, e a mãe de Beatrice abriu um sorriso.

Diana sentiu como se satisfação de Daisy fosse como um alfinete perfurando parte sensível dela. A coitada recebia pouquíssimos elogios, pouquíssimas demonstrações de gratidão.

— Mas antes nunca tive a chance de aprender.

— Sua mãe não ensinou?

Diana negou com a cabeça.

— Quem cozinhava lá em casa era meu pai.

Ao ouvir isso, Vernon Shoemaker se mostrou incrédulo.

— Que tipo de consultoria você faz? — perguntou ele.

— Para empresas farmacêuticas.

Quando falou que estava trabalhando para a farmacêutica Quaker, a expressão de Vernon se tornou mais respeitosa.

— Você deve ser boa no que faz. É uma empresa do que, cem bilhões de dólares?

— E com o faturamento crescendo, depois do lançamento dos kits de monitoramento genético.

Vernon olhou para as mãos dela.

— Nada de família, então? Marido?

Diana negou com a cabeça, de novo com o sorriso no rosto, e deu uma olhada rápida para Hal e Danny, para ver se a observavam.

Vernon, enquanto isso, assentia como se ela tivesse confirmado alguma coisa.

— Com as mulheres é assim mesmo — disse ele à Beatrice. — Ou uma carreira bem-sucedida, ou marido e filhos. Não dá para ter as duas coisas.

Jesse colocava a mão no ombro de Danny quando Beatrice perguntou:

— Por que não?

Os três adultos se voltaram para ela. Beatrice mantinha uma postura impecável.

— Tipo, meu pai tem um cargo importante e uma família também.

— Seu pai tem uma esposa — respondeu Vernon, todo bem-humorado.

— Bom, então acho que vou querer uma também. Ou um marido que fique em casa. E vou ser eu quem vai ter uma carreira bem-sucedida.

O avô caiu na risada. Ou melhor, pronunciou as sílabas *ha, ha, ha*.

— Boa sorte para você — retrucou ele. — Boa sorte para encontrar um homem que fique em casa enquanto você sai para cuidar da caça e da colheita.

— Você acha que não existem homens que querem ficar em casa? — questionou Beatrice, indignada.

Mais uma vez, Diana queria ver como Hal estava reagindo àquilo, mas Daisy interveio, perguntando quem queria mais uma bebida.

— Outro uísque para mim, docinho — pediu Vernon, e Daisy foi correndo pegar.

Beatrice desabou no sofá, parecendo inconsolável, e pegou um punhado de azeitonas empanadas com massa de queijo. Diana não conseguiu se conter e foi se sentar ao lado da menina e disse baixinho:

— Não desanime por causa deles. Você pode fazer o que quiser da vida. O mundo está mudando.

Beatrice concordou com a cabeça, olhando para Diana.

— Você nunca quis uma família? — questionou ela. — Tipo, não sente que está perdendo alguma coisa?

Diana sentiu o coração apertado. Não tinha desejado um bebê, ou uma criança, ou uma casa numa vizinhança residencial de classe média alta, nem se importado com carros, roupas ou joias, mas adoraria ter uma filha de 12 ou 14 anos, uma menina inteligente e cheia de personalidade como Beatrice. Ela comprimiu os lábios e então respondeu:

— Eu queria uma porção de coisas quando tinha sua idade.

Beatrice não pareceu muito feliz com a resposta. Diana se perguntou no que ela estaria pensando, se estava chegando à conclusão de que a vida adulta era só um longo processo de se contentar com o que tinha, fosse ou não o que se queria.

— Mas olha só, você tem tempo de sobra para decidir o que quer fazer, e como quer que seja sua vida.

— Não sei, não — contrapôs Beatrice.

Naquele momento, Daisy apareceu na porta da sala de estar.

— O jantar está pronto — anunciou ela, e todos foram para a sala de jantar.

Diana se sentou com Daisy de um lado e Beatrice do outro, de frente para Danny e Jesse.

— Eu ajudo você — disse ela para Daisy, enquanto Hal desdobrava o guardanapo no colo.

Constrangida, Daisy respondeu:

— Não, não. Você é minha convidada.

— Você pode me mostrar como empratar a comida — sugeriu Diana.

Ela não confiava em si mesma àquela mesa com Hal e Danny. Só o que queria fazer era pegar Beatrice, e talvez Daisy também, jogar as duas no carro e dirigir para bem longe, talvez até Cabo Cod, para que elas pudessem cuidar da adolescente até que fosse seguro para ela sair para o mundo. *Em outras palavras, nunca*, pensou Diana.

Na cozinha, com as mãos trêmulas escondidas nos bolsos, ela observou enquanto Daisy servia uma colher de purê de batata no fundo de cada prato fundo e punha o frango e o molho com uma concha por cima.

— Você me passa a escumadeira? — pediu ela, e Diana entregou o utensílio. — Vernon não come cogumelo — explicou Daisy, peneirando o molho para pôr no prato dele.

Diana não abriu a boca enquanto ajudava Daisy a levar a comida para a mesa. Depois que todos foram servidos, Diana pegou o próprio garfo. Estava se perguntando que assunto abordar quando Beatrice se encarregou disso:

— Então, o que vocês acham que vai acontecer com Huey Sanders?

Huey Sanders era um arremessador de 21 anos contratado pelos Phillies por seis milhões de dólares em sua primeira temporada na liga profissional de beisebol. Alguns dias antes, tinha estourado uma polêmica quando alguém que fuçou as redes sociais dele e descobriu tuítes e posts no Reddit escritos quando ele tinha 14 anos usando termos racistas e homofóbicos. Huey soltou uma nota com uma variante das declarações que os atletas sempre davam naquelas circunstâncias, afirmando que as palavras não representavam o homem que havia se tornado, que tinha cometido um erro pelo qual lamentava muito. Também pediu perdão e prometeu melhorar. Até então, a diretoria da equipe da Filadélfia não havia se manifestado, e ninguém sabia se o incidente seria ignorado, se o contrato do jogador seria rescindido ou se um meio-termo seria encontrado.

— Tomara que os Phillies se livrem dele — comentou Beatrice.

Daisy pareceu orgulhosa. Hal comprimiu os lábios. Vernon virou a cabeça para a neta.

— Ah, é mesmo? — rebateu ele. — Você quer punir o rapaz pelas bobagens que disse quando era mais novo que você?

— Catorze anos é idade suficiente para saber o que é um discurso de ódio — argumentou Beatrice.

— Eu concordo — opinou Jesse e, ao seu lado, Danny assentiu.

— Talvez você já tenha idade para saber — retrucou Hal, num tom condescendente. — Afinal, recebeu uma boa educação. Nós não sabemos nada sobre o ambiente em que esse rapaz foi criado.

— E por que um único erro deveria custar uma chance de jogar pelos Phillies? — perguntou Vernon para Beatrice. — Mais frango, por favor, querida — pediu ele para Daisy, que tinha acabado de puxar a cadeira para se sentar.

— Pode deixar que eu pego — prontificou-se Evelyn, levantando-se e pegando o prato.

— Isso é tempestade em copo d'água — desdenhou Vernon. — Tudo por causa de uns textos, tuítes, ou sei lá o que mais que ele fez. — Ele pegou o copo d'água, deixando uma mancha de gordura na lateral com o polegar. — O coitado não foi o único que fez bobagem quando era mais novo. — Ele sorriu para o pai de Beatrice. — Se existisse esse

Twitter na sua época de garoto, você provavelmente nunca teria sido aceito em Dartmouth.

— Pai — ralhou Hal num tom incisivo.

Só que Vernon continuou falando:

— Você se lembra daquela festa em... Onde é que foi mesmo, Newport? Onde a família de um amigo seu tinha uma casa. Você e os outros garotos foram passar o fim de semana lá. — Ele usou a faca para apontar para Danny. — Você estava lá também, né?

Danny concordou com a cabeça, e o rosto pálido pareceu empalidecer ainda mais. Jesse franziu a testa e fez algum comentário baixinho. Quando Danny pegou o copo d'água, a mão parecia trêmula.

Ignorando o que acontecia ao redor, Vernon se virou para o restante da mesa para continuar a história.

— No meio da noite, recebi uma ligação da polícia, que tinha sido chamada pelos vizinhos porque...

— Pai.

— ... meus filhos, os dois, se embebedaram e decidiram nadar sem roupa às duas da manhã...

— *Pai.*

— ... e depois correr pelados pelo quintal dos vizinhos.

Diana viu Daisy fuzilando o sogro com os olhos. Viu Jesse segurar a mão do marido. Viu Hal paralisado de raiva enquanto Vernon continuava a falar, ignorando o constrangimento generalizado, ou talvez só curtindo os holofotes.

— Um dos meninos entrou com o carro no quintal dos vizinhos e arrebentou a tela de entrada e desmaiou, totalmente pelado, em cima do capô. A polícia não conseguiu identificar quem era porque, obviamente, estava sem a carteira. Então ligaram para os donos da casa, que ligaram para os pais dos garotos. Eu incluso. — Ele enxugou os olhos e falou para o filho: — Ainda bem que não foi sua mãe que atendeu o telefone naquela noite!

A expressão de Hal permanecia impassível. Daisy parecia constrangida ao extremo. Danny soltou um leve gemido de contestação.

— Com licença — disse Jesse, se levantando e segurando Danny pelo ombro, praticamente o carregando para fora da sala de jantar.

— E meu pai se deu mal por causa disso? — questionou Beatrice.

Diana sentiu a tensão crescer na sala enquanto esperava pela resposta de Vernon.

— Ah, ele levou um castigo — respondeu Vernon, dando uma piscadinha para o filho. — Mas não existia internet na época, é isso o que estou dizendo. As bobagens que você fazia quando era garoto não viravam manchete. O que, no caso do seu pai, Beatrice, era a melhor coisa que podia acontecer.

— Garotos são assim mesmo. — A intenção de Diana fora soar brincalhona, mas a voz saiu fria e sem empatia.

Hal estreitou os olhos de um jeito que fez o coração dela parar palpitar por um instante. Vernon, por sua vez, encarou o comentário como um sinal de concordância.

— Isso. Bem isso. São assim mesmo. Sempre foram. E nada, nem essa onda politicamente correta, nem essa coisa de "Me Too", de feminismo, nada vai mudar isso. É da natureza deles.

Depois de dar por concluído o discurso, Vernon voltou a atacar o frango sem cogumelos. Hal ainda estava olhando feio para ele, com os lábios franzidos e segurando o garfo com força na mão fechada.

— E se fosse uma garota que tivesse feito o que ele fez? — argumentou Beatrice.

— Uma garota não faria isso — respondeu Vernon. — É isso que estou dizendo.

— Ah, não sei, não — retrucou Evelyn. — Algumas meninas de hoje em dia são bem atrevidas. Tanto quanto os garotos, pelo que ouvi dizer.

Vernon balançou a cabeça.

— Hoje em dia, está tudo de cabeça para baixo. E todo mundo é sempre tão sensível! As mulheres encaram um elogio por parte de um homem como uma agressão. As pessoas criam um tumulto se você falar com elas usando o pronome errado. E tem um monte de regras do que você pode ou não fazer no trabalho. Sua avó Margie era minha secretária lá no trabalho, sabia? — contou ele para a neta.

— Não — respondeu Beatrice.

— Isso tudo é bobagem — afirmou ele, enquanto limpava o prato com um pedaço de pão.

— Eu não acho — afirmou Daisy.

Ela endireitou a postura, e seu rosto ficou vermelho. Estava com o mesmo colar que usara em Nova York quando Diana a conhecera.

Vernon lançou um olhar incisivo para ela. Hal também. Daisy não se deixou intimidar.

— Eu não acho que as novas regras sejam ruins — explicou Daisy. — Quer dizer, não dá para impedir que as pessoas sintam atração por colegas de trabalho, lógico. Mas às vezes existe uma disparidade de poder, e não acho errado as pessoas saberem que isso precisa ser levado em consideração.

— Não dá mais para os chefes continuarem bolinando as secretárias atrás da mesa — comentou Evelyn, com uma cara de quem estava se lembrando de algo desagradável.

— Exatamente — disse Judy.

Diana se perguntou de quantas mesas elas não precisaram se afastar às pressas na juventude, e quantos comportamentos impróprios não precisaram tolerar.

— Aposto que os garotos de hoje têm até medo de olhar para uma menina — opinou Vernon, sacudindo a cabeça, com a papada balançando, mas o cabelo penteado para trás para tentar encobrir a careca não mexeu um fio.

— Coitadinhos — comentou Diana.

Ela havia falado bem baixinho, mas Hal, que estava com os olhos voltados para o prato, levantou a cabeça na hora. Por um longo e silencioso momento, eles trocaram um olhar por cima da mesa. Diana se forçou a encará-lo, apesar da vontade desesperadora de se levantar da mesa e fugir. *Estou de olho em você*, pensou ela... e imaginou que ouvia Hal respondendo: *Eu também estou.* Quando ela ia fazer mais uma pergunta, provocá-lo mais um pouco, Beatrice resolveu se manifestar primeiro.

— O que você acha, pai?

Diana viu manchas vermelhas no rosto de Hal. A voz dele soou tensa.

— Se eu acho que existem mulheres fazendo tempestade em copo d'água? Acho.

— Pode apostar — resmungou Vernon.

— Se eu acho que existe uma sanha por punição, e que um cara que dá em cima de uma subordinada é tratado da mesma forma que um estuprador, um criminoso violento? — continuou Hal, obstinado. — Acho. Se eu acho que deveria haver alguma maneira de permitir que os homens se arrependam do que fizeram e voltem a um convívio normal na sociedade? Acho. E em termos gerais... — Ele olhou ao redor da mesa, encarando cada uma das mulheres, primeiro Judy, depois Evelyn, depois a filha, então a esposa, e por fim Diana. — Acho que já passou da hora deste país ter um acerto de contas.

— Eu concordo — disse Daisy, se levantando num pulo. — Quem vai querer sobremesa?

~~~~~~~

Diana observou, e esperou, torcendo para que houvesse uma abertura, um momento em que Hal ficasse sozinho. Aguardou até que Vernon e Evelyn fossem embora, e Danny e Jesse começassem a falar que precisavam ir também, porque Danny ia fazer o turno da manhã na cozinha comunitária. *É agora ou nunca*, pensou ela.

— Hal, posso perguntar uma coisa para você?

Ele se virou em sua direção.

— Lógico — respondeu com um tom de voz frio e educado, a camisa impecavelmente passada e nem um fio de cabelo fora de lugar.

— E para você também, Danny — adicionou ela. Os olhos de Danny ficaram arregalados, e com a respiração agitada a blusa saiu para fora da calça. — É uma pergunta sobre o Emlen. Vocês dois são ex-alunos de lá, certo?

Diana afastou os dois do restante do grupo o máximo possível, conduzindo-os para o canto da sala. Dava para ouvir Daisy na cozinha, e os barulhos domésticos de costume: água corrente, tilintar de talheres e louças. Lester, o basset hound, estava apoiado na porta aberta da lava-louças, olhando com adoração para a dona enquanto ela esfregava e enxaguava, parando apenas para lamber cada prato que era colocado na máquina. Diana pensou em como as mulheres estavam sempre limpando a bagunça feita pelos homens; era assim que o mundo funcionava.

— Nós podemos ajudar em alguma coisa? — perguntou Hal, cruzando os braços.

— Bem — murmurou Diana. — Para começo de conversa, vocês podem me dizer se lembram de mim.

Danny soltou um leve ruído doloroso. Hal se limitou a encará-la.

— Foi muito tempo atrás, logo depois que vocês se formaram no ensino médio. Vocês se lembram de uma festa na praia? Uma fogueira? — questionou, vendo Hal ficar tenso e estreitar os olhos.

Com um tom de voz surpreendente de tão baixo e calmo, ele falou:

— É melhor você ir embora.

As mãos dele permaneciam firmes, mas ela notou a maneira como os lábios estavam franzidos até ficarem pálidos nos cantos.

Diana arqueou as sobrancelhas.

— Está me dizendo que não me quer na sua casa? É uma sensação horrível, não, que alguém force a estar onde você não quer? Sem dar a mínima para o que você sente?

— Eu sinto muito — sussurrou Danny.

Logo em seguida, Jesse apareceu, pressentindo o desconforto do marido e olhando feio para Diana.

— Danny? — disse ele. — Está tudo bem?

— Está, sim — falou Diana, com um sorriso bem aberto. — Acontece que Danny, Hal e eu já nos conhecemos antes, muito tempo atrás. Estávamos só colocando o papo em dia.

Ela conseguia ler os pensamentos de Hal, bastante evidentes na postura de ombros tensos e olhos estreitados: *Você vai pagar por isso.* Diana escancarou ainda mais o sorriso, ciente de que ele não podia fazer nada contra ela. Finalmente, o poder estava nas mãos dela, a informação comprometedora, a vantagem. A vida dele era como uma ostra, arremessada de uma grande altura em uma praia pedregosa. A concha dele tinha rachado, e a carne mole e indefesa estava exposta.

Hal não tinha como se proteger. Não daquilo. A única dúvida restante era o tamanho do estrago que ela poderia provocar.

— Voltamos a esse assunto depois. Boa noite, por enquanto — concluiu ela num tom bem suave. — Obrigada por me receber.

Em seguida, ela se inclinou para a frente para dar um beijo na bochecha de Hal.

27

Beatrice

Naquela noite, depois do jantar, a luz atrás da porta fechada do quarto de seus pais ficou acesa por horas. Beatrice ouvia a voz dos dois lá dentro, subindo e descendo de volume de uma forma que sugeria uma discussão em andamento. Ela ficou no corredor por um tempo, numa tentativa de ouvir o que estavam dizendo, mas só o que conseguiu identificar foi o nome dela própria sendo citado uma vez.

No domingo de manhã, resolveu começar um novo projeto. O pai tinha saído bem cedo para ir ao escritório, sob a justificativa de que precisava rever um depoimento, e a mãe havia resolvido limpar a despensa, o que, como Beatrice sabia, era uma tarefa reservada para momentos de grande desgaste emocional. Nenhum dos dois parecia interessado em passar algum tempo com ela, ou pedir sua opinião sobre o jantar do sábado à noite. E, para Beatrice, estava ótimo assim.

Ela começou pegando os camundongos congelados atrás dos cortes de frango e carne no freezer, onde tinha escondido a remessa mais recente. Àquela altura, eviscerar um ratinho congelado era questão de minutos, bastava seguir alguns passos bem básicos. Beatrice pegou o bisturi, abriu um corte nas costas dos ombros aos quadris, enfiando o dedo pela abertura até que, aos poucos e com muito cuidado, a pelagem fosse separada da carne. Uma vez solta, ela preencheu a pele com o algodão e arame que já tinha deixado prontos de antemão, costurou a abertura e espetou alfinetes para manter os pés e a boca no lugar. Em seguida tirou o fecho de argolinha de ouro de um envelope, que virou um bracelete, e usou um pedaço de seda vermelha para fazer uma capa. Depois ajustou os alfinetes para inclinar a cabeça do ratinho numa posição de arrogância e manipulou os arames para fazer uma pose que transmitia a mesma impressão. Talvez Diana precisasse de uma estagiária, ou de alguém para cuidar da casa quando estivesse em viagem. Talvez pudesse servir como orientadora de Beatrice e apresentá-la aos amigos famosos e estilosos, além de ensiná-la todos os seus segredos, para que pudesse se tornar uma mulher como ela, glamourosa, confiante, inabalável e corajosa.

Beatrice deixou a peça para secar durante a noite e voltou a atenção para a lição de casa: um problema proposto para a aula de matemática, dois capítulos do livro de história para ler e uma redação para reescrever. Na hora do jantar, a mãe serviu o que sobrou do frango com um pão fresco de fermentação natural. O pai ainda estava no escritório e, quando terminaram de comer, a mãe não a chamou para jogar Scrabble nem para se sentarem juntas na sala para ver televisão. Beatrice só voltou para o quarto, o que lhe proporcionou a oportunidade ideal para tingir o cabelo com um tom prateado de lavanda que a agradou bastante.

Na segunda de manhã, Beatrice estava a caminho da sala de aula quando Cade Langley a chamou.

— Preciso falar com você.

— Eu não posso chegar atrasada.

Beatrice mal havia conversado com Cade desde a visita ao Mütter. Depois que ele a levou de volta para a escola, Beatrice foi direto para a aula de inglês e em seguida mandada para a reitoria, e lá a reitora perguntou onde ela tinha estado e ligou para seus pais. Desde então, Cade e os amigos passaram a ignorá-la no refeitório, e ele mal olhava para ela durante a aula, ou quando se cruzavam nos corredores. E, como os pais tinham confiscado seu celular, não havia como entrar em contato com ele de outra forma também.

Cade a pegou pela mão e a levou até um canto debaixo da escada. Beatrice ouvia os passos pesados dos alunos seguindo para as salas de aula.

Ela ficou à espera. Cade não disse nada.

— Ei — falou ela. — É sério, eu tenho aula agora.

Cade tirou da mochila um pequeno embrulho, um objeto retangular e leve que parecia um livro.

— Te trouxe um presente.

Beatrice olhou para ele, intrigada.

— Abre.

Ela deu de ombros, rasgou o papel e viu um exemplar de *The Gashlycrumb Tinies,* de Edward Gorey.*

— Ah! — Ela já tinha aquele, mas tudo bem ter um exemplar extra. Abrindo o livro ao acaso, ela leu: — "M é de Maud, que caiu do prédio. N é de Neville, que morreu de tédio".

Ela fechou o livro e olhou para Cade.

— Obrigada. Qual é a ocasião?

Cade ficou inquieto, pondo as mãos nos bolsos e em seguida tirando de novo. As bochechas estavam mais vermelhas que o normal, como se ele tivesse corrido ou tomado sol.

— Pensei que você fosse gostar. Lembrei de você quando vi.

— Por ser sombrio e esquisito?

— Basicamente.

— Beleza — disse Beatrice. — O que está rolando?

— Como assim?

— Você me ignora por uma semana, e aí me dá um presente. Isso não faz muito sentido.

Cade soltou um ruído de agonia e, praticamente grunhindo as palavras, falou:

— Eu gosto de você!

Em seguida agarrou o próprio cabelo com as mãos e puxou, como se a confissão fizesse a cabeça doer.

— Acho que estou deixando de entender alguma coisa aqui — comentou Beatrice.

Cade soltou outro ruído de sofrimento. Sem olhá-la nos olhos, ele falou:

— Eu preciso contar uma coisa, mas você não pode ficar com raiva.

---

* Livro abecedário que conta em rimas a história de 26 crianças (cada uma representando uma letra do alfabeto) e sua morte prematura. [N.E.]

Beatrice ergueu as sobrancelhas na direção das franjas de um roxo recém-pintado.

— Eu posso fazer o que eu quiser, esqueceu?

Cade fechou os olhos com força.

— Ah, é — murmurou ele. — Certo. Então. Hã. No começo, quando te chamei para almoçar com a gente, eu não fui, hã, sincero de fato.

Beatrice continuou esperando.

— Eles me desafiaram a fazer isso — revelou Cade, com os olhos ainda fechados.

Ela não ficou surpresa. Mesmo assim, sentiu o choque frio e elétrico da vergonha pelo corpo.

— Quem?

— Ian e Ezra. Eles acharam que ia ser engraçado, porque você...

Ele fez um gesto com as mãos que não significava nada, e que Beatrice imaginou que quisesse dizer "é esquisita" ou "é estranha" ou até "tem cabelo roxo".

— Foi por isso que você me chamou para sair na semana passada.

Beatrice sentia como se estivesse vendo aquilo acontecer com outra pessoa, outra garota, a heroína intrépida do tipo de filme de que a mãe gostava, que sofria uma grande decepção lá pela metade da história e encontrava o verdadeiro amor no final.

— É, foi — confirmou Cade, com um suspiro alto. — Eles disseram que me dariam cem paus se eu passasse o dia com você. E até mais, se rolasse...

Ele parou de falar. Ainda bem. Beatrice estava com as botas Dr. Martens nos pés. Se resolvesse chutá-lo, ia machucar.

— Mas eu gosto de você.

A voz de Cade soou atormentada e, quando abriu os olhos para encará-la, a expressão pareceu sincera. Ele a pegou pela mão.

— Posso ligar para você?

Beatrice deu uma boa olhada nele, então recolheu a mão.

— Com quantas outras meninas vocês já fizeram isso?

— Como assim?

— Você, Ezra e Ian. Isso é, tipo, uma brincadeira recorrente? Tipo, escolher uma esquisitinha e apostar cem pila que vão sair com ela, ou dar uns beijos?

Cade se contorceu de vergonha antes de responder com um murmúrio:

— Não acontece muito, não.

— Então por quê? Para que fazer isso, afinal?

Ele continuou inquieto, puxando o cabelo, como se estivesse tentando escapar da própria pele. Beatrice não recuou.

— Por que magoar pessoas que nunca fizeram nada contra vocês?

— Sei lá — respondeu ele. — Eu não sei por quê.

Beatrice sentia a raiva aumentando, um calor que se irradiava do estômago para o peito e o pescoço.

— Enfim. Obrigada pelo presente. E por me dizer a verdade.

Ela virou as costas para sair andando. Cade a segurou pelo ombro.

— Beatrice...

— Me deixa em paz, tá bom?

Ela percebeu que estava quase chorando, e isso só a deixou ainda mais irritada e envergonhada. Com raiva dele, pelo que tinha feito; e com vergonha de si mesma, por ter caído na conversinha dele.

— Espera!

Cade a puxou de novo para baixo da escada, com uma expressão interrogativa no rosto. Ela não disse nada, mas não se afastou quando ele se abaixou e colou a boca na dela. Por alguns segundos, só o tempo suficiente para pensar: *O pessoal faz tanto estardalhaço por causa disso?*, Beatrice não sentiu nada. Então ele a pegou pela nuca, e a boca dela se abriu, ao que parecia por vontade própria. A língua dele tocou a sua, depois entrou na sua boca, em uma invasão chocante de tão íntima. Os braços de Beatrice o enlaçaram pelos ombros, e ela percebeu que seus quadris se moviam na direção dele como se o corpo fosse um ímã.

Ah, pensou ela. *Ah.*

Cade a soltou. Suas pupilas estavam dilatadas; os lábios pareciam um tanto inchados.

— Desculpa... Eu... Tudo bem eu ter feito isso?

A voz dele estava rouca e, quando Beatrice pensou: *Fui eu que o deixei assim*, sentiu uma onda de prazer a invadir.

Ela tentou soar indiferente enquanto ajeitava o cabelo.

— Não foi horrível.

Ele sorriu, com um olhar de gratidão.

— Isso quer dizer que você é meu namorado? — perguntou Beatrice com um tom meigo, quase caindo na risada quando viu as expressões que foram surgindo no rosto dele, de pânico, terror, séria resignação e depois o que devia ser a ideia de Cade de nobreza e coragem. — Ou só vamos fazer isso quando ninguém estiver olhando?

Ele engoliu em seco. Ela deu alguns segundos para ele dizer alguma coisa. Qualquer coisa. Como a resposta não veio, ela disse:

— Quando você se decidir, me procura.

Em seguida, tomou o caminho da sala de aula, sem saber o que pensar.

Na hora do almoço, levou a comida para o pátio e se sentou num banco, esperando que ele a procurasse. Parecia que seu corpo tinha se transformado num farol que sinalizava o nome dele. Ela levou a mão aos lábios, relembrando, apesar de não querer, do discurso da mãe sobre sexo, que era uma coisa avassaladora, e que por isso era difícil não oferecer o coração a alguém que tivesse acesso a seu corpo. Se um único beijo a fazia se sentir assim, o que uma relação sexual de verdade faria com seu pobre coraçãozinho?

Beatrice ficou à espera, imaginando que Cade devesse estar sentindo alguma variação daquela mesma coisa, que queria vê-la tanto quanto ela queria vê-lo. Durante todo o horário do almoço, e pelo restante do dia, esperou ser abordada por ele de novo, receber um bilhete, ou ser puxada para debaixo da escada para mais um beijo. Só que ele não apareceu.

28

Daisy

— **Q**uem? — perguntou o porteiro.

— Diana Starling — repetiu Daisy, passando o recipiente com o *coq au vin* do braço esquerdo para o direito, sentindo o conteúdo balançar lá dentro.

O porteiro, um homem que Daisy não tinha visto nas visitas anteriores, balançou a cabeça.

— Não tem ninguém aqui com esse nome.

— É o apartamento 1402 — informou Daisy.

Ela não estava planejando uma visita à Diana, mas tinha ido à cidade pegar um abajur que mandara para o conserto, e por impulso resolveu deixar para a amiga um pouco do frango que sobrou, que ficava inclusive mais gostoso no dia seguinte ao cozimento.

— Apartamento 1402 — repetiu Daisy. O homem negou com a cabeça. — Eu já estive aqui antes com ela.

Falando alto e devagar, como se Daisy não conseguisse compreendê--lo, o homem informou:

— O 1402 é o decorado. Ninguém mora lá. Nós só usamos para mostrar aos interessados em alugar um apartamento no prédio.

Daisy ficou sem reação.

— Ela é uma consultora da farmacêutica Quaker. Disse que foi a empresa que alugou o apartamento. Você pode verificar de novo? Eu posso ter me confundido.

— Olha só — disse o porteiro, chamando Daisy para o outro lado da mesa e apontando para a tela do computador. — Essa é a lista de todo mundo que mora aqui. Duas empresas têm apartamentos para estadias mais longas, mas a Quaker não é uma delas.

Daisy passou os olhos na lista de nomes. Não encontrou nenhuma Diana Starling. Na verdade, não viu Diana alguma.

— Será que não é o outro prédio? — especulou o porteiro. — Por aqui tem um monte, e vários tem um saguão bem parecido com este.

Daisy agradeceu e saiu com o frango debaixo do braço, perplexa. Depois de mais duas voltas pelo perímetro da Rittenhouse Square Park, desviando de corredores e carrinhos de bebê, decidiu o que fazer.

A sede da Quaker em Center City ficava na rua Market, a duas quadras do escritório de Hal. Não que ela tivesse alguma intenção de ir até lá. "Tem alguma coisa errada com aquela mulher", foi o que Hal lhe disse depois do jantar. Daisy era obrigada a admitir que o comportamento de Diana havia sido um pouco estranho, com comentários bruscos e expressões indecifráveis. Além disso, ela fora embora sem se despedir. Daisy insistiu com o marido para que ele se explicasse melhor. "O que tem de errado com ela? Me fala!" Hal se recusou a dizer. "Só estou avisando", foi a resposta dele, e Daisy não disse nada. *Já escutei você sem questionar nada por tempo demais*, foi o que ela pensou, e mal conversou com ele desde então.

Daisy se forçou a abrir o sorriso mais simpático quando se aproximou da recepcionista.

— Olá. Eu vim falar com Diana Starling. Ela é consultora e está trabalhando aqui nos últimos meses.

Clique, clique, clique, foi o som das unhas prateadas e compridas da moça no teclado.

— Não tem ninguém aqui com esse nome.

— Ela é consultora, então talvez não esteja na sua lista.

Com uma voz entediada, a mulher falou:

— Todo mundo que entra aqui precisa ser cadastrado no sistema. Ou tem um crachá permanente, ou precisa deixar um documento na recepção para subir com uma permissão de visitante. Se ela fosse consultora aqui, teria um crachá permanente. Se fosse visitante, estaria cadastrada. E não tem ninguém com esse nome no nosso registro.

Daisy agradeceu e saiu para se sentar num banco do pátio externo, sentindo o corpo pesado. A cabeça estava em polvorosa. Se Diana não era consultora, se não estava morando na Rittenhouse Square nem trabalhando na farmacêutica Quaker, então quem era ela? O que estava fazendo na Filadélfia? E o que poderia querer com Daisy?

Tem alguma coisa errada com aquela mulher, pensou, mas em seguida afastou a voz de Hal dos pensamentos.

Ela foi caminhando de volta na direção do parque, pensando no primeiro e-mail que recebera por engano, e verificou no celular, sentindo-se grata, pela primeira vez, por nunca se lembrar de apagar nada. Hal era pregador do evangelho da caixa de entrada vazia. Já a de Daisy era uma confusão de cupons, spams e notificações da escola de Beatrice que por algum motivo continuavam lá. A primeira mensagem confundindo DianaS com Diana.S tinha sido mandada quatro meses antes. O que coincidia com... o quê, exatamente? Seis meses antes, Beatrice ainda estava no Emlen, e o colega de classe de Hal ainda não tinha se matado. Os e-mails chegaram antes do coquetel, antes do marido ter bebido e do irmão começar a se mostrar tão estressado, esgotado e triste. Só que não muito antes. As coisas poderiam ter ligação umas com as outras?

Daisy pensou a respeito, mas não chegou a nenhuma conclusão. Por fim, como não sabia o que fazer, pegou o celular e ligou para Diana.

— Daisy! — Diana soou afetuosa e contente, nem um pouco furtiva ou culpada. — Mais uma vez, obrigada pelo jantar de sábado. Estava tudo ótimo, e me desculpa por ter saído com tanta pressa. Eu estava para ligar para você. E então como vão as coisas?

— Eu vim à cidade resolver umas coisas, e pensei em levar para você um pouco do frango que sobrou.

Houve uma brevíssima pausa.

— Que gentileza da sua parte. Infelizmente, eu estou bem ocupada agora. De repente nós podemos...

— Eu fui até seu prédio — interrompeu Daisy.

A pausa seguinte foi mais longa.

— Ah — murmurou Diana, por fim.

Ainda sem soar furtiva nem culpada. Apenas calma e paciente. Esperando pelo restante.

— Disseram que o 1402 é o apartamento decorado, o showroom. E que ninguém mora lá, nem nunca morou. E ninguém na farmacêutica Quaker sabe quem você é.

Ela ficou à espera de uma justificativa, de um "Eu posso explicar". Como Diana não disse nada, Daisy perguntou:

— O que está acontecendo? Isso é algum tipo de... Jogo? Brincadeira? Pegadinha?

— Onde você está? — questionou Diana.

— Na Rittenhouse Square.

— Você pode me encontrar na Ants Pants, na rua South, em dez minutos?

Daisy se sentiu muito aliviada. *Pelo menos ela está mesmo na Filadélfia. Pelo menos sobre isso não mentiu*, pensou.

— Tudo bem.

— Certo. Obrigada. Vejo você lá.

Daisy só percebeu que tinha esquecido do frango no parque quando estava a uma quadra do restaurante. O coração retumbava como um tambor, e o cérebro apresentava todo um cardápio de possibilidades terríveis, uma pior que a outra. *Ela é uma golpista. Está tentando roubar minha identidade. Está tendo um caso com Hal*, pensou. Talvez o jantar tivesse sido uma espécie de teste, para Hal ver como a outra Diana, a Diana 2.0, se saía com a filha e o pai dele. Talvez os dois só quisessem esfregar tudo na cara dela. Talvez estivessem rindo do quanto ela era ingênua, do quanto era tonta, que eles provavelmente precisariam transar na ilha da cozinha para Daisy perceber e que, se isso acontecesse, a maior preocupação dela seria com o tampo das bancadas, que poderiam quebrar.

Diana chegou primeiro no restaurante. Em vez de um vestido elegante ou uma roupa de ginástica high-tech, estava de calça jeans, tênis e uma blusa flanelada. O cabelo estava preso num rabo de cavalo; e o rosto, sem maquiagem. Daisy viu as rugas, as manchas de idade e algumas sardas nas bochechas e no nariz. A expressão no rosto dela era de ansiedade; e nos olhos, de cautela.

— Vamos nos sentar — sugeriu Diana, segurando a porta aberta para Daisy entrar primeiro.

Elas encontraram uma mesa para duas pessoas nos fundos do salão. Não havia ninguém no restaurante além delas e quatro mães com crianças pequenas sentadas à mesma mesa, os carrinhos dos bebês todos alinhados junto à parede. Um garçom entregou os cardápios.

— Aceitam alguma coisa para beber?

— Só água, por enquanto — respondeu Daisy, mas em seguida mudou de ideia. — Ou melhor, pode me trazer um frapê de chocolate?

Se seu casamento estava chegando ao fim e sua vida, prestes a virar do avesso, se estava a segundos de ser trocada como esposa e mãe e exposta como a maior otária da Main Lane, uma boa dose de açúcar poderia ajudar.

— Boa ideia — disse Diana. — Também vou querer um.

Quando o garçom se afastou, Daisy olhou para o outro lado da mesa, se preparando para o pior. Diana suspirou.

— Não sei nem por onde começar.

Daisy permaneceu em silêncio, só olhando. Diana pegou um guardanapo de papel, abriu e alisou na mesa e falou:

— Meu nome é realmente Diana. É Diana Scalzi Carmody. E estou morando, sim, na Filadélfia, só que não na Rittenhouse Place. Estou num Airbnb bem bacana no número 20 da rua South. — Ela suspirou. — O namorado que mencionei na verdade é meu marido. O nome dele é Michael. E eu não sou consultora. Trabalho num restaurante em Cabo Cod.

Daisy balançou a cabeça, com os pensamentos turvos e a boca quase paralisada dentro da boca.

— Não estou entendendo.

Diana fez menção de falar, mas fechou a boca quando o garçom se aproximou e serviu as bebidas. Ela rasgou a embalagem de papel do canudo e enrolou no dedo indicador.

— Eu até comecei a contar, naquele dia que fomos fazer a caminhada.

Por alguns instantes, Daisy ficou confusa sobre o que Diana quis dizer.

— Sobre ter sido estuprada?

Diana confirmou com a cabeça.

— Quando eu tinha 15 anos, fui trabalhar nas férias como babá em Cabo Cod, em Truro. No fim do verão, fui a uma festa na praia. Foi lá que aconteceu.

Daisy sentiu calafrios. As palavras ressoavam em sua cabeça como sinos: *Truro, 15 anos, estuprada.*

Diana continuou falando:

— Naquele verão, tinha um bando de garotos na cidade. Eles tinham se formado numa escola preparatória e estavam comemorando antes de irem para a faculdade. — Ela olhou bem nos olhos de Daisy. — Todos estudavam no mesmo lugar. No Instituto Emlen.

Daisy não conseguia se mover, nem respirar. Queria se levantar da mesa, sair do restaurante e ir embora sem olhar para trás, mas não conseguia fazer as pernas obedecerem. Todas as partes do corpo estavam paralisadas: a boca, a língua, as mãos, o coração. Enquanto isso, Diana a encarava com firmeza, despejando palavras inclementes em cima de Daisy como uma chuva de granizo:

— Estava escuro, e eu tinha bebido. Fui para as dunas, me deitar um pouco. Devo ter apagado e, quando abri os olhos, tinha um garoto em cima de mim, outro me segurando e um terceiro só olhando tudo.

Daisy percebeu que estava sacudindo a cabeça de um lado para o outro, sem parar, como se o gesto conseguisse desfazer o que aconteceu, ou pelo menos fizesse Diana parar de falar.

— Ai, não.

— Pensei que os garotos só estivessem lá para passar o verão. Foi por isso que consegui voltar, arrumar um emprego e construir uma vida lá. Nunca pensei que fosse ver algum deles de novo. Não tinha ideia de que Hal passava as férias lá, que a família dele tinha uma casa lá, e que meu marido era o caseiro...

Uma peça do quebra-cabeça se encaixou.

— Carmody. Seu nome... seu marido é Michael Carmody?

Diana confirmou com a cabeça, e Daisy, ao reconhecer o nome do caseiro que cuidava da casa de Vernon em Truro, sentiu a própria cabeça começar a latejar. Aquilo era grave, percebeu. Muito, muito grave. Por mais que a ideia de ser traída pelo marido fosse terrível, quando enfim ouvisse a verdade com todas as letras, seria algo muito, muito pior.

— Michael estava na sua casa... ou melhor, na casa de seu sogro, acho. E eu vi uma foto sua com Hal.

Daisy estremeceu. Sabia qual foto Diana tinha visto, uma dela com o marido no dia do casamento, uma que ela sempre adorou. Hal estava muito bonito com o smoking impecável, o cabelo escuro cacheado, e ela se sentira linda, serena e cheia de esperanças, uma princesa amada e respeitada com a vida toda pela frente e com o maior obstáculo ("Com quem vou me casar? Alguém vai me amar o bastante para querer ficar comigo para sempre?") já superado.

— Eu pensava que já tinha me conformado com o passado. — O tom de voz de Diana era suave, quase contemplativo. — Muito tempo havia se passado. Eu não sou mais a menina que era naquele verão. Mas quando vi a foto, e descobri que Hal estava lá, no Cabo, a cada verão durante tantos anos... — Diana suspirou e ergueu o queixo, olhando Daisy nos olhos. — Eu descobri sobre você. E que ele tinha uma filha. E que o outro garoto... o que estava assistindo...

Daisy balançou a cabeça. Ficou sem ar como se tivesse levado um soco que esvaziou seus pulmões.

— Não — falou ela.

Uma fração de segundo antes de Diana dizer as palavras:

— ... era seu irmão.

— Não — repetiu Daisy, mas a voz saiu como um mero sussurro. — Não, eu não... eu não consigo acreditar nisso. Ele jamais... Danny é a pessoa mais bondosa que eu conheço!

— Pode ser. — O tom de voz de Diana era bem sério. — Talvez ele seja uma ótima pessoa hoje. Mas, naquele verão, ele viu o que estava acontecendo e não fez nada para impedir.

— Ai, meu Deus. — Daisy balançou a cabeça várias vezes, sem parar, e enfim abriu os olhos. — Por que você está aqui? O que você quer?

— Antes eu sabia. — A voz de Diana parecia perturbada. — Eu posso explicar por que procurei descobrir quem era você, e por que vim para cá, e o que queria, e o que pretendia fazer. — Ela apoiou os dedos na mesa. — Mas... enfim. — Um sorriso surgiu em seu rosto e desapareceu com a mesma rapidez com que tinha surgido. — A verdade é que eu não esperava que fosse gostar tanto de você. E de Beatrice.

A cadeira de Daisy fez um barulho terrível ao ser empurrada para trás. As mães da outra mesa pararam de falar e olharam na sua direção. Ela não sabia se Diana se levantaria também, se a seguraria pelo braço ou pelo ombro, se exigiria que se sentasse de novo ou no mínimo entregasse o celular. Só que Diana não disse nada. Continuou sentada, imóvel e contida, com uma expressão tranquila e olhos atentos.

De alguma forma, Daisy conseguiu chegar aos fundos do restaurante e encontrou o banheiro feminino. Depois de trancar a porta, desabou contra a parede fria de azulejos. Pensou no homem que carregava Beatrice nos ombros quando ela era pequena. Que ensinou Beatrice a patinar no gelo deslizando atrás dela e a segurando pelas axilas, mantendo-a de pé enquanto ela cambaleava pelo rinque. Pensou em seu Danny, que às vezes lhe dava cinco dólares quando chegava da escola e a levava ao 7-Eleven da avenida Bloomfield para comprar o que quisesse. Danny, cuja casa parecia um santuário. Danny, que só tinha feito o bem para as pessoas durante toda a vida.

Ela não conseguia imaginar o irmão assistindo a tudo enquanto uma menina era estuprada. Não conseguia imaginar Hal como um estuprador. Ele tinha o pavio curto, verdade; tinha explosões de raiva. Mas estuprar. Isso não.

Só que, enquanto ela tentava se convencer de que aquilo nunca havia acontecido, pelo menos não da forma como Diana contara, sua mente se lembrou de algo que Vernon disse a Beatrice no sábado à noite. "Seu pai era terrível." Mas "terrível" não significava estuprador. Podia querer dizer que ele bebia demais, ou vivia pregando peças, ou praticando atos de vandalismo, ou arrumando encrenca. Se Hal estivesse numa festa e soubesse que uma garota (uma menina da idade da filha) estava sendo atacada, ele teria impedido, teria interferido, interrompido o ataque e feito questão de garantir que os responsáveis fossem punidos.

Só que aquela era mesmo a verdade? Ou só o que Daisy gostaria que fosse verdade?

Daisy sacudiu a cabeça e se levantou. Na pia, jogou água fria no rosto e deixou escorrer até os pulsos. Respirou fundo algumas vezes e destrancou a porta. A mesa em que estava com Diana se encontrava vazia. Só restavam os dois frapês, uma nota de dez dólares e um bilhete rabiscado num guardanapo. "Sinto muito", era o que dizia. Diana não estava mais lá.

Parte
Cinco

~~~~~~~~~~~~~~~~

Ladeira abaixo

29

Daisy

Quando Diana Suzanne Rosen conheceu Henry Albert Shoemaker, nas férias de verão antes de começar o último ano de faculdade em Rutgers, ela havia concluído o terceiro mês de uma dieta rigorosa. Queria ficar o mais confiante possível quando a universidade a lançasse ao mundo, e "confiante", lógico, queria dizer "magra". Então, em maio, ela se inscreveu nos Vigilantes do Peso (mais uma vez) e começou a contar os pontos, cortar pães, sobremesas e quase todas as coisas que adorava.

Tinha voltado para passar as férias em casa, no apartamento de West Orange. Dormia no sofá-cama, e a mãe ficava com o quarto. Ela queria estar em Nova York, num apartamento alugado com amigas, fazendo um estágio, talvez numa revista de gastronomia, mas precisava de dinheiro para os livros, para as roupas e outras despesas ocasionais. Por isso, estava em casa, sem pagar aluguel, trabalhando como garçonete num lugar chamado "A raposa e a galinha", e lá tentava manter distância dos garçons mais velhos, sobretudo de um que gostava de encurralá-la em cantos escuros e se esfregar nela, colando a boca à sua orelha e murmurando as coisas que queria fazer com ela.

Seu sonho era se formar e conseguir um emprego numa revista como *Gourmet, Saveur* ou *Bon Appétit*, ou numa seção de variedades de um jornal, pois assim conseguiria escrever sobre comida. Não críticas sobre restaurantes, mas matérias sobre tendências, diferentes tipos de gastronomia e, óbvio, receitas. Ela poderia solicitá-las, editá-las, testá-las, sugerir substituições para tornar os pratos mais saudáveis, sem carne e seguros para pessoas alérgicas. Tinha feito algumas aulas de fotografia e vinha fazendo imagens e vídeos de processos de preparo para praticar, fazendo as receitas passo a passo e produzindo cenas com refeições completas. Sabia que não seria fácil conseguir o trabalho que queria, mas estava determinada. Trabalhava cinco noites por semana, das quatro da tarde às duas da madrugada. Nas manhãs e nas tardes de folga, dava aula de culinárias a quem estivesse disposto a contratá-la e, quando não estava trabalhando, saía para comprar ingredientes e preparava o mesmo prato quatro ou cinco ou seis vezes, ajustando o tempero ou a temperatura do forno, refinando a técnica, sonhando com o dia em que poderia morar sozinha e trabalhar com o que amava; imaginando cada parte da vida que desejava: um lindo apartamento em Nova York, um emprego glamouroso numa publicação de renome. Uma poupança no banco, feita com um dinheiro ganho por ela; um marido que a adorava e filhos que os dois encheriam de amor e atenção.

Tudo aquilo significava que Daisy estava exausta na noite em que Hal foi buscá-la para jantar, com o sono atrasado e os pés doendo. E faminta. Nos três meses anteriores, vinha seguindo a dieta com rigor. Comia uma maçã e uma colherada de manteiga de amendoim no café da manhã, uma salada com peito de frango grelhado no almoço e uma refeição pronta congelada no jantar. No trabalho, evitava a comida servida aos funcionários, sempre carregadas de carboidratos. Um dos *sous* chefs sempre se oferecia para grelhar um peito de frango ou um filé de salmão para ela. Daisy mascava chiclete de menta enquanto cozinhava, e só se permitia uma provinha dos pratos favoritos. Na hora de dormir, depois que a mãe ia para a cama, escapulia até a cozinha para tomar um gole da vodca que ela guardava no freezer, com um pouco de limão espremido. Sem esse último passo, ela passaria a noite ouvindo a mãe fungando, suspirando e às vezes chorando através da porta fina do quarto, atormentada por pensamentos de tudo o que gostaria de comer quando saísse do regime: brownies com caramelo e uma pitadinha de sal marinho na cobertura. Asinhas de frango picantes; brotos de ervilha com alho; tofu condimentado com molho de mel e gergelim; curry de cabrito (do restaurante jamaicano que havia descoberto) servido por cima de arroz com açafrão. Sorvete de creme na casquinha, coberto com uma chuva de granulados coloridos; bombas de chocolate; biscoitos açucarados com glacê e confeitos verdes e vermelhos; e chocolate quente na frente da lareira.

Hal morava na Filadélfia, mas, quando ela se ofereceu para encontrá-lo no meio do caminho, ele disse:

— De jeito nenhum. De que tipo de comida você mais gosta?

— Ah, eu como de tudo.

— Mas qual é sua favorita?

Ela mordeu o lábio, mas em seguida mentalmente deu de ombros e contou o que estava com vontade naquele momento, que era lámen. Uma tigela enorme de um macarrão de arroz cozido à perfeição nadando num caldo suíno douradinho e gorduroso, com muita massa e um ovo cozido no ponto certo para ficar bem macio em cima, salpicado com cebolinha verdinha e crocante. Ela quase conseguia sentir o gosto do prato, senti-lo na boca, a gema espessa escorrendo, os fios borrachudos do macarrão, o toque pungente da cebolinha e o calor reconfortante do caldo, salgadinho como o mar.

Foi só quando Hal perguntou se os pais dela ainda moravam na mesma casa que Daisy se deu conta de que ele pensava que ela ainda estava no mesmo lugar em que visitara Danny tantos anos antes. Ela contou tudo da forma mais resumida que pôde: a morte do pai, a venda da casa, a mudança dos irmãos, o arranjo com a mãe em West Orange, num apartamento minúsculo e escuro (deixando de fora a parte do "minúsculo e escuro").

— Eu estou passando as férias com minha mãe — contou ela com animação.

Ela torcia para que o tom de voz transmitisse a imagem de uma universitária bem-disposta que frequentava uma universidade estadual, e não o tipo de faculdade de elite em que os irmãos estudavam, porque queria estar num lugar com um bom time de futebol americano e muitas fraternidades e sororidades; e que na verdade estava hospedada com a mãe por gentileza, não por necessidade.

Judy Rosen tinha ficado empolgadíssima quando Daisy lhe contou a novidade. Antes de Hal chegar, observou a filha com um olhar crítico, ajeitando o cabelo dela, que chegava até a altura dos ombros naquele ano e era cortado de um jeito repicado. Ajustou as alças do vestido que Daisy usava com uma camiseta branca, olhou feio para as sandálias pretas de camurça com saltos plataforma e então falou:

— Espero que você se divirta bastante.

Às seis, Hal chegou. Sua mãe abriu a porta, revelando um homem de bom porte físico e cabelo escuro, com um terno azul-marinho e uma gravata de seda vermelha. Pareceu bastante maduro para Daisy, o oposto completo dos garotos da faculdade, com as sandálias Birkenstocks e as bermudas cargo.

— Hal Shoemaker — cumprimentou a mãe.

Ela levou a mão ao rosto dele e o beijou na bochecha. Como Daisy temeu que fosse acontecer, a mulher ficou toda chorosa também. Hal a lembrava de tempos melhores, de um Éden perdido, de uma era dourada em que os filhos eram só meninos; quando o lar era praticamente uma mansão em Montclair, não um apartamento em West Orange, quando ela era uma mãe de família, e não uma mãe solo. Entregue num pacote de um e setenta e cinco de altura, ele era tudo o que ela amava e que lhe havia sido tirado de forma tão abrupta.

Hal tinha levado tulipas e, enquanto Judy enxugava os olhos, ele as estendeu, com uma expressão de perplexidade.

Sem perder tempo, Daisy entrou em ação. Pegou as flores, colocou num jarro com água e levou Hal para a sala de estar enquanto a mãe ia ao banheiro para se recompor e provavelmente tomar um Valium.

— Desculpe por isso — disse Daisy. — Ela fica abalada com… bom, praticamente quase tudo.

— Tudo bem. Vocês passaram por poucas e boas.

Ele olhou ao redor do apartamento, e depois para ela.

— Veja só a irmãzinha de Danny. Uma mulher feita.

— Bom, já faz um bom tempo — respondeu ela.

Daisy tinha só 6 anos quando Danny, que estava no último ano do ensino médio, levou os amigos para casa, e tinha apenas vagas lembranças de um grupo numeroso de corpos masculinos desengonçados entrando na cozinha da mãe dela como uma horda invasora.

— Acho que me lembro de você, sentadinha na escada — comentou Hal. — Você estava usando uma camisola florida azul e branca, não?

Daisy confirmou com a cabeça, se lembrando da peça de flanela da Lanz de Salzburg, com babados na gola e bainha de renda nas mangas, um presente de aniversário que ganhou dos pais. Ela adorava aquela camisola.

Judy reapareceu na sala, abrindo um sorriso lacrimoso para Hal.

— E, lógico, eu me lembro do jantar de Ação de Graças, sra. Rosen. Suas batatas-doces foram as melhores que já comi.

— Obrigada — disse Judy.

Provavelmente fomos eu e meu pai que preparamos as batatas, pensou Daisy, mas não disse nada. Desde bem nova, ela já ajudava na cozinha. Tinha um banquinho em que subia para ficar ao lado do pai, que a ajudava a medir, peneirar e polvilhar, ensinava a melhor forma de quebrar e separar os ovos, e como fazer claras em neve ("Devagar, bem devagarinho, para não estragar a espuma!").

Hal se levantou, parecendo ansioso para sair dali. Daisy se deu conta, para sua tristeza, de que o lugar em que ele estava no sofá lhe proporcionou uma visão completa da cozinha e do mata-moscas pendurado no teto, com alguns insetos mortos enfeitando a extensão. Ele estendeu a mão.

— Podemos?

Hal tinha feito uma reserva no restaurante recomendado por Daisy, e a hostess os conduziu até uma mesa de canto. Eles se sentaram, e ambos começaram a falar ao mesmo tempo.

— Então, me conte mais sobre...

— Então, é muito estranho...

Eles deram risada, e Hal fez um gesto para ela, dizendo:

— Por favor.

— Eu ia pedir para você me contar mais sobre como é ser um advogado.

— Ah, você não vai querer me ouvir falar disso. Prefiro saber mais de você.

Eles conversaram. Ela contou histórias encantadoras sobre assumir o papel de mestre-cuca da família, enfatizando o quanto adorava aquilo, sem dizer que a mãe dela tinha passado anos exaurida e triste demais para pôr comida na mesa. Hal contou dos verões em Cabo Cod, histórias que ela desconfiava terem sido bastante censuradas, em especial depois de ter tido acesso a certas partes por meio de Danny. Ele bebeu água para acompanhar a refeição, mas pediu uma garrafa caríssima de saquê de ameixa para Daisy e manteve o copo dela sempre abastecido, com os olhos vidrados em seu rosto, sempre atento e solícito, mesmo quando a garçonete de seios volumosos se ajoelhava para servir ou retirar os pratos.

Daisy tinha gostado daquela noite... ou, se pensasse melhor, talvez tivesse gostado do que aquela noite representou para ela, a ideia de ser tratada com consideração e respeito por um homem bonito e mais velho. Ela se deliciou com aquela atenção, ultrapassando os dois copos habituais de bebida alcoólica para um primeiro encontro, e depois permitindo que ele pedisse um café irlandês para acompanhar o mochi que escolheram para a sobremesa. Quando saíram depois de comer, Daisy sentiu o corpo quente e solto, falando com gestos expansivos e uma voz talvez um pouco alta demais.

— Eu me diverti — comentou ela quando se acomodou no assento do passageiro do carro.

Ela se complicou com o cinto de segurança e percebeu que estava mais alcoolizada do que pensava, então ficou bem imóvel quando Hal estendeu o braço, tirou a fivela de sua mão e a colocou no lugar com um *clique* certeiro. Daisy recostou a cabeça no apoio do banco, e talvez tivesse cochilado. Quando abriu os olhos, estava no estacionamento na frente de seu prédio. Ela bocejou e, envergonhada, pôs a mão na frente da boca, torcendo para não ter roncado, babado ou dado algum outro tipo de vexame.

— Desculpa — disse ela. — Já está bem tarde para mim.

— Eu entendo. — Hal pôs a mão em cima da dela. — Você é uma bonequinha.

Uma bonequinha, ela pensou. Fez sentido naquele momento, quando os pensamentos estavam turvos. E ela gostou da ideia de ser comparada a um brinquedo que era um modelo de beleza e graça. *Bem, talvez deixando de lado a parte do brinquedo*, pensou ela, dando uma risadinha.

— Eu quero te ver de novo — falou ele, e Daisy, que estava acostumada a lidar com caras que sumiam por dois ou três dias antes de se dignarem a ligar de novo, sentiu o rosto ficar vermelho de surpresa e satisfação.

— Tudo bem.

— Mas preciso dizer — continuou Hal, apertando seus dedos de novo —, eu não sou de joguinhos. Quero um compromisso sério. Se não estiver pronta para isso, eu entendo. Sei que você tem mais um ano de faculdade pela frente, e pode ser que não queira se comprometer. Nesse caso é só me dizer isso agora, assim ninguém perde tempo.

E esta, pensou Daisy, com um ar sonhador, *era a diferença entre estar na casa dos 20 ou dos 30*; a diferença entre Hal Shoemaker e os garotos com quem ela vinha perdendo tempo. Lá estava um homem de verdade, com um emprego e uma vida estável, e um interesse genuíno nela. Parecia quase bom demais para ser verdade e, apesar de nunca ter planejado se casar tão cedo, também nunca havia imaginado que conheceria um pretendente digno àquela altura da vida. Era como se o mundo tivesse feito o homem perfeito cair em seu colo, e quem era ela para recusar tal presente? Daisy ouvia a voz da mãe na cabeça: *Não vá deixar esse escapar*. Ela abriu um sorriso meio atordoado.

— Eu quero isso também.

— Que ótimo.

Hal a acompanhou até a porta e insistiu para subir com ela no elevador. Diante da porta do apartamento, ele a segurou com delicadeza pela nuca e deu um beijo leve nos lábios dela.

— Ah, qual é — sussurrou Daisy. — Eu sei que você pode fazer melhor que isso.

Se você me quer, precisa me mostrar, pensou ela. Ficou na ponta dos pés, e ele a puxou para junto de si e a beijou, sem pressa, um beijo longo e estonteante que a deixou vermelha, sem fôlego e toda a favor de qualquer coisa que Hal pudesse ter planejado para o futuro.

— Só tem uma coisa — complementou ele.

— O quê?

— Você vai achar bobagem.

— O que é?

Ele acariciava de leve sua nuca, devagar, com carinho. Daisy sentiu o corpo se derreter, passar pouco a pouco de sólido a líquido. Ele chegou mais perto e murmurou em seu ouvido:

— Posso chamar você de outro nome?

Daisy deu um passo atrás e o encarou. Não soubera ao certo o que esperar, mas com certeza não fora aquilo.

— Você não gosta do nome "Diana"?

— Eu conheci outra Diana uma vez. Prefiro chamar você por outro nome. Uma coisa especial, só para você.

Como um segredo, pensou ela. *Hal vai me dar um nome secreto. E, depois que escolher meu nome, eu vou ser dele.* Ela deu uma risadinha, o que a fez perceber que ainda estava bastante embriagada. Quando parou de rir, Hal ainda a encarava, segurando sua nuca, esperando a resposta.

— Meu nome do meio é Suzanne. Diana Suzanne. Minha avó me chamava de Daisy, por gostar de margaridas, mas ela morreu e…

— Daisy — interrompeu ele, levantando a mão para o cabelo dela e acariciando sua bochecha com o polegar. — Minha florzinha linda. É perfeito.

30

Daisy

Daisy estacionou o carro, abriu a porta da frente, entrou e foi para a linda cozinha, e lá ficou imóvel como uma estátua de sal enquanto Lester choramingava aos seus pés.

Ela havia conseguido manter a calma durante o trajeto de volta para casa, repassando a conversa na mente diversas vezes, elencando os fatos: Diana não morava no apartamento em que Daisy cozinhara com ela. Diana não trabalhava na empresa em que Daisy imaginara que ela passava os dias sempre tão ocupados.

Diana não era uma consultora. Diana não era nada do que Daisy acreditara. Diana morava num chalé em Cabo Cod, na mesma cidade em que Daisy passara as férias de verão nos dezoito anos anteriores, a cidade em que, na adolescência, Diana fora violentada por um formando da turma de 1987 do Instituto Emlen, um homem branco com cabelo escuro encaracolado. Diana acreditava que Hal a tinha estuprado, e Danny assistira a tudo. E então Diana havia desaparecido, e Daisy não tinha ideia do que fazer com tanta informação. Não tinha um plano, não tinha pistas, só um turbilhão de pensamentos e um desejo intenso e frenético de fuga. Fugir de quem? Fugir para onde? Ela não sabia.

Parte de sua mente gritava a respeito de um aspecto das revelações de Diana: *Não é quem disse que era! Não mora onde você pensava que morava! Tudo o que ela disse para você era mentira!* Outra parte teimava que talvez Diana estivesse equivocada. Talvez não tivesse sido um formando do Emlen que a atacou ou, caso tivesse sido, podia não ser da turma de 1987 ou, caso fosse, talvez não tivesse sido Hal. E uma terceira parte dizia: *Você sabia. Sabia que tinha alguma coisa que não prestava ali. Sempre soube.*

De cabeça baixa, com os punhos cerrados e as unhas se cravando na carne das palmas das mãos, Daisy andava em círculos pela cozinha linda e arejada. Lester ia atrás dela, com o rabo entre as pernas, soltando ruídos guturais de preocupação enquanto Daisy saía da frente da pia estilo casa de fazenda, contornava a ilha de mármore e de madeira de tábua de corte, passava pelos bancos feitos sob medida da mesa da cozinha e pela janela de sacada, pelas fileiras de armários e bancadas, pelas gavetas projetadas em especial para os utensílios e temperos dela. "O que você quiser", foi o que Hal disse na época. "Qualquer coisa para deixar minha passarinha feliz."

Daisy andava sem parar. Pensou em Hal, o homem com quem vivia fazia quase vinte anos, que dormia ao seu lado quase todas as noites. Ela se lembrou de uma famosa ilusão de ótica; um desenho que poderia ser tanto de uma linda jovem como de uma bruxa velha, a depender da maneira como era visto. Por quase vinte anos, ela havia visto apenas o lado bom: um marido amoroso, gentil e generoso; uma bela casa; uma filha amada e estimada. Só que, nas semanas e nos meses anteriores, as coisas vinham mudando. Ao que parecia, ela enfim começara a ver a bruxa, depois de anos, e não dava mais para fingir que não via. "Eu vivia apenas para entreter você, Torvald. Mas era isso o que você queria."

Sua respiração ficou ofegante e dolorosa. Ela sentiu um aperto no peito e na barriga, e precisou correr para o banheiro, mal chegando a tempo. Assim que se sentou no vaso sanitário, parecia que tudo o que havia dentro dela saiu num único jorro, uma coisa horrível e escaldante. Ela gemeu, se inclinando para a frente com os cotovelos apoiado nas coxas, segurando o rosto quente entre as mãos.

O que ela faria? E quanto ao irmão? Teria mesmo visto Hal estuprar uma garota e depois permitido que Daisy se casasse com ele sem ao menos um aviso? Se Danny sabia quem era Hal, então com certeza era por isso que Daisy e o marido quase nunca faziam coisas com o irmão e cunhado dela, como dois casais, a razão por que ela quase sempre os visitava sozinha. A mente de Daisy se voltou para os dias anteriores ao casamento, quando os dois irmãos foram à cidade; David com a mulher e os filhos; Danny sozinho, vindo de Nova York. Danny se mostrou distante durante a semana de celebrações, tão calado que ela chegou a perguntar para Hal se tinha acontecido alguma coisa na festa de despedida de solteiro. Depois que ela e Hal trocaram os votos, o irmão só lhe dera um beijo rápido, dissera um "Boa sorte, Di" e fora embora da festa bem cedo.

Daisy soltou outro gemido e se limpou. A boca estava seca, e ainda sentia a barriga se retorcer. Estava se lembrando daquela manhã de outono: Hal com as roupas de corrida e a vitamina de espinafre intocada, olhando para a tela do iPad, contando que Bubs tinha se suicidado. Ele também estivera envolvido? Diana o teria localizado, da mesma forma que havia feito com Hal e Danny? A morte de Brad Burlingham teria sido mesmo um suicídio ou haveria a chance de ter sido um assassinato? Ela nunca perguntara a respeito para Hal. Nunca se interessara pela história. O incidente não despertara atenção, em meio ao turbilhão da volta para casa de Beatrice, as aulas de culinária, a casa para cuidar. "Minha desmioladinha", Hal dizia em tom carinhoso quando Daisy não conseguia encontrar as chaves do carro ou o celular, passando a mão em seu cabelo. "Você só não perde a cabeça porque está grudada no pescoço, né?"

Saindo do banheiro, ela foi em direção ao quarto de hóspedes. O laptop dela estava ao lado da cama. Daisy o abriu e digitou o nome de Brad Burlingham no Google, e uma página cheia de manchetes apareceu. A primeira era o obituário do *Baltimore Sun*: "Bradley Telford Burlingham, de 51 anos, morreu em casa na noite de sábado". A segunda, de um blog de notícias e fofocas locais, foi mais útil: "Família proeminente de Baltimore de luto pela perda do filho".

<hr>

No início da noite de domingo, o corpo de Bradley Burlingham, o filho mais novo dos Burlingham de Baltimore, magnatas do mercado imobiliário e chefes políticos de peso, foi encontrado em seu apartamento, a pouco mais de um quilômetro da mansão dos pais na Deepdene Drive. Como os irmãos, o pai, os tios, o avô e os tios-avôs, Burlingham era egresso do Instituto Emlen, em New Hampshire, e estudou na faculdade Trinity. Amigos e parentes reconhecem que a vida de Burlingham foi atribulada. Ele foi preso três vezes em dois estados diferentes por dirigir embriagado, e acabou tendo a carteira de motorista cancelada. Casou-se com Marianne Conover em 1996. O casal teve dois filhos e se divorciou em 2005, com Conover ficando com a guarda total das crianças. O segundo casamento, com Elspeth Dryer, em 2009, durou apenas quatro anos. Burlingham ocupou cargos importantes no departamento de marketing de instituições como o Baltimore Sun e o Centro Médico da Universidade de Maryland.

"Brad era o dissidente da família", comentou um observador de longa data da elite econômica de Baltimore, um amigo da família que pediu anonimato para falar mais livremente sobre o recém-falecido. "Toda família rica numerosa tem um, e a dos Burlingham era Brad. Ele não teve uma vida fácil. Espero que, onde quer que esteja, consiga ter paz."

Amigos o descreveram como um homem que fez inúmeras tentativas de ficar sóbrio. Antes do falecimento, Burlingham vinha trabalhando em um café da rede Starbucks, um emprego recomendado por seu padrinho no AA, de acordo com Corby Kincaid, antigo colega de faculdade de Burlingham.

"Ele tentou com muito empenho ficar limpo e ser um pai presente para os filhos", afirmou Kincaid. "Mas tinha seus demônios, e acho que no fim eles venceram."

"Brad era um amigo leal e um filho dedicado, um membro fiel da comunidade do Emlen", declarou o dr. G. Baptiste, reitor da escola preparatória, em uma entrevista. "É uma perda inestimável para todos nós."

~~~~~~~

Daisy olhou para o celular. Passava pouco das quatro e meia. Beatrice estaria em casa em quinze minutos. Hal, em uma hora. Ela se levantou, lavou as mãos, pegou o celular e ligou para o irmão.

— Alô? Di? É você?

— Sou eu, sim. — A voz soou fraca, como se estivesse vindo do fundo de um poço. — Preciso perguntar uma coisa.

— Ah, é? O quê?

— Nas férias de verão depois da sua formatura no Emlen, você foi para o Cabo. Houve uma festa lá. A última do verão. Preciso que você me conte o que aconteceu naquela noite.

Houve uma pausa, tão longa que pareceu interminável. Então, por fim, Danny começou a falar:

— Você precisa entender que isso foi há muito, muito tempo — explicou ele, com um tom de voz grave e áspero. — A compreensão das pessoas sobre o conceito de consentimento e coisas relacionadas mudou muito nos últimos trinta anos.

— Danny. Vamos parar de me enrolar? Por favor? Só me diga o que aconteceu!

O irmão soltou um suspiro.

— Hal passou a maior parte do tempo que ficamos lá conversando com uma menina. Uma local ou uma *au pair*, alguma coisa assim. E, sim, tinha uma festa acontecendo na praia, com bebida à vontade, e eu vi... o que eu vi...

A voz de Danny foi ficando mais aguda e hesitante.

— Desembucha logo. Fala.

— Hal estava transando com a garota.

— E tinha outro imobilizando a menina no chão?

— Eu... eu não posso...

Daisy conseguia imaginar como o irmão se sentia. Ele ficava com o pescoço todo vermelho quando estava nervoso, e começava a andar de um lado para o outro, assim como ela. Talvez estivesse fazendo aquilo no chão de ladrilho da salinha minúscula que tinha no colégio, com as paredes cobertas do chão ao teto de panfletos universitários para inspirar os alunos, ou no ginásio do Boys & Girls Club, ou na cozinha de casa, com um bebê que estava lá de passagem no colo.

— Isso foi há muito tempo, Di. E eu era uma pessoa diferente na época. As coisas eram difíceis para mim. Não estou tentando arrumar desculpas...

— Está, sim.

O tom de voz de Danny era de lamento.

— Toda vez que penso nisso, fico achando que eu deveria ter feito mais, que poderia ter feito mais. Só que eu era... — Ele parou de falar. — Eu era a fim de Hal. Achava que estava apaixonado por ele, e morria de medo do que poderia acontecer se ele descobrisse. Quando ele me levou para as dunas...

Danny suspirou de novo e, mesmo contra a vontade, Daisy se pegou imaginando a cena: as mãos de Hal no ombro do irmão dela, os dois bêbados e cambaleando. Hal chamando Danny, e ele o seguindo por vontade própria, talvez na esperança de que o outro sentisse o mesmo que ele, só percebendo tarde demais para onde estava sendo levado.

— Isso foi há muito tempo — adicionou Danny, desolado.

— Só que não foi. Não para a mulher com quem Hal fez isso. Diana precisou conviver com o que Hal fez com ela todos os dias. E tinha só 15 anos, e estava desmaiada de bêbada! — Daisy percebeu que estava gritando. — Minha nossa. O que você ia achar se alguém fizesse isso com Beatrice? Você tentou descobrir quem era ela, para dizer que deveria ter feito mais? Você já teve algum sentimento a respeito disso? Jesse sabe?

Vou contar para ele, pensou ela, e a ideia fervilhou como ácido na mente cheia de rancor. *Vou contar para Jesse, que vai largar Danny, e ele vai ficar com o coração partido, que é o que merece.*

— Sabe — respondeu Danny, com um tom carregado. — Sim, Jesse sabe. Passei anos tentando descobrir quem era ela, mas nunca consegui. E, lógico, eu me sinto péssimo e, lógico, já faz anos que me sinto mal por isso. — O tom de voz dele foi se erguendo à medida que falava. — Eu venho tentando fazer mais, ser alguém melhor, porque sei bem como sou uma pessoa de sorte e privilegiada, e sei o quanto fizemos m-mal a ela. — A voz dele ficou embargada. Então continuou, e era nítido que estava chorando: — Todos os dias da minha vida, eu venho tentando ser um homem melhor do que fui naquela noite.

Daisy ainda sentia a boca seca, e os olhos também, diante da enormidade do que Danny tinha feito, ou deixado de fazer; as coisas horríveis que permitiu que acontecessem.

— Você deixou que eu me casasse com ele — sussurrou ela, com um tom angustiado, sentindo as lágrimas escorrerem pelos cantos dos olhos e caírem na camisa. — Não me contou disso. Por que você não me contou?

— Eu tentei — disse Danny, num tom de súplica. — Você não se lembra?

— Não! Não, eu não me lembro! E tenho certeza de que me lembraria se, em algum momento, alguém me puxasse de canto e dissesse: "Ei, adivinha só, o cara que quer se casar com você é um estuprador"!

— Eu juro que tentei avisar você sobre Hal.

— Quando? — questionou Daisy, brava.

— Logo depois que você me ligou para contar que estava noiva.

Daisy levou a mão fechada à boca. Ela e Hal tiveram um envolvimento-relâmpago: três meses de namoro antes do pedido de casamento, que aconteceu seis meses depois disso. Ela se lembrava de ter telefonado para a mãe, os irmãos e a avó Rose; de ter falado com David e a esposa, e também com Danny. Ele lhe deu os parabéns e pediu para Daisy pôr Hal na linha, para cumprimentar o noivo. Um minuto depois, Hal lhe devolveu o telefone sem fio, e ela continuou com a lista de ligações.

Só que na manhã seguinte, conforme ela se lembrava, Danny ligou de volta.

"Diana, você tem certeza de que quer se casar?"

"Lógico que tenho", respondeu ela.

O diamante quadrado de dois quilates da aliança que Hal lhe dera brilhava em seu dedo, projetando um arco-íris na parede quando refletia a luz. Ela não conseguia parar de olhar.

"É que… você ainda é uma criança. E Hal era…". Ele parou de falar. "Hal tem um histórico complicado."

"Eu sei. Ele me contou. Me garantiu que parou de beber quando fez 30 anos. Você não tem com que se preocupar."

"Não, você está muito enganada", Danny poderia ter dito. Poderia ter contado a verdade, por pior que fosse, poderia ter explicado o que quis dizer com "um histórico complicado". Em vez disso, falou algo do tipo "Eu só quero o melhor para você" e "Se você está feliz, eu também estou", e Daisy encerrara a ligação ansiosa para continuar o trabalho na lista do enxoval, recortando fotos de possíveis vestidos nas revistas de noivas que comprara e planejando o cardápio da festa de casamento.

— Você me falou que ele tinha um histórico — argumentou Daisy. — Não foi isso?

Danny mal havia terminado de murmurar a confirmação e Daisy já continuou a falar:

— Você não acha que talvez fosse melhor ser um pouquinho mais direto? Por exemplo: "Ah, e por falar nisso, ele estuprou uma menina quando tinha 18 anos"?

— Você teria me escutado? — perguntou Danny, com um tom pesado.

— Óbvio! É óbvio que teria escutado! — gritou Daisy. — Deus do céu, Danny. O que o papai diria dessa sua atitude? Ele ficaria muito decepcionado. Não teria se incomodado por você ser gay, teria continuado a te dar amor incondicional, mas se descobrisse que não cuidou de mim, que deixou isso acontecer comigo...

— Você não queria escutar. Deixou isso bem claro. E, aliás, essa não foi a única vez. Eu continuei tentando.

— Não continuou, não!

Daisy tremia de raiva. Queria rasgar as próprias roupas, berrar, quebrar alguma coisa. Nunca na vida sequer imaginou que ficaria tão furiosa, tão traída.

— Você nunca mais abriu a boca para falar nesse assunto!

— Não mesmo — disse Danny, bem baixinho. — Não com você. Com a mamãe, sim.

Daisy sentia que as pernas eram como tábuas de madeira, sólidas e inflexíveis. De alguma forma, conseguiu fazê-las levá-la até o quarto que dividia com Hal. Lester a olhava com uma cara de infelicidade enquanto ela tirava a mala da prateleira do armário e começava a enchê-la com as coisas de que precisaria para o resto da semana, pondo as roupas íntimas e as pilhas de camisetas lá dentro sem nem ao menos olhar. Depois encontrou uma bolsa de lona para Beatrice, pegou o celular e ligou para um número da lista de contatos.

— Melville School, Crystal Johnson falando. Como posso ajudar?

— Crystal? É Daisy Shoemaker.

— Daisy! — exclamou Crystal, toda simpática. — Tudo bem com você?

— Beatrice vai precisar faltar na escola pelo restante da semana. — Baixando o tom de voz, apesar de a casa estar vazia, ela complementou: — Minha mãe não está nada bem. Estamos indo para Nova Jersey ficar com ela.

— Ah, eu sinto muito! Bom, sem problemas. — Crystal deu risada. — Juro para você, isto aqui está parecendo uma cidade-fantasma. Metade dos alunos viajou mais cedo para o feriado do Memorial Day. E vários professores também. Mas eu vou informar à orientadora dela.

— Obrigada. E tem também uma questão um pouco delicada. Se Hal ligar procurando por Bea, você pode avisar que ela está comigo? E que nós nos vemos em Cabo Cod no fim de semana?

As mentiras saíam de sua boca uma após a outra, como uma revoada de pássaros que ela vinha mantendo confinados atrás dos lábios. Ela continuou sem piscar:

— Isso é um problema para nós. Hal acha que eu faço mais do que deveria pela minha mãe, e que meus irmãos não colaboram em nada, e da última vez falei que não ia sair correndo para acudi-la novamente, mas minha mãe me ligou e disse que só eu poderia ajudá-la. Então nós vamos passar um tempo na casa dela a caminho do Cabo, mas Hal não precisa saber disso.

— Pode deixar. — O tom afetuoso de Crystal fez os olhos de Daisy arderem. — Esses dramas familiares, pode acreditar que eu entendo bem. Se ele ligar, eu aviso que Beatrice está com você.

— Obrigada — murmurou ela.

Daisy imaginou que Hannah estava ao seu lado, olhando por ela, acompanhando-a quando deu uma última passada no banheiro, para pegar protetor solar, pasta de dente e sabonete. Ela ligou para o hotel para pets em que Lester ficava de vez em quando e fez uma reserva para uma semana com uma atividade individualizada extra por dia, porque estava se sentindo péssima por ter que deixá-lo.

Que bom que você está garantindo que o cachorro vai ficar bem, ela imaginou Hannah dizendo. *Mas e você? E Beatrice?*

Ela ficou parada junto à porta, esperando. Quando a filha chegou, com a bolsa de tapeçaria pendurada no braço, Daisy empurrou a bolsa de viagem nos braços dela.

— Vá para o quarto e guarde aí roupas suficientes para o resto da semana. Leve suas coisas de escola também, e uma blusa de frio, e um sapato confortável para andar. Rapidinho, está bem? Eu explico quando estivermos no carro.

Pelo menos uma vez, graças a Deus, Beatrice não discutiu, nem revirou os olhos, nem deu um dos escândalos habituais de adolescente.

— O que está acontecendo? Para onde nós vamos?

— Primeiro, para a casa da sua avó.

Beatrice arregalou os olhos.

— E o papai?

Daisy não ouvia Beatrice se referir a Hal como "papai" fazia tanto tempo que nem conseguia lembrar quando fora. *Não conta para ela*, pensou. *Hal ainda é o pai dela, não importa o que tenha feito*. E então surgiu outra voz, uma que conseguia ver as transformações no rosto de Beatrice, a mulher que estava se delineando em suas formas. Foi com essa voz que Daisy falou.

— É um assunto complicado, querida. Prometo contar o máximo que puder. Mas, pelo menos por agora, eu estou pedindo para você não contar para seu pai aonde estamos indo. Nada de telefonemas, nem mensagens, nem e-mails.

— Nem se eu quisesse. Você está com meu celular, esqueceu?

— Ah, é. Verdade.

— Mãe. — A expressão de incômodo no rosto da filha era visível. — O que aconteceu? O que é tudo isso?

— Não posso contar nada agora, mas prometo que comigo você estará segura. Nada de mau vai acontecer com você. Eu juro, você vai ficar bem, aconteça o que acontecer.

31

Diana

Depois do que acontecera em Baltimore com Brad, Diana tinha certeza de que o assunto estava encerrado. Ela sabia o nome do agressor. Foi atrás dele e o fez encarar o que tinha feito, e o obrigou a vê-la e ouvi-la e a entender o estrago que havia causado em sua vida. E então ele morreu.

Por acaso ele teria tomado consciência quando já era tarde demais? Diana teria arrancado o véu que encobria os olhos dele e lhe mostrado quem era e o que havia feito, e ele não conseguiu viver sabendo daquilo? Ou ela teria encontrado um homem atormentado e arruinado, um homem realmente se esforçando para ser melhor, e o empurrou para a beira do abismo, privando os filhos dele de um pai, e os pais dele de um filho?

Ela não sabia. E, quando tentava chegar a alguma conclusão, os fatos que estabelecia de forma tão racional se perdiam, substituídos pela imagem dos filhos de Brad, Claudia e Eli, subindo aquelas escadas com as mochilas nas costas e sem desconfiar de nada. Aquelas crianças, e também os meios-irmãos, cresceriam sem pai. E por culpa dela.

Pela primeira vez em um bom tempo, Diana começou a ter dificuldade para dormir. "Menopausa", foi o palpite da médica, e Hazel, a terapeuta, a encarou com os olhos cautelosos de quem já vira demais e sugeriu: "Por que você não me diz o que está se passando na sua cabeça?". Diana não conseguiu. Afinal, o que Hazel diria se ela contasse a verdade?

Toda noite, Michael dormia ao seu lado, e Pedro aos seus pés, enquanto Diana ficava acordada, olhando para o breu. Nas noites sem luar, não dava para distinguir o que era céu, o que era chão e o que era água. *Eu vou esquecer disso tudo*, prometeu ela a si mesma. *Vou esquecer de Henry Shoemaker e Daniel Rosen. Não vou mais pensar no que aconteceu comigo tantos anos atrás. Vou seguir em frente com minha vida feliz.*

Ela poderia ter conseguido, se estivesse mais descansada, ou se o país inteiro não estivesse no meio do processo de encarar os destroços de décadas de assédio e violência sexual, se o noticiário não estivesse cheio de histórias horríveis sobre o que um ou outro homem havia feito, e com quantas mulheres.

Diana lia as matérias e pensava em Hal, então cerrava os punhos e pensava: *Ele precisa sofrer. Precisa pagar pelo que fez.* Então se lembrava de Brad, pensava no quanto poderia ser ainda pior, porque Daniel Rosen tinha marido, e Henry Shoemaker, esposa e filha, uma menina quase da mesma idade de Diana naquele verão, da idade das sobrinhas dela. *Eu não posso fazer nada*, pensava ela... mas, um instante depois, vinha outro pensamento: *o que eu não posso é não fazer nada.*

— Viu o jornal? — perguntou Michael numa manhã de junho, jogando o *Cape Cod Times* na mesa.

— Quem foi dessa vez? — indagou Diana, sem nem olhar.

Até então, já tinham aparecido um produtor de cinema famosíssimo, o âncora do noticiário matinal, o maestro de uma orquestra de prestígio, o editor de uma destacada revista literária. Atores, atletas, proprietários de equipes da NFL, um a um, estavam sendo todos expostos.

Michael se serviu de uma xícara de café e fez um chá para Diana. Então, em vez de se sentar à mesa, foi para o sofá e deu um tapinha no assento ao lado. Já havia fios grisalhos na barba ruiva, para combinar com os do cabelo. Ele usava palmilhas ortopédicas nos sapatos e fazia alongamento na coluna antes de se deitar todas as noites.

Ele pegou um caderno do jornal e o virou para ela ver. ACERTO DE CONTAS, era a manchete.

— Não é minha intenção dizer a você o que fazer — disse ele.

— Acho que é, sim — respondeu ela num tom incisivo.

Michael balançou a cabeça.

— Olha só, eu só estou dizendo que... — Ele parou de falar, então apontou com o queixo para o jornal. — Este é o momento. É uma oportunidade.

— De quê?

Para a justiça não era. Disso ela já havia desistido fazia tempo.

— Você não precisa procurar a polícia e exigir um julgamento judicial. Não estou falando para entrar em contato com uma emissora de televisão, nem ligar para o chefe do cara.

— Acho que ele nem tem um chefe.

Michael continuou, obstinado:

— Só estou dizendo que pode ser uma chance de fechar o ciclo. Encontrar o cara e dizer para ele que fez muito mal para uma pessoa de verdade.

— Porque deu tão certo da última vez — rebateu Diana, amargurada.

— O que aconteceu da última vez não foi culpa sua — argumentou Michael, como já tinha feito mil vezes antes.

Diana não respondeu. Por um momento, ficaram sentados em silêncio. Então Michael falou:

— E se ele fez a mesma coisa com outras mulheres também? Já parou para pensar nisso?

Diana escondeu o rosto entre as mãos porque, como Michael com certeza desconfiava, a resposta para a pergunta era "o tempo todo". Era seu maior medo: que os estupros não tivessem acabado com o dela, que, pelo contrário, ela tivesse sido apenas a primeira vítima de uma série, talvez bem extensa. Havia passado boa parte das noites sem dormir ponderando se nesse caso ela não teria uma obrigação para com as outras garotas e mulheres.

Michael pôs a mão em suas costas, subiu para a nuca e então envolveu toda sua cabeça com a mão grande e quente.

— Eu li um artigo na internet. Dizia que o nome disso era... como se diz? Um ponto de inflexão, basicamente. As coisas estão mudando.

Depois de tantos anos juntos, ela conseguia entender o que ele havia deixado apenas subentendido. *As coisas estão mudando, desde que existam pessoas com coragem suficiente para tomar a frente, levantar a voz e dizer que já chega.*

— Eu tentei — disse ela, com a voz trêmula. — Tentei fazer a coisa certa, e veja só no que deu!

— Tudo bem, tudo bem — falou Michael, levantando as mãos. — A escolha é sua. Só sua. Mas é que... eu sei que você não está dormindo. E sinto que está sofrendo. Só queria que você ficasse em paz. E acho que... acho que talvez...

Diana negou com a cabeça. Estava decidida, e se manteria firme nas convicções. *Deixe isso para lá*, pensava ela. *Viva sua vida feliz, tocando o restaurante, ficando ao lado das pessoas que ama, e deixe isso para lá*. Mas a existência de Hal ainda a perturbava, como uma cutícula levantada ou um fio solto na roupa. E se ele tivesse feito aquilo com outras mulheres? *Esta é a hora do acerto de contas*, pensava. *Se eu ficar aqui sem fazer nada, sou tão nociva e tão cúmplice de tudo isso quanto ele.*

Ela passava horas tentando se convencer a viver a vida feliz e pacífica e não tomar nenhuma atitude quanto ao resto. Contudo, à noite, acordada no escuro, se lembrava do que tinha acontecido com o juiz, um homem mais ou menos de sua idade, formado numa universidade da Ivy League e com credenciais impecáveis, que estava em vias de ser sabatinado para confirmar a indicação à Suprema Corte quando uma mulher se apresentou e contou que ele a tinha violentado numa festa quando os dois eram adolescentes.

O homem negou tudo, chamou a mulher de mentirosa, parte de um complô político para derrubá-lo. A mulher deu o testemunho em juízo, contando a história com um tom de voz calmo e nítido, dizendo ao mundo inteiro o que aqueles garotos tinham feito. "A risada é inextinguível do hipocampo", ela falou. Tinha virado professora universitária de neurociência, uma especialista em como o cérebro processava o trauma, o que apenas amplificava a vergonha de Diana pela própria vida ter saído tanto dos eixos.

Diana acompanhou cada segundo das audiências. Ficava vidrada na televisão, torcendo para que o juiz, que parecia tão contido, confessasse os atos e se desculpasse em público. Talvez ele dissesse que estava bêbado e que foi imaturo e estúpido, mas que sentia muito, que nunca tinha tratado outra mulher daquela maneira desde então e jamais faria aquilo de novo; que amava as filhas e não queria que elas vivessem num mundo em que os homens podiam atacá-las e ficarem impunes.

Em vez disso, com o rosto vermelho de raiva, cuspindo indignação e perdigotos, o juiz negou tudo. Fez questão de afirmar (antes de ser perguntado) que tudo o que conseguiu tinha sido às custas do próprio esforço, que não se valeu de contatos nem ajuda externa para nada ("Acho que ter pais que pagaram uma escola preparatória e um avô que era ex-aluno de Yale não conta", comentou Michael). Tentou intimidar as senadoras que o questionaram sobre bebedeiras. "Eu gosto de cerveja. Você não gosta?", retrucou para uma delas, filha de um alcoólatra, que com toda a educação havia perguntado sobre a possibilidade de um lapso de memória induzido pela bebida. "O que você gosta de beber? Você tem problemas com a bebida?" Diana continuou assistindo, paralisada e sem palavras de tanta raiva, sem conseguir tirar os olhos da tela enquanto o juiz vociferava e esbravejava, com a cara vermelha e os olhos marejados de ódio, convencido de que era ele a verdadeira vítima.

O homem no fim se tornou um juiz da Suprema Corte. A mulher teve que se isolar do mundo. E, todos os dias e todas as noites, Diana Carmody, que um dia foi uma menina de 15 anos correndo pela praia numa noite quente de verão, pensava nele, e em Hal Shoemaker, e em todos os homens que violentaram mulheres e seguiram livres e desimpedidos. Pensava nas sobrinhas, e em todas as meninas e jovens que conhecia, crescendo num mundo que a cada dia trazia um novo perigo, e sabia que não podia se dar ao luxo da inação.

Daquela vez, decidiu, ela faria diferente. Daquela vez, ao invés de confrontar os homens, abordaria o problema por outras vias e procuraria as mulheres. Ou melhor, uma única mulher: Daisy Shoemaker, a esposa do estuprador, irmã do garoto que tinha assistido a tudo. Seria bem mais cautelosa, para garantir que seus atos não causariam sofrimento a crianças, ou pelo menos minimizaria o sofrimento. Acordada durante a noite, ela montava as armadilhas, criando uma conta de e-mail parecida com a da outra Diana, inventando um site e criando uma conta falsa no Facebook, procurando blogs e livros sobre consultores, para dominar o jargão, preparando o terreno para o dia em que iria à Filadélfia conhecer Daisy Shoemaker, a principal conexão entre os dois agressores ainda vivos, a esposa de um, e irmã do outro. Ela olharia a outra Diana nos olhos e então decidiria o que fazer, pensaria em como confrontar Hal sem prejudicar uma mulher inocente, em um mundo em que nascer menina significava passar anos e anos de vida em risco e o resto do tempo invisibilizada; existindo como presa ou então com a existência ignorada.

32

Daisy

— Por que estamos indo para a casa da Vó Judy? — perguntou Beatrice depois que deixaram o pobre e tristonho Lester no hotel e pegaram a estrada.

— Preciso falar com ela.

— E não pode só ligar?

— Preciso falar com ela pessoalmente — explicou Daisy.

Depois que se sentou ao volante, uma estranha frieza a dominou. Ela se sentia numa bolha em que podia manter a calma e ser racional. A bolha estouraria em algum momento, e todas as terríveis verdades inundariam tudo ao redor, mas, por ora, ela conseguia ouvir a voz da razão e pensar direito.

— Mãe, o que está acontecendo? Você precisa me contar pelo menos alguma coisa.

Daisy notou a ansiedade na voz da filha, e sabia que Beatrice estava certa. Alguma coisa ela precisava dizer. Só não sabia o quê.

— Preciso perguntar para minha mãe de umas coisas que aconteceram quando Danny era adolescente.

— Como assim? O que aconteceu? — Ela estava começando a juntar as peças do quebra-cabeça, muito mais depressa do que Daisy esperava. — Foi no Emlen? Meu pai tem alguma coisa a ver com isso?

— Não aconteceu no Emlen, mas envolveu alunos de lá.

Cuidado, pensou. *Você precisa ter muito cuidado.* Ela daria o que fosse preciso para poder dizer para a filha que Hal não estava envolvido naquela história. Só que não podia.

— Eu não quero falar mais nada enquanto não tiver certeza.

Beatrice se remexeu no assento.

— O que aconteceu? Alguém morreu?

— Ninguém morreu — respondeu Daisy, baixinho. — E por enquanto não posso dizer mais nada. Prometo que, assim que souber de tudo, eu conto. Mas agora eu ainda não posso.

Ela se lembrou de Hal da forma como era quando o conheceu, bonito, confiável e maduro. Ainda conseguia ouvir o que ele lhe disse no primeiro encontro: "Eu estava fora de controle. Bebia muito. Não quero mais ser aquela pessoa". Daisy entendeu o que ele deixou subentendido: que, se a relação continuasse, seria função dela impedir um retrocesso naquele sentido; que, quando se tornasse marido e pai, ele estaria inaugurando uma nova fase na vida, como uma borboleta saindo do casulo, com uma esposa fiel e amorosa ao lado. Ela seria parte integrante da transformação, mesmo que significasse deixar os próprios sonhos de lado. Seria sua barreira de segurança, seu sistema de alarme precoce; ela o manteria bem longe da beira do abismo. Daisy considerava que tinha feito sua parte. E, caso ele tivesse cumprido a promessa, caso tivesse mesmo virado alguém diferente do que era, se tivesse sido um bom pai e um bom marido, se tivesse dado um rumo melhor à vida, como ela poderia julgá-lo com base no que fizera quando tinha 18 anos? Qual era o nível de punição adequado? O que Hal de fato merecia?

— Mãe? — A voz de Beatrice saiu bem baixinha. — É alguma coisa grave? O que vai acontecer? Meu pai está em perigo?

E, mais uma vez, Daisy deu à filha a resposta mais próxima da verdade que poderia:

— Eu não sei.

~~~~~~

Apenas três horas depois de terem saído de Lower Merion, Daisy parou o carro no estacionamento do prédio da mãe.

— Fique aqui — instruiu à Beatrice.

— Não! Eu vou com você.

Daisy manteve o tom de voz firme:

— Fique no carro. Eu já venho.

Daisy desceu apressada, atravessou o estacionamento e entrou no saguão, esticando bem as pernas para impedir os joelhos de tremerem enquanto subia de elevador até o décimo oitavo andar. Ela levantou a aldrava de metal, sentindo o peso frio na mão, e bateu uma, depois duas vezes.

Um minuto depois, lá estava Arnold, com a calça bem passada, uma camisa social e pantufas.

— Daisy — falou ele com um sorriso. — Que surpresa inesperada!

Como ela não retribuiu o sorriso, ele perguntou:

— Está tudo bem?

— Está, sim — respondeu Daisy, sentindo os lábios gelados. — Mas preciso falar com minha mãe um minutinho.

— Lógico. — Depois de mais um olhar de preocupação para ela, Arnold disse: — Vou chamar Judy.

Ele entrou pelo corredor com os passos apressados abafados pelas pantufas.

Daisy foi para a cozinha. As bancadas de mármore preto, os armários brancos e a parede de azulejos retangulares de vidro estavam no auge da moda no início dos anos 2000. No momento pareciam um tanto datados. A esposa de Arnold cozinhara para ele, e Judy nunca fora muito boa de fogão nem se importava com isso a ponto de redecorar o cômodo. Ela e Arnold comiam fora na maior parte do tempo.

— Daisy? — Judy Rosen usava uma calça larga de tecido felpudo, um suéter fino de caxemira e a tradicional camada grossa de maquiagem no rosto. — Está tudo bem?

Daisy estava do outro lado do balcão do café da manhã, e se inclinou para a frente, apoiando as mãos no tampo de pedra.

— Preciso perguntar uma coisa.

— Tudo bem — retrucou a mãe, com um tom hesitante e uma expressão mais cautelosa.

— Danny contou para você alguma coisa de Hal? Das coisas que Hal fez na época de colégio?

Judy ficou só olhando para ela. Daisy tentou de novo.

— Ele contou de uma festa em Cabo Cod, nas férias de verão depois da formatura no Emlen?

— Não sei do que você está falando — respondeu Judy, mas Daisy viu a mãe desviar os olhos para a esquerda por um momento, como se não quisesse encará-la.

— Hal estuprou uma menina.

— Ah, Di. — A mãe juntou as mãos e a olhou com uma expressão de desaprovação. — Que coisa horrível de se dizer.

Por um momento, Daisy pensou ter ouvido errado.

— Que coisa horrível de se dizer? Que coisa horrível de se fazer!

— Vou pegar alguma coisa para você beber.

A mãe lhe deu as costas, e Daisy foi em seu encalço.

— Eu não quero beber nada. Quero saber o que Danny contou daquela festa.

A mãe suspirou, balançando a cabeça.

— O que Danny contou… O que Danny contou foi que uma tal garota ficou muito bêbada, e que ouviu dizer que pode ter acontecido algo com ela, e que Hal podia estar envolvido. Seu irmão estava preocupado com você. Mas, Daisy, ele não tinha com que se preocupar. O que quer que tenha acontecido quando Hal estava no colégio, foi quinze anos antes de vocês se conhecerem. Ele já era outra pessoa a essa altura.

Daisy balançou a cabeça, aquelas palavras ditas com desdém ("pode ter acontecido alguma coisa" com "uma tal garota") ecoando na mente.

— Minha amiga Diana. A mulher que estava no jantar no sábado. A consultora. Foi ela que disse ter sido estuprada por Hal.

Judy inclinou a cabeça, parecendo confusa.

— A outra Diana?

Assim que ouviu a mãe dizer aquilo, Daisy se deu conta do que já deveria ter notado bem antes. A verdade estava bem debaixo de seu nariz o tempo todo, caso ela tivesse escolhido a enxergar.

— Você sabe que foi Hal que começou a me chamar de Daisy, não é? Disse que queria me dar um nome especial. Disse que… — ela respirou fundo, tentando se lembrar — … disse que tinha conhecido outra Diana uma vez. — A boca ficou seca, e o corpo, dormente, como se as roupas estivessem cheias de neve. — E você sabia. Você sabia o que ele era. Porque Danny contou.

Judy Rosen ergueu o queixo.

— O que Danny me contou foi que alguma coisa pode ter acontecido quando Hal tinha 18 anos. Mesmo se ele tivesse feito algo grave, mesmo se o caso não envolvesse um excesso de álcool e um mal-entendido, isso foi há muito tempo, Daisy!

— E se ele tivesse feito o mesmo comigo? E se alguém fizesse isso com Beatrice? Faria diferença se tivesse sido há muito tempo? Estaria tudo bem se ele dissesse: "Ah, desculpa, é que nós bebemos bastante e acho que aconteceu um mal-entendido"?

Por um tempo que pareceu uma eternidade, a mãe não disse nada.

— Hal é uma boa pessoa — falou Judy, por fim. — Na época, ele te amava muito. E você também o amava! Eu realmente não entendo por que ficar revirando essa história antiga agora.

Ela contorceu os lábios em desgosto, e Daisy quis segurá-la pelos ombros e sacudi-la até fazê-la entender.

— Sabe o que eu acho? — O tom dela soou estridente, e os punhos estavam cerrados. — Acho que Danny contou exatamente o que Hal era. E acho que você não se incomodou. Quer saber o que mais eu acho? — Ela viu Arnold Mishkin no corredor às escuras, com o rosto pálido brilhando como o de um fantasma, escutando tudo, mas não parou de falar. — Acho que você estava cansada de ser mãe. Acho que, depois que o papai morreu, você não tinha mais nada para me oferecer. Acho que ficou contente porque eu passei a ser responsabilidade de outra pessoa.

— Diana, isso não é verdade! Eu só queria que você fosse feliz! Feliz e segura, com sua situação resolvida, para nunca precisar ter medo de que sua vida fosse desmoronar a qualquer momento! — A mãe ergueu a voz. — Hal era um homem bom, com um bom emprego, com uma casa, dinheiro, e era generoso...

— Ele me tirou da faculdade — retrucou Daisy.

Disse aquilo em parte para si mesma, se lembrando do que Hal tinha dito: "Existem ótimas universidades na Filadélfia. Você pode tirar o diploma lá. Mas no momento eu preciso que você me ajude a montar a casa".

— Não, Daisy, isso não é verdade. Ele queria que você terminasse os estudos!

— Bom, mas nunca me incentivou a voltar.

Ela se recordou do que Diana havia dito na noite em que se conheceram em Nova York: "Você devia ser uma criança na época". Na hora ela achara graça, mas no momento percebia o que fora quando recém-casada: uma garota encantada e inocente, feliz por ter Hal para guiá-la, abrindo mão de bom grado dos direitos, do livre-arbítrio, da voz. De tudo. Ela abdicou de tudo. Até do próprio nome.

Ela se virou de costas, se sentindo vazia e exausta.

— Eu vou embora — disse, e começou a andar na direção da porta. — Para mim, já chega.

— Daisy! — gritou Judy.

Daisy se virou.

— O que você tem na cabeça? — berrou para a mãe. — Eu era só um pouco mais velha do que Beatrice é hoje, e morreria se fosse preciso para impedir que alguma coisa acontecesse com ela. Mas você? Você deixou que eu me casasse com um *criminoso*.

— As pessoas mudam — argumentou Judy, chorando e balançando a cabeça. — Hal é um homem bom. Eu sei que é. E, se alguma menina tonta se embebedou numa festa e, tantos anos depois, apareceu fazendo acusações absurdas de que foi estuprada por ele, isso não muda nada. Não muda o que existe entre vocês.

Daisy balançou a cabeça e continuou andando.

— O que você vai fazer? — gritou Judy atrás dela.

Daisy não se virou de novo, mas a mãe estava em seu encalço e colocou a mão no seu ombro.

— Ele ainda é o pai de Beatrice — sussurrou.

— Acha que eu não sei disso? — berrou Daisy.

Aos prantos, Judy voltou para a cozinha. Então Arnold apareceu, tocando seu braço de leve. Daisy se virou para encará-lo com brusquidão.

— Você sabia disso?

Ele negou com a cabeça.

— Nem imagino o que você deve estar sentindo.

— Não é nada bom! — retrucou Daisy com uma risada áspera.

Arnold assentiu com tristeza.

— Sua mãe só queria o melhor para você. Queria você feliz, em segurança, bem-cuidada. Com certeza você entende como a vida dela ficou difícil depois da morte de seu pai.

— Eu poderia ter cuidado muito bem de mim sozinha — respondeu Daisy. — Poderia ter tirado meu diploma, arrumado um emprego.

— Lógico — concordou Arnold. — Mas a visão de Judy não era essa. Ela vem de outra geração. Não queria que você passasse pelo mesmo aperto que ela. Sei que pode não parecer, ainda mais agora, mas eu conheço sua mãe, e só o que ela quer é que os filhos estejam seguros, confortáveis e felizes.

Daisy olhou por cima do ombro para a mãe, uma figura miudinha e curvada, chorando baixinho.

— E ela tem razão — continuou Arnold, com um tom de voz gentil. — Você tem uma filha. Precisa pensar nela também.

Daisy sentiu um aperto no peito e dificuldade para respirar.

— Preciso fazer uma ligação — avisou ela.

Arnold a levou até o escritório, no qual havia uma foto de Daisy e Hal num porta-retrato na escrivaninha, a mesma que Diana devia ter visto na casa de Vernon no Cabo. Daisy olhou para a imagem: sua versão de 20 anos, perdida no meio de um monte de renda branca e tule, uma princesa de conto de fadas pronta para viver feliz para sempre.

Ela deitou o porta-retrato na mesa de cabeça para baixo e se sentou na cadeira de couro barulhenta de Arnold. Preparando-se, pegou o celular na bolsa e ligou para Diana.

O telefone tocou uma vez do outro lado. E de novo. E de novo. Então surgiu a voz de Diana.

— Daisy.

Daisy ficou em silêncio.

— Está aí?

— Estou — respondeu Daisy.

— Eu te devo um pedido de desculpas. — Diana estava falando bem baixinho. — Eu menti para você, e sinto muito por isso. O que eu contei... deve ter sido uma coisa difícil de ouvir sobre alguém que você ama.

— Você não deveria ter mentido para mim.

— Eu sei. Mas o que aconteceria se eu tivesse sido direta? Ou se eu tentasse tirar satisfações com Hal?

— Você não precisava... — Daisy estava com um nó na garganta, o que tornava difícil falar. — Você não precisava me envolver.

Do outro lado da linha, Diana suspirou.

— Mas você já estava envolvida, e Beatrice também. Eu gostaria que não fosse assim, mas é.

Daisy sentiu calafrios no peito e não disse nada. Não conseguia falar.

— Onde você está? — indagou Diana.

— Na casa da minha mãe.

Daisy sabia o que queria falar, mas não estava preparada para dizer aquilo em voz alta, que parte dela sempre desconfiou que houvesse uma verdade sinistra a respeito do marido; que, com a cumplicidade da família e a própria propensão àquilo, ela fechou os olhos para a verdade por muito, muito tempo.

Ela limpou a garganta.

— E você, onde está?

— Em casa — respondeu Diana. — Em Truro. Moro num chalé no finalzinho da estrada Knowles Heights.

— Mande seu endereço. — Enquanto falava, Daisy ia formulando um plano na cabeça. — Eu vou para aí hoje à noite. Quero encontrar você pessoalmente. Amanhã, logo cedo.

— Certo. Ah, e Daisy? Me desculpe. Nem sei dizer o quanto lamento por você e Beatrice terem que lidar com isso. Eu lamento muito por tudo.

Daisy não respondeu. Encerrou a ligação, deixou o celular de lado, foi até o lavabo, usou o vaso e lavou as mãos sem se olhar no espelho. De volta ao escritório, pegou o celular de novo. Ainda tinha mais uma ligação a fazer antes de pegar a estrada.

O telefone mal tocou, e ela já ouviu a voz de Hal.

— Daisy? Cadê você? E Beatrice? O que está acontecendo?

Daisy se sentou com as costas bem retas e umedeceu os lábios.

— Oi, Hal. Nós precisamos conversar.

33

Hal

Eles tinham 18 anos, e se sentiam os donos do mundo, que se abria diante deles como o salão de banquete de um rei.

Pelo verão todo, anotaram os feitos nas paredes do chalé com um marcador. Quem tinha acabado com um barril de cerveja. Quem tinha vomitado e continuado bebendo. Quem tinha conseguido entrar no Squealing Pig, ou no Atlantic House, ou no Dory Bar, quem tinha ganhado um boquete, quem tinha transado. Escrever nas paredes provavelmente significaria que os pais de Crosby perderiam o cheque caução que deram para garantir o aluguel, mas ninguém se importava.

Era o último verão deles juntos, um último e épico verão para a turma de 1987, e Hal Shoemaker, representante da turma, tinha nomeado a si mesmo o almirante. "Nenhum homem fica para trás", era o lema que adotaram e, com o dia da última fogueira na praia se aproximando, Hal estava preocupado com Daniel Rosen. *Dan Diesel*, cujo apelido acabou sendo alongado para Manfred, depois abreviado para Freddie. (Hal tinha ganhado o próprio apelido por causa de uma festa na Miss Porter's, quando teve um incidente infeliz com uma garota que ficou menstruada. Bryan Tavistock fez uma piada citando o conto "A máscara da Morte Rubra", e assim ele se tornou Poe.)

Vinte e três dos cinquenta e oito formandos tinham ido para o Cabo em agosto. Passavam os dias bebendo na praia em frente ao chalé chamado Begônia, no qual quatro deles estavam hospedados. Hal estava na casa dos pais, a poucos quilômetros dali, junto com mais três colegas. Outros estavam dormindo praticamente ao ar livre num camping perto do promontório da praia Meadow.

Hal olhou para Dan, deitado de bruços em uma toalha, imóvel a não ser pelo movimento da respiração na caixa torácica. Ele o cutucou no ombro com o cabo de uma pá de plástico. Dan se sentou, estreitando os olhos por causa do sol.

— Ei — chamou Hal. — Você se deu bem ontem de noite?

Em vez de responder, Dan murmurou um "Preciso mijar" e ficou de pé com as pernas bambas. Hal suspirou. Dan era baixinho e magrelo, o físico perfeito para um timoneiro, mas nada adequado, na opinião de Hal, para atrair a atenção das garotas. Também havia uma delicadeza, algo quase feminino nas feições de Dan, os cílios compridos e virados nos cantos, e as orelhas um tanto pontudas nas pontas. Era óbvio que isso não atrapalharia em nada, caso ele tivesse confiança. Bryan Tavistock, por exemplo, cujo apelido era Baleia e estava sempre cheirando a salame, conseguia se dar quase tão bem quanto Hal, porque era confiante e divertido e, talvez o principal, persistente até não poder mais. Dizia para todas que conhecia que ela era a mulher mais linda que já vira na vida, e nunca aceitava um não como resposta. "Um 'não' é só o início das negociações", era o que Bryan dizia.

— É só ir mijar no mar! — argumentou Hal, mas Danny já estava na metade do caminho para o chalé.

Hal se levantou e foi atrás. Uma vez lá dentro, esperou os olhos se acostumarem à baixa luminosidade, respirando o cheiro do lixo sob o sol e do azedume da cerveja derramada. Aquele lugar estava ficando bem fedorento. *Mas o que posso fazer?*, pensou. Eles iam embora no domingo, e alguém se encarregaria de limpar tudo depois.

Ele esperou até ouvir a descarga e foi ficar na porta do banheiro. Quando a porta se abriu, ele deu um abraço de urso em Danny, arrancando-o do chão, e o arrastou até uma das camas bagunçadas.

— *Dan Diesel!* — gritou ele, deitando-se em cima dele enquanto Danny esperneava e se debatia até enfim se soltar. — Então, como anda a contagem?

Danny deu de ombros. Hal nem tentou esconder a decepção.

— Boquetes? — perguntou, dando um tapa no ombro ossudo de Danny. — Qual é! Me diz que pelo menos conseguiu fazer algumas locais tomarem seu mingau.

— Três? — falou Danny, com um tom interrogativo na voz. Quando Hal o encarou, Danny baixou os olhos. — De duas eu lembro bem. Naquela noite que foi todo mundo no Boatslip, sabe?

Hal assentiu. Dan ficara conversando com uma garota no bar, os dois saíram juntos, e Danny voltara com um sorrisinho no rosto, o que deu a entender para todo mundo que alguma coisa tinha rolado. Isso era bom, mas não bastava.

Hal empurrou Dan de volta na cama e montou em cima dele, colocando um joelho de cada lado de seu peito.

— Você comeu alguém já? — perguntou ele. — Nem pensa em mentir para mim.

Danny o empurrou, se esforçando para tirá-lo dali, mas Hal tinha no mínimo vinte quilos a mais e a gravidade a seu favor.

— E então? — questionou Hal, e Danny desviou os olhos.

— As garotas daqui são umas barangas. Não fiquei a fim de nenhuma.

Hal balançou a cabeça.

— Danny. Danny, Dan, Dan.

As garotas não eram barangas. Na verdade, havia uma para cada tipo de gosto: ruivinhas sardentas, morenas de olhos escuros e cheias de curvas, e as loiras peitudas, suas favoritas. Alguns caras diziam que o que sobrasse de uma mão cheia já era desperdício, mas Hal achava isso um tremendo papo furado. Não havia nada de que gostasse mais do que enfiar a cara nos peitos de uma garota, cair de boca e sentir o volume ao redor das orelhas, como *protetores de ouvido sexuais*.

Protetores de ouvidos sexuais. Ele tentaria se lembrar da expressão depois. Enquanto isso, Danny tinha conseguido sair de debaixo dele e estava sentado na beirada da cama, cutucando a casquinha de uma ferida no joelho.

— Olha só — murmurou Dan. — Acho que não tem problema se eu não... não... se não rolar.

— Você é bicha? — questionou Hal.

— Vai se foder — respondeu Danny, e lhe deu um empurrão com as mãos.

Era o mínimo que se esperava diante de um questionamento como aquele. Hal não achava que Danny fosse gay. Só não sabia qual era o problema, se ele era tímido, ou muito exigente, mas no fim não fazia diferença. Hal era o representante de turma, o almirante, e se precisasse arrastar cada um dos homens para o meio das pernas abertas de uma garota, como um tenente carregando os soldados feridos nas praias da Normandia, era o que faria.

— Muito bem, então — disse ele. — Essa vai ser sua noite. Sabe aquela menina com quem eu estava conversando? A novinha lá da praia?

Danny parecia nauseado, o que Hal atribuiu às cervejas da tarde ou à quantidade épica de uísque que consumiram na noite anterior. Talvez as duas coisas.

— Ela não é sua...

Os cílios de Danny, compridos demais para um cara, piscaram algumas vezes enquanto ele procurava a palavra, por saber que o termo "namorada" não se aplicava. Não a uma garota dali, que tinham conhecido poucas semanas antes.

Hal deu um tapão nos ombros de Danny, com um sorriso no rosto.

— Para sua sorte, eu não me incomodo em dividir.

Hal vinha flertando com ela, levando na conversa, cultivando a menina, como um agricultor fazia com a lavoura, exatamente com aquele objetivo. Ela não era o tipo dele, mas tinha um tipo *bem* definido: parecia mais nova do que era e estava encantada com tudo aquilo... era o tipo de garota que consideraria uma honra receber a atenção daqueles deuses da escola preparatória, os futuros mestres do universo; uma garota que faria qualquer coisa com a ajudinha de uma bebida forte; uma garota para reservar para casos de emergência, e o caso de Dan era uma emergência, isso não havia como negar. Hal deu um tapa nas costas do outro rapaz, como o pai costumava fazer com ele. Era o único gesto de afeição que Vernon Shoemaker conseguia dispensar aos filhos.

— Prepare-se, soldado. Esta noite é sua.

~~~~~~~~~

A maioria das outras garotas da fogueira usavam shorts, blusas de alguma universidade e rabos de cavalo para não ficarem o tempo todo com o cabelo no rosto por causa do vento, mas a menina da praia estava desfilando pela areia com um vestido branco ridículo, parecendo um anjo de árvore de Natal, com o cabelo solto. E, para piorar, não saía do pé dele, como uma craca grudada no casco de um barco. Hal sabia que precisava fazer a coisa acontecer (Danny não tomaria a iniciativa, era óbvio), então abriu o sorriso mais cativante e deu a ela um copo de ponche, que era basicamente só vodca com uma quantidade suficiente de suco para disfarçar o gosto.

— Aqui está, linda — disse ele. — Pode virar.

Ela abriu um sorriso tímido e bebeu. Durante toda a hora seguinte, ele manteve o copo dela cheio, sendo todo simpático e solícito, apesar de estar de olho numa loira cujo corpo preenchia o short e a blusa da Universidade de Massachussets de um jeito que nenhuma outra conseguiria.

A menina pegou no braço dele.

— Eu preciso dar uma caminhadinha — murmurou ela.

Hal se repreendeu na mente, se perguntando se não tinha dado muita bebida para ela, se não poderia acabar vomitando enquanto Danny a comia. Isso já tinha acontecido com ele algumas vezes, e uma delas estivera tão bêbada que tinha mijado na cama depois que terminaram. Não foi nada divertido.

Hal ficou olhando enquanto ela cambaleava pelas dunas. Quando a menina desapareceu das vistas, mandou Brad Burlingham, mais conhecido como "Bubs", ficar de olho nela.

— Pode deixar, chefe — respondeu Bubs e deu uma de suas risadinhas bizarras.

Hal o ignorou e foi procurar Danny, que estava na beira do mar, jogando conchinhas nas ondas, sem nem uma cerveja ou uma garrafa na mão.

— Bora, parça — disse ele, recitando o lema extraoficial da turma: — Nenhum homem fica para trás.

～～～～～

Só que Danny não deu conta do recado. Enquanto Bubs via tudo, aos risos, segurando os pulsos da garota e incentivando, Danny a beijou no pescoço e no peito e tentou tirar o sutiã. Ele estava tateando para tentar abrir o fecho quando a menina acordou o suficiente para dizer "Eu te amo" com uma fala arrastada. Aquilo cortou todo o barato de Danny. Ele se afastou como se a garota tivesse lhe dado um choque e se agachou na areia, parecendo prestes a vomitar.

— Eu... não. Eu não posso fazer isso, cara.

— Qual é! — rebateu Hal, impaciente. — Ela está querendo!

Danny negou com a cabeça.

— Eu não estou legal.

Hal era obrigado admitir que ele não parecia muito bem mesmo. Estava pálido e suado, com os olhos arregalados e as pupilas dilatadas.

— Quer que eu vá primeiro? — perguntou Hal, olhando para a menina no chão. Como Danny não disse nada, ele suspirou e na mente se despediu da loiraça dos airbags. — Tudo bem.

Ele enfiou a mão no bolso para pegar a camisinha e rasgou a embalagem com os dentes, pensando na música que falava que, se não dava para estar com a pessoa que amava, teria que amar a pessoa com quem estava.

— Eu vou mostrar como se faz.

Danny ficou na beirada da duna, só olhando, enquanto Bubs segurava a menina pelos pulsos e Hal se abaixava para executar o serviço.

1990

— Uma hora a conta chega — disse o homem mais velho.

— Como é? — perguntou Hal.

As palavras saíram arrastadas. Hal tendia a enrolar a língua depois da oitava ou nona cerveja, e já tinha passado daquele estágio fazia tempo.

A noite estava bonita em New Hampshire, a primeira do evento de três dias de reencontros dos ex-alunos do Emlen, e havia tendas armadas por todo o pátio, uma para cada uma das turmas celebrando um reencontro, sendo a mais antiga a de 1940. O som de uma banda cover tocando "She Loves You" para a turma de 1960 competia com o do DJ mandando "Push It" nas picapes para os recém-formados da turma de 1990. O ar da primavera tinha cheiro de lilases. A escuridão amenizava a severidade dos prédios revestidos em mármore e granito, e as árvores estavam cobertas por uma folhagem novinha.

Durante toda a tarde e noite adentro, Hal estivera revivendo os dias de glória com os irmãos de Emlen. "Lembra daquela viagem ao Foxwood? Lembra do show do R.E.M? Lembra do verão no Cabo?" Alguns caras tinham ido com as namoradas, e um deles, Dennis Hsiu, inclusive já estava casado, mas à medida que a noite avançava as mulheres voltaram para os alojamentos ou para os hotéis na cidade em que estavam hospedadas.

Ao ouvir o outro homem suspirar, Hal se virou. O ex-aluno (Hal estimou que tivesse uns 45 anos, talvez até 50) parecia melancólico enquanto olhava para o campus, e Hal se lembrou do que ele tinha dito.

— Que conta? — perguntou, se preocupando em articular direito cada palavra.

— A do tempo — revelou o homem, lançando um olhar amargurado para a própria cerveja. — A da bebida também. — Ele virou o restante da garrafa e a deixou de lado. — Durante toda a graduação, e também no curso de direito, era só birita e um monte de mulheres. Na segunda de manhã, e às vezes na terça, e às vezes na sexta, eu acordava, metia o dedo na garganta, enfiava umas balas de menta na boca, bebia uma dose de vodca para as mãos pararem de tremer e ia para o escritório.

Hal balançou a cabeça. Ele também já havia tido algumas manhãs como aquela desde que começara o curso de direito. Talvez mais do que pudesse contar nos dedos.

— Aí, numa segunda de manhã, eu estava no trabalho, de joelhos no banheiro da diretoria, colocando tudo para fora, e meu chefe entrou. Ele me viu e falou: "Walker, está na hora de parar com essas criancices". Depois virou as costas e foi embora.

— Hã...

Hal se perguntou se aquilo era alguma espécie de prelúdio para um sermão ao estilo Alcoólicos Anônimos, e se em seguida Walker diria que o primeiro passo para resolver o problema era admitir que tinha um.

— Eu paro a hora que quiser — disse ele, ciente de que as palavras arrastadas o faziam parecer um mentiroso.

Walter balançou a cabeça, abrindo um sorriso simpático para Hal.

— Você ainda é jovem. Ainda aguenta. Mas, como eu falei, uma hora a conta chega. Em algum momento, você vai ter que procurar alguma coisa para equilibrar a vida. Alguma coisa que faça você querer voltar para a casa antes da saideira algumas vezes, ou deixar de sair uma vez ou outra. Uma âncora.

Hal viu a aliança dourada na mão do homem. Então não era uma pregação do AA; era uma pregação sobre o casamento. Ele se perguntou se o sujeito tinha uma irmã que estivesse tentando desencalhar, ou talvez uma cunhada.

— Mas e che vochê... — Hal se calou, limpou a boca com o dorso da mão e recomeçou. — E se você não estiver a fim?

O homem pegou a garrafa e começou a puxar a ponta do rótulo com a unha do polegar. Ao longe Hal ouvia os graduados do Emlen cantando o hino da alma mater, que falava de um lugar feliz.

— Minha turma de formando tinha cinquenta e quatro alunos — contou Walker. — É nosso vigésimo reencontro, e já perdemos cinco. — Ele ergueu um dedo para cada morte que mencionava. — Câncer no fígado. Acidente de carro. Aids.

Hal abriu a boca para responder. Ele tinha algumas coisas para dizer sobre aquela última causa de morte, mas, antes que pudesse começar a opinar, Walker acrescentou:

— E dois suicídios. Um usou uma arma. O outro bebeu até morrer. Birita e pó. Demorou mais tempo, mas o fim foi o mesmo. — O sujeito tinha um meio sorriso no rosto. Hal não conseguia ver seus olhos. — Eu queria ter tido alguém que dissesse para mim, para todos nós, o que estou falando para você agora. Para explicar que é para isso que servem as mulheres. Elas estabilizam a gente. Mantêm a gente na linha. — Ele bateu no ombro de Hal e complementou: — Encontre uma boa mulher. Estabilize sua vida.

E então, assobiando o hino da escola, ele saiu andando noite adentro.

1997

— Você costuma pensar naquilo? — perguntou Danny Rosen.

— Pensar no quê? — perguntou Hal.

Era sábado à noite ou, tecnicamente, a madrugada de domingo, e a turma de Hal tinha sido alocada na marina da escola para a celebração do reencontro de dez anos. Hal e cinco ou seis outros tinham ido fumar charutos no atracadouro, que balançou de leve quando Danny se aproximou para se sentar ao lado dele. Danny tinha ganhado uns bons quilos desde os dias de timoneiro, e estava barbudo, provavelmente para compensar o queixo duplo. Não parecia mais um elfo, estava mais para um hobbit. Um dos velhos. Bilbo Bolseiro ou alguém do tipo.

Ao longe, Hal ouvia Brad Burlingham contando uma piada. As vozes chegavam por cima da água, e ele ouviu "... e aí ela disse: 'É para isso que serve o porrete!'", e depois a risada escandalosa de Brad, como um jumento bêbado zurrando. Sempre que Hal o via, em um dos reencontros ou num dos fins de semana que eles passavam juntos no verão, ele estava no mínimo meio bêbado, e não ia a lugar nenhum sem levar um frasco junto. A coisa estava chegando a um ponto em que Hal começou a desconfiar que Brad pudesse ter um problema sério. Ele mesmo só bebia nas noites de sexta e sábado, e mesmo assim tentava não chegar a um estado que o deixasse estragado até a manhã de segunda.

Ele se virou para Danny Rosen.

— Pensar do quê? — voltou a perguntar.

— Naquele verão.

Hal olhou para ele sem entender.

— A festa — explicou Danny, baixando o tom de voz. — A menina. Aquela que você... — Ele parou de falar.

Hal ainda não fazia ideia do que Danny estava falando, mas percebeu que Dan Diesel parecia abalado. Estava com olheiras profundas, e Hal tinha notado antes que as unhas dele estavam roídas até deixar os dedos em carne-viva.

— Tinha uma menina lá. Uma babá ou *au pair* ou sei lá o quê. Na última noite, quando teve uma festa na praia.

— Ah, é! — A lembrança foi surgindo em meio à névoa da embriaguez de Hal. — Era para ela ficar com você! — Merda. Como era o nome dela mesmo? Dana? Dolores? — Mas você não deu conta, então fui eu mesmo.

— Hal, eu sou gay.

Hal piscou algumas vezes, confuso. Ele olhou para Danny, esperando o complemento da piada, enquanto mais risos chegavam pela água.

— Hã?

— Eu sou gay. Eu... eu estou comprometido. Com um cara. Estou apaixonado.

— Ah.

Hal piscou mais algumas vezes e esfregou os olhos. Se Danny tivesse despejado a bomba em cima dele quando eram colegas de quarto no Emlen, a reação de Hal teria sido bem diferente. Aos 18 anos, de jeito nenhum ficaria à vontade com um comedor de bundas dormindo a menos de dois metros de distância, mas naqueles tempos?

— Que bom para você — respondeu ele, com um tom ainda meio dúbio. — Se você está feliz, por mim está ótimo.

Hal olhou ao redor. Cy Coffey e Eric Feinberg estavam sentados no outro canto do atracadouro e, já em terra firme, quatro ou cinco caras estavam envolvidos em algum jogo de bebedeira.

Quanto a Danny, não parecia nada feliz, nem um homem apaixonado. *Ele parece péssimo*, pensou Hal. *Atormentado. Infeliz.*

— As pessoas sabem? — perguntou ele. — Seus pais?

— Ainda não — disse Danny, curto e grosso. — E não é disso que quero falar. É do que aconteceu com aquela menina, naquele verão.

A mente de Hal estava bem enevoada, e cada pensamento exigia uma dose extra de esforço.

— Beleza.

— Hal... — Danny coçou a lateral do rosto. — Acho que você estuprou a garota.

Hal ficou olhando para ele, tentando entender aquelas palavras, tentando conciliá-las com as lembranças daquela noite. Então negou com a cabeça.

— Que isso.

— Ela estava desmaiada! E Bubs estava... — Ele baixou o tom de voz, olhando por cima do ombro para garantir que Brad não estava ouvindo. — Bubs estava segurando ela no chão.

— Nada disso — repetiu Hal, apesar de àquela altura já estar se questionando sobre o que teria acontecido ao certo. Muitas noites e muitas garotas já tinham vindo depois da noite e da garota em questão.

— Ela estava bêbada. Todo mundo estava, mas eu não forcei nada. Ela não me falou para parar.

— Acho que ela não tinha como falar nada, na verdade — argumentou Danny com um tom frio. — Acho que ela não estava em condições de falar.

Hal sacudiu a cabeça, tentando desanuviar os pensamentos.

— Beleza. Digamos que você esteja certo. Digamos que tenha sido um estupro. O que eu posso fazer agora, depois de tanto tempo?

— Sei lá! — Danny parecia angustiado. — Você sabe o nome dela? Sabe onde a gente pode encontrá-la?

Ele ficou alarmado ao ouvir aquele "a gente". Danny por acaso pensava que eles estavam juntos naquela busca? Estava propondo algum tipo de confissão conjunta?

— Acho que não me lembro do nome dela.

No entanto, naquele exato momento, foi isso o que lhe veio à mente. Não era Dana. Nem Dolores. *Diana*. Só que ele não contaria isso para Danny de jeito nenhum.

— Sei que ela trabalhava de babá…

Hal conseguia se lembrar da imagem da garota: o cabelo, comprido e castanho, o vestido de verão ridículo que usava. Ele sentiu mais uma incomum onda de medo lhe invadir quando se deu conta de que Danny poderia estar pensando em fazer alguma bobagem, como procurar as autoridades.

— Então, o que você vai fazer? — indagou Hal.

— Eu não sei — respondeu Danny, parecendo desolado. — Não sei nem se ainda dá para fazer alguma coisa. A gente vai ter que viver com esse peso na consciência, pelo jeito.

Hal deu de ombros. Se Dan queria se remoer de culpa por causa de uma coisa que tinha acontecido uma década antes, por ele beleza. Aquilo inclusive parecia explicar a vida que Dan levava. Trabalhando naquela escola pública de merda em Trenton, abrigando crianças sem pais e cachorros abandonados. De repente tudo fez sentido. Tudo o que Dan fazia era uma espécie de redenção, um longo ato de reparação. E talvez fosse também o caso de Brad Burlingham, que tinha acabado de sair da segunda internação para desintoxicação e no momento tentava se afogar numa garrafa de uísque, e havia transformado a vida numa grande tentativa de fuga. O que levava ao questionamento: e a vida de Hal, o que seria?

Hal deu um tapa no ombro de Danny e se apoiou nele para ficar de pé.

— Sabe o que a gente pode fazer? Tomar jeito na vida. Seguir em frente sem mais pecar — declarou ele, com um tom de voz alto e confiante.

Enquanto falava, ouviu no próprio discurso um eco do homem que conheceu no reencontro de cinco anos da turma. *Uma hora a conta chega.* Precisava de coisas para fazê-lo andar na linha. Uma esposa, uma família. Âncoras. *Chegou a hora*, concluiu Hal. Era o momento de seguir em frente sem mais pecar. Era a hora de encontrar suas âncoras e pôr a casa em ordem para poder viver o futuro glorioso que ele merecia.

2019

Ele estava esperando aquele telefonema desde o sábado à noite e, quando na segunda-feira seguinte ao jantar, sua assistente administrativa (não se podia mais chamá-las de secretárias) anunciou que o cunhado estava ao telefone, Hal soltou um suspiro, preparou-se e respondeu:

— Pode transferir.

Danny parecia tão histérico quanto Hal imaginava que estaria; em pânico e desesperado.

— O que nós vamos fazer?

— Sobre o quê?

— Sobre Diana! — gritou Danny. — Sobre ela achar que você a estuprou, e que eu fiquei assistindo. E ela encontrou a gente!

— Verdade. Mas o que ela pode fazer? Mesmo se ela quiser apresentar uma denúncia dizendo que foi violentada, o que é bem questionável, em termos jurídicos, pela lei de Massachusetts, o caso já prescreveu anos atrás. Seria a palavra dela contra a nossa.

— Você não leu o noticiário no último ano e meio? — A voz de Danny estava estridente.

Hal achou que parecia a irmã dele nos momentos de irritação. Ele sentiu uma dor de cabeça se formar, como se estivesse usando um chapéu que apertava a cabeça.

O cunhado prosseguiu:

— As pessoas acreditam nas mulheres, mais do que nos homens.

— Nem sempre — argumentou Hal, mas Danny já estava falando de novo.

— E se ela tiver contado para alguém? Ou escrito num diário? E se ficou com hematomas e tirou fotos? Minha nossa, e se ela tiver engravidado?

— Quer parar com isso? — Hal apertou o nariz entre os dedos, ignorando as gotas de suor que surgiam nas axilas e no lábio superior. — Se ela quiser vir para cima, se acha que tem uma denúncia a fazer, a história começa com ela indo para a praia e enchendo a cara. Que moral ela vai ter para falar alguma coisa?

— Você a estuprou, Bubs a imobilizou, e eu fiquei assistindo. Que moral *nós* temos para falar alguma coisa? — rebateu Danny. — Ela tinha 15 anos, Hal. É basicamente a idade de Beatrice. Isso não te abala nem um pouco? Não sente nem uma pontada de remorso?

Hal não respondeu. Ele se lembrou do que ouviu do pai quando partiu para o primeiro ano no Emlen. Vernon deu um tapa nas suas costas, enfiou a mão no bolso e jogou um pacote de camisinhas em cima de sua bolsa de viagem na cama.

— Vai ter um monte de jovenzinhas que vão tentar armar alguma contra você, conforme o tempo passar. Então se comporte. — Para complementar o discurso, o pai deu uma piscadinha: — E, se não conseguir se comportar, pelo menos tome cuidado.

Hal se perguntou se a mãe de Diana tinha falado alguma coisa do tipo para ela, sobre não beber, ou não ir a festas sozinha, ou não se oferecer para os garotos. Ou talvez Diana tivesse ouvido um outro tipo de discurso. Talvez aquele biquíni amarelinho tivesse sido comprado com a mesma intenção que o pai dele tinha ao lhe dar as camisinhas. Talvez, em vez de "Tome cuidado", a mãe dela poderia ter dito: "Seja esperta. Vai ter um monte de riquinhos em Cabo Cod no verão, e pode ser que você consiga fisgar algum".

Ele balançou a cabeça.

— Ela não vai fazer nada. Só quer dar um susto em nós, eu garanto. Você está se preocupando à toa. Esse assunto vai morrer sozinho, e vai ficar tudo bem.

Era naquilo que ele acreditava, do fundo do coração, pelo menos até a noite em que chegou em casa e não encontrou Daisy nem Beatrice.

— Querida? — chamou ele, ouvindo apenas o eco dentro da casa.

Não havia nenhum dos sons familiares que indicavam que estava no próprio lar; nem um resquício dos cheiros de costume. Não havia frango assando no forno; nem chili verde com carne de porco, feito com *tomatillos* comprados com cuidado para isso num dos mercados da rua 9, cozinhando no fogão. As bancadas estavam vazias; a mesa, vazia; nem o cachorro apareceu para recebê-lo. Pegou o celular para ver se havia alguma chamada perdida da mulher ou da filha, mas não encontrou nada. Quando ligou para o número de Daisy, só chamou. Ele digitou as palavras "Me liga" e deixou o celular de lado, tentando ignorar a voz na cabeça que vinha falando com cada vez mais insistência: *ela sabe*.

Foi para o quarto subindo dois degraus por vez. A ideia era verificar se havia malas ou roupas faltando, mas logo se deu conta de que não fazia ideia de onde Daisy as guardava nem saberia identificar se alguma roupa ou produto de banheiro tinha sido tirado do lugar ou levado. Tudo parecia estar em ordem. O perfume dela de que ele gostava, que comprou para substituir o que não o agradava, ainda estava em cima da cômoda. Os brincos caros e o colar de pérolas de Daisy estavam no porta-joias... mas, se ela tivesse levado só algumas roupas e uma escova de dente, ele nem daria falta. Hal nem tentou olhar no quarto de Beatrice, sabendo que seria inútil.

Em vez disso, ficou parado no meio do quarto, tentando esvaziar a mente. *Joaninha, joaninha*, pensou. Daisy tinha voado para algum lugar. A passarinha fugira da gaiola. Para onde poderia ter ido? Estaria sozinha ou com Diana, absorvendo mais do veneno da nova amiga?

O celular vibrou no bolso. Hal teve um sobressalto, comprimiu os lábios e olhou para baixo, vendo o nome da esposa aparecer na tela.

— Daisy? Cadê você, querida? E Beatrice? O que está acontecendo?

— Oi, Hal. Nós precisamos conversar.

A voz dela parecia diferente. Fria e distante.

Em vez de responder, Daisy indagou:

— Tem alguma coisa que você queira me contar?

Um homem menos capacitado, que não fosse um advogado, poderia ter caído na armadilha. Hal conhecia o truque.

— Cadê você? — perguntou ele de novo.

Ela não respondeu, e ele conteve as palavras que estavam tentando escapar da boca: "Diga logo para onde você foi! Para onde levou meu carro e minha filha!". Fazendo um esforço para permanecer calmo, disse:

— Se você quiser conversar sobre alguma coisa, nós podemos fazer isso pessoalmente, mas preciso saber onde você está. Preciso saber se vocês estão bem.

Ele ouviu Daisy suspirar. Era um som familiar, e foi ali que Hal ouviu o que queria: rendição. *Essa é minha garota*, pensou.

— Beatrice e eu estamos no Cabo.

Hal se forçou a sorrir. Curvar a boca mudaria o som da voz. Ele pareceria tranquilo, e Daisy o ouviria e não entraria em pânico nem tomaria nenhuma atitude impensada. Com as mulheres, era assim que as coisas funcionavam. Dava para enganá-las, manipulá-las. Era disso que precisavam. Sem ninguém para impor a ordem, um homem para ficar no controle, a histeria tomaria conta o tempo todo, como bandos de passarinhos batendo as asas para não ir a lugar nenhum, nem realizar nada.

— Não saia daí — disse ele para a esposa.

— Venha me encontrar amanhã cedo na casa de Diana. Eu passo o endereço. Acho que precisamos conversar. Nós três.

— Tudo bem — concordou Hal. — Mal posso esperar.

Apesar de a outra Diana ter conseguido pôr as garras em sua esposa, encher a cabeça dela de bobagens e exageros, deixando-a enfeitiçada, de certa maneira, Hal encontraria uma forma de quebrar o feitiço. Ele apresentaria os argumentos, contaria sua versão da história para Daisy e no fim venceria, porque era o que ele era: um vencedor.

— Diga para Beatrice que o pai dela a ama e que já está a caminho.

34

Daisy

À s seis da manhã, quando o sol nascia, Daisy embicou na entrada para carros e estacionou ao lado do pequeno chalé com revestimento de cedro que ficava na extremidade da duna. Diana estava sentada na beirada de um deque de madeira. Um cachorro corpulento e de pernas curtas, com uma pelagem marrom espessa, brincava ao redor de suas pernas.

— Esse é Pedro — apresentou Diana, ficando de pé. — Pedro, comporte-se.

Daisy foi andando na direção do deque. O ar carregava uma promessa de chuva, pesado de umidade. Ela via jangadas de nuvens cinzentas chegando de Provincetown. Sentia uma energia irreal a incomodando, como se o chão fosse esfarelar, o chalé fosse deslizar para o mar e tudo o que ela havia conhecido, visto ou acreditado fosse desaparecer.

— Quer um café? — ofereceu Diana.

Daisy a encarou. De todas as coisas que esperava, algo tão trivial quanto um café por certo não estava na lista. Só que então se imaginou se sentando, segurando entre as mãos uma caneca quente, o conforto que aquilo oferecia.

— Quero, sim.

Diana a conduziu para dentro do chalé. Daisy olhou ao redor: paredes pintadas de branco, parapeitos com conchas coloridas e padrões de decupagem alinhados com estrelas-do-mar secas, cartões-postais emoldurados pendurados com fitas de cores chamativas, pinturas de flores e paisagens com molduras feitas de madeira de naufrágio. Ela viu as pilhas de livros, as cortinas brancas de um tecido fino, a mesa estreita no estilo refeitório, o tripé com o violão encostado num canto.

— Nossa — comentou ela. — Beatrice ia amar sua casa.

— Ela é sempre bem-vinda — disse Diana, conduzindo Daisy para a cozinha de corredor, separada da sala de estar por uma meia parede.

Daisy deu uma olhada nos utensílios gastos nos recipientes de cerâmica, as panelas de cobre, as fileiras de vidros com tempero, a tigela azul de cerâmica cheia de mexericas.

Ela voltou para a sala de estar, passando a mão na coleira de Pedro, pendurada num gancho perto da porta. Tocou a cadeira de balanço, depois a manta branca de chenile e então foi direto para o porta-retrato com a foto do casamento de Diana e Michael, na mesinha lateral.

— É seu marido?

Diana confirmou com a cabeça. Daisy pegou a fotografia e a observou à luz. Diana usava um vestido branco simples, com flores brancas no cabelo. O homem ao lado era grande e robusto, com ombros arredondados, pernas grossas e peito largo. Diana parecia radiante, e o homem, em êxtase, quase delirando de alegria, com os olhos mal aparecendo sobre as bochechas de tão largo que era o sorriso.

Diana parecia quase tímida ao dizer:

— Ele era o caseiro do chalé, quando vim morar aqui.

— Vocês têm filhos?

Diana negou com a cabeça.

— Eu não sei nada de você. Nada que seja verdade.

Daisy observou enquanto a outra mulher se movimentava pela cozinha, com mãos habilidosas e movimentos práticos enquanto media o café e despejava água na cafeteira.

— Minha nossa, nem das aulas de culinária você precisava?

Diana pareceu pesarosa.

— Bom, eu não cozinho tão bem quanto você, mas também não sou o zero à esquerda que fingi ser. Sou proprietária de um restaurante em Provincetown. O Abbey, sabe?

— Ai, meu Deus! — exclamou Daisy. — Nós já fomos lá.

— Hoje eu sou a dona, mas trabalhei como garçonete lá por muito tempo. Nos primeiros anos morando aqui, voltava para Boston para passar o verão. Não suportava a ideia de estar aqui em julho ou agosto. Todas as imagens, sons e cheiros, tudo me lembrava do que aconteceu.

Diana serviu o café numa caneca, acrescentando açúcar e leite, porque sabia que era assim que Daisy tomava o café.

— Beatrice está aqui? — perguntou Diana.

— Está lá na casa de Vernon. Onde você encontrou a foto.

Diana assentiu.

— E Hal?

Daisy engoliu em seco. Parecia que o coração tinha se alojado de vez na garganta e estava parado lá, estremecendo.

— Está vindo. Eu disse que nós precisamos conversar. E deixei um bilhete, para ele saber para onde vir.

Diana acenou com a cabeça outra vez. Depois de servir um café para si mesma, abriu e segurou a porta, e Daisy foi com ela de novo lá para fora, para as escadas de acesso à praia no topo da duna. Dois bancos de madeira tinham sido construídos no patamar no alto dos seis lances de escada, um lugar confortável para as pessoas se sentarem, recobrarem o fôlego e espanarem a areia dos pés, com vista para a baía de ambos os lados.

— Cuidado — avisou Diana quando Daisy se segurou na viga no alto da estaca, que se balançou de um jeito preocupante sob sua mão. — A estaca está solta. Michael está para consertar faz um tempão. Casa de ferreiro, espeto de pau, não é isso? Nada por aqui é consertado com a rapidez que deveria.

Elas se sentaram nos bancos, de frente uma para a outra, enquanto mais ondas se acumulavam e o vento ficava mais forte, soprando pela grama alta até deixá-la quase plana. Daisy esperou Diana dizer alguma coisa, um pedido de desculpas ou uma explicação. Como ela não disse nada, Daisy decidiu começar a conversa.

— Eu contei para você que, quando conheci Hal, ele já era um homem mais velho. Um advogado. Sócio de um escritório importante, dono de um casarão. Eu tinha 20 anos. Meu pai tinha morrido, minha mãe estava sem dinheiro, as minhas dívidas chegavam a trinta mil dólares e... enfim. — Ela olhou para o mar. — Fiquei encantada com ele. Por vários motivos. Fiquei nas nuvens. Era tudo o que eu pensava que queria e jamais teria, sabe? Tipo a resposta a todas as minhas orações.

— Imagino que isso tivesse seu apelo mesmo. — O tom de voz de Diana era seco. — Um homem que surge do nada e parece disposto a proporcionar para você tudo o que sempre quis.

Daisy soltou um suspiro.

— Na época, eu me achava gorda. Horrível. E não era... não de verdade. Às vezes vejo fotos antigas e fico irritada por ter me sentido tão mal comigo mesma. Mas, na época, eu achava que minhas amigas, minhas colegas de quarto recebiam toda a atenção masculina. Então minha autoestima estava no buraco, e sem um pai, com uma mãe que estava desmoronando...

Ela engoliu em seco, e se deu conta de que ainda era doloroso falar daquele momento da vida. E percebeu também que devia parecer mimada e resmungona quando dizia tais coisas para alguém que tinha sofrido tanto quanto Diana.

— Hal queria ficar comigo. Mais que isso. Precisava de mim. Deixou isso bem óbvio. E eu gostei de me sentir necessária. Gostei de me sentir importante para alguém. — Ela deu um gole no café e baixou a caneca. — Acho que ele tentou ser sincero comigo, à sua maneira. Disse que aprontou demais quando era mais jovem. Bebia muito. Deu a entender que tinha feito certas coisas de que não se orgulhava.

— Mas não disse que coisas?

Diana negou com a cabeça.

— Ele nunca me contou. E eu nunca perguntei, mas entendia qual era o acordo. Eu seria... sei lá. Eu seria uma boa influência, e não faria perguntas. Transformaria a casa dele em um lar. Teria bebês. Enfim. — Ela abriu um sorriso tristonho. — Era esse o plano, de qualquer forma, apesar de no fim ter sido só um bebê. Eu cozinhava... — Ela levantou os olhos, encarando Diana. — Eu estava feliz com isso, sabe?

Diana concordou com a cabeça, e Daisy fungou e limpou o rosto com a manga da blusa, prosseguindo:

— É isso o que acaba comigo. Eu queria ajudar Beatrice a crescer e ser uma mulher forte. Queria ser um exemplo. E acho que... quer dizer, eu dava as aulas, e fazia trabalhos voluntários, e achava que... — Sua voz falhou. — Achava que estava me saindo bem. Que era feliz, que tinha a vida que queria. Que não era dependente, como minha mãe. E, lógico, aconteciam certas coisas em que prefiro não pensar, ou pelo menos preferia, até começarem a aparecer essas coisas no noticiário...

Daisy fez um gesto com as mãos, na esperança de que apenas resumisse a história, os acontecimentos do momento e o estrago que tudo isso lhe causou; o mesmo tipo de coisa que praticamente toda mulher parecia sofrer na vida.

— E agora eu vejo tudo o que ele fez comigo... com a gente. Que eu era dependente. Que eu poderia ter sido muito mais, e feito muito mais. Que Hal fez mal às pessoas. Fez mal a você. E transformou meu mundo numa coisa minúscula.

— Ei. — Com um toque gentil, Diana pôs a mão em seu antebraço. — Beatrice é ótima. Você fez um bom trabalho com ela.

Daisy já estava chorando para valer, com as lágrimas rolando pelo queixo e caindo no colo. Ela desconsiderou o elogio com um gesto.

— Por favor. Vocês duas mal se conhecem.

— Mas eu consigo ver isso mesmo assim. Ela é confiante, curiosa e esperta. Esperta o bastante para entender o que eu estava fazendo, pelo menos. Acho que ela é uma menina incrível.

— Ela faz roupinhas para ratos mortos.

Daisy passou a chorar e rir ao mesmo tempo.

— Sim, faz. E tem cabelo roxo, e usa roupas de velha. Mas tudo bem. Ela é cem por cento autêntica. E não teria essa força, essa coragem de manter as próprias convicções, se não tivesse uma mãe como você.

Daisy respirou fundo e endireitou a postura, alinhando os ombros e sentindo o vento que vinha do mar.

— Você vai acionar a polícia?

Diana negou com a cabeça.

— Se minha ideia fosse essa, já teria que ter feito isso há tempos.

— Então o que pretende? Você quer um pedido de desculpas? — Assim que Daisy disse as palavras, que soaram tão insípidas e sem significado, logo se arrependeu. — Não. Esquece o que eu falei. Você acha que... se ele fizesse alguma coisa para se redimir...

Diana a encarava com uma expressão de curiosidade.

— E o que poderia ser?

— Sei lá. Por exemplo, se tirasse uma licença do trabalho e voltasse para Emlen. Se fizesse trabalho voluntário lá, contando para os garotos o que fez, trabalhando com os alunos e os professores para que nenhum deles jamais fizesse uma coisa dessas...

Diana inclinou a cabeça.

— Ele faria isso?

— Não sei — respondeu Daisy.

Ela se lembrou do que Hal tinha dito no jantar, naquela noite chuvosa; que deveria haver uma forma de reintegrar os abusadores; que os jornalistas e atletas famosos não podiam continuar sendo rechaçados para sempre. E pensou em Danny, que pelo menos tinha tentado fazer melhor, ao contrário do marido dela, que, Daisy achava, só queria deixar aquele verão no passado, arquivar numa pasta rotulada como ADOLESCÊNCIA e nunca mais pensar no que aconteceu.

— Eu não sei como é isso. Não sei como um homem pode se redimir. Nem se tem como. — Ela abaixou a cabeça e pigarreou. Então olhou para as próprias mãos. — Eu não sou muito adulta, acho. Não terminei a faculdade, quase não tenho amigos.

Diana ficou olhando para ela, à espera.

— Sempre pensei que o problema fosse eu. Que eu fosse egoísta, ou egocêntrica, ou sem graça, ou estúpida, ou tonta. — Daisy ouviu a voz de Hal na cabeça. *Minha passarinha. Feliz na gaiola.* — Pensei que as pessoas não gostassem de mim, ou que eu não fosse tão inteligente quanto elas ou, no mínimo, tão instruída. E talvez eu seja desagradável mesmo. Não descarto a possibilidade, mas Hal... — Ela levou a mão aos lábios. — Acho que Hal me queria só para ele, então mantinha todo mundo longe. Eu percebia isso em parte, ao menos às vezes, mas eu achava que... — Ela olhou para baixo, com um aperto no coração. O mundo parecia sem cor e sem sol, e a impressão era que continuaria assim para sempre. — Que o amor era isso.

Diana assentiu com a cabeça. Por um momento, elas ficaram em silêncio, antes que o retumbar distante de um trovão fizesse Diana olhar para cima, o gesto de uma local habituada ao clima.

— Parece que vai cair um temporal.

— Essa sempre foi minha coisa favorita quando ficava aqui no Cabo — comentou Daisy. — Ficar sentada na sala, de frente para a janela, vendo a chuva chegar.

Se Diana percebeu que Daisy estava usando os verbos no passado, não disse nada. Daisy respirou fundo e se forçou a perguntar:

— Então me conta. O que aconteceu?

Diana olhou para o mar. O vento soprava o cabelo em seu rosto.

— Eu tinha 15 anos — começou ela. — Foi no verão antes de eu começar o segundo ano do ensino médio. Eu jogava futebol e adorava ler. Morava com meus pais e minhas irmãs mais velhas no sul de Boston. Minha mãe era secretária no Departamento de Letras da Universidade de Boston, e foi lá que conheci a dra. Levy.

Diana contou tudo para Daisy. Contou que precisou convencer o pai a deixá-la aceitar a oferta de trabalho, e que as irmãs ficaram muito felizes quando a dra. Levy propôs contratá-la. Contou o que aconteceu naquele verão, e os anos perdidos que se seguiram, e que a dra. Levy cedeu o chalé para Diana ir morar sozinha uns anos depois. Falou sobre o emprego no Abbey, e as pessoas que conheceu lá; falou da adoção de Willa, e de como conheceu Michael, o caseiro. Falou do casamento, dos anos felizes pintando, fazendo artesanato e trabalhando no Abbey. Falou do dia em que encontrou a foto do casamento de Daisy, de ter criado a conta de e-mail e o perfil falso como uma forma de se aproximar dela.

— Eu só não conseguia acreditar que ele tinha se casado com uma mulher chamada Diana. Era muito estranho. Parecia que ele estava esfregando aquilo na minha cara. — Ela ajeitou o cabelo. — Tipo, você era a Diana com quem ele se casou, e eu era a Diana que… enfim. Você sabe.

Daisy sentiu o rosto queimar e precisou forçar as palavras para fora da boca:

— Depois do nosso primeiro encontro, ele me disse que tinha conhecido outra Diana. Foi quando começou a me chamar de Daisy. — Ela balançou a cabeça, pensando na garota que tinha sido, crédula, otimista e ingênua. — Eu devia ter imaginado que tinha alguma coisa errada.

— Não — contrapôs Diana. — A culpa não é sua. Você não tinha como saber uma coisa dessas.

Daisy assentiu com relutância. Então, sentindo cada músculo do corpo se retesar, perguntou:

— E agora, o que vai acontecer?

— Não sei. Pensei que soubesse. Pensei que só quisesse olhá-lo nos olhos, obrigá-lo a me encarar e dizer o quanto me fez mal.

— Você acha que isso vai bastar?

A expressão de Diana era difícil de decifrar, e Daisy estremeceu. "Ele ainda é o pai de Beatrice", lembrou das palavras da mãe. O que aconteceria com a filha se Hal fosse levado a julgamento, se fosse condenado e mandado para a cadeia? E então teve que fazer para si mesma a pergunta que fez para o irmão e a mãe: e se isso tivesse acontecido com Beatrice? O que seria considerado uma punição justa?

Ela sabia que não bastaria apenas um pedido de desculpas; seria preciso haver medidas concretas, além de palavras. Talvez Hal pudesse tirar uma licença do trabalho e ir ao Emlen conversar com os garotos de lá. Talvez pudesse fazer terapia, para entender por que havia feito o que fizera, e descobrir o que poderia dizer para impedir que outros jovens ricos e privilegiados machucassem alguém daquele jeito. Já seria alguma coisa, mas Daisy sabia que não bastaria. E parte sua, uma fria e distante, de cuja existência ela jamais suspeitara, dizia: *Isso não é problema meu.* Porque, não importava o que acontecesse, aparentemente parte dela havia decidido que Hal não seria problema seu por muito mais tempo.

Ela fez um som de escárnio. Diana a olhou em questionamento.

— Eu só estava pensando numa coisa que li uma vez. Na Índia, existia uma tradição que dizia que, se você quisesse pôr um fim ao casamento, era só dizer três vezes "Eu me divorcio de ti". — Ela deu de ombros. — E depois pensei em Michael Scott num episódio de *The Office*, tentando declarar falência gritando...

— "Eu declaro falência!" — complementou Diana.

— Sim, isso mesmo.

Daisy esfregou o rosto. Tinha passado a noite toda acordada, primeiro dirigindo, depois deitada sem conseguir dormir na cama que costumava compartilhar com Hal, repassando a história de seu casamento, se concentrando nas partes mais falhas da mesma forma que fazia quando passava os dedos pela crosta de uma torta, procurando por rasgos, buracos, qualquer sinal que indicasse que algo poderia estar errado.

— Eu devia ter imaginado — repetiu ela.

— Você não pode se culpar por isso — disse Diana, com um tom de voz gentil.

— Eu vou culpar quem, então?

Diana deu de ombros.

— Acho que não é uma questão de culpa, e sim de definir o que vem a seguir. — Ela se abaixou para pegar uma concha de ostra. — Para Beatrice, e todas as garotas que vierem depois de nós.

— Eu sei, eu sei. Você tem razão. Eu só lamento muito.

Diana assentiu. Elas ficaram em silêncio por um momento, antes que Diana voltasse a falar:

— Aconteça o que acontecer, fico feliz de ter conhecido você. E Beatrice. Fico feliz por ter tido você como amiga.

Daisy soltou um ruído que era em parte soluço e em parte riso. Diana pegou sua mão e apertou. E, depois disso, parecia que não havia mais nada a dizer. Elas ficaram em silêncio até Pedro começar a latir ao ouvir um carro se aproximando. As duas se levantaram e observaram enquanto Hal estacionava e saía do carro.

— Daisy — cumprimentou ele, tendo a audácia de sorrir. Usava uma calça cáqui e uma camisa social impecável, como se tivesse se vestido para ser o anfitrião de um churrasco em casa, ou comparecer a um coquetel. — Aí está você!

Daisy achou o tom dele benevolente e despreocupado; como o de um pai cujo filho colocava o ursinho de pelúcia favorito numa sacolinha de supermercado e fugia de casa, mas que era alcançado e trazido de volta antes mesmo de chegar à calçada.

Ela ouviu a chuva começar a cair no mar. Um instante depois, as primeiras gotas atingiram seu rosto e cabelo.

Hal parou a alguns passos dos bancos.

— Com licença, por favor — disse ele para Diana. — Eu preciso de um momento a sós com minha esposa.

— Não. Pode ficar — contrapôs Daisy.

— Tudo bem — murmurou Diana. — Vão dar uma caminhada na praia.

Ela se inclinou para a frente quando ficou de pé e, com uma voz baixa o bastante apenas para Daisy ouvir, falou:

— Só fique esperta. O deque fica escorregadio. E é melhor tomar cuidado com a estaca solta.

Então, com a cabeça baixa, atravessou às pressas o deque. Pedro olhou feio para Hal e seguiu a dona para dentro do chalé.

Daisy se levantou, apoiando as mãos no gradil e olhou para o mar. O vento transformou a marola em ondas espumantes. Ela ouviu mais um trovão e sentiu a presença do marido atrás de si.

A voz de Hal ainda soava alegre e tranquila.

— Você sempre gostou de uma boa chuva.

Daisy não se virou.

— Sabe quem ela é? — Antes que ele pudesse responder, complementou: — Você a estuprou.

Hal soltou um suspiro.

— Era uma festa. Estava todo mundo bêbado. E isso foi há muito, muito tempo.

Ela então se virou, olhando bem para a cara de Hal.

— Você já pensou nisso? Nela?

Hal estendeu a mão. Daisy se afastou.

— Daisy, me escute.

— Não. Eu não sou mais obrigada a escutar você.

— Eu queria dizer que sinto muito. Te devo um pedido de desculpas.

— Não é para mim que você deve desculpas.

Hal continuou falando num tom baixo e tranquilizador:

— Mas numa coisa você tem toda a razão. Eu deveria ter contado.

Ele pôs as mãos nos bolsos e deu de ombros, e isso a deixou furiosa, com mais raiva dele do que já tinha sentido de qualquer um na vida.

— Mas não contou. Afinal, quando foi que eu fiz por merecer sua sinceridade? Ou seu respeito? Quando foi que você me viu como uma companheira? Ou uma adulta de fato? — Ela deu um passo na direção do marido e o cutucou no peito. — Você decidiu onde íamos morar. Decidia com quem íamos conviver. Decidia onde íamos passar férias, e que tipo de carro eu teria, e onde Beatrice estudaria. Você me controlava.

— Daisy, eu nunca...

— Para de mentir! Pelo menos uma vez nessa farsa patética que você chama de casamento, seja sincero comigo! Diga a verdade!

— Tudo o que eu fiz foi amar você! — retrucou Hal com um rosnado. Daisy o encarou, boquiaberta. — Tudo o que fiz, tudo o que guardei só para mim, toda decisão que tomei por nós, foi para manter nossa segurança.

— Ah, por favor.

Ela percebeu como o peito dele subia e descia sob a camisa azul. Daisy conhecia a camisa. Tinha comprado para ele na Bloomingdale's; já a tinha pegado no cesto de roupas sujas (ou direto do chão do banheiro) uma centena de vezes. Tinha levado e buscado na lavanderia e pendurado no armário. A passarinha dele.

— Eu sei como os homens são — continuou Hal. — Sei como o mundo funciona. E, sim, eu sabia como eu era. Queria uma casa, precisava de uma esposa, de uma família. E você — disse ele, apontando o dedo para ela e depois para o próprio o peito — precisava de mim.

— Não. Isso podia ser o que você achava. E o que me fez pensar. Mas não é a verdade.

— Eu cuidei de você! E amei você!

— Você me controlava. Ser sua esposa significava que eu não podia ter uma carreira, e mal tinha amigas. Você não me deixava ir a lugar algum, nem ver ninguém, nem fazer nada.

— O que você teria feito? — questionou ele, com o desdém suplantando o sorriso simpático. O tom de voz ficou mais grave e maldoso. Então balançou a cabeça. — O que você acha que teria virado? Acha que eu impedi você de sair na capa da *Bon Appétit*? Acha que seria a Martha Stewart?

Daisy se virou e ficou de costas para o mar. Posicionou os pés e ergueu o queixo enquanto o vento agitava seu cabelo.

— Você é um criminoso — acusou ela. — Sabia que, se me contasse a verdade e eu falasse para alguém, podia perder a licença para atuar como advogado.

— E então você seria quem? — provocou ele. — Sem uma casa enorme num bairro bom. Sem escolas particulares para Beatrice. Sem um Lexus para circular por aí.

— Você acha que eu me importo com isso? — gritou ela. — Você mentiu para mim!

Naquele momento, a chuva ficou mais forte. Gotas geladas começaram a cair, fazendo o cabelo dela grudar na cabeça, assim como as roupas no corpo.

— Eu quero o divórcio! — gritou ela, sentindo as lágrimas quentes e salgadas se juntarem à chuva no rosto. — Quero você fora de casa quando eu voltar. E quero que você mantenha distância de Beatrice. Nunca mais quero ver você de novo.

Em meio à chuva, ela viu os olhos dele faiscarem. Preocupado com a ameaça de ser abandonado, de perder a casa, ou a filha, ou talvez, o pior de tudo, a reputação.

— Fui eu que dei tudo o que você tem — gritou Hal.

— Não, você tirou tudo o que eu tinha! — retrucou ela, também aos gritos. — Você me tirou até meu nome.

Hal pareceu perplexo, como se tivesse levado um tapa na cara. Então a expressão suave e razoável reapareceu, quando a máscara foi recolocada.

— Daisy — disse ele, num tom de voz calmo.

— Esse não é meu nome!

Ele estendeu os braços para pôr as mãos nos ombros dela, como já tinha feito tantas vezes antes, para acalmá-la, instruí-la. Em sua cabeça, ela se viu agachando e Hal cambaleando para a frente, tentando se apoiar na estaca solta, aquela que nunca fora consertada. Viu os pés dele escorregarem na superfície lisa do deque, viu os braços se agitando, as mãos tentando segurá-la, em busca de uma salvação que não viria. Ela o viu rolar um, dois, três, quatro, cinco, seis lances de escada e cair, arrebentado e imóvel, na areia, com os membros retorcidos e os olhos abertos na direção da chuva. Ela se viu olhando para ele lá embaixo, sem distinguir nada além de um corpo masculino e um vazio em forma de homem. Nem ao menos um homem de verdade, só uma criatura com olhos frios e sem vida, um monstro com forte instinto de autopreservação e uma espécie de astúcia desonesta, mas não um homem, não uma pessoa capaz de amar, nem a ela nem a ninguém.

Hal em determinado momento parecera o que ela deveria querer: o corpo, o nome, os diplomas, o emprego, o dinheiro que ganhava. Ela construiu um homem ao redor desses fatos; reuniu um conjunto de gestos e frases e rotulou como amor. Fez vir à tona um marido com base no desejo de um porque Hal tinha dito que lhe daria a vida que ela quisesse, porque a encontrara num momento de fraqueza e brandira promessas como uma bandeira. *Você nunca vai ficar sozinha. Nunca vai sentir medo. Nunca vai se preocupar com dinheiro, nem duvidar de que é querida e desejada por alguém.*

Daisy se lembrou do olhar no rosto da mãe quando ela chegara em casa com a notícia, e de Judy segurando sua mão e beijando o diamante da aliança. Ela se lembrou de Hal levantando a filha recém-nascida nos braços, com uma expressão de orgulho e adoração. Isso tinha sido real ou era, mais uma vez, só uma projeção, uma miragem, a mente dela lhe mostrando só o que queria ver? Ele tinha ensinado Beatrice a patinar no gelo, nadar, andar de bicicleta; fora o técnico do time de beisebol dela, e o par nos bailes de pais e filhas. Daisy fora condicionada a pensar que isso também era amor, mas já achava que era algo mais próximo de uma camuflagem; um comportamento de autoproteção que um homem tinha quando sabia que precisava andar na linha se quisesse ser considerado um bom sujeito. *Hal*, pensou ela, *só fazia aquilo que achava necessário para ter a vida que queria, a vida que achava que merecia.*

Todos os pensamentos passaram por sua cabeça em questão de instantes, enquanto o vento uivava e a chuva caía com força. *Eu poderia pôr um fim em tudo agora mesmo*, pensou ela. *Não precisaria nem fazer nada. Só me abaixar.* No entanto, por mais que a ideia a agradasse, ela não o deixaria cair. A morte seria fácil demais. A morte o libertaria. Só que a vida, ter que viver com a consciência de que Daisy sabia quem ele era e o que havia feito… seria bem mais próximo do intolerável para um homem orgulhoso como Hal Shoemaker. Que ele seguisse vivo, então, como um paraquedista com os cordões do equipamento cortados, caindo e caindo para todo o sempre. Que ele seguisse vivo, com cada minuto sendo um tormento, cada hora o devorando por dentro.

Em meio à chuva, Daisy conseguia vislumbrar uma outra vida, uma vida em que morava ali, com Beatrice e Diana por perto. Ela poderia passear com o cachorro toda manhã junto com a amiga, e passar os dias cozinhando num restaurante. Diana poderia passar mais tempo com Beatrice, que por sua vez poderia estudar numa escola pública e descobrir por si mesma quem queria ser, se tinha interesse em fazer faculdade ou não. Talvez Daisy pudesse até ajudar no restaurante de Diana e dar a ela e ao marido um tempo para viajar, para ver o mundo. Talvez encontrasse formas de presenteá-los, de reparar o estrago e remendar o que havia sido dilacerado. A única coisa de que tinha certeza era que não havia futuro com Hal, não sabendo o que ele tinha feito. A vida como esposa, como Daisy Shoemaker, estava encerrada. *Eu me divorcio de ti.*

Então, em vez de se abaixar, Daisy ficou imóvel. Quando sentiu as mãos de Hal nos ombros, o que disse foi:

— Está tudo acabado entre nós.

Ficou esperando até ver surgir nos olhos dele o entendimento, então deu as costas e saiu andando, com a chuva castigando a pele, desejando apenas que uma porta pudesse se fechar atrás dela, de forma silenciosa, mas categórica.

Encerramento

Em uma tarde quente de agosto, uma garota de biquíni amarelo estava numa prancha de *stand up*, atravessando as águas lisas e azul-esverdeadas da baía de Cabo Cod. Uma brisa soprava seu cabelo prateado reluzente, que caía pelas costas; o sol esquentava seu rosto e os ombros. Ela ainda não sabia tudo o que os pais tinham discutido nas longas conversas com a porta do quarto trancada; ou como o tio Danny e Diana, amiga da mãe, se encaixavam por inteiro na história. Sua mente se esquivava das piores possibilidades como os dedos de uma criança se afastando de um fogão quente. Só sabia que as coisas ficaram tensas entre o tio Danny e Diana, mas, nas semanas anteriores, houvera uma aproximação.

Quanto aos pais, Beatrice não estava tão certa. O pai tinha cedido a casa do avô de Beatrice para ela e a mãe por todo o verão e muito além. A mãe havia lhe dito que elas ficariam por lá por todo o ano letivo, que Beatrice poderia estudar na escola pública de Orleans pelo menos por um ano.

O pai a visitava a cada quinze dias, mas se hospedava num chalé no norte de Truro, em vez de ficar com elas. Ele levava presentes para a mãe de Bea (buquês de hortênsias, chocolates chiques, sais marinhos caríssimos e, uma vez, uma sacola cheia de temperos e condimentos da Atlantic Spice Company) e ia sem o laptop, dedicando à Beatrice todo o tempo e atenção. Num fim de semana, eles foram de bicicleta de Wellfleet a Orleans, ida e volta; uma vez, passaram uma tarde toda na praia. Quando Beatrice perguntava a ele se os dois se divorciariam, ele dizia: "Não é isso o que eu quero, mas não depende de mim".

Quando Beatrice perguntava para a mãe, a resposta era: "Podemos falar disso outra hora? Preciso ir trabalhar".

A mãe tinha arranjado um emprego cozinhando no restaurante de Diana, que também passava um tempão na casa delas. Ela havia ensinado Beatrice a transformar um livro velho numa casa de passarinho usando madeira e cola; Beatrice tinha lhe ensinado a conservar insetos em resina. Beatrice conheceu o marido de Diana, que, no fim das contas, era o caseiro da residência de férias de sua família, e ele a estava ensinando a pescar no mar aberto. Teria sido um verão perfeito, não fosse a incerteza e os olhares infelizes que via o pai lançar na direção da mãe, e a tensão que surgia nos ombros da mãe sempre que o pai de Beatrice a tocava ou dizia o nome dela.

— Ei!

Beatrice se virou na direção da voz que a chamava, e viu um carinha, talvez uns anos mais velho que ela, remando numa prancha de *stand up* em sua direção. Beatrice angulou a prancha até os dois ficarem lado a lado, de frente para a praia, onde acontecia uma partida de vôlei. Beatrice ouvia o som das mãos batendo no couro da bola e as provocações bem-humoradas quando uma menina pulava bem alto e cravava um ponto na areia.

— Um baita dia para vir para a água — comentou o carinha, que usava short azul-escuro e um boné vermelho do Red Sox.

Beatrice concordou com a cabeça.

— O dia está perfeito mesmo.

— Está aqui de férias? — perguntou ele.

— Na verdade, eu moro aqui.

O garoto arregalou os olhos em aprovação.

— Sorte sua.

— Verdade — confirmou ela, com um tom de voz amigável, mas com uma expressão pensativa e até um pouco triste. — Sorte minha.

Uma lancha passou zunindo perto deles. Beatrice ajeitou os pés na base da prancha, deixando o corpo acompanhar a oscilação em vez de resistir ao movimento.

— A gente vinha para cá só no verão, mas este ano vamos ficar por aqui.

O carinha pensou um pouco.

— Deve ficar meio vazio aqui no inverno.

Beatrice deu de ombros.

— Eu não ligo de ficar sozinha. E a gente tem bastante companhia por aqui. Meu tio Danny e o marido vieram passar algumas semanas. E a melhor amiga de minha mãe mora bem ali. — Com o remo, ela apontou para o pequeno chalé revestido de cedro, empoleirado no alto da duna. — Ela tem duas sobrinhas mais ou menos da minha idade, e elas vêm para cá nos fins de semana, então eu tenho amigas.

— Maneiro.

— É, maneiro — concordou Beatrice. — A amiga da minha mãe tem um restaurante em Provincetown. Minha mãe cozinha lá. Eu trabalho limpando as mesas nos fins de semana.

— Como é o nome do restaurante?

— Abbey. Já foi?

— Só conheço de passar em frente.

— Você devia ir. Pede o bacalhau recheado com caranguejo. É o melhor prato que minha mãe faz.

— Parece daora. Eu adoro fruto do mar. — O garoto virou o remo nas mãos, se equilibrando. — Hã, você está a fim de voltar para a praia e ficar um pouco lá?

Beatrice pensou a respeito, se equilibrando de leve na prancha, oscilando com as ondas que subiam e desciam.

— Depois, talvez — respondeu ela. — Eu acabei de entrar na água.

Ela fez um rápido aceno de despedida antes de virar a prancha, ajeitar os pés e afundar o remo na água, se impulsionando na direção da plenitude do sol.

Agradecimentos

E screver um romance é uma aventura. Mesmo depois de tantos livros, e tantos anos, é sempre como a primeira vez quando entro num território desconhecido apenas com a imaginação como guia. Escrever durante uma pandemia traz uma série de desafios únicos. Sou muito grata a todas as pessoas de minha equipe editorial pela ajuda e pelo apoio durante esse período difícil.

Lobby McGuire conduziu tudo com uma mão firme e levou este livro até a publicação. Sou grata a ela e ao CEO da Simon & Schuster, Jon Karp.

Este é o segundo livro em que trabalho com Lindsay Sagnette, cujas sugestões inteligentes e bem pensadas aprimoraram bastante o enredo e os personagens.

Ariele Fredman é uma gênia da divulgação. Ela dá duro, é divertida, uma boa companhia e mãe de uma das garotinhas mais encantadoras que já conheci.

Dana Trocker é uma maga do marketing, e todo escritor deveria ter a sorte de trabalhar com alguém com a energia e sagacidade dela.

Sou grata a todas as pessoas da equipe da Atria: Maudee Genao e Karlyn Hixson, do marketing, e Suzanne Donahue e Nicole Bond, que cuidam dos meus livros anteriores e das vendas internacionais. No departamento de arte, meu agradecimento a James Iacobelli, que sempre faz meus livros ficarem bonitos, e à designer e ilustradora Olga Grlic.

Agradeço também a Chris Lynch, Sarah Lieberman e Elida Shokoff, do departamento de audiolivros.

Um enorme agradecimento às assistentes, que são sempre prestativas, inteligentes e um dia vão estar a cargo de tudo: Kitt

Reckord-Mabicki, assistente de Libby; Fiora Elbers-Tibbitts, assistente de Lindsay; e Opal Theodossi, assistente de Joanna.

Dhionelle Clayton fez um trabalho sempre perspicaz ao editar o texto deste livro, e suas sugestões só o fortaleceram.

Agradeço à minha agente, Joana Pulcini, por todo o trabalho, neste livro e em todos os outros.

Obrigada, como sempre, a minha assistente, Meghan Burnette, cuja boa vontade e bom humor inesgotáveis fizeram com que o isolamento parecesse menos solitário, e que, além do trabalho magnífico de organizar todos os aspectos de minha vida profissional, também se tornou uma das pessoas em que mais confio para uma primeira leitura.

Sarah Christensen Fu mantém meu site sempre bacana e minha newsletter sempre em dia.

Em Hollywood, agradeço a ajuda de Michelle Weiner (sem nenhum parentesco comigo) e aos meus irmãos, Jake e Joe Weiner (esses, sim, com parentesco). E, com relação às coisas mais práticas do dia a dia, agradeço a todo mundo da loja da UPS na Fourth com a Bainbridge, que funcionou como depósito/central de logística/escritório para mim na pandemia e cujos funcionários foram sempre muito prestativos, fosse imprimindo manuscritos ou enviando livros, toalhas e biscoitos das escoteiras. Meu muito obrigada a Scott Vradelis e Dennis Jardel, Ben Quach, Victor Rivera, Alix Fequiere e Henry Vradelis.

Sou grata a todos os bibliotecários e livreiros que me receberam em eventos de lançamento, que recomendaram meus livros para leitores e livros de outras pessoas para mim. Obrigada por amarem histórias e tratarem quem lê e escreve com tanta generosidade e gentileza.

De todas as personagens que já escrevi, Beatrice Shoemaker é uma de minhas favoritas, e em boa parte inspirada em minhas filhas. Agradeço a minha filha Phoebe, tão meiga e carinhosa, que me pergunta "Como foi seu dia?" e de fato se interessa pela resposta, e sobretudo a minha filha Lucy, que é divertida e cheia de opiniões, por me ajudar com as explicações sobre a cultura adolescente e as redes sociais, por de vez em quando me deixar espiar no Instagram fake dela e por não ser tão difícil na vida real como Beatrice foi na ficção. É verdade o que dizem por aí: as horas podem parecer longas, mas os anos passam depressa.

Lucy foi de bebezinha a garotinha, e então a uma dramaturga/diretora/produtora teatral em formação, uma mulher quase adulta a caminho da faculdade, e tem sido um privilégio ser mãe dela. O mundo é um lugar imperfeito, e ainda existe muito a fazer, mas minhas filhas e as amigas delas me fazem acreditar que são os mais jovens que vão nos salvar.

Agradeço a Bill Syken, meu marido e primeiro leitor, pelo amor e incentivo, por se manter calmo quando não estou, pelas habilidades culinárias maravilhosas e por rir (na maioria das vezes) de minhas piadas. Não existe ninguém com quem eu gostaria de passar uma quarentena que não você. E, lógico, minha cadela Moochie é uma musa inspiradora leal e uma fiel companheira.

Minha mãe, Fran Weiner, e sua companheira, Clair Kaplan, provavelmente amam e estimam Cabo Cod mais do que qualquer outra pessoa. Sou grata a minha mãe por me apresentar ao Cabo, e a Clair por ensinar a mim e a minhas filhas como pegar mariscos. E, lógico, agradeço às leitoras e aos leitores, pela disposição para se sentarem ao meu lado e me permitirem contar uma história a vocês.

Encerro com minha homenagem à Carolyn Reidy, que faleceu de forma inesperada em 2020 e foi um fenômeno do mercado editorial. Ela foi presidente e CEO da Simon & Schuster e uma das primeiras pessoas a acreditar em meu trabalho como escritora. Ela publicou meu primeiro livro e todos os outros desde então, e foi uma grande entusiasta e uma brilhante editora para mim. Quando eu estava travada, as sugestões dela eram incisivas e diretas, e quase sempre estavam certas. Quando eu terminava, ela lia uma versão inicial e me mandava uma carta longa e linda sobre determinadas cenas ou diálogos de que tinha gostado. Serei sempre grata pelas contribuições dela a meus livros e pelo apoio que deu a mim e às mulheres em geral no mundo editorial. Carolyn foi uma das pessoas mais inteligentes e cultas que já conheci. Ela entendia como a ficção funciona e, o que talvez fosse ainda mais importante, compreendia como a cabeça dos escritores funciona. Foi uma pioneira que abriu as portas para gerações de mulheres que vieram depois. Tive a sorte de trabalhar com ela e o orgulho de ter sido uma de suas autoras.

Este livro foi impresso pela V
para a Harlequin. O papel do
e o da capa é cartão 2